魚の棲む城

田沼意次の大いなる夢

平 岩 弓 枝

本書は二〇〇四年十月、新潮文庫より刊行されたものです。

魚の棲む城——田沼意次の大いなる夢●目次

魚の棲む城

田沼意次の大いなる夢

本郷御弓町

一

蔵前から三味線堀の脇《わき》を通って下谷《したや》へ抜け、湯島天神の裏手の道を行くと、間もなく正面に真光寺の本堂の大屋根が見えて来る。

ここ数日、寒気がきびしくて道は凍《い》てていた。日かげには霜柱が白く立ち上ったまま埃《ほこり》にまみれている。

それでも、小走りにひたすら急いで来た龍介《りゅうすけ》は額ぎわに汗をかいていた。

真光寺と境内を一つにしている北野天神の脇の道へ向いかけた足が、ふと止って、結局、参道へ入ったのはなつかしさの故《ゆえ》であった。

龍介の生家は、この天神様の裏、本郷御弓町にある。このあたりは子供の頃の遊び場所であった。

天神社と真光寺を区切る所に茶の木の垣根があった。白く小さな花が咲いている。

その脇に立っていた若い女が、龍介の足音でふりむいた。

「お北ちゃんか」

むこうが笑った。

「龍介さん……」

改まってお辞儀をした。

「お久しぶりでございます」

全く久しぶりだと、龍介は眩《まぶ》しい目でお北を眺めた。着ているものも、髪型も、商家の若女房風がしっかり身についている。

「遊びに来なすったのか」

と訊《き》いたのは、お北の実家も本郷御弓町であったからだったが、

「暮の挨拶《あいさつ》に来たんですが、屋敷に誰もいなくて……、仕方がないから暇つぶしといっては勿体《もったい》ないんですけど、おまいりに……」

肩をすくめるようにしたのが、子供の頃と少しも変らない。

「俺は親の法事の相談にね。兄貴は命日も忘れちまってる人だから……」

龍介が社前へ行って合掌すると、お北もそれにならった。

「お目にかかるの、何年ぶりでしょう」

「あんたが嫁入りして以来だから、八年か」

それより前に龍介ものぞまれて蔵前の坂倉屋へ養子に入ったが、お北が実家にいる中はたまに御弓町へ来れば会う機会があった。

「お北ちゃん、子は……」

龍介が訊き、お北は笑った顔のまま、かぶりを振った。

「龍介さんは……」

「上の餓鬼が五つ、下の娘が三つ……」

「かわいいでしょう」

境内を見廻した目の底に、自分達のその年頃の姿が浮んでいるのだと、龍介にはすぐにわかった。

「よく、ここで遊んだな」

「ええ、もう一人の龍助さんと、お志尾ちゃんと……」

棒きれをふり廻したり、椎《しい》の実を拾ったり。

「龍助はひっ越したよ」

「ええ、知ってます。十月に小川町のほうに御屋敷を頂戴《ちょうだい》したとか……」

「大層な殿様に出世したそうだ。もう龍助なんぞと呼び捨てに出来ないな」

三人とも生家は旗本であった。

龍介の速水家が二百石、お北の斉藤家が同じく二百石、そして小川町へ移った田沼龍助が三百石。

拝殿の脇の道を抜けて、もう一度、実家へ戻る気らしいお北の後に続きながら、龍介は、先刻、

「もう一人の龍助さん」

といった時のお北の表情を考えていた。

男女のわきまえもなく、一緒に遊び暮していた年頃でも、子供心に誰は誰が好きではないかと本能的に気がついたものである。

田沼の龍助はお北が好きだったように思う。

そのことを、お北は気がついていたものかどうか。

武家地へ出たところで若い侍と出会った。

「姉上」

とお北を呼んだので、龍介は思い出した。

斉藤家の嫡男《ちゃくなん》でお北の弟に当る兵太郎で、子供の頃は病弱で家にひきこもってばかりいたから、龍介とは殆《ほと》んど顔を合せたことがなかった。

今も顔色が悪く、痩《や》せている。

「兵太郎どのはどこへお出かけだったのですか。屋敷は留守で……」

　お北に訊かれて、軽く咳《せき》をした。

「手前は少々、風邪気味で、熱もないし、咳もたいしたことではないのですが、母上が心配なさるので幸庵先生に薬を頂いて来ました。父上は大方、久保様の御隠居の所へ碁のお相手にうかがったのでしょう。母上は女中をつれて、梅本のお志尾さんが嫁入りなので手伝いに行ったと思いますよ」

「お志尾さまが嫁入り……」

「そうです。今夜のようです」

　近づいた龍介をみて頭を下げた。そのまま姉の先に立って歩き出す。つられて二、三歩行ったところで、お北がふりむいた。

「お志尾さまが嫁入りのこと、御存じでしたか」

「いや、知りません」

　実際、初耳であった。

　龍介の生家、速水家とお志尾の家とは隣同士である。

　龍介に会釈《えしやく》をして、お北が弟の後を追って実家の屋敷へ入ってから、龍介はその前を通り越して行った。

　三軒程先の右手が田沼家であったが、今は空家になっているらしい。

　龍介の実家は斜め向い側に当る。

玄関をのぞくと来客のものらしい履物が三人分揃《そろ》えてある。龍介は枝折戸《しおりど》を通って庭伝いに居間の縁側へ出た。兄嫁が女中に何かいいつけている姿がみえる。

「龍介さん、こんな所から……」

いけませんよ、といいかける兄嫁を制した。

「御来客のようですね」

「和歌のお仲間の方々とかで……」

兄の速水紋十郎がこのところ国学に凝り出しているのは、龍介も承知していた。

「お上りなさいまし。外はお寒かったでしょう」

うながされて、龍介は居間へ入り、隣の仏間へ行って両親の位牌《いはい》に合掌した。

今年は父の十三回忌、来年は母の七回忌に当った。

父の命日が十二月、母は二月である。

「兄上は法要について、どのようにいわれていますか」

義弟が居間へ戻って来て、兄嫁は困り顔をみせた。

「私も気にしていたのですけれど、あなたがいらしたら相談しようとおっしゃるだけで……」

やはり、そうか、と龍介は兄嫁のいれてくれた茶を押し頂いて飲んだ。

兄は何事によらず一人では決断しない。

「隣の、お志尾さんが嫁入りだそうですね」

話のむきを変えた。

兄嫁はほっとしたようにうなずいた。

「今夜が御婚礼だとか……」

「お相手はどちらです」

「本所の御旗本だとか。ただ、あちらは二度目で、前の奥様のお子も二人おありなのですって」

「お志尾さんはたしか二十四でしたね」

その年齢だと、どうしても相手は再婚になりやすい。

「梅本家は小さいのを何人も残して母上が歿《なくな》られたから、お志尾さんは弟妹の母親がわりをつとめていて婚期をのがしたのでしょう」

年の差のある相手でも幸せになってくれるとよいという心算《つもり》で龍介はいったのだが、兄嫁の反応は別であった。

「あちら、一年ばかりでしたけれど、田沼様へ奉公に上っていたのですよ」

「田沼……龍助の所へですか」

兄嫁がかすかに眉《まゆ》をひそめた。

「あちらは元服なさって意次《おきつぐ》様と名乗られたのですよ。うちの旦那《だんな》様は主殿《とのも》どのとお呼びしています」

「ああ、はい」

遊び仲間だった田沼龍助が、ちょうど龍介が坂倉屋へ養子に行った頃に父と死別し、家督を相続して意次と名乗ったことも、その後、叙爵《じょしゃく》されて、亡父と同じく主殿頭《とのものかみ》となったことも知ってはいた。

が、龍介の気持の中で田沼龍助は今でも龍助のままだ。

「あちらは、ほんに御運がよいと申すのか、お引立て下さる方々をお持ちのようで、うちの旦那様も学問にお凝りなさるお暇に、少しは御役付になるよう、それなりの所へ御挨拶にうかがうようになさるとよろしいのですけれど……」

兄嫁の愚痴が始まって、龍介はそれとなく部屋を見渡した。

家も古いが、家具も古めかしかった。

少くとも、祖父の代からこの家は変っていない。

父祖代々の二百石だけでは、この御時世、暮しむきはかなりきびしい。奉公人の数を極力、減らし、質素倹約につとめても兄嫁のきりもりする家計に余裕は全くないに違いない。

兄は猟官運動もせず、学問に凝るといえば聞えはいいが、何をやっても長続きせず、そのくせ奇妙な友人ばかりが増えて、年中、千客万来の感がある。茶菓のもてなしだけでも度重なれば容易ではなかろうし、兄のことだから、時には酒肴《しゅこう》を命じるに違いない。三人の子供は育ち盛りだし、兄嫁がつい義弟に愚痴をこぼしたくなるのも無理ではなかった。

「手前がもう少し、兄上のお役に立てるとよいのですがね」

つい、吐息が出た。

龍介が養子に行った坂倉屋は、蔵前の札差達が連名して町奉行所に株仲間の結成を願い出て認められた百九軒の中の一軒であるから、まず豪商の中に入る。

義父に当る長右衛門というのは、速水家にとっては遠縁に当り、その関係で養子に入ったものの、なかなかきびしい人柄で、主人も奉公人も夜明けに起きて仕事をする。着るものも食べるものも奉公人と同じだし、贅沢《ぜいたく》なことは何もない。長右衛門自身、道楽もないし、その女房である義母も芝居見物はおろか物見遊山《ゆさん》に出かけもしない。

養子に入ったからといって、銭箱は義父が握っていて、龍介の立場は奉公人並みであるから、実家に少々の融通をするのも難かしかった。もっとも、

「何をおっしゃいます。本来なら然《しか》るべき御旗本の御家へ御養子に入られるべきところを、坂倉屋へ決まったのは、速水家のせいではございませんか」

と兄嫁がいってくれたように、坂倉屋へ龍介が養子に入る際、少々、まとまった金が

支度金として兄の手許《てもと》に入った上に、これまで坂倉屋が立替えていた禄米《ろくまい》を担保にした借金が棒引きされたらしい。

なんにせよ、龍介自身は商家の暮しは嫌いではなかった。

武士の家は何らかの役につかなければ、働きたくとも働けないが、商家は働けば働いただけの結果が出て来る。

夕方まで居間で兄嫁の話相手をしたり、姪《めい》や甥《おい》の遊び相手をしていたが、兄はよほど話がはずんでいるのか、客間から出ても来ないし、客も帰る気配がない。

冬の日は暮れやすく、龍介は腰を上げた。

「また、出直して参ります」

兄嫁に暇《いとま》を告げて外へ出た。

隣の梅本家の門前には古ぼけた高張り提灯《ちょうちん》に灯がともっていて、それが婚礼の夜を僅《わず》かに華やかにみせていた。

挨拶に寄る気はなく、その前を通って真光寺のほうへ行きかかると、暗い中に駕籠《かご》が止って、そこから立派な風体の武士が下りて来た。

龍介が目をこらした時、むこうも供の者の提灯を高くかかげさせて、こちらに注目した。

「龍介ではないか」

さわやかで、独特の明るさのある声は昔のままであった。

供人から提灯を受け取って、龍介のほうへ近づいて来る。

ほんのりしたあかりが青年武士の顔を照らし出した。

母親似といわれる眉目秀麗《びもくしゆうれい》な面立《おもだ》ちだが、眼許に凜《りん》としたものがあって柔弱な感じはしない。

上背は子供の頃からくらべるとずんと高くなった。肩幅があり、胸板も厚いのは武術の鍛錬の故だろう。

「俺がわからんのか。龍助だ」

自ら高らかに名乗って、青年武士は立ちすくんでいる龍介の肩を軽く叩《たた》いた。

「主殿どのですね」

かろうじて声が出て、龍介は地に膝《ひざ》を突こうとした。

「お前らしくもない。俺は龍助、お前は龍介。馬鹿《ばか》な真似《まね》はするなよ」

支えられて、龍介はそれでもいった。

「しかし、今は身分が違います」

「龍介らしくもないと申したではないか。それよりも札差業は面白いか」

声の中に明らかななつかしさがあって、龍介はやや落ついた。

「面白いところまでは行きません。まだ見習中で……」

「その顔では、いやではなさそうだな」

「はい」

「それはよかった」

提灯を上げて梅本家の方角を示した。

「龍介もお志尾の祝いに来たのか」

「いえ、手前は兄に用事があって……」

「お志尾は俺の屋敷に一年ばかり居た。小川町へ移る段になって暇を欲しいと申す。わけを訊《き》いても何もいわなかった。それ故、嫁入りのことを知らず、今日、奉公する者が聞いて参って祝物を届けに来たのだ」

もっと早くに来る筈《はず》が、御用が終らず遅くなったと苦笑している。

「では、手前が先触れをして参りましょう」

一年ばかりとはいえ、奉公した先の主人が祝いに来てくれたのであった。

「馬鹿を申すな」

ここは自分の育った所、どちらをむいても長いつき合いだ、と龍助はいった。

「ちょっと祝いを申して来る」

袴《はかま》の衣《きぬ》ずれの音を残して梅本家へ入って行った。

ぼんやりと、龍介は立ち尽した。

幼なじみの友は、全く変っていないようでもあり、ひどく変ってしまったとも思える。

梅本家から女が走り出て来た。

龍介のほうへ近づいて来たのをみるとお北であった。どうやら、梅本家へ行っていたらしい。

「ここで、会ったのですって……」

声が慄《ふる》えていた。

「あたし、帰ろうとしていたら、いきなりあの方が入って来て……」

田沼龍助を、あの方と呼んでいることに、お北は気づかないようであった。

「立派になられたな」

龍介も敬語になった。

「お志尾ちゃんが泣き出して……」

「そうか」

夜風が吹いていたが、二人とも寒さを忘れていた。

「幼馴染《おさななじみ》の殿様が祝いに来て下さったんだ。お志尾は嬉《うれ》しかったろう」

梅本家の前に人が何人も出て来た。それらを制するようにして、田沼龍助が走って来る。

龍介とお北をみて、早口にいった。

「今日は急ぐ。その中、会いたいが……」

供の者にうながされるようにして駕籠に乗る時、背中の紋がみえた。

「家紋、変えたのか」

声が自然に出て、駕籠の中から昔の友達が答えた。

「父上の御遺言でね。俺の守り神七面大明神の七曜紋を頂けと……」

時を惜しむように駕籠が動き出し、龍介は自分の隣でお北が深いため息を洩《も》らすのを耳にした。

二

菱垣《ひがき》廻船問屋、湊屋《みなとや》の店は品川御殿山の麓《ふもと》にあった。

造りは上方風で、大戸の脇《わき》に「紀州家御用達」の鑑札が掛っている。それは三代前の当主が紀州藩士で御用船に乗っていたのが、藩の有力者の勧めによって大坂で江戸積問屋業を開いたという因縁によるもので、今でも本家と呼ばれている大坂の「湊屋」も、分家として一応、独立している江戸の「湊屋」も、扱っている積荷の大方は紀州家の年《ねん》貢米《ぐまい》を大坂の蔵屋敷、或《あるい》は江戸の藩邸へ廻送するものであった。

けれども、菱垣廻船の積荷はそれだけではなかった。大坂から江戸へ、木綿、油、綿、酢、塩、酒、醬油《しょうゆ》などさまざまの日用品が運ばれて来る。

また、江戸からは幕府や諸大名の公用の荷物を各々《おのおの》の目的地へ輸送する業務もあるし、東廻りの廻船が積んで来る蝦夷地《えぞち》の海産物、数の子やふのり、昆布《こんぶ》などを西の注文主に届ける場合もあった。

が、お北が湊屋の庭から眺めている品川の海に菱垣船の姿はなかった。

初春を迎えて間もない袖ヶ浦の浜も、元旦《がんたん》の早暁《そうぎょう》、初日の出を拝みに群衆が殺到したのが嘘《うそ》のようにひっそりしている。

この季節、廻船問屋は閑古鳥が啼《な》くといわれる。

理由は海が荒れやすいからであった。

船による物資の輸送は、一度に大量のものが運べる上に、陸送にくらべて費用が安い。泣きどころは海難であった。運悪く嵐《あらし》にでも遭って船がくつがえってしまうと大損害をこうむる。

この国の北側の海を行く廻船は春たけなわから秋の終りまでしか船を動かさないし、南側の航路、大坂、江戸間もぐんと船の往来が少くなる。

「お北、何をしている」

部屋の中から声をかけられて、お北は飛び石を踏んで縁側へ戻って来た。

夫の幸二郎が障子ぎわに立っている。

「開けっぱなしにするから部屋が冷え切ってしまう。お前という女はどうしてそうぞんざいなのだ」

苦情と一緒に、お北の目の前で障子を閉める。まるで入って来るなといわれたようで、お北は沓脱《くつぬ》ぎに上り、そのまま縁側に腰を下した。

障子のむこうでは幸二郎がそそくさと炬燵《こたつ》に入る気配がする。

男のくせに寒がりな夫であった。

秋の終りから綿入れの着物を出させるし、冬の外出には重ねにまで綿の入ったものを用いる。

部屋には炬燵の他に手あぶりを二つもおき、常に鉄瓶から白い湯気が出ていないと気がすまない。

お北の生まれ育った斉藤家では冬でも日常は足袋を用いなかった。綿入れは老人の着るものだと思っていたし、部屋には火鉢が一つ、それでも寒いとは誰も口に出さなかった。

商家とは何と贅沢なものだと感心したのは湊屋へ嫁入りしてからである。

もう一つ、お北が驚いたのは、夫である幸二郎が全く働かないことであった。

廻船業の商売はもっぱら、大坂の本家から来ている番頭の惣右衛門《そうえもん》にまかせている。

時折、惣右衛門が分厚い帳面を奥へ持って来て、

「どうぞ、お改めを……」

上方なまりの残っている声で挨拶《あいさつ》し、おいて行くのだが、お北のみる限り、その帳面を幸二郎は開いたためしがない。帳面は主人が手を触れないまま、翌日、番頭の手許へ戻される。

幸二郎のすることといえば、謡《うたい》の稽古《けいこ》で、三日にあげず、高輪《たかなわ》から師匠がやって来て小半日は「羽衣《はごろも》」だ「吉野天人」だと飽きもせず繰り返すから、聞いている女中達までおぼえてしまって井戸端で洗濯をしながら鼻歌まじりに真似《まね》る者もいる。

「お北、お北」

部屋の中から幸二郎が呼び、お北は縁側にすわったまま、

「はい」

と応じた。

「そこで何をしているのだ」

気になってたまらぬという言い方であった。

「別に……海がよく晴れて居ります」

「寒くはないのか」

「気持がよろしゅうございます」

大気はひんやりしていたが、風はなかった。

梅の枝に陽が当って、二、三輪、小さな花が咲きはじめている。

庭に出たのは一人になりたかったからであった。暮に本郷御弓町の実家へ行って以来、お北の胸の中に不思議な気持が育ちかけている。それは田沼龍助に会ったせいに違いない。

大身の旗本に出世した立派な姿を見たからではなかった。お北の知っている田沼龍助は子供の時から近所でも評判の美少年であった。

田沼家が本郷御弓町にひっ越して来た時、龍助は六歳だったという。無論、その当時、幼児だったお北は何も記憶していないが、

「あんな愛らしい子供は見たことがなかった」

と両親があとあとまで口にするのは何度も耳にしている。

容姿が美しいばかりでなく、少年時代の龍助は学問も武術もずば抜けていた。にもかかわらず、いつお北が田沼家へ遊びに行っても龍助が机にむかっているのに出会ったことがない。

それにひきかえ、同い年の速水龍介はよく本を読んでいた。剣術にも熱心で毎日、庭で木刀を振っている。その龍介から、

「せめて三本に一本でも、龍助を打ち込みたい」

と聞かされて、あっけにとられたものである。背は龍助が少し高かったが、体つきは

速水龍介のほうが見るからに筋骨隆々といった感じであった。

それでも龍介の言葉が嘘でない証拠に、その頃、速水龍介が隣町の、やはり小禄の旗本の子達と喧嘩《けんか》をし、相手は五人、龍介は一人という知らせを聞いて、龍助がかけつけて行き、二人で五人をことごとく叩き伏せたという出来事があった。

だから、お北は一緒に遊んでいて、この人は必ず出世をすると承知していた。少くとも親から受け継いだ家禄《かろく》を後生大事に生涯を終る近所の旗本衆とは別格だと思っていた。

従って、暮に実家へ出かけて偶然に田沼龍助に出会っても、さして驚きはしなかった。

お北が衝撃を受けたのは、彼の目の輝きとでもいったらよいのか。なんとも力のこもった眼光にぶつかったせいであった。

あれは、生きることに全力を賭《か》けている人の目だと気がついた時、なんともいえない羨《うらやま》しさがお北の心を占めた。

田沼龍助とくらべたら、夫、幸二郎の目は死んだ魚も同じだと思う。そして自分も似たり寄ったりに違いない。

同じ人の一生なのに、どうしてと考え、このままでは居られないと激しい焦燥が湧《わ》いて来る。といって、自分が何をしてよいのかわからない。

正月になってから、お北は一度、思い切って夫にいった。

「帳面をごらんになったほうがよいのではございませんか」

番頭の惣右衛門が奥へ持って来る帳面には湊屋の商売のすべてが書き出されている筈である。それに対して主人である幸二郎が無関心でいるというのが、かなり前からお北には合点が行かなかった。

「見なくとも解《わか》っているのだ」

というのが幸二郎の返事であった。

「湊屋の家訓にあるのだよ。商売は番頭にまかせる。主人はよけいな口出しはしない。そのほうが万事、うまく行くものなのだ」

廻船業というのは、さまざまのしがらみの中で動いている。いってみれば、何台もの糸車がくるくると廻って一本の糸をつむぎ出すようなもので、下手に手を出すとよじれたり、からまったりしてしまうと、したり顔の夫にいわれて黙ったものの、それで納得したわけではなかった。

しっかり帳面を読み、糸車の動きに精通している上で、知らぬ顔をしているのと、最初から見もしないというのとは別ではないかといいたかったが、それを口にすれば、

「女ごときに商売はわからない」

と叱《しか》られるのがおちであった。

夫はそれで一生を終える気かも知れないが、自分はいやだとお北は思う。

翌日、お北は築地に屋敷のある大森平大夫《へいだゆう》の初釜《はつがま》の催しに出かけた。

大森平大夫は知行五百石の旗本だが、娘が紀州家の奥仕えに上って久しく、今では御老女と呼ばれる身分になっている。

平大夫夫婦は揃《そろ》って茶の湯に造詣《ぞうけい》が深く、妻女の許《もと》には旗本の子女が稽古に通って来ていることもあって、とかくこの夫婦の口ききで縁談のまとまる例が多い。

お北が湊屋へ嫁入りした理由も、お北の母と平大夫の妻女が従姉妹《いとこ》に当り、その縁で初釜の手伝いに来ていたのを、こちらは紀州家とのつながりで初釜に招かれて来た幸二郎が見初めたのがきっかけであった。

つまり、大森平大夫は実質上の仲人《なこうど》であるのに、幸二郎は寒い季節の外出を嫌って、

「お前の親類なのだから、お前が挨拶に行けばよかろう」

と義理を欠く始末である。

止《や》むなく、お北は毎年のように早朝、御殿山の家を出て築地へ手伝い旁《かたがた》出かけて行く。

大森平大夫は如才のない人物で、まめな性格であり、妻女も交際好きなので、この屋敷の初釜はけっこう大身の武士も招かれて来るし大商人と呼ばれる旦那《だんな》衆も顔を出す。

茶事が終ったのが夕暮近くで、水屋を手伝っていたお北がほっとして茶室の外へ出ると、この家の女中が、

「弟様がお待ちで……」

といって来た。

弟の兵太郎は裏木戸に近い井戸端に立っていた。

「ぼつぼつお帰りの時刻かと思って、父上を迎えに来たのです」

という。たしかに、今日の茶事に、実家の父が末席に連なっていたのは承知していた。その父は昨年あたりから急に視力が落ちて、暗くなると足許がおぼつかなくなる。それで、兵太郎が迎えに来たのだと了解した。

「お父様が帰られるまでには、まだ、ちょっと暇がかかるかも知れませんよ」

客は上席の者から大森平大夫に挨拶をして行く。なかには一人一人、平大夫が見送る身分の人もいるし、そこで話し込む場合が少くない。

斉藤家の父が挨拶出来るのは、客の殆《ほと》んどが帰った後だからという意味で、お北は茶室から出て来た若い門弟に、父に弟が迎えに来ていることを告げ、帰る時には声をかけてくれるよう頼んだ。せめて兵太郎に熱い茶をふるまってやりたいと考えたからだったが、弟は家の中へ入りたがらなかった。

「それよりも、姉上は梅本のお志尾さんが実家へ戻されたのを御存じですか」

低い声で告げた。

「実家へ……」

「要するに離縁になったそうです」

あっけにとられて、お北は弟の表情を窺《うかが》った。

幼なじみの梅本志尾が本所の旗本の家へ後妻に入ったのは、昨年十二月のなかばのこと。

「いったい、どうして……」

弟がうつむいた。

「何か間違いがあったのですか」

重ねて訊《き》くと、

「母上のお話ですと、お志尾さんが妊《みごも》っていたとか……」

照れくさそうにまばたきをした。

「なにを馬鹿なことを……お嫁入りなすったのだから妊るのは当り前……」

いいかけて、お北は声を呑《の》んだ。

嫁入りして丸一ヶ月にもなっていない。本来なら、妊ったとしてもまだわからない筈《はず》だと思慮が働いたからである。

「では、お志尾さまは……」

弟がうなずいた。照れくさそうではあるが、好奇心たっぷりの様子でもある。

「女中が申したのですが、もう帯をするくらいなのだそうです」

妊婦が腹帯をしめるのは五ツ月になってからであった。

「いったい、どなたの」

つい、はずみで不躾《ぶしつけ》な問いが口を出た。

「存じません。ですが、近所で噂《うわさ》になっているのは……、田沼の……主殿《とのも》どの」

「お黙り」

自分でも思いがけないほど激しい声が出た。

「そのようなこと、あるわけがない」

「でも姉上、お志尾さんはあちらへ奉公していたのですよ」

「お黙りなさい。龍助さんに限ってそのような……」

庭のむこうに父の姿がみえて、お北はそっちへ走った。

「兵太郎が迎えに参ったと……」

夕闇《ゆうやみ》をすかしてみている。

「ここに居《お》ります」

弟を前へ出しながら、小さくささやいた。

「今のお話、決して口外してはなりません。御近所のことなのですからね」

兵太郎が首をすくめた。

「承知しています」

帰って行く父と弟を外まで見送ってお北は片手を頰に当てた。熱い。

冗談ではない、と胸の中で呟《つぶや》いた。

いったい、お志尾は誰の子を妊って、五ツ月にもなろうというのに嫁入りしたのかと思う。本所の旗本の子でなかったのは、離縁になったことで明らかであった。

五ツ月といえば、妊婦の腹はかなり目立って来るに違いない。

どうやって大森家を辞したのか、お北はよくおぼえていない。

いつものことで、大森家の奉公人が駕籠《かご》を呼んでくれる。それに乗ってから、行く先を蔵前といった。

駕籠屋は別に不思議にも思わなかったようで、まだ正月の気配の残っている江戸の町を急いで行く。

築地から蔵前へ来た時には夜になっていた。

辻《つじ》に駕籠屋を待たせておいて、お北は蔵前の札差「坂倉屋」を裏口から訪ねた。

名を告げず、本郷御弓町から来た者だというと、女中はお北を頭のてっぺんからつまさきまで一瞥《いちべつ》して奥へ入った。

待つほどもなく、龍介が出て来たがお北をみると俄《にわ》かに走り寄って来て、

「御弓町の誰かが、どうかしたのか」

と訊く。

この人はいつも気が廻りすぎるとお北は、こんな場合だというのにおかしくなった。

しかも、龍介の顔をみたとたんに、胸の中のもやもやが消えはじめている。

「今日、築地の大森様の初釜に行ってね。そこで弟に会ったの」

しっかりした口調で、お北は訴えた。

「梅本のお志尾さんが実家へ帰って来ているそうで、龍介さん、知っていますか」

「知らないが……、ひょっとして、そいつは離縁ってことなのか」

「そのようなんです」

「理由は……」

お北は胸を張った。

「弟のいうことですから、よくわかりません。ただ、お志尾さんのことが心配で……」

「そりゃあそうだ」

龍介がお北をみつめるようにして応じた。

「俺達は幼なじみなんだから、なにかの時には力になってやらなけりゃいけない。お志尾さんはお母様がいないからなあ」

「あたし、会いに行きたいと思っていますが、そう度々、御殿山から出かけられもしないので……」

「俺が行って来るよ」

情のある声が夜気の中にしみ渡って、お北は蔵前へ来たのは正解だったと感じていた。

この人も自分と同じく田沼龍助の友であった。必ず、龍助を信じてくれる。それは、お北の祈りのようなものでもあった。

三

大川が宮戸川と名を変える浅草の川岸に、幕府の米蔵があった。

構内の総坪数が二万七千九百坪といわれ、そこに五十四棟二百七十戸前の蔵が建ち並んで、川からは数条の堀が敷地の中に穿《うが》たれていて、諸国から江戸へ向って入津《にゅうしん》して来る米を積んだ船の荷下しのための岸壁の役目をしている。

この巨大な米蔵の前の道を蔵前通りと呼び、その界隈《かいわい》を俗に蔵前と称した。

享保《きょうほう》九年に幕府から株仲間を組織することを許された札差業の店は百九軒、その大方が蔵前通り沿いにあった。

速水龍介が養子に入った坂倉屋は森田町組に属し、店も森田町にある。

当主の長右衛門は今年明けて五十一歳、女房のおかつは四十六歳になる。

夫婦の間には子がなくて、最初は長右衛門の妹の子を養子に迎えたが、一年ばかりで流行《はや》り病《やまい》で死んでしまい、やむなく遠縁に当る速水家から龍介を迎え、おかつの姪《めい》のおしのと夫婦にして跡継ぎとした。

幸い、この若夫婦には長太郎、おはつという二人の子が誕生して、上は六つ、下は四

つという可愛《かわい》らしい盛りではあり、長右衛門夫婦は、

「聟《むこ》も嫁も、外から来た者達だが、孫は間違いなく坂倉屋の授りものだから……」

と奇妙な理屈をつけて溺愛《できあい》している。

養子に来た当座は、奉公人にも遠慮がちだった龍介も、十年が過ぎた昨今はそれなりに気心も知れ、とりわけ若い手代達には、

「大旦那様より若旦那のほうが話が早い」

と信頼もされるようになっている。

ところで、蔵前の初春は世間の人より一足先に正月気分を吹きとばすという。

それは、旗本、御家人衆《ごけにん》の俸禄《ほうろく》が年に三回、二月、五月、十月に支給されるためであった。

本来、札差の業務は幕府の米蔵から俸禄米を受け取る旗本や御家人のために、その手続きを代行するものであった。

給料が米で支給される武士達は自家用にそのいくらかを残し、大半は米問屋に売って現金に替えねばならない。

年に三回、そのために蔵前にやって来るのは遠方に住む武士にとっては、けっこう厄介だし、馴《な》れていないと不都合も起りやすい。

そのために蔵前界隈の米問屋が旗本や御家人から頼まれて、その仕事を請負ったのが

札差のはじまりだといわれている。

札差は、かねてから契約を結んでいる武士から手形をあずかって、定められた日に米蔵から蔵米を受け取り、当日の米相場で現金にし、手数料をひいた金額をその武士の屋敷へ届ける。

受領手数料は米百俵について金一分、売却手数料が同じく百俵につき金二分であった。従って、二月はその俸禄の支給月に当るので前の月は早や早やとその準備にかからねばならない。

いつまでも、屠蘇《とそ》気分ではいられないのはその故《ゆえ》であった。

店によって少々やり方が異るのだが、坂倉屋長右衛門は石橋を叩《たた》いて渡るという性格だから、万事に慎重で、日頃、委託を受けている旗本や御家人の屋敷を廻ってその都度、手形を確認する。

微禄の御家人の所は番頭や手代ですむが、旗本ともなると主人自ら、挨拶《あいさつ》をかねて出かけて行く屋敷も少くはなく、今はその役目が若旦那の龍介の仕事になっている。

なにしろ、大方の武士が札差に借金をしている御時世であった。

米の値段は享保以後、多少の高下はあっても、下落気味の傾向があった。それに対して米以外の諸色《しょしき》の物価は上る一方で、しかも、武士の禄高はよほどの実力と才気と幸運に恵まれでもしない限り、先祖代々のままである。

到底、暮しは立たないから、何年も先までの手形を担保にして札差から借金をして凌《しの》ぐことになる。この貸金の利息が一年一割五分の建前だった。

これは、札差にとって、禄米受取りを代行する賃金より、格段の収入になる。その反面、一つ間違うと貸金の貸倒れになりかねないので、そのあたりをきちんと押えて行くのも、この支給月の前の屋敷訪問の主な仕事であった。

その日、坂倉屋龍介は長年、委託を受けている旗本屋敷を四軒廻った。

最後の一軒が小石川馬場の近くで、龍介の実家のある本郷御弓町は目と鼻の先であった。

最初からその心づもりをして来たので、足はまっすぐそっちへ向う。

兄の速水紋十郎は他出していて、兄嫁がやや不安そうに出迎えた。

この家も来月の俸禄の支給を前にして切りつめられるだけ切りつめた暮しをしているのが、殆んど火の気のない居間の様子からも窺われる。

「お寒いでしょう。すぐ炭をおこしますから」

という兄嫁を龍介は制した。

「朝から歩き廻っていますので、体は温かですよ。頭から湯気が立ちそうです」

実際、寒さには馴れていた。

「近くまで来たので、来月に備えて手形をおあずかりしようと思いましてね」

この家の禄米も坂倉屋が委託されている。

「いつも御厄介をかけてすみません」

龍介が坂倉屋へ養子に入ったおかげでこの家は札差へ支払う手数料をただにしてもらっている。

それでも、すでに二年分の禄米を抵当にした借金が坂倉屋に出来ている。およそ、返せるあてのない借金であった。

「今日はどちらまでお出かけになりましたの」

箪笥《たんす》のひきだしから手形を出しながら、兄嫁がお愛想に訊く。

「下谷が二軒、小石川が二軒です」

「面倒なお屋敷がございましたの」

要するに借金の多すぎる相手のことであった。

「それほどのことはありません。うちは義父《ちち》が手堅くやっていますから……」

兄嫁がうつむいた。

「ごめんなさい。この御近所でも、いろいろと難かしいお話が耳に入りますので……」

御弓町では龍介の実家を除いては、坂倉屋が蔵米の委託を受けている屋敷はなかった。

正直の所、それで龍介はほっとしている。

幼なじみの家へ借金の取り立てに出かけるのだけは避けたいと思う。

「この節はどちらも大変だと思いますよ」

米相場は下落したままなのに、諸色は上る一方であった。

龍介が知る限りでも、味噌《みそ》、塩、醬油《しょうゆ》、酒、灯油が軒並みずるずると上昇している。

「でも、お金と申すものは、ある所にはあるとやら。このお正月、斉藤様では御子息御同伴で年始まわりをなすった際、どちらも上等の紋服をお召しで、それは御立派でした」

兄嫁の言葉に龍介は苦笑した。

「それは、おそらくお北さんの心遣いですよ」

廻船問屋へ嫁入りした娘が、父と弟に初春の晴れ着を贈ったに違いない。

「ところで、梅本家のお志尾さんが戻って来ているというのは本当ですか」

寒々しい屋敷に長居をする気はなく、龍介はさりげなく本題に入った。その件をお北に頼まれて確かめに来たのが、今日の本当の目的である。

「あちらのことなら、この御弓町では大層な評判ですよ」

みっともないと兄嫁は眉《まゆ》をしかめた。

「そんな体で嫁入りするお志尾さんの気が知れない。外からは目立たなくとも、御当人には分っている筈《はず》ですからね」

女が女を責める口調には容赦がなくて、龍介は閉口した。が、黙り込んでいてはお北との約束が果せない。

「相手の名前は、わかっているのですか」

流石《さすが》に声が低くなった。

「お志尾さんは何もいわないそうですよ。ただ、親御さんが田沼様の名をそれとなく口にしているらしいけれど、うちの旦那様は、もし、そうならとっくに小川町の屋敷へ苦情をいいに行くだろうに、それをしない所をみると、あやしいものだと……」

田沼龍助の名が出て、正月早々、お北が思いつめた表情で蔵前の店までやって来た理由がはっきりした。そうではないかと内心、思わぬでもなかったのだ。

「それは兄上の仰《おお》せの通りではありませんか」

もし、お志尾の腹の中の子の父親が龍助なら、お志尾は本所の旗本になぞ嫁入りしなかっただろうと思う。

田沼龍助は数年前、旗本の伊丹兵庫頭《ひょうごのかみ》の娘を妻に迎えたが、間もなく死別し今のところ独身であった。それに龍介の知っている彼は幼なじみに手をつけて知らぬ顔の出来る男ではない。

「御近所でも、そうおっしゃる方は少くございませんよ。もし、お志尾さんの相手が田沼様なら、同じ旗本同士、然《しか》るべきお方に口をきいておもらいになって、縁組を進めることも無理ではございますまい。第一、お志尾さんが男の名を口にしないというからして、おかしいではありませんか」

「たしかに、相手が田沼龍助なら、お志尾さんは打ちあけるでしょうな」

夫として不足のある相手ではない。

「第一、万一、田沼様とお志尾さんの間に何かがあったら、とても、婚礼の当夜、お祝には来られますまい。御自分で来なくとも、使にお祝を届けさせてもすむところを、わざわざじかにいらっしゃったのですから……」

この兄嫁は田沼龍助が贔屓《ひいき》だったと思い、龍介は話を終らせるようにもって行った。

「お志尾さん、今、実家ですか」

「いいえ、駒込《こまごめ》ですって」

「駒込……」

「白山神社の裏にある植木屋へ、お志尾さんのお乳母さんだった人が嫁入りしているのですって。そこの離れに身を寄せているとか」

世間体が悪くて、とても御弓町には居られないということかと龍介は思った。

実家を出て、龍介は少し迷った。

今から駒込まで行くと、蔵前の店へ戻るのは夜になる。

けれども、今日、お志尾に会わないことには、改めて駒込まで出かけるのが難かしかった。今日ならば、実家へ手形を取りに寄って少々、話込んだといいつくろうことが出来る。

風の冷たくなった白山通りを龍介は急いだ。

お志尾を妊《みごも》らせた男が田沼龍助ではないかという声があったとしたら、それは、お志尾が嫁入りする前まで、田沼家に女中奉公していたせいに違いなかった。

だが、龍助がお志尾を自分の屋敷へ奉公に誘った理由は、一にも二にも梅本家の窮乏を少しでも助けてやりたいと考えた故だろうと龍介は思う。

それでも男と女のことだから、なにかの拍子に間違いがないとはいい切れないが、どうも田沼龍助の隣にお志尾を並べるのは似合わない気がする。

「あいつと並んでぴったりなのは、お北だった」

子供の頃から何度もそう思ったし、自分が坂倉屋へ養子に入ってからは、いつ、龍助がお北を妻に迎えるかと、気になってたまらなかった時期もあった。

しかし、お北はのぞまれて廻船問屋、湊屋岡本幸二郎の女房におさまった。

御弓町から白山神社まで息もつかずに歩いて来たのだが、やはり日は暮れた。

白山神社の門前町で訊《き》いてみると、植甚という植木屋の家はすぐにわかった。

「植甚の夫婦なら、訪ねて行っても留守じゃねぇかね。娘が巣鴨《すがも》のほうに嫁入りしていて、さっき、産気づいたって知らせが来て揃《そろ》ってかけつけて行ったと思うが……」

甘酒屋の親父《おやじ》が親切にいってくれたが、龍介の行く先は、その植甚の離れである。

とりあえず礼をいって、白山神社の境内に入った。

社殿へ向う参道には燈籠《とうろう》もあって、僅《わず》かな月明りに石畳が白くみえるから歩くのに不自由はなかったのだが、拝殿の建物に沿って裏へ行くと、そっちは真《しん》の闇《やみ》であった。

樹木が天をかくすほど枝をのばしていて、月光が届かない。

歩きながらふりむくと、社務所の灯がぽつんと遠くなっている。

それでもなんとか植甚の家まではたどりついた。

入口の戸は閉っていて、家の中に灯はない。

植木屋だけあって、家の周囲は盆栽を並べた棚らしいのや、庭木を植え込んだようなのがとり巻いている。

離れというのは、どこにあるのだろうと見廻した。

とにかく、どこも暗い。

ここらあたりは境内と違って鬱蒼《うつそう》たる大樹があるわけでなく、月が見える筈だと空を仰ぐと、雲が流れていた。

月は雲間《くもま》に入っているらしい。

再び、周辺に目をこらした。

蛍火のような灯がみえた。

小さな家であった。雨戸のすき間からかすかに明かりがのぞいている。

お志尾が身を寄せているという離れは、あれかと近づいて行くと、急に入口と思われるあたりに光がこぼれて、家の中から人が出て来た。

面《おもて》を布で包みかくしている。

送って出かかった女を制して、すばやく戸を閉めさせた。

どこへ行く気か、提灯《ちょうちん》も持たず、あたりを憚《はばか》る様子でそっと歩き出す。

お志尾の男ではないかと龍介は推量した。

乳母の嫁入り先を頼って、身をひそめているお志尾の許《もと》に通って来ている男ならば、お志尾の胎内に宿っている子の父親の可能性が強い。

何者かと思ったとたんに、龍介は行動を起していた。

相手の男は、どうやら細い道を通って白山神社の裏へ抜けようとしている。

勝手知った者の動き方であった。少くとも、龍介のように、はじめてここへやって来たのではない。

お志尾が、ここの離れに移って来てから、頻繁に通って来ている感じであった。

相手の動きから目をはなさず、龍介は苦労して、男の行く手に廻った。

闇に近い暗さの中で、相手は龍介の気配を感じ取った様子である。

ふっと動きを止める。

龍介が声をかける寸前に、相手の体が動いた。

後を追いかけようとした龍介の鼻先で白刃《はくじん》が大きく流れた。

無意識に身をかわして、龍介は楠《くす》の木らしい幹を背にした。

なんという乱暴な相手かと思う。

こっちが誰かもわからないのに、突然、斬《き》りかかって来るというのは、よほど後暗い立場の者に違いない。

油断なく、龍介は相手を窺《うかが》った。

背は龍介よりも低そうであった。

面体は勿論《もちろん》、見えないし、着ているものもわからない。

刀を抜いて斬りかかって来た時の感触では武士のような気がした。

とにかく、月が雲から抜けてくれればと思う。とたんに、相手が斬りかかって来た。

遮二無二《しゃにむに》という動きだが、剣術の稽古《けいこ》をした者の太刀さばきである。

腰に両刀があれば、と龍介は情なく思った。

抜き合せたくとも、町人の身では寸鉄も身に帯びていない。

「待ちなさい」

声をかけるのと同時に、相手がとび下った。

月光がふっと天上から下りて来た。龍介がみたのは木立のむこうを逃げて行く男の後姿であった。

四

暫《しばら》くの間、龍介は月光の中に立っていた。

歩き出したのは、逃げ去った者の気配が確実に消えてからである。後姿に見《み》憶《おぼ》えがあるような気がした。やや撫《な》で肩で首が長い。とはいえ、思い浮ぶ名前はなかった。

あきらめて龍介は植込みの間を後戻りして植木屋の離れに近づいた。

月明りで眺めると、それは離れ家というより物置に近かった。引き戸になっている出入口の他には母屋《おもや》へ向ったほうに雨戸二枚分ほどの外に縁側がある。そこに桶《おけ》が一つ、盥《たらい》が一つおいてあるのは、すぐ近くに井戸があるせいらしい。

雨戸のすきまからは僅かに灯が洩《も》れていた。

龍介は戸口に廻って二度ほど軽く叩《たた》いた。

「どなた」

というお志尾の細い声がする。

「俺だ。坂倉屋の龍介……」

僅かの間《ま》があった。戸を開けたものかどうか、お志尾が迷っている様子である。

「お志尾ちゃん」

戸口に口を寄せるようにして龍介は声をかけた。

「あんたがここへ身を寄せていると聞いたので、どうしているかと気になって来てみたんだ。お北さんも心配している。もし、俺達で役に立つことがあったら……」

たてつけの悪い戸が少しばかり開いた。

「すみません。具合が悪くて寝ていたものですから……」

逆光のせいもあるのか、お志尾の立ち姿は幽霊のように頼りない。

「そりゃあ気の毒なことをした。俺はすぐ帰るから……」

「あたしのことなら、心配しないでとお北さんにもいって下さい。困ったことがあれば、植木屋の小父さんに使を頼みます」

「それでいい。体を大事にして……」

いい子を産んでくれとは流石《さすが》に口に出せなかった。

「わざわざ、ありがとうございました」

戸が閉まりかけて、龍介は慌《あわ》てた。

「お志尾ちゃん、今しがた、あんたの所へ人が来ていたみたいだったが……」

戸がきしんだ音をたてて閉まった。内側で心張棒を支《か》う様子である。

やれやれと龍介は戸口に背をむけた。

これではなんのためにここまで足を伸ばしたのかわからない。蔵前までの帰り道がひどく遠く感じられた。

森田町の坂倉屋はすでに大戸を下していたが、くぐりを叩くと、すぐに開いた。手代の平太郎というのが龍介の帰りを待って店にいたらしい。

「お帰りなさいまし、お疲れでございましょう」

ねぎらってから、そっといった。

「大旦那様が、若旦那がお帰りになったら居間のほうへ来るようにと……」

どっちみち、挨拶《あいさつ》に顔を出すのが決まりなのに、故意に手代に伝言させたのは、大方、叱言《こごと》だろうと思う。

空腹を抱えて、龍介は長い廊下を奥へ向った。居間の中は、障子越しでも暖かそうに見えた。足音で、それとわかったのだろう、

「龍介か、お入り」

という義父の声が意外にもひどく上機嫌に聞える。

「遅くなりまして申しわけございません」

自分の体がやっと入れるほど障子を開けて、素早く部屋へ入り、同時に障子を閉めたのは、人の出入りに冷たい空気が入るのを、義母が殊《こと》の外、嫌うからであった。

長火鉢の上の鉄瓶は白い湯気を上げていた。

義父も義母も炬燵《こたつ》に深く膝《ひざ》を入れている。

どちらも温《ぬく》まった顔色であった。

龍介のほうは寒気の中を歩いて来て、頬がひきつったようになっている。

「お前の留守に、田沼様の御用人が紀伊国屋権三郎さんの所の番頭と一緒におみえになったのだよ」

紀伊国屋権三郎は新旅籠《はたご》町の札差であった。

「田沼様では、今まで蔵米の御用を紀伊国屋さんにまかせておいでだったが、お前との縁をお考え下さって、今年からうちへ頼みたいとおっしゃったとか。紀伊国屋さんとはきちんと話をつけて、番頭が御用の手形持参でついて来なすった。流石に破格の御出世をなさるお方は違うものだ。紀伊国屋さんのほうに一文の借金もおありなさらない。御立派なものだと感心しましたよ」

義父の言葉に龍介は顔を上げた。

田沼龍助の家では父親が紀州藩士であった。八代将軍吉宗が紀州家から徳川宗家へ入って江戸城の主《あるじ》となった時、扈従《こじゅう》して来て、旗本に取り立てられた。その縁で蔵前の紀伊国屋に蔵米を委託していたのは、龍介も承知していた。

本来、幕府から蔵米を俸禄《ほうろく》として受け取る旗本、御家人はそれを委託する札差を蔵宿と呼び、一度、契約をした蔵宿は格別のことがない限り変えないのが決まりであった。

それは、何年も先まで俸禄を抵当にして蔵宿から借金を重ねている者が、そ知らぬ顔で別の札差に委託を移し、すでに抵当となっている扶持米《ふちまい》を受け取るという詐欺《さぎ》まがいの不祥事が起るのを防ぐためで、実際、長年つき合って来た蔵宿に到底、返済出来ないほどの借金が出来てしまい、どうにもならなくなった旗本、御家人などが背に腹はかえられなくなってという例が近年、めっきり増えている。

そのために、札差仲間でも新規に委託を申し込んで来た場合、以前の蔵宿に借金が残っていないか、持ち込まれた手形がすでに他の札差の抵当に入っているのではないかなどを徹底的に調べる要心を欠かさない。

けれども、田沼家の場合はこれまでの蔵宿である紀伊国屋と充分、話し合って納得ずみで蔵宿を坂倉屋に変えようというわけで、そのために紀伊国屋の番頭が用人の供をしてやって来たということらしい。

「で、承知なさいましたので……」

龍介が念を押し、義父の長右衛門はなにを今更という顔で合点した。

「けっこうなお話だと、喜んでお受けしましたよ」

ついては明日、龍介に小川町の田沼家へ行って来るようにといった。

「御用人様の仰せには、あちらの殿様はお城よりお戻りになるのがけっこう遅いとのことで、夕刻に屋敷へおうかがい申してお帰りをお待ちし、あまり夜更《よふ》けるようなら泊らせるので、あらかじめその心算《つもり》で来てもらいたいそうじゃよ」

なんといっても幼なじみのこと、ざっくばらんにお話をうかがって来るがよいと長右衛門に命ぜられて、龍介は頭を下げた。

店へ戻ると、大番頭の善助が待っている。

今日、あずかって来た手形を渡し、報告をすませてから、やっと自分達の部屋がある二階へ上った。

二人の子はすでに寝ていて、妻のおしのが火鉢に小さな土鍋《どなべ》をかけて汁を温めていた。

「御膳《ごぜん》がすっかり冷めてしまって、せめて、お汁だけでも……」

という心遣いに礼をいい、子供の寝顔をのぞいた。

「つい、さっきまで、あなたのお帰りをお待ちしていたのですけれど……」

夫の背後に廻って羽織を脱がせながら全く別のことをいった。

「今日、田沼様の御用人がおみえになって、うちを蔵宿になさるとか」

「その話なら、今、親父様に聞かされて来た。明日はお屋敷へうかがい、場合によってはあちらへ泊めて頂くことになろうから、かまわず先にやすみなさい」

ついでにいっておいたのだが、おしのの関心は田沼家のことで占められているようであった。

「田沼様のお殿様は、それはお美しい御方だそうでございますね」

龍助のことかと、龍介は苦笑した。

「誰がそんな話をしたのだ」

「紀伊国屋の番頭さんが奥で申したそうでございます。絵に描いたお殿様でも、あれほど男前の御方はありますまいとか」

「その通りだよ。男のわたしがみても惚《ほ》れ惚《ぼ》れするくらいだ」

「将軍様は大層、お気に入りで、朝から晩まで、主殿《とのも》、主殿とお呼びになるそうで……」

「そんな話までして行ったのか」

幼なじみの田沼龍助は、今では九代将軍家重《いえしげ》の小姓頭取となり、田沼主殿頭《とのものかみ》意次と名乗っている。

けれども、その出世をあたかも美貌《びぼう》のせいといわんばかりの女房の口ぶりは龍介にとって不快であった。おそらく、紀伊国屋の番頭がそういう言い方をしたものに違いない。

「あなたは田沼様を子供の頃から御存じなのでしょう。どのような御方でございましたか」

土鍋の汁を椀《わん》によそいながら、おしのが訊《き》き、龍介は、

「立派なお方だよ。学問も剣術も人に秀《すぐ》れていた。御出世なさるのが当り前だ」

まだ話したそうな女房の口を封ずるように、汁を飯にかけ、さらさらと流し込んだ。

翌日、龍介は店での仕事を夕方で切り上げ、早めに飯をすませてから蔵前を出た。

小川町に新しく拝領した田沼家の屋敷は、建物は古びていたものの、立派な造作で敷地は本郷御弓町の屋敷より遥《はる》かに広そうであった。

龍介を出迎えたのは、龍助の母であった。

「龍介どの、久しぶりですね。御立派になられましたこと」

以前から気さくな近所の小母さんといった印象が強かったが、それは顔に皺《しわ》が刻まれ、髪がなかば白くなった今も変ってはいない。

旗本から町家へ養子に行った龍介に対する態度も昔のままであった。

「あなたが今日、お出《い》でになることは、主殿から聞いて居りますよ。主殿はこのところお城泊りが多いのですが、今日は遅くなっても必ず帰ると申して居りましたから、どうぞ待ってやって下さいまし」

通された部屋は田沼龍助の居間のようであった。夕餉《ゆうげ》はすませて来たと返事をすると、茶が運ばれ、続いて酒と少々の肴《さかな》が用意された。

「御用がおありの節は遠慮なくお呼び下さい」

女中を下らせ、用人は雪隠の場所を教えて自分も廊下を去って行った。

六畳ほどの部屋は壁ぎわに書架が並び、床の間の脇《わき》の違い棚の上も、机の周辺も書物で埋まっている。

掛軸は、以前、本郷御弓町の屋敷の時も、正月になるとよく掛けてあった丹頂の鶴《つる》のつがいの絵で、他には花活《はないけ》に松と南天があるだけの簡素な部屋の模様であった。障子紙は新しいが、襖《ふすま》は古いままである。

そういったところは、龍介の知っているかつての田沼家のままであった。屋敷の中はひっそりと鎮《しず》まりかえっていて人声も聞えない。

茶は飲んだが、酒には手をつけず、龍介は正座したまま、姿勢を崩さなかった。武士の家に生まれ育って、そのように躾《しつけ》られたせいでもあり、一つには龍介の性格でもあった。

待つことにも馴《な》れていた。頭の中で考えることはいくらもあったし、考えに疲れると部屋を眺めた。なによりも心を奪われたのは、おびただしい書籍である。

子供の頃、田沼家にはこれほどの書籍はなかった。龍介の生家の速水家やお北の生家の斉藤家よりは書架があったように思うが、あの界隈《かいわい》に住む旗本の家禄からすると、高価な書籍はおいそれとは入手出来ない。

いつの間に田沼龍助はこれだけの本を集めたのかと思う。

机の上には和歌の草稿のようなものがおいてあった。そういえば、龍助の父、田沼意行《もとゆき》という人は歌人としても知られていると、亡父が話していたのが思い出された。蛙《かえる》の子は蛙で、龍助も和歌をたしなむようになったのかと思った。

屋敷の中に人が動いたのは戌《いぬ》の刻《こく》（午後八時）を過ぎてであった。

出迎えの声が聞え、やがて廊下に足音がして、障子が開いた。

「待たせてすまなかった。すぐ着替えて来る」

それだけいって足早やに奥へ行く。

戻って来たのは早かった。

「龍介、茶漬をつきあえ」

返事もきかず、

「母上、龍介の分もお願い申します」

と廊下のむこうへ叫んだ。

「お帰りなさいまし」

部屋のすみに下って、龍介は丁寧に頭を下げた。

「このたびは手前共に蔵宿を仰《おお》せつけ下さいまして、まことにかたじけないことでございます」

「やめろよ」

子供の時と同じ調子であった。

「暮に会った時にも申したではないか。二人だけの時は昔と同じく俺とお前、そういうつき合いを一生続けたい。いや、続けようではないか」

「ありがたいことではございますが、主殿様と手前では、もはや身分が違います」

「俺とお前というつき合いは嫌だというのか」

「おそれ多くて、出来ません」

「では、蔵宿の件はとりやめる」

膝が触れ合いそうな近くへ来てすわった。

「俺が、お前が養子に行った坂倉屋を蔵宿にしようと思ったのは、いずれ、お前が坂倉屋の当主となった時、俺を信じて金を用立ててくれると思ったからだ」

あっけにとられた龍介の顔を正面からみつめた。

「お前も知っての通り、武士が借金を申し込めるのは札差だけ、それもおのれの蔵宿だけだ。建前は何年か先の蔵米の手形を抵当にしてということになっているが、決まりの利息を払えば相手によっては金を貸す。札差にとっては蔵米の手数料などいくらにもならないが、貸付金の利息は年に一割五分、いや、場合によってはそれ以上だろう。札差の株仲間百余人が揃《そろ》って富裕なのは、そのせいだ」

白皙《はくせき》の顔に人なつこい微笑を浮べて、田沼龍助は友人の肩を叩《たた》いた。

「そんなに驚くな、なにも今すぐ、お前に金を用立てろとはいっていない。俺がお前に頼むのは、だいぶ先のことだ」

「いったい、どうして……」

声がかすれて、龍介は肩にかかっている友人の手を眺めた。

少くとも、今の田沼家はこれまでの蔵宿であった紀伊国屋に一文の借金もない。

武士が正規に金を借りるのは、龍助がいったように蔵宿だけといってよい。従って、田沼家が困窮しているわけはないと龍介は思う。

「どうしてといわれると困るのだがな。男が覚悟を決めて幕府《おかみ》の仕事に取り組むことになると、必ず金が入用になるというのを俺は承知している。費《つか》うものを費わないで、思うさま仕事が出来るというのは、所詮《しょせん》、無理というもの。それは商人の間でも同じだろう」

俺は考えた、と田沼龍助は明るい声でいった。

「いつの日にか、俺を信じて、俺のために金を用立ててくれる友が欲しい。幸いというべきか、龍介は札差の家へ養子に入った。我が友、龍介なら俺を信じてくれるに違いない」

肩へかけていた手をゆっくり下した。

「案ずるな。決してお前に迷惑はかけない。いや、迷惑をかけるかも知れないが、必ず俺はお前の役に立つ。龍介、生涯、俺を信じろ。信じてもらいたいのだ。命ある限り、俺とお前でいたいと望むのは、俺にそういう下心があるからなのだ」

視線がぶつかって、龍介は相手の目の中に自分の心が吸い込まれるような気がした。

その夏

一

川開きが終った江戸は連日、激しい夕立に見舞われた。

坂倉屋龍介が小石川原町に屋敷のある篠原《しのはら》市左衛門の許《もと》へ出かけた日も、朝からうだるような暑さだったのが陽の暮れ前から雷鳴が響き渡り沛然《はいぜん》と雨が降り出した。

あれよあれよという中に、忽《たちま》ち天の底が抜けたかと思えるような豪雨になる。

「まず半刻《はんとき》足らずで上りましょう。それまで雨宿りをしてお出《い》でなされ」

と用人に勧められて、龍介は暫《しばら》く用人の話相手をつとめた。

やがて雨は上ったが、あたりはすっかり暗くなっている。用意の提灯《ちょうちん》に火をもらって龍介は暇《いとま》を告げた。

道の両側は旗本や御家人の屋敷ばかり、その間にぽつんぽつんと寺がある。

寂円寺の角を折れると右手は森川伊豆守の下屋敷、左手は土井大隅守《おおすみのかみ》の、やはり下屋敷が長く続いている。

昼でも淋《さび》しい細道だが、雨上りの夜になった今は人っ子一人通りはしない。駒込《こまごめ》片町へ抜けるには近いが、普通の町人なら避けるところを、龍介が平気で歩いて行ったのは、やはり生れ育ちが武士の家だったせいもあるのかも知れない。

細道は森川家の敷地が終るところで左に折れている。正面には白山権現《ごんげん》の境内にある富士山を形どった岩山がみえる筈《はず》だが、この暗夜ではただ闇《やみ》が広がっている。

人の絶叫が聞えた。

はっと足を止め、耳をすますと、人が崩れ落ちるような気配が意外に近く感じられた。猶予《ゆうよ》なく道を折れる。提灯を高くかかげてみるとかすかに人影がみえる。むこうもこちらに気づいたらしく素早く灯の届かない方角へ逃げる。反射的に追いかけて、龍介は道に人が倒れているのに気づいた。

血の匂《にお》いが闇の中に広がっている。近づいて声をかけたが、相手の反応はなかった。どうやら肩先から袈裟《けさ》がけに斬《き》られている様子である。下手人は逃げた男に違いない。

龍介は走った。

道の両側は武家屋敷と寺が続く。どちらも門が閉っていた。

漸《ようや》く駒込片町の通りへ出た。慌《あわただ》しく左右を見たが逃げて行く男の姿はなく、逆に提灯

を提げてこちらへ歩いて来た二人連れの武士の中の一人が、

「龍介ではないか」

と呼んだ。

「兄上」

応じて、すぐに訊《き》いた。

「この道から、たった今、男がとび出して来た筈ですが、兄上の来られた道では見かけられませんでしたか」

速水紋十郎は町人になったにしては精悍《せいかん》すぎるような弟の顔を眺めた。

「わしは鶏声《けいせい》ヶ窪《くぼ》の池田どのの屋敷から帰る途中だが、こちらには誰も来なかったが……」

連れの武士が同意した。

「左様、土井様の塀外を参ったが、犬の仔《こ》一匹、すれ違っては居らぬ」

では右へ行ったのかと、龍介は駒込片町の通りをふりむいた。武家地の夜は暗いが、町屋の並ぶ通りはまだ店の戸も開いているし、灯も外にこぼれていた。まだ宵の内である。

「なにかあったのか」

ただならぬ弟の様子に兄が訝《いぶか》った。

「人が斬られたのです」

「なに……」

「たった今なのです」

自分の出て来た道を、龍介は提灯で指した。

「斬ったと思われる男を追って来たのですが……」

どうやら見失ったようであった。

「手前は戻って、斬られた者の様子を見て参ります」

龍介がいうと、紋十郎の連れの武士が手を上げて制した。

「その先に番屋がある。まず知らせて共に参ったほうがよかろう」

武士が走って行き、紋十郎が弟にいった。

「小笠原《おがさわら》どのの屋敷はこの近くだ。まかせたほうがよい」

たしかに、かけ戻って来た小笠原という武士には番太郎と鳶《とび》の者らしいのが二人、手に手に提灯をもってついて来る。

龍介が先に立って、白山権現の裏の道へ入った。

六つの提灯に照らし出された死体は町人であった。懐《ふところ》がはだけられている。

鳶の者が提灯をさしつけるようにして死者の懐中を探った。

「やっぱり、金めあての辻斬《つじぎり》のようで……」

番太郎が慄《ふる》え声で呟《つぶや》いた。

「これで、今月に入ってから五人目で……」

龍介が聞きとがめた。

「五人も……辻斬に遭っているのか」

「左様で……みんなこの界隈《かいわい》で……」

駒込片町の方角から、またいくつかの提灯がかたまって走って来た。その中にはこの界隈を縄張りにしている十手持ちらしい姿も見える。

一刻ばかりの後、龍介は兄を送って本郷御弓町の実家へ寄った。

驚いたのは、出迎えた兄嫁の背後にお北の姿があったことで、お北のほうも龍介が来たのは意外だったらしい。

「父が病んで居りまして、こちら様に大層、御厄介をおかけして、お礼やらお願いやらに参ったのです」

といいかけるのに、紋十郎がそれどころではないといった調子で兄嫁に、

「龍介が辻斬に遭ったのだ」

と知らせた。

兄嫁とお北が顔色を変え、龍介は大きく手を振った。

「俺が斬られそうになったわけではありません。たまたま、辻斬にやられた人があって、

そこを通りかかっただけです」

「白山権現の裏の道でな。龍介が下手人をみかけて駒込片町の通りまで追って来た。そこへわしが小笠原どのと通りかかったのだが」

兄が式台から上へあがるのをみて龍介はいった。

「手前はここで……、蔵前へ戻るのが遅くなりますので……」

実家へ上るつもりはなかった。

「気をつけて帰れよ。辻斬などを見かけても追うでない。君子危きに近よらず。其方《そのほう》はもう武士ではないのだからな」

ふりむいて兄がいい、龍介は頭を下げた。

「では、お暇を申します」

そのまま門を出ると、お北が追って来た。

「お父上のお具合は、かなり悪いのか」

娘が婚家から戻って来ているのであった。

「今は落ついて居ります。でも、眠ってばかりで……」

医者は軽い卒中だと診立てたという。

「そいつはいけないな」

お北の実家の斉藤家も奉公人をおいていない。

「母上もあいかわらずなのだろう」

お北の母は元来、病身であった。始終、寝たり起きたりして、医者が出入りしている。

「病人は兵太郎どのがみているのか」

お北がかすかにうなずいた。

「弟も焦《あせ》っているみたいで……近頃は田沼様の所へうかがって、なんとか御役付になれないものか、相談にのって頂いているようなのです」

「田沼……」

龍助のところへ、といいかけて口をにごした。田沼家が坂倉屋を蔵宿にしたことを、龍介は兄夫婦には話していない。当然、斉藤家の人々も知らないに違いなかった。

「それより、龍介さん、怖《おそろ》しかったでしょう」

辻斬に出会ったことだとわかって、龍介は苦笑した。

「怖《こわ》くはないが、いやなものを見てしまったよ」

斬殺《ざんさつ》された死体のことであった。

「白山権現の近くといえば、お志尾さんが身を寄せている植木屋もそうなのでしょう」

不安そうなお北の声で、龍介はさっきから胸の中にくすぶっている重いものを飲み込むようにして、ああ、とだけ答えた。

「お志尾さん、女の子だったそうですよ」

お北の言葉が唐突に聞え、龍介は僅《わず》かに間をおいてから訊いた。

「産まれたのか」

「今月のはじめですって」

「そうか」

お北が離縁になったお志尾のことを案じて、様子をみて来てくれと頼んだのに、なんの返事もしてやらなかったことを龍介は思い出したが、それについてお北は何もいわなかった。

斉藤家の門前まで来て、龍介は病人への見舞の言葉だけを残して、お北と別れた。

蔵前へ帰る道で、龍介の心を占めていたのは白山権現裏の辻斬の件であった。

よもやと思うものの、龍介が思い出したのは、お北に頼まれてお志尾を見舞うために植木屋の離れを訪ねた時、明らかにお志尾の家から出て来たと思われる男にいきなり斬りかかられたことであった。

どう考えても、無法としか思えない相手であった。何故、龍介に刃《やいば》を向けたのかもわからない。

もし、あの男が近頃、あの界隈に出没しているという辻斬と同一人物なら、金を奪《と》るのが目的で龍介を襲ったと考えられなくもない。

ただ、合点が行かないのは、番太郎の話によると五件もの辻斬があったのは、今月に入ってからだという。

龍介が襲われかけたのは一月であった。

あれから四ヶ月、辻斬はどこで何をしていたものか。単にあの界隈では辻斬を働かず、どこか別の場所で稼いでいたとでもいうのだろうか。なんにしても、四ヶ月の空白が合点が行かない。

蔵前へ戻っても、龍介は辻斬に遭ったことを誰にも話さなかった。

義理の父母は好奇心からあれこれと訊くだけだし、女房は心配する。

どちらにせよ、話す必要は全くなかった。

坂倉屋では黙り通した事件を、田沼龍助にはつい、打ちあけたのは、やはり、どうにも気になってたまらなかったせいである。

坂倉屋を蔵宿にしてから、田沼龍助は月に一度、あらかじめ日を決めて龍介を屋敷へ呼んでいる。

表向きは蔵米のことについてなどといっているが、実際には雑談だけであった。

心の許せる幼友達に対して、田沼龍助はさまざまのことを訊く。

札差業については勿論《もちろん》だが、坂倉屋を蔵宿にしている旗本の内情を訊《たず》ねる場合もあるし、単に蔵前の景気や町の噂《うわさ》を話せという日もある。

時には、龍介が聞く番に廻ることもあった。

感動したのは、田沼龍助が仕えている将軍家重《いえしげ》の言葉を殆《ほと》んど正確に聞き取ることが出来るという話であった。

九代目の公方様《くぼうさま》が言語不明瞭《ふめいりよう》で何をいっているのかわからないらしいとの噂は江戸の庶民の間でも有名で、とりわけ武士を相手にする蔵前の商人達の間では衆知であった。

表むきには決して口には出さないが、内心ではそのことで公方様を軽んじているむきもある。

田沼龍助の話によると、公方様の言葉を正確に聞き取ることが出来るのは側仕《そばづか》えの近侍である大岡忠光だけだったという。

大岡忠光はかつて町奉行にもなった大岡越前守忠相《ただすけ》の再従兄《またいとこ》の子に当り、九代家重が幼少の頃から仕えていたと龍助はいった。

「それ故《ゆえ》、公方様の仰《おお》せになることが聞き取れると申す者もいるが、それだけではない。公方様に幼少時から奉公した者のすべてが、公方様のお言葉を聞きわけられるわけではないからな」

大岡忠光にそれが出来るようになったのは、ひたすら言語不自由な家重のいうことを理解するよう努力を重ねた結果に違いない。

「考えてもみるがよい。公方様にとって幼少の頃から言語不明瞭であるのが、どれほど口惜しいか。常人のように自由自在に言葉を操ることが何故、御自分には出来ないのかとお悲しくもあり苛立《いらだ》たしくもあろうかと、それは龍介にもわかるだろう。そう生れついたのは、公方様の御不幸であって、罪ではないのだ」

思わず龍介も合点した。

「それはそうだ。お気の毒なことだと俺のような者でも思う」

「俺は、その公方様にお仕えしているのだ。御奉公する者として、なによりも大事なのはその役目を全《まっと》うすることだろう。お仕えする御方が仰せになる言葉が理解出来なくては、役目を全う出来ない。だから、俺は大岡様と同じく、ひたすら公方様のおっしゃることに耳をすます。言葉は人の心を伝えるものだ。注意深く前後の事情をわきまえて、公方様の表情を見守っていれば、或《あ》る程度は何を仰せなのか推量することが出来る。一つの御言葉がわかれば、そこから公方様の御言葉の癖をみつける手がかりが生まれてくる」

例えば、まだ舌のよく廻らない幼児が「竹の子」というつもりで「トケノコ」と発音するのを知れば「た」が「と」に聞えるのだと承知出来る。

「そうやって、少しずつ、公方様の仰せになることを耳にとめて行けば、やがては公方様が、どうおっしゃったかが即座にわかる。そうでなくては、御奉公は出来ぬと俺は思うのだ」

こいつは凄《すご》い奴《やつ》だと龍介は内心、感に堪えぬ面持で聞いていた。この気持があればこそ、二千石に出世したのも当然と思う。

何をいってもわからない家来の多い中で、じっと自分の言葉をわかろうと努力し続けている田沼龍助、いや、田沼主殿頭《とのものかみ》意次という若者を、公方様がどれほど嬉《うれ》しく、たのもしく思われたことか。人にとって、人が自分を理解してくれているとわかった時の喜びが如何《いか》ばかりのものか、龍介にもわかる。

田沼龍助というのは、たいした奴だ、天下無双の男だ。そして、俺はその男から生涯の友と名指されているのだと思った時、龍介は感動で涙ぐみ、

「なんで俺が話すと龍介は泣くのだ」

と龍助にいぶかられて、しきりに頭をかいた。

ともあれ、今の龍介にとっては月に一度の田沼家訪問がなによりの生甲斐《いきがい》になっている。

龍助の話を一つでも聞き逃がすまいと思い、自分も心にあることを何から何まで聞いてもらいたい気持になっている。

だから、白山権現《ごんげん》裏での出来事もこと細かに話した。

龍助は最初から逐一、友人の話に耳をすましていた。

「お前の話を簡単にいうなら、今年の五月から白山権現の周辺で五人もの辻斬の犠牲になった者がいるということ。その辻斬が、ひょっとすると龍介がお志尾の身を寄せてい

る植木屋の離れを訪ねた時に、突然、理由もなしに襲って来た奴と同じ人物ではないかという二点だな」

さらりといわれて、龍介は汗を拭《ふ》いた。

「ところで、お志尾は何故に、植木屋の離れになんぞ身を寄せているのだ」

本所の旗本何某《なにがし》に嫁入りしたのではなかったのかと訊《き》かれて、龍介は新しい汗をかいた。

「それが、離縁になったのだ」

「理由は」

「すでに子が出来ていた」

「懐胎して嫁入りしたというのか」

「そうだ」

改めて龍助をまじまじと見た。龍助は視線を逸《そ》らさなかった。

「懐胎したのは、俺の屋敷に奉公していた間ということになるのだな」

首をひねった。

「相手の男の名は、わかっているのか」

「当人が口を割らないらしい」

「厄介だな」

眉《まゆ》を軽くひそめた。

二

廊下に衣《きぬ》ずれの音がして、いつものように田沼龍助の母が、奥仕えの女中と共に夕餉《ゆうげ》の膳《ぜん》を運んで来た。

月に一度、坂倉屋龍介が田沼家を訪問する夜は、龍助の帰宅を待って一緒に飯を食う決まりになっている。

膳の上のものは、贅沢《ぜいたく》ではなかった。田沼家が本郷御弓町にあった頃と殆《ほと》んど変っていない。むしろ、蔵前の札差などのほうが品数も多く吟味された食材を口にしているように思える。もっとも、坂倉屋は質実剛健の家風で主人以下、奉公人と同じ扱いだから、口は奢《おご》っていない。

それに、龍介にとって田沼家の飯の味は懐《なつか》しかった。子供の頃、田沼家で龍助と素読の勉強をしていて、時分どきになると必ず、龍助の母が我が子の友人の分も膳の用意をして声をかけてくれたものであった。

季節にかかわらず、必ず飯について来る汁が、冬は舌を焼くほどに熱く、夏は豆をすり下ろして加えた冷たい仕上りになっているのは、今もそのままである。

みたのですよ」
「龍介どのは、鶏《とり》のつくねが好きでしたね。今日はそれを思い出して久しぶりに作って
勧められた膳の上には、龍介の好物の鶏のつくね団子が蕪《かぶ》と炊《た》き合せになっている。
「かたじけないことでございます」
龍介が両手を突いて頭を下げ、傍から龍助が、
「母上」
と声をかけた。
「ちと、お訊ね申したいのですが、どうか、ここだけの話にして下さい。本郷御弓町の
梅本家のお志尾のことですが、昨年、当家へ行儀見習に来ていたでしょう」
母のお辰《たつ》がおっとりと息子を眺めた。
「あの時もお話ししましたけれど、あちらはお母様が早くに歿《なくな》られて、男手でお育ちになっ
た。お志尾どのの父上がわざわざ、おみえになって、嫁入り前の行儀作法、それに茶の
湯なども教えて頂けまいかとのことで、おひき受けしたのですよ。でも、宅へ来ていた
のは一年足らず、果してお役に立ったものか」
「その当時、お志尾に好きな男がいたようには見えませんでしたか」
「なんということを……」
お辰が、単刀直入な息子の言葉に非難がましい目をむけた。

「そのようなみだりがましいことがあるわけはございません」

「おつねはどうか」

龍助が母の後で小さくなっている女中に問うた。

「心当りはないか」

「一向に……」

しっかり顔を上げて返事をした。

「お志尾どのに何かあったのですか」

母親の問いに、龍助は軽く首を振った。

「たいしたことではありません。後日、改めてお話申すかも知れませんが……今日のところはお聞き捨てになさって下さい」

お辰は息子とその友人をちょっとみつめるようにしたが、そのまま、女中をうながして部屋を出て行った。

その足音に耳をすますようにして龍助が苦笑した。

「俺は、お志尾が家へ行儀見習に来るようになったのは知っていたのだが、実は何度も顔を合せていないのだよ」

お志尾は通い奉公だったと龍助はいった。

「あそこは母親がいない。お志尾が家の中のきりもりをしていたし、弟妹はまだ子供だ。

家も近いことだし、通い奉公が無理ではなかった」

おそらく、母の気持の中には若い男が何人もいる屋敷へ嫁入り前の娘が住み込みで奉公して万に一つ、間違いがあっては、という分別があったのだろうと龍助はいった。

「なにしろ、俺の所は俺が独り者だし、弟が二人いた」

すぐ下の弟は専助意誠《おきのぶ》といい、その下の文助意満《おきみつ》が死病の床についていた。

「用人も妻帯していないし、若党もいる。母上はのんびりしているようでも気が廻るから、お志尾を通い奉公にしたと思うよ」

梅本家の家庭の事情からしても、そのほうが都合がよい筈《はず》であった。

「俺は大体、卯《う》の下刻《げこく》には屋敷を出て、お城へ向う。帰って来るのは今と同様、まず日が暮れてからになる。だから、通い奉公のお志尾とは滅多に会うことがなかった」

強いていえば、末弟の文助が危篤《きとく》になって、龍助も枕辺《まくらべ》につき添っていた数日の中くらいのものだろうといった。

「それ故、母上に訊ねてみたのだが、どうもあの御返事では全くお心当りはないようだな」

龍助が友人の盃《さかずき》に酒を注ぎ、龍介はその徳利を取って相手に酌をした。

「その通りだ。俺は母上がお叱《しか》りになるのではないかとびくびくしたよ」

龍助の母のお辰は、野州の郷士の娘に生まれたが、伝手《つて》があって江戸へ出て紀州藩江戸屋敷にいた田代七右衛門高近の許《もと》へ奉公に上り、その利発さと性格の良さで主人夫婦に可愛《かわい》がられ、やがて養女分となって田沼家へ嫁いで来た人であった。

女ながらも武芸のたしなみがあり、その反面、琴の名手で茶の湯や歌道にも秀《ひい》でていた。

けじめのはっきりした人柄だから、もし、自分の屋敷に奉公していた女が、未婚で子を産んだなぞと知ったら、どれほど心を痛めるかと、龍介は気が重くなって来る。

その一方で、お志尾が通い奉公だったと知らされて、ほっとした面もあった。

通い奉公なら、絶対にあやまちがないとはいえないが、少くとも毎日のように夜明けに屋敷を出かけて、夜になって帰って来る龍助には、お志尾の産んだ子の父にされる可能性はないだろうと思われる。

「あまり気は進まないが、やはりお志尾の相手の男を知らなければ、埒《らち》があかないだろうな」

盃を口に運びながら龍助がいった。

「龍介に斬《き》りつけた男は、お志尾が身を寄せている家から出て来た。夜になって一人住いの身重の女の許を訪ねる男といえば、まず、身内か、或いはそれなりの仲であろう」

「何故、俺に斬りつけて来たのだろう」

「お志尾を訪ねたことを知られたくなかったのか」

「子の父だな」

「そいつは、龍介を龍介と知っていたのか」

「さて……」

どちらも提灯《ちょうちん》を持っていなかった。

だが、遮二無二《しゃにむに》、斬って来る相手を避けている中に、月が雲間を出た。

「むこうは面《おもて》を包んでいた。俺のほうはむき出しだ」

「龍介の知り合いなら、お前が龍介とわかった筈だな」

剣をひいて逃げ去ったのは、そのせいかも知れないと龍助はいった。

「お志尾の相手は、俺の知った奴なのか」

それは龍介も考えてみた。だが、心当りはない。

「俺はこう考える。お志尾の相手がどこの誰か、それを詮索《せんさく》しても仕方がない。お志尾が誰かを好きになって、そいつの子を産んだ。夫婦になれないのは、それだけの理由があるのだろうし、乱暴な言い方かも知れないが、それも他人がとやかくいうことではあるまい。しかし、白山権現界隈《かいわい》の辻斬《つじぎり》が、もし、お志尾の男なら、そいつは捨ててはおけないと思うのだ」

龍介も盃をおいた。

「俺も、その点が一番、気がかりだ」

「何人も人が殺されているのだから、町方は探索に動くだろう。そいつが捕って、万一、お志尾の男だとしたら……」

ふと、言葉を切った龍助に、龍介は訊《たず》ねた。

「そいつが、誰か、わかったのか」

返事がなかった。

龍助は酒をやめて、飯と汁を交互に口へ運んでいる。止《や》むなく、龍介も食べることに専念した。

暫《しばら》くは、二人とも無言であった。

女中のおつねが茶を運んで来て、すぐに去った。

「母上は、あいつと用人を夫婦にしようと考えて居られるのだよ」

ぽつんと龍助がいった。

「どちらも奉公に来て長い。気心も知れていてよかろうとおっしゃるのだ」

別に反対する口ぶりではなかった。

「お北はどうしている」

話が不意に変った。

「この前、実家で会ったが……」

白山権現で辻斬を目撃した夜だと龍介は話した。

「兄を送って行ったら、お北どのが来ていた。実家の父上の具合が悪いので見舞に来たような話だった」

「斉藤どのがお悪いのか。あちらは家督をゆずって隠居はされていないのだな」

「そのようだが……」

「兵太郎はどうしている」

「さあ」

お北は、役付になる運動をしているようなことをいっていたが、それも、まず家督を相続してからの話であろう。

「昨年の暮に会ったが、娘の頃と変っていないようだったが、嫁入りして何年になるのかな」

「今年で九年だと思う」

「そんなになるのか」

「子がないから、娘の時のようにみえるのかも知れないな」

黙っている友人の横顔が寂しげにみえて、龍介はつい、本心を口に出した。

「俺は子供の頃、お北どのは田沼家の嫁になるのかと思っていた」

「俺もそうならないかと思っていたよ」

素直な返事が聞えて、龍介は耳を疑った。

同時に、この友人にやはり、その思いがあったのかと胸を衝《つ》かれる気がした。

「どうして嫁にもらわなかったんですか」

口調が町人に戻った。それだけ、衝撃が深かったことになる。

「無理だよ」

白皙《はくせき》の顔に翳《かげ》が射《さ》した。

「父上が歿られた時、俺は十六だ。翌年、家督相続して、元服して、あの頃、俺は西の丸様に仕え、小姓として三百俵を頂いている身分だ」

今の将軍家重が世子として西の丸にあった頃のことであった。

「あれからの十年には、さまざまのことがあった」

さまざまのことについて、龍助は口に出さなかったが、龍介にはおよそ推量出来た。

次期将軍として西の丸にあったものの、当時、家重の立場はまことに不安定であった。幕閣の中には、言語不明瞭《ふめいりよう》で智恵遅れの感のある長子家重よりも、聡明《そうめい》で健全な次男、三男に期待するむきが強かった。

なかでも老中、松平乗邑《のりさと》は家重を廃嫡《はいちやく》して、次男、宗武《むねたけ》を九代将軍にするよう、八代吉宗に強く進言し、家重が暫く江戸城を出て小菅《こすげ》御殿に滞在しなければならなくなるといった時期もあった。

田沼龍助にとっても、仕えている主人が廃嫡になれば出世の望みはそこで絶たれるわけで、心を悩ます事柄が多かったに違いない。おそらく、人並みに妻を迎えてなぞという余裕はなかった筈で、そうした状態から解き放たれたのは、今から四年前の延享《えんきよう》二年（一七四五）に吉宗が隠居し、正式に家重が九代将軍となって本丸に移ってからであろう。

「しかし、あらかじめ、お北どのに本心を告げておけば、お北どのは嫁には行かなかったと俺は思うが……」

お北が心の中でひそかに龍助を慕っていたのは、誰よりも龍介が知っていたつもりであった。もし、龍助がお北に待っていてくれといいさえすれば、お北はいくつになろうとじっとその日を待ち続けていたことだろう。

「それは違うぞ、龍介」

思いつめた顔をしている友人に、龍助は穏やかにいった。

「男が三十になって嫁を迎えなくとも、世間は何もいわぬ。しかし、俺が三十なら、お北は二十七だ。女が二十七まで独りでいるのは難かしい。第一、俺にはいつまで待ってくれれば嫁にもらえるというあてもなかったのだからな」

この話はこれきりにしようと龍助は苦笑した。

「何をいったところで、お北はもう湊屋《みなとや》の女房どのだ。それに、俺もこの秋には嫁を迎える」

だしぬけだったので、龍介は目をむいた。

照れくさそうにうなずいた友人に重ねて問うた。

「祝言《しゅうげん》なさるのか」

「お相手は……」

「旗本の黒沢杢之助《もくのすけ》どのの娘だ」

その名前を龍介は知らなかった。

「さる方の口ききで急に決った。俺より母上が大層、喜ばれてね」

武士の家であった。当主が三十になっても妻がいないのでは、何かと具合が悪いし、第一、後継ぎが出来ないのは由々しき大事になりかねない。

「そうか。それはよかった。心からおめでとうと申し上げる」

瞼《まぶた》の中にお北の顔が浮びながら、龍介は祝いを述べた。龍助が笑った。

「なんだか、あまりめでたくない顔だぞ」

「そんなことはない」

どう思ったところで、お北はすでに人妻であった。

「改めて、祝物を持って来る」

「そんなことより、お志尾の男の件だがな」

話が元へ戻った。

「俺は近い中にもう一度、お志尾どのを訪ねてみようと思っている。兄の友人であの近くに住んでいる仁もいることだから、辻斬の件も訊ねられる」

龍介の考えを、龍助は制した。

「それは止めておけ」

「何故だ」

「危険だ。お前があの辺りを徘徊《はいかい》するのは危い」

「しかし」

「特に夜は断じて、あの界隈へ出かけるな」

不満そうな龍介の表情を眺めて、つけ加えた。

「俺に考えがある」

「どんな考えだ」

「次にお前が来た時に話すよ」

今夜はもう帰れといった。

このところ、龍介が田沼家を訪ねる約束の日は、比較的、早めに龍助は帰邸している。

今日もそうで、夜は更《ふ》けかけていたが、それほど遅くもなかった。

それに、夏のことである。

龍助が用人を呼び、駕籠《かご》の用意を命じた。これはいつものことである。

駕籠には必ず、田沼家の若党が供をして来る。いくら龍介が辞退しても、

「俺の屋敷からの帰りに、何かがあっては坂倉屋に申しわけが立たぬからな」

と龍助が取り合わない。

その龍助は玄関まで送って来て、

「よいか。必ず、白山権現《ごんげん》の近くには出かけるなよ」

と念を押した。

駕籠に揺られながら、龍介は思案していた。

白山権現へ近づくなということは、田沼龍助も、辻斬とお志尾の男を結びつけているに相違ない。

お志尾の家から出て来た男が、何故、龍介に襲いかかって来たのか。しかも、月光でこちらの面体をみたとたんに刀をひいて逃げ出したのは、少くとも、むこうは坂倉屋龍介を知っていたことになる。

田沼龍助はお志尾の男について見当がついたのかと思った。とすれば、龍助は白山権現へ自分で出かけて行く気だ。

三

翌日、龍介は坂倉屋で黙々と自分の仕事を片付けた。

義父の部屋へ顔を出したのは夕刻で、田沼家から扶持米《ふちまい》の算用について相談を受けているので、今夜も先方へ出かける旨《むね》を伝え、場合によっては泊まることになるかも知れないと申し出た。

義父はいやな顔をしなかった。

「近頃、田沼主殿頭様のお噂《うわさ》は蔵前でもよく聞く。将軍家《おかみ》の大層なお気に入りで、ひどく御不興の時でも、田沼様がお取りなしをなさると早速、御機嫌が直るとか。この先の御出世は疑いなしと、どなたもいうてござる」

幼馴染《おさななじみ》の縁を利用して、今の中に大いに取り入っておけと暗にいっている。

夕餉《ゆうげ》をとらずに、龍介は蔵前を出た。

だが、田沼家へ着いてみると、用人が、

「本日、殿様は御城内の宿直番《とのいばん》でござって御帰邸にはなりませんが、もし、坂倉屋から龍介どのが参られたら、明日の夕刻、訪ねて来るようにとのお言葉でござった」

という。

龍介としては、あてがはずれたものの、宿直番では白山権現へ辻斬《つじぎり》の探索に行けるわけもなく、内心、ほっとした。

ただ、当惑したのは、義父にああいって出かけて来た手前、このまま蔵前へ帰るのは具合が悪い。

本郷御弓町の兄の屋敷へ寄ってみようと思いついたのは、辻斬の件について、兄のところに何か知らせが入っているのではないかと考えた故《ゆえ》である。

兄は屋敷にいたが、相変らず来客があって、しかも酒が出ているらしい。談論風発といった大声が玄関まで聞えて来る。

兄嫁は赤ん坊を背にくくりつけ、台所で酒の肴《さかな》を作っていた。傍で二人の幼子が腹がすいたとむずかっている。

その二人が龍介の姿を見て、

「叔父様……」

と、走り寄って来たのは、この家へ来る時、龍介が必ず子供達に菓子の土産を持って来るからで、今日も途中で買って来た団子の包を取り出し、

「義姉上《あねうえ》、よろしいですね」

と断りをいい、兄嫁が合点するのを見届けてから開いてやると、大喜びで食べはじめた。

「何か手伝いましょう」

板の間には、奥から下《さ》げて来たままの空《か》らの徳利がそのままになっているし、竈《かまど》の上の釜《かま》からは飯汁がふきこぼれている。

生まれ育った家のことで、龍介は馴れていた。

竈の下の火を加減しておいて、徳利に酒を注《つ》ぎ、燗《かん》をする。

兄嫁の背中の赤ん坊が泣き出したのは、こちらも乳を飲ませる時刻が来たようであった。

出来上った肴と燗のついた徳利は、龍介が奥へ運んだ。

客は二人、どちらも龍介の知らない顔である。

「来ていたのか」

兄の紋十郎が酔いの出た声でいった。

「ゆっくりして行け。お前には話があるのだ」

「今夜は急ぎませんので……」

客へ会釈《えしやく》をし、台所へ戻って来ると兄嫁は赤ん坊に乳をふくませていた。

「助かりました」

龍介をみて苦笑した。

「急にお客をつれて帰って来ましてね。すぐに酒だとおっしゃるものですから、慌《あわ》ててしまって……」

「兄上の悪い癖ですよ。いつものことながら、義姉上に御苦労をおかけします」

酒がもう残り少いのを見て、そっといった。

「今の中に、酒を買って来ます。ほかに足りないものはありませんか」

兄嫁がかぶりをふるのを見てから屋敷を出た。行きつけの酒屋で酒を買い、ちょうど通りかかった稲荷鮨《いなりずし》売りから三包ばかりを求めたのは子供達と兄嫁と自分の夕餉のためで、炊《た》いている釜の飯は、おそらく兄と客の分くらいしかなさそうだと判断したからである。

酒のあとに、兄は必ず湯漬を所望する。

帰ってみると、赤ん坊は台所に続く部屋に寝かされて居り、兄嫁は残りの酒の燗のついたのを奥へ運んで行くところであった。

二人の子供は龍介の取り出した稲荷鮨に目を輝かせている。

出がらしの茶をいれ、龍介も稲荷鮨をつまんだ。戻って来た兄嫁にも勧める。

「斉藤家の親御さんの具合はどうですか。お北どのはまだ実家にいるのですか」

さりげなく話し出したのは、台所がすっかり落ついてからで、腹がくちくなって瞼の重くなった二人の子供も、赤ん坊の隣の布団にもぐり込んでしまった。

「御夫婦とも、御容態は相変らずとのことですが、お北さんは品川へ戻られたそうですよ」

嫁入りした女がいつまでも実家で親の世話をしているわけにも行かない。

「すると、兵太郎どのが一人で看病しているのですか」

斉藤家にしても、この家と同様、平素は奉公人をおくだけのゆとりがない。

「以前から時々、手伝いに来ていた下婢《かひ》のお婆《ばあ》さんが通いで来る日もあるようですけれど、夜になってから兵太郎どのが医者へ薬をもらいに出かけて行ったりなさって、なかなか大変な御様子ですよ」

兄嫁が眉《まゆ》をひそめ、龍介は首をひねった。

「かようなことを申すのは如何《いかが》かと思いますが、お北どのの婚家からは、少々なりと仕送りが来ているのでしょう。奉公人をやとえないとは考えられませんが……」

お北の婚家、湊屋は豪商であった。

親の見舞に、お北が手ぶらで来ているとは思えない。

「兵太郎どのがおっしゃっていましたが、お年を召した親御様方が新しい奉公人を家へ入れるのをお好みにならない。それに、お姉様にも、あまり迷惑はかけたくない御様子で……」

それはそうかも知れないと龍介も考え直した。

斉藤家の跡取りとして、兵太郎にも武士の誇りがあるに違いない。

客が帰ったのは深更であった。

「龍介、今夜は泊って行け。昨今の辻斬ばやりだ。迂闊《うかつ》に夜歩きしては剣呑《けんのん》だぞ」

すっかり酩酊《めいてい》した兄がいい、龍介は早速、訊《たず》ねた。

「白山界隈《かいわい》の辻斬は、まだ捕らないのですか」

「それどころか、毎夜のように諸方で人が斬られて居る」

中仙道から江戸へ戻って来た商家の手代が襲われたり、四軒寺町の僧が殺害されたり、或いは駒込《こまごめ》に住む御家人まで殺《や》られていると紋十郎は弟に告げた。

「侍が辻斬に遭ったのですか」

商家の手代は掛取りの帰りだろうから、まとまった金を持っていた可能性もあるが、僧や武士が大金を所持するとは、あまり考えにくい。

「その侍は腕自慢でな。先夜、お前が辻斬を見とがめた折、わしが同行していた小笠原どのから聞いたのだが、辻斬を捕えようとして白山権現界隈を張り込んでいたらしい」

剣術に自信のある侍までが斬死しているのであれば、辻斬は相当の遣い手ではないかと紋十郎はいう。

「お前もあのあたりに用事がある場合は必ず暮れる前に帰れ。油断は禁物だぞ」

兄が弟にいいたかったのはそれだけとみえて、女房に助けられて寝間へ入って行く。

結局、龍介は兄の屋敷へ泊った。といっても襖《ふすま》のむこうから聞えて来る兄の鼾《いびき》のすさまじさに、とても眠れたものではなかった。

それもあって、夜明け前に起き出したのは、蔵前の店が大戸を開けるまでに帰りたいと思ったからで、夜具を片付け、音をたてないように裏口を出た。

武家地はまだ深閑としている。

歩き出して、すぐ水の音を聞いた。

そこは斉藤家の裏である。井戸端で兵太郎が洗いものをしていた。龍介に気がつくと立ち上って丁寧に頭を下げた。

「昨夜、遅くなって兄の屋敷へ泊ったのでね」

病人に対しての見舞をいった。

「姉が手伝いの者をよこしてくれたのですが、年寄は気むずかしくて……。とうとう帰ってもらいました」

暗い中で兵太郎が額の汗を拭《ふ》いた。このところ、江戸は夜になっても気温がそれほど下らない。

兵太郎と別れて、不忍池《しのばずのいけ》の近くまで来ると漸《ようや》く、空のすみが明るくなりかけた。今日も油日照りの一日になりそうだとがっかりしながら、龍介は蔵前へ帰った。

翌夕刻、再び田沼家へ向う途中、龍介は老人の口に合いそうな菓子を求めた。

昨日、実家を訪ねたのに、斉藤家へなんの見舞も持って行かなかったことが気になっていたからで、本郷御弓町の斉藤家へ寄ってみると、玄関でいくら声をかけても返事がない。

耳をすませても、家の中に人の気配が感じられなかった。

病人の老夫婦は眠っているのかも知れないし、兵太郎は使に出かけてでもいるのかと、

龍介はあきらめて実家へ行った。見舞の品をあずけて行こうとしたのだが、出迎えた兄嫁が蒼《あお》ざめた顔で、

「今しがた、小笠原様がお出でになって、旦那《だんな》様は御一緒にお出かけになりました」

昨夜、辻斬が出たとかで、と聞いて龍介は訊ねた。

「いったい、どこで……」

「白山権現の裏で、殺されたのは植木職人だそうでございますよ」

「植木職……」

咄嗟《とっさ》に心をかすめたのは、お志尾が身を寄せている植木屋の離れのことだったが、兄嫁はそれ以上、くわしくは知らないらしい。

斉藤家への見舞物を兄嫁にことづけて、龍介は本郷御弓町を出た。白山権現までは男の足でそれほどの距離でもない。

鳥居を入ったところに兄の紋十郎と小笠原文之進の姿が見えた。前に立っているのは、いつぞやの夜の一件で龍介も顔見知りとなった鳶頭《とびがしら》で、名前は弥七《やしち》というらしい。

兄が弟を見て手を上げた。走り寄って行くと、

「お前は、梅本のお志尾どのを知っていたな」

という。

「子供の時は、一緒に遊びましたから……」

何を今更という気持で答えると、

「では、行ってやるといい。実家から妹が来ているそうだが、半狂乱だというからな」

という。

「いったい、殺されたのは……」

龍介が訊《き》き、弥七が、

「植甚なんで……」

頰をひきつらせて答えた。

植木屋で甚七という名から、この近所では植甚と呼ばれている。

「殺《や》られたのは、昨夜の中だと思いますが、時刻はわからねえ。なにしろ、女房は娘の嫁入り先へ赤ん坊の世話をしに泊りがけで行っていまして、家には植甚が一人だったわけでして……」

「賊が、家に押し入ったのか」

「いえ、みつかったのは、この裏の玉垣の内側でござんす」

弥七が社殿のむこう側を指し、龍介がそっちへ歩き出すと、なんとなく三人もついて来た。

そこは白山神社の裏門に近い。

「これは……」

龍介が兄をふりむき、紋十郎がうなずいた。

「いつぞや、お前が辻斬にやられた男をみつけたのは、この玉垣の反対側だ」

玉垣の内と外であった。

死体はもう片づけられていたが、あたりは大勢の人々にふみ荒されて下手人の足跡などはわかりそうもない。

「なにしろ、植甚が殺されてるってんで、近所の連中がわあっと押しかけて来まして……」

甚七は、裏門の方角へ向いて倒れていたという。

「肩から斬られて……大方、倒れてからでござんしょう。首を後から一突きにされて居りました」

つまり、下手人は止《とど》めをさして行ったということになる。

「むごいことをしゃあがったもんで……」

「甚七は仕事から戻って来たところだったのだろうか」

龍介の言葉に弥七が手を振った。

「いえ、浴衣《ゆかた》でござんしたから……」

「すると、湯屋へでも行った帰りか」

「方角が違いますんで。湯屋は片町で、この裏門からだと、えらい廻り道になります」

「辻斬に追いかけられて逃げて来たにしては、体のむきが逆だな」

小笠原が口をはさんだ。

甚七の来た方角は植木屋の自分の家であった。そして、離れ。

「辻斬が植木屋へ押し込みに入るわけもなかろう」

職人の家にまとまった金があるとも思えない。

「夫婦揃《そろ》って世話好きで、およそ人から怨《うら》まれるような人間じゃあございません。なんだって、こんな非道な……」

裏門のところに若い男が走って来た。鳶頭を呼んでいる。

「わしはこれから小笠原どのと出かける。お前は梅本のお志尾どのを見舞ってやるとよい」

兄にいわれて、龍介は改めて挨拶《あいさつ》をし、一人だけ植甚の家の方角へ歩いた。

離れからは赤ん坊の泣き声が聞えていた。

入口に立つと、若い女が出て来た。

お志尾のすぐ下の妹のお菊である。

「近くで人殺しがあったと聞いたのでね」

といった龍介に泣きそうな顔をした。

「朝から大さわぎなんです。あたしが来た時は、お役人がその辺を調べていて……」

「お菊さんは、さわぎを聞いて来たのではなかったのか」

「あたしは毎日、ここへ来ています」

植木屋の女房が娘のお産で行ってしまって、姉の面倒をみる者がいないので、朝から夕方まで世話をしに来ているといった。

「すると、夜はお志尾どのが一人か」

「そうです。あたしは家のほうの用事もあるので……」

「昨夜、お志尾どのは何か物音とか、人の叫び声なぞを耳にしていないか」

お菊が顔をしかめた。

「さっき、お役人が来て、同じことを訊きましたが、姉は何も気づかなかったと申していました」

赤ん坊が泣き続けていて、お菊は腰を浮かした。

「申しわけありませんが、姉はお乳が止ってしまって……これから貰《もら》い乳に連れて行きますので……」

「とんだ災難だったな。大事にするよう伝えて下さい」

離れを出て白山神社の境内を抜け、まっしぐらに小川町の田沼家をめざした。

陽はすでに暮れている。

地上には一日の暑さの名残りがあるが、夕風が救いだった。

植木屋の甚七が殺害されたのは、お志尾の許《もと》へ通って来ている男のせいではないかと、しきりに思う。

龍介の瞼《まぶた》の中に、いつぞや自分へ斬《き》りかかって来た黒い影が浮んでいた。あいつが辻斬なのか。どうして辻斬を働くような男がお志尾の許へ通って来ているのか。何故、お志尾が世話になっている植木屋の亭主まで殺害しなければならなかったのか。

田沼家へたどりついた時、龍介は全身、汗まみれになっていた。

田沼龍助は帰邸していた。

「まず、飯をすまそう」

龍介の報告を聞きながら、用人に命じた。

「どっちみち、もう夜だ。慌《あわ》てて行っても何かがみつかるというものでもない。それに、肝腎《かんじん》のことは龍介がみな、訊いて来ている」

この友人はいつもこうだと龍介は思った。

人が逆上していると冷静になる。子供の時、それを大人は小憎いと蔭口《かげぐち》を叩《たた》いていた。

四

田沼家を出たのは五ツ半（午後九時）に近かった。

「坂倉屋の龍介と昔馴染《なじみ》の屋敷へ見舞に行って来る。少々、遅くなるかも知れぬが、母上には御案じなくと申し上げておいてくれ」

供には及ばないと用人にいった田沼龍助は黒っぽい飛白《かすり》の着流しで、この節、華奢《きやしや》で軽い刀を好む武士が多いというのに、みるからに実戦むきの剛刀を腰に帯びている。

龍介のほうは無腰である。

「俺も何か得物を持って行ったほうがよいかな」

呟《つぶや》いたのは、坂倉屋へ養子に行くまでは、武士の子として一応、剣術の稽古《けいこ》に通っていて師匠から剣筋がよいと賞《ほ》められていたからであった。

そんな龍介の一人言が聞えたのか、龍助が自分の脇差《わきざし》を無雑作に鞘《さや》ごと抜いて渡した。

「腰が寂しければ、これを差して行け」

提灯《ちようちん》は各々《おのおの》が一つずつ、夜空は晴れて鎌《かま》のような月が出ていた。

「龍介は辻斬とお志尾の所へ通って来ている男が同じ人物だと考えているのだな」

速足で歩きながら龍助がいった。

「違いましょうか」

神妙に龍介が応じ、龍助が笑い出した。

「お前、身につかない町人言葉はよせよ」

「いや、俺にとっては町人言葉のほうが身についているんだ」

田沼家へ行って、昔と同じような調子で話せといわれて、けっこう途惑っている。

「そういうものか」

「郷に入れば郷に従え。習うより慣れろというではないか」

「成程……」

少しばかり間をおいて訊いた。

「その後、斉藤家のお北どのには会ったか」

「親父どのが病んでいて、見舞に来ていた。そういえば、兵太郎がおぬしの所へ頼みごとに行って厄介をかけたような話をしていたが……」

「兵太郎が……」

「そうだ」

「俺の所へ頼みごとに来たといったのか」

「ぼつぼつ家督を継ぐのだろう。となれば役付になりたいのが本音ではないだろうか」

「いつ、そんな話をした」

「白山権現《ごんげん》の裏で辻斬を見た夜だ。この前、話した筈《はず》だが……」

その後はお北には会っていないといった。

「兵太郎は、俺の所へは来ていないよ」

ぽつんと龍助がいった。

「留守だったのではないか」

「いや、留守中に来たとすれば、必ず用人なり、母上なりから話がある」

登城中の出来事や来訪者については、どんな小さな事でも洩《も》らさず報告させるようになっているとつけ加えた。

「すると、行くつもりでお北どのには話したが、実際には行っていなかったのかな」

と龍介は応じたが、どうもあの時のお北の話しぶりでは、そんなふうではなかった。もっと、しげしげと田沼家を訪ねているような感じを受けたものである。

「兵太郎は学問と剣術とどちらが得意だったかな」

龍助の言葉に、一足遅れて歩いていた龍介は、おやと思った。

「わたしが知っているのは、坂倉屋へ行く前までのことだが、よく斉藤家の父上がこぼして居られた。兵太郎の学問嫌いには困ったものだと……」

兵太郎の父、斉藤兵庫《ひょうご》は学識豊かな趣味人であった。

「その後のことは、おぬしが知っているのでは……」

龍助と兵太郎は剣の同門である。

「道場で立ち会ったことなぞ、なかったのか」

「ない。むこうが俺を避けていたようだ」

「龍助はみかけによらず剛腕だからな」

話がそこで途切れた。

夜の中に白山権現の杜《もり》が近づいている。

「お志尾の住いはどこだ」

龍助に訊かれて、龍介が先に立った。

離れに行くためには植木屋の横を抜ける。

植甚の家は、まだ通夜の人が集っている様子であった。線香の匂《にお》いが外にまで流れて来る。

植込みの小道を行くと、離れの前へ出た。

灯が洩れている。

龍介が軽く表の戸を叩いた。驚いたのは、すぐに戸が開かれたことで、そこからのぞいたお志尾が何かいいかけて絶句した。

明らかに誰かが訪ねて来たと早合点して戸を開けたのだとわかる。

慌てて閉めようとするのを龍介は遮《さえぎ》った。

「俺一人じゃない。あんたが奉公していた御主人が心配して来て下さったんだよ」

低く龍介が告げ、お志尾は戸口を入って来た田沼龍助を信じられないという目でみつめた。

素早く、龍介も入って戸口を閉める。

部屋には布団が敷いてあり、赤ん坊が寝かされている。

龍助が上りかまちに腰を下した。

「遅くに訪ねて来てすまなかった。どうにも気がかりで、お志尾から子供の父親に伝えてもらいたいと思ったのだ」

お志尾が小さく叫んだ。

「御存じなのですか」

龍助が顎《あご》をひいた。

「知っているつもりだ」

「違います」

「とにかく、お前の口から話してくれ。明日、俺の屋敷へ訪ねて来るように……」

お志尾がよろよろと膝《ひざ》を突いた。

「なんのために……」

「お前達を助けるためだ」

「どうして、あなた様が……」

「俺達は昔馴染だ。子供の頃は一緒に遊んだ仲ではないか」

穏やかだが、情のこもった声であった。

お志尾の肩先が慄《ふる》えた。

「無理です」

「無理ではない」

「いいえ、御存じないのです」

「いや、知っている」

戸口に突立って、龍介は茫然《ぼうぜん》と二人のやりとりを耳にしていた。いったい、田沼龍助は何をいおうとしているのか。

「もう……遅うございます」

唇を嚙《か》みしめ、お志尾が正面から龍助と向い合った。

「遅かったのはわかる。だが、俺はあきらめてはいない」

「でも……」

「こう伝えてくれ。この田沼龍助を信じて俺の屋敷を訪ねて来るように。俺が留守でも、用人に申しつけておく。俺が帰るまで待っていてくれ」

細い手が龍助へ向ってさしのべられた。

「信じてもよろしいのでございますか」

「大丈夫だ。お志尾は俺を知っているだろう。俺は友達を裏切るような真似《まね》はしない」

「必ず助けると約束して下さいますか」

「そのために全力を尽す」

がっくりと首が折れそうなまでにうなだれたお志尾をみて、龍助は腰を上げた。

「では、行くぞ」

お志尾は顔を上げなかった。体を固くして動かない。

「龍介……」

声をかけられて、龍介は戸を開けた。前後して外へ出る。

「提灯はつけるな」

短かく、龍助が注意した。

月明りで歩けないことはない。

植甚の家の前を通らず、白山権現の裏門へ出た。

この道に植甚は倒れていたと思い、龍介はそのことを告げようと近づいたが、龍助は更に足を早めて表通りへ向う。

「知っていたのですか」

町人言葉に戻っていた。

「何を……」

と龍助。

「お志尾どのの相手のことです」

「龍介は、まだわからないのか」

よく考えろ、とささやいた。

「お志尾が妊《みごも》ったのは、俺の屋敷に通い奉公をしている時だ。お志尾は朝、自分の家を出て、俺の家へ来る。一日を過して夕方、再び自分の家へ帰る。それが毎日だ」

どこに男の影があるか、といった。

「俺の屋敷の者か、そうでないとするとお志尾が動き廻れる範囲は限られている」

息を呑《の》んで龍介は聞いていた。言葉をさしはさむ余裕は全くない。

「仮に男のほうからお志尾を訪ねて来るとしても、二人が忍び会える場所はどこだ。お志尾の家は子沢山で狭い。あの界隈《かいわい》で逢引《あいびき》に都合のよい家もないし、遠出も無理だろう」

田沼家と梅本家は同じ町内、それも目と鼻の距離である。通い奉公の途中でというわけにも行かない。

「龍介、近くに目をむけてみろ。二人が一緒にいる姿をみても、誰も気にかけない。二人は子供の頃からの知り合いだ」

漸《ようや》く、龍介は反論した。

「それなら筋を通して祝言《しゅうげん》をするとか」

「男はお志尾よりも年下だ。まだ家督も継いでいない。当然、無役だ。両親は病いがちで暮しむきは決してゆとりがあるとはいえない。どんなにお志尾がのぞんでいても、男の立場としては、いい出しにくいものではないのか」

ぼやけていた男の像が急激に鮮明になって龍介は背中に冷たい汗を流した。

「では、お志尾どのが本所の旗本の所へ嫁入りしたのは……」

「縁談が起れば、男がその気になって祝言へふみ切ると考えたんだろう。だが、男はそれでも逡巡《しゅんじゅん》した」

「わたしには信じられません」

龍介の声は悲鳴に近かった。

「だとしたら、辻斬は……」

足を止めて、龍助が自分で提灯に火を入れた。龍介が慌《あわ》てて手伝う。

「辻斬の件は、とりあえず、別々に考えることにしよう」

龍助の声が始めて重くなった。

「まず、親子三人の身の上が立つようにする。それから、償うべきものは償う……」

「やはり、辻斬は……」

男の名前をいいかけて、龍介は黙った。

「何故、そんなことをしでかしたのか」

口の中でいってみて、龍介は金のためだと合点していた。

お志尾の実家の梅本家は、お志尾の祝言でかなり無理な出費をしている。その上、妊っていることが知れて離縁になった際、相手方や仲人に詫《わ》びに廻った。ことを穏便におさめてもらうには、この節のことで、まとまった金が入用だったに違いない。身重の体で植甚の離れに身をひそめ、赤ん坊を出産するにしても、先立つものは金であった。

龍助が並んで歩いている友人の胸中を見抜いたようにいった。

「金だけのことではないかも知れぬ。男にしてみれば先が全く見えぬ。八方ふさがりの中で自暴自棄になったとして、おのれを制御する方法も見当らなかったのだろう」

「殺された者はどうなりますか。それらの者にも親兄弟、妻子があるかも。町人だから、かまわぬと……」

一方に旧友を助けたいという気持がありながら、つい、龍介がいったのは自分が武士から町人になった身だったせいかも知れない。

「血迷うな。龍介、武士といえども斬り捨て御免なぞということが許されぬのは、お前も知っている筈だ。俺がひとまず辻斬と彼らを切りはなして考えるというのは、そうでもしないことには誰も救われぬと思うからだ」

まず一方から手をつける。

「お志尾母子《おやこ》を助け、その夫にもこれ以上の罪を重ねさせぬこと。これが急務ではないのか」

本郷御弓町まで来ていた。

「どうする。実家へ行くか、それとも俺の屋敷へ泊るか」

龍助の言葉に、坂倉屋龍介は頭を下げた。

「御屋敷へお送り申し、それから蔵前へ戻りとうございます」

本郷御弓町の実家は、斉藤家とあまりに近い。今夜、そこへ泊るのはどうにもつらかった。

「お北が、何も知らずにすませられると一番、よいのだがな」

その夜、最後に田沼龍助が口にしたのは、それだけだった。

翌日、龍介は落つかない気持で働いていた。

兵太郎は田沼家を訪ねて行っただろうかとしきりに思う。

昨夜、筋の通った龍助の説明に納得したのに、人情で何かの間違いであってもらいたいと、つい考えている。

龍助のことだから、もし、斉藤兵太郎が救いを求めて田沼家を訪れたなら、必ず、蔵前の坂倉屋まで使をよこして、それとなく知らせてくれるだろうと、龍介は気もそぞろで待っていたが、三日が過ぎても音沙汰《おとさた》がない。

自分から田沼家を訪ねて行きたくとも、暇がなかった。このところ、田沼家へ出かける口実は使い尽してしまっている。

両国橋から浅草にかけて、大川は納涼の舟で賑《にぎ》わっていた。

大名や大身の旗本、それに裕福な町人達が屋形船を出し、その周囲を屋根船や猪牙《ちょき》が行く。

夜更《よふ》けまで絃歌《げんか》が聞え、花火が夜空を彩《いろど》っている。

蔵前に住んでいると、否《いや》でもそうした夏の風物を目にし、時にはかかわり合って暮すことになるのだが、龍介の気持はそれどころではなかった。

なんとか良い知らせが、と首を長くしていた龍介がたまりかねて本郷御弓町の実家へ寄ったのは十五夜を過ぎてからであった。

「まあ、龍介さん、とんだことが起ったのですよ」

出迎えた兄嫁が挨拶《あいさつ》抜きでいい、龍介は胸を轟《とどろ》かせた。

「いつぞや、あなたも見たという白山権現《ごんげん》の近くの辻斬《つじぎり》、あれがつかまりましてね」

麦湯を勧めながら兄嫁が話し出し、龍介は息を呑んだ。

「大きな声では申せませんが、それが斉藤様の所の兵太郎様だったのだと申します」

場所はやはり白山権現の裏で、この界隈は町奉行所が網を張っていたらしい。

「襲われたお人……白山界隈の大地主の手代だったそうですが、大声で助けを求めて、それで待ちかまえていた同心やら岡っ引やらがかけつけて、逃げられないと思ったのでしょうか、切腹してしまったと……」

兄嫁が眉《まゆ》をひそめ、龍介は腹に力を入れて問い直した。

「その……切腹したのが……」

「斉藤様の……、兵太郎様。でも、上のほうでいろいろとお考えがあって、辻斬ではなく新刀のためし斬りをしようとしたというふうに取り繕ったらしゅうございます」

「死んだのですか、兵太郎どのは……」

体から力が抜けて行く感じであった。

「いつですか」

「あなたがこの前、みえてから三日、でしょうか。一時は大さわぎで……」

兵太郎は田沼家へ行かなかったのだと龍介は気がついた。田沼龍助もどれほどか兵太郎の来るのを待ちかねていただろうに。

「それで斉藤家は……」

「門を閉じて謹慎なさって……でも、早晩、お取り潰《つぶ》しになるのではという噂《うわさ》ですよ」

「梅本のお志尾さんは……」

兄嫁が奇妙な顔をした。それで龍介は兵太郎とお志尾の関係は伏せられたと理解した。

「あちらはもう白山権現の近くにはいらっしゃらないと聞きました」

軒の風鈴が思い出したように鳴っている。

女心

一

駒込《こまごめ》、勝林寺は春光に包まれていた。

山号は万年山、臨済宗で西京妙心寺の末寺に当る。

由緒《ゆいしょ》のある寺だが、このところ裕福な檀家《だんか》に恵まれていないせいか、本堂も庫裡《くり》も古びてはいる。

墓地は本堂の裏手にあった。

白梅がほぼ満開になっている脇《わき》に井戸がある。

お北は右手に線香の束を、左手に閼伽桶《あかおけ》をさげてうつむきがちに歩いていた。

ふと、人の視線を感じて顔を上げる。

その人は梅の木の下に立っていた。

勝色《かちいろ》の紋付に羽織、仙台平の袴《はかま》の裾《すそ》に木洩《こも》れ陽が光っている。

「もう来るのではないかと思って待っていた」

お北へむけたまなざしが優しかった。

「どうして、私が今日、ここへ来ると……」

挨拶《あいさつ》より先に問いが出た。

「百ヶ日であろう」

お北の手から閼伽桶を取り、井戸端へ行った。釣瓶《つるべ》を取って井戸の中へ下す。

「そのようなこと、私が……」

前へ廻ったお北を目で制した。

「四十九日には参りたかったが、お上の御用で抜けることが出来なかった」

汲《く》み上げた水を桶へあける。

「その節はありがとうございました。おかげさまで、父も母も、弟も落つくことが出来ました」

改めて深く頭を下げた。

弟の兵太郎が自裁した後、知り合いへ身を寄せていた父と母が昨年十一月に歿《なくな》った。

「さぞ驚いたろう。父上ばかりか、同じ日に母上まで……」

田沼意次の声が曇った。

長患《ながわずら》いだったお北の父、斉藤兵庫《ひょうご》が息をひき取って、その最期《さいご》を看取《みと》った医者がまだ帰らない中に、母のみつが倒れた。看病に来ていたお北が抱き起した時には、もうこの世の人ではなかった。

斉藤家は一日に二人の死者の野辺送りをすることになった。

「母は幸せな人かと存じます。父の死を悲しむ暇もなく、その後を追って逝《い》ったのですから……」

「わたしの母もそのようにいっていたよ。ただ、残されたお北どのが不愍《ふびん》だと……」

「母上様には野辺送りの日にお出《い》で下さいまして……お優しいお言葉をかけて頂きました。どれほど嬉《うれ》しゅうございましたことか」

悴《せがれ》の不祥事の故《ゆえ》に逼塞《ひっそく》した斉藤家に、かつて本郷御弓町で近所づきあいのあった家々からは一人の弔問もなかった。

たった一人の例外が田沼意次の母、お辰《たつ》であった。

「母上様が、坂倉屋の龍介さんに貴方《あなた》様の伝言をおっしゃって下さいまして、こちらの御住職様に来て頂けると知った時の有難さは、なんと申してよいのか……」

斉藤家の菩提寺《ぼだいじ》は二十数年前の大火で焼失し、その後、さまざまの事情で再建出来なかった。檀家の多くは別の寺へ移ったが、斉藤家はそのままになっていた。

そうした事情を知っていて、田沼意次は自分の菩提寺の住職に法要を依頼した。その縁で斉藤家の墓も勝林寺の墓地に建立《こんりゅう》することが出来、それまで罪人として墓を作るのが許されなかった兵太郎も、両親と共にひそかに埋葬された。お北が意次に対して、父も母も弟も落つくことが出来たと礼を述べたのはそれ故である。

新しい墓の前で、お北が閼伽を汲み、線香を供え、意次がぬかずいた。

「兵太郎のことは今でも心残りだ。もう少し早く、我々が気づいていたら、思案のしようもあったかも知れぬ」

だが、最後に意次がさしのべた手に、遂にすがりつかなかった兵太郎であった。

「弟は弱かったのでございます。責めるつもりはございませんが、私は何故、兵太郎があのような非道な真似《まね》をしたのか、どうしても信じられなくて……」

両親の死は天命とあきらめても、弟の最期は容易に納得出来ないといったお北を、意次は、それが肉親というものだろうと推量していた。

お北にとって兵太郎はたった一人の弟であり、情のある頼もしい存在だったに違いない。その弟が自分の知らない中に幼馴染《おさななじみ》の女に子を産ませ、その女のために辻斬《つじぎり》強盗まで働いて死んで行ったというのは痛恨の極みだと思う。だから、お北は弟の死から一年半も経《た》った今でも、信じられないといい、事実、信じたくない気持でいる。

「もう、いうな。兵太郎には姉の言葉が一番つらい筈《はず》だ」

意次がいい、お北は眼のすみを指で払って立ち上った。

「田沼様の御墓所へおまいりさせて頂いてもよろしゅうございますか」

同じ墓地の中であった。

意次より先にお北がその墓の前へ行った。

墓前には先刻、意次がたむけた線香がまだ煙をひいている。

土に膝《ひざ》を突いてお北は長いこと合掌していた。細く蒼味《あおみ》を帯びたお北の首筋が意次の目の前にある。衿足《えりあし》の美しさに意次は見とれていた。子供の頃はふっくらした感じの体つきが嫁に行ってほっそりとした分、しなやかさを増している。

お北の夫、湊屋《みなとや》幸二郎という男に、意次は妬《ねた》ましさをおぼえた。

合掌を解いてお北が腰を上げた時、意次は視線のやり場に困った。

「斉藤家の墓がこの寺に出来てよかったよ」

何をいい出すのかとみつめているお北の前で苦笑した。

「俺が死んで墓の下におさまったら、時折はお北が線香をあげに来てくれるだろう。それを考えると、なんだか良い気分だ」

「縁起でもないことを……」

お北が顔色を変えた。

「冗談にもそのようなことをおっしゃらないで下さいまし」

鶴亀《つるかめ》、鶴亀と真剣に眼を閉じて祈っているお北を腕の中に抱きしめたいと思いながら、意次はただ笑っていた。

坂倉屋龍介がみたのは、そんな二人の光景であった。

別に男女の秘事というようなものではなかった。田沼意次は墓の脇の石垣に寄りかかるような恰好《かっこう》でお北を眺めている。そのお北は子供の時によくやっていたように膝を少しかがめ、頤《おとがい》を突き出すようにして文句をいっている様子であった。

二人の恰好は少年と少女だった時分と全く変っていない。だが、龍介には二人の間に誰も寄せつけない二人だけの世界があるのを素早く見て取った。甘く、切ない情感がじわじわと二人を包んでいる。

その雰囲気をこわすに忍びなくて、ひっそりと立ちすくんでいる龍介の背後に足音が起った。

「これは、坂倉屋さん、ようお出で下された。先程、お北どのもおみえになって……」

読経《どきよう》で鍛えた声は、墓地中に響き渡り、お北と意次がこちらをふりむくのが龍介にも見えた。

意次が先に、お北が背後に続いて来る。

「龍介、今、来たのか」

友に声をかけ、住職に挨拶した。

「日頃の不信心をお許し下さい」

「なんの、御命日には御後室様が必ずおまいりに来られ、御当主のこともさまざま承って居ります。御繁栄、なによりとお喜び申し上げます」

ところで、と改めていった。

「間もなくお子様が御誕生とか……」

意次が穏やかに会釈《えしやく》をした。

「母はなんと申して居《お》りましたか」

「桜の花の咲く頃にはと……」

「では左様でしょう」

「御安産をお祈り申して居ります」

「何分、よろしく」

住職が庫裡へ案内しようとするのを意次は辞退した。

「まだ所用がござれば、改めて……」

龍介の傍へ寄って袱紗《ふくさ》包を渡した。

「後は頼むぞ」

お北へいった。

「品川へは、いつ戻る」

「百ヶ日の法要をすませた後にと申しておきましたので……」

「なるべく早く戻ったほうがよいぞ」

そのまま三人に背をむけて寺の門を出て行った。

「はてさて、供もお連れにならず……」

住職があきれたように呟《つぶや》いたが、龍介もお北も黙っていた。どちらの胸の中にも各々《おのおの》の想《おも》いがうずくまっている。

本堂で経をあげてもらうのはお北と龍介だけで、これはお北の両親の遺体がこの墓地へ運ばれた最初からであった。

妻の両親が死んだというのに、湊屋からは手代が金を届けに来ただけであった。

夫の幸二郎は伝言すらよこさない。

無論、初七日《しょなぬか》も四十九日の法事も顔出しはしなかった。

法要が終って、お北は龍介ともう一度、墓まいりをした。

「お出にくかったのではございませんか。遠い所を度々、申しわけありませんでした」

お北が礼を述べ、龍介が漸《ようや》く口を開いた。

「早いものだね。もう百ヶ日になってしまった」

声にいたわりがこもっていて、お北は肩の力を抜いた。

今日の龍介はどこかぎこちなく、むっつりしているように見えた。それは、もしかすると墓地で自分と田沼意次を見たせいではなかったかとお北は考えていた。

「田沼様もいわれていたが、お北さん、品川へはいつ帰る」

両親が本郷御弓町の屋敷を出て、知り合いの持ち家へ仮住いしてから、お北は三日おきぐらいに通っていた。品川の婚家へ戻らなくなったのは、十月に父の容態が悪化して以来だと龍介は聞いている。

両親が歿ってから百日経った今まで、お北が品川の御殿山の家へ戻らないでいるのは、帰りにくくなっているせいではないかと心配でもあった。

「湊屋の幸二郎さんからは、その後、なにかいって来なかったのか」

「来るわけがないでしょう」

さらりとお北が躱《かわ》した。

「あの人は、お金さえ届ければ亭主の役目はすんだと思っているんです」

「そういうわけでもないだろうが、男は商売の都合というものがあるから、行ってやりたいと思っても、出かけられないことがある」

「あの人は商売なんぞしていません。毎日、暇をもて余して、やれ茶の湯だ、謡《うたい》の稽古《けいこ》だと。第一、どこで何をしているか知れたものではありません」

「お北さん」

少しばかり、強い声が出た。

「そんなふうにいってはいけない。あんたが両親の墓を建て、こうして供養《くよう》が出来るのは御亭主のおかげなのだから……」

「わかっています」

負けず劣らずの強い口調であった。

「あたしには一文のお金を都合する才覚もありません。みんな、湊屋の厄介になって、店の番頭からも始終いわれつけています。お内儀《かみ》さんの実家は金喰い虫だと……」

龍介は絶句した。

「最初は涙が出ました。肩身がせまくてつらくて身が縮まる思いでしたけれど、だんだん馴《な》れました。金で買われて嫁に来た女なのですから……」

「やめろ」

墓の中で、お北の両親や弟が耳をすまして聞いているような気がして、龍介は歩き出した。

井戸の所で立ち止って待っていると、やがてお北が来た。

「ごめんなさい」

深く頭を下げた。

「あたし、いってはならぬことをいいました。堪忍《かんにん》して下さい」

子供の時から、お北にあやまられると龍介は何もいえなくなった。今も、それに変りはない。

庫裡《くり》へ寄って挨拶《あいさつ》をし、二人は勝林寺を出た。

近くに精進料理の店があった。

もともと豆腐屋だったというだけに、豆腐を材料にした献立がけっこう気がきいている。

四十九日の帰りも、この店で二人で遅い午食をすませた。

二度目の客を女中は憶《おぼ》えていた。

奥に部屋もあいているといったが、龍介はこの前と同じく、表から見通せる上りかまちの部屋でよいといった。

湊屋の女房であるお北と二人きりで飯を食うにはそのくらいの配慮は当然であった。

「意次様、奥様をお迎えなさったんですねえ」

向い合って茶を飲みながら、お北がぽつんといった。

「一昨年の秋だったよ。黒沢杢之助《もくのすけ》様の御息女でね」

さりげなく応じて、龍介はお北の表情を窺《うかが》った。

田沼意次の祝言《しゅうげん》は、兵太郎の事件の後のことで、それもあって龍介はお北に話しそびれた。

「お子がもうすぐ、お生まれになるのですね」

声は淡々としていた。

「あたし、ちっとも知りませんでした」

「そうだ」

お北の眉《まゆ》が寄っていた。それが悲しい時のお北の癖だと気がついて、龍介は当惑した。すでにお北は湊屋幸二郎の女房であった。今更、田沼龍助が嫁を迎え、子が誕生すると聞いて悲しい顔をするのは筋違いである。

だが、女心とはそういうものかも知れないと龍介は考えていた。

お北が子供の時から龍助を好きだったのは知っている。そして、田沼龍助も、お北が好きだったと龍介に告白していた。

それは先刻、墓の前にいた二人の間に漂っていた甘酸《あまず》っぱい気配からしても、未《いま》だに二人の心の中にはおたがいを慕わしいものと感じる情愛があるのがよくわかる。だからといって、どうしようもないではないかと龍介は少しばかり腹立たしい気分になった。

どう思い合ったところで、二人が夫婦になれる道は今のところ、ありそうにない。お北が湊屋から離縁を取り、田沼意次が貰《もら》ったばかりの奥方を離別して、改めて二人が祝言を上げるなぞというのは、愚考でしかなかった。

第一、意次には間もなく第一子が誕生する。

「意次様は、みるみる中に御出世遊ばしましたね」

膳《ぜん》が運ばれて来てから、お北がまた脈絡もなくいい出した。

「子供の頃から、あの方は必ず御立派になられるとは思っていましたけれど……」

「まだまだ出世なさるよ」

蔵前での田沼意次の噂《うわさ》を龍介は語った。

どれほど将軍様に信頼され、頼もしがられているか。言語の不自由な将軍様に真心をもってお仕えし、言葉の通じないもどかしさを少しでもなくしたいと努力を重ねていることなどをお北に話している中に、龍介はいつの間にか友に惚《ほ》れ込んでいる男の顔になっていた。

「今は、まだ将軍様の父君、大御所様がいらっしゃるので、将軍様でも意のままに出来ないことがあるが、その中、本当に将軍様の御代になれば、田沼様の御出世は鰻上《うなぎのぼ》りだ」

どれほどお北が好きでも、お北を間において田沼龍助と争う気持は、毛頭、持っていない龍介であった。これも不思議な男心といえなくもない。

二

坂倉屋龍介がその噂を耳にしたのは七月のことであった。

本郷御弓町の兄の屋敷へ出かけたのは、坂倉屋に委託《いたく》されている扶持米《ふちまい》を金に換えて届けるためで、兄は連歌の会とやらで留守だったが、兄嫁はその話を誰かにしたくてたまらなかったらしい。義弟から受け取った袱紗包を手文庫にしまい込むと早速、告げた。

「斉藤様のお北どのが湯島天神の近くの小川良伯というお医者の持ち家に身を寄せているのは御存じですか」

最初、龍介は別に驚かなかった。

「知っていますよ。そちらは斉藤様の遠い親戚《しんせき》に当るそうで、お北どのの御両親がここから移られた家でしょう」

悴《せがれ》の不祥事で本郷御弓町の屋敷を召し上げられた斉藤兵庫夫妻はとりあえず縁を頼って医者の別宅を仮住いにし、結局、その家で夫婦ともに他界した。

「お北どのは看病のため、そちらへ来ていたと聞いていますが……」

「御両親はお歿《なくな》りになったのでしょう」

「そうです。昨年、あいついで……」

「それなのに、お北どのは未だにそちらにいらっしゃるのですよ」

「まさか」

この春、百ヶ日の法要の際、品川御殿山の婚家へ戻るときいていた。

「本当のようですよ」

兄嫁の口調が強かった。

「うちの旦那《だんな》様のお友達で駒井《こまい》様とおっしゃる御旗本が大変、碁がお好きで、湯島天神の前の根生院というお寺の御住職の所によくお出かけになるらしいのです。そちらに小川良伯様もいらっしゃるとかで……」

医者の口から駒井という旗本が聞き、兄に話したのかと龍介は理解した。

「そうですか。お北どのはまだ、あちらに……」

さりげなくうなずいておいて、龍介は慌《あわただ》しく思案した。

両親の看病と法要とで、けっこう長いこと婚家を留守にしているといったお北であった。

その心中には、夫でありながら妻の両親の死に対してあまりにも冷淡だった湊屋幸二郎への怨《うら》みがあるように思う。

よもや、離縁をされたのではないだろうな、と龍介が考えていると、兄嫁がいった。

「そちらに、田沼様がよくお見えになっていらっしゃるとか」

顔を上げて、龍介は兄嫁の目が好奇心に輝いているのを見た。

「田沼龍助が、ですか」

「昔は田沼龍助どの、今は田沼主殿頭《とのものかみ》意次様とお呼びしなければ……」

僅《わず》かに悪意が匂《にお》った。

明らかに、兄嫁は田沼家の出世を妬《ねた》んでいる。もっとも、その程度の感情はこの御弓町界隈《かいわい》に住む貧乏旗本のすべてが持っているといってもよい。

「田沼様がお北どのを訪ねているのですか」

「その御様子ですよ。それもかなりしげしげと……」

「多分、相談に乗ってやっているのだと思います」

兵太郎の事件以来、お北の婚家がお北に冷たくしているようだと龍介は兄嫁に話した。

「田沼様は兵太郎どのを助けようとされていたのです。それがああいう結果になったのを残念に思われていましたから……」

両親と弟を失い、実家そのものがなくなってしまったような心細い立場のお北に対して田沼意次が力になってやろうとしているのだろうと龍介は強調した。

「それはそうかも知れませんけれど、うちの旦那様は李下《りか》に冠をただすなだとおっしゃっていらっしゃいましたよ」

李《すもも》の木の下で冠を直していると、李の実を盗んだかと疑われる。ほんの僅かでも人から疑念を持たれるようなことはしてはならないという文選《もんぜん》からの引用であった。

「田沼様に限ってそのようなことはありません。第一、あちらはこの三月に御嫡男《ごちゃくなん》が御誕生になったばかりですよ」

顔が赤くなって、龍介は腹に力を入れた。ここで兄嫁と口論をしても仕方がないと思う。

「龍介どのは田沼様が大事なお出入り先だから、いやな噂に立腹なさるのはよくわかります。私も決してそのような噂を本気にしては居《お》りませんけれど、世間の口に戸はたてられないと申します。田沼様の不為《ふため》にならなければようございますけれど……」

寝ていた幼児が目をさまし、兄嫁はそれをよいきっかけのように立って行った。

挨拶もそこそこに屋敷を出て、龍介は北野天神の境内まで一息に歩いた。拝殿のかげにたたずんで額の汗を拭《ふ》く。

人の出世を羨《うら》やむ者はその人が失脚するかも知れない話には関心を持つ。

他人の幸せよりも不幸を悦《よろこ》ぶのは人間の常と承知していながら、龍介は胸の中がおさまらなかった。

兄も兄なら兄嫁も兄嫁だと怒りが湧《わ》いて来る。が、その底にかすかな不安ものぞいていた。

龍介はお北と田沼意次の間に口には出さないままの恋慕の情があるのを承知している。子供の頃から好き合っていながら夫婦になれなかった男女が、一方は立身出世し、一方は身内の不幸に打ちひしがれている。

心細い女と自分に自信を持ちはじめた男が向い合っているというのは、たしかに危い状態かも知れなかった。

田沼意次とお北になにがあろうと龍介はそれを非難する気は毛頭ない。しかし、世間はそんなわけには行かないもので、お北は湊屋幸二郎の女房だし、意次にも妻子がある。人倫の道をふみはずせば武士といえどもきびしく糾弾される。

汗のひいた肌に夕風を感じながら、龍介が立ち尽している頃、お北は狭い庭に打ち水をしていた。

この医者の別宅は、当主の老母の隠居所であった。もともと、夫婦で隠居暮しをしていたのが、老父のほうが逝《ゆ》き、そうなると部屋数が余分になった。

で、庭に面した六畳を斉藤家に貸した。

お北が暮しているのはその部屋で廊下側の障子を開けはなしておくと、隠居が使っている居間から部屋の中が丸見えになる。

今は障子の代りに簀戸《すど》が入っているから、閉めていても同様で、勿論《もちろん》、話声もむこうに聞える。

その上、田沼意次は決してこの部屋へは上らなかった。

ここへ来た最初の日から、意次は隠居所の玄関で取次に出た女中に女隠居を呼んでもらい、丁重にお北が厄介になっていることへの礼を述べ、いったん外へ出て枝折戸《しおりど》を通り、庭伝いにお北の部屋の縁側へ来る。帰る時はまた玄関へ廻って女隠居に挨拶をして行くのであった。

意次がここへ来る日は決ってはいない。時刻は夕方であった。

気温が暑くなってから、お北は毎日、夕暮が近づくと庭に水をまく。それは来るかも知れない意次に少しでも涼を感じてもらいたい故《ゆえ》である。

ここを訪ねて来た当初、意次は、

「御殿山へ、もし帰りにくいようであれば、然《しか》るべき人を頼んで送らせるが……」

といった。けれども、お北が、

「どうしてもその気持になれません。体の具合もすっきり致しませんので、こちらで養生したいと存じます」

湊屋のほうにも、その旨《むね》を文で知らせてやったと返事をすると二度と同じことをいわなくなった。

来れば、

「体の具合はどうか」

と訊《き》き、お北の用意した茶を一服して、少しばかり世間話をして帰る。

訪ねて来るのはせいぜい十日に一度くらい、縁側にすわっているのは半刻《はんとき》ばかりであったが、今のお北にとってそれだけが生甲斐《いきがい》のようになっていた。

ひたすら、庭に打ち水をして茶の支度を整え、しんと耳をすます。

着るものも、化粧も人からそれとわからぬよう、決して目立つことはしないが、女心でつい鏡をのぞく回数が日暮と共に多くなっている。

今日も何度目かに鏡を手にした時、玄関の格子《こうし》の開く音がした。
胸を轟《とど》かせながら聞いていると、どうやら女隠居へ客らしい。
肩の力が抜け、お北は庭へ目をむけた。
遠く雷が鳴っている。
空はまだ青い部分が広がっているが、気がついてみると風にしめり気があった。
夕立が来たら、あの方はお見えにはならない。
雨になれば、縁側にすわっているわけには行かない。降りこめられれば帰りにくなる。
だから、龍助さんは来ない。
声に出さず、小さく呟《つぶや》いてお北は悲しい顔になった。
雷鳴を、田沼意次は堀端で聞いた。
ここ五日ばかり御城内泊りが続いての帰宅であった。
お城を出る時から迷っていた。
下城して小川町の屋敷へ帰る道を湯島へ寄るには、かなりの廻り道になる。
お北が待ちかねているだろうと思う。
大義名分は見舞の心算《つもり》であった。
肉親を失い、心も体も弱くなっている幼馴染《おさななじみ》を慰める目的でお北の許《もと》へ行く。

たしかに最初はそう考えていた。しかし今の意次は理由などどうでもよくなっている。湯島へ寄ってお北を訪ね、そこで茶を飲んで僅かな時をすごすのが、自分にとってなによりのくつろぎになる。いや、それも詭弁《きべん》かと、意次は自嘲《じちょう》した。

要するに、お北に逢《あ》いたいのだが、逢ってどうすると自問すると答えが出なくなる。

今日はよそう、と空を眺めた。

西の方角に黒雲が湧いている。夕立になる前にはお北の許へたどりつけるが、むこうにいる中に降り出すだろう。

狭い部屋の中で、お北と向い合っていたら、自分が何をいい出すか、何をしでかすか、意次には自制出来るかどうか自分に信用がおけなかった。

行くまいと決めると、逆にお北の顔が浮んで来る。

いつ訪ねて来るかわからない意次のために細やかな心くばりをして待っている女であった。

子供の時から、お北の目がいつも自分へ注がれているのに気づいていた。

遊んでいて、笹《ささ》の葉で指先を切ったことがあった。誰にも気づかれないようにしていたのに、お北が自分の手拭《てぬぐい》を細く裂いてそっと渡してくれた。そのくせ、礼をいおうとすると小鳥のように逃げてしまった。

あの愛くるしい小鳥をいつの日か自分の鳥籠《とりかご》の中に捕えておきたいと思っていた。

そして、或《あ》る日、お北が嫁入りするのを知った。

「かわいそうに、お家のために嫁いで行くのですよ。いってみれば、お家の窮状を助けるために……」

母が妹に話しているのを聞いて、体の深い所が激しく慄《ふる》えた。

田沼家はあの頃でも斉藤家にくらべれば裕福といえたが、他家の借金を肩がわり出来るほどのゆとりはなかった。

金が人の生涯を左右する悲しさを知ったのも、あの頃だと思う。

お北の嫁入りの日、意次は屋敷から出なかった。

祝いに行って来た母が、あまりきれいな花嫁なので涙が出たといっているのを、ひっそりと聞いていた。あれから、およそ十年、お北はまだどこか開ききらない花のような印象を与える。

小川町の屋敷に着いた時、雨粒が落ちて来た。

「一降りしてくれますと涼しくなって助かりますこと」

出迎えた母が外を眺め、その後から赤児を抱いた妻の顔が見えた。

「お帰り遊ばしませ」

まだ、産後のやつれの残る顔で挨拶《あいさつ》をする。

「龍助は元気か」

小さな嫡男は父と同じ幼名をつけられていた。

産まれた時はやや小さめだと産婆《さんば》がいったそうだが、母と祖母の丹精がよいせいか、よく肥《ふと》って泣き声も威勢がよい。

「今日あたり、お城を下ってお出《い》でになろうかと、湯殿の支度をしておきましたよ。一汗お流しなされ」

母にうながされて、意次は裃《かみしも》をはずして居間を出た。

湯を浴びていると稲妻が光って激しい雷鳴が響き渡る。

湯島も雷雨の中だろうと思った。

雷を好きだという女はまず居ないだろうが、お北も子供の頃は雷が嫌いだった。稲妻が光っただけで耳を押えて自分の屋敷へ逃げて行く。

そういえば、北野天神の拝殿で雨宿りをしたことがあったと思い出した。

お北は目をつぶり、耳を両手でふさいで、夕立の通りすぎるのを待っていた。自分は小刻みに慄えているお北の髪を眺めていたような気がする。

湯を出て居間へ戻ると、母が茶をいれていた。妻は赤ん坊を寝かせに行ったらしい。

「先程、坂倉屋の龍介どのが参りました。今夕あたり帰るかも知れないから、お待ちなさいと申してみたのですが、改めて出直して来ると……」

「左様でしたか」

このところ、龍介と会っていなかった。

なにしろ、月の中、二十日はお城泊りになってしまっている。

それだけ、将軍が意次を必要としているので、この節は老中にまで将軍の意向を伝えるのが意次の役目になっている。

それは、大御所と呼ばれている八代将軍吉宗がこのところ体調を崩しているせいでもあった。

西の丸にあって、隠居の立場ながら政事のすべてに采配《さいはい》を振り続けていた吉宗が病がちになって、漸《ようや》く、将軍としての権限が九代家重《いえしげ》に廻って来た。

言語障害に苦しみながらも、家重は決して愚かな将軍ではなかった。

それは、父の吉宗が早くから室鳩巣《むろきゆうそう》などの大儒学者を家重の侍講とし、教育をほどこしたこともあって智力は充分にある。惜しむらくは病弱である点で、その分、自信を持っていない。その代りに信ずるに足る家臣と見きわめた者を重用し、その意見に耳を傾ける。

家重が今、もっとも信頼している側近が田沼意次だというのは、幕閣の誰もが承知している。

老中が揃《そろ》って報告に来たり、議決を求められたりすると、必ず、

「主殿《とのも》をこれに……」

といって、意次を召し寄せる。

小姓頭取の意次になんの発言権もあるわけではないが、片すみに意次がひかえているだけで家重は安心して老中の話を聞くことが出来る。

否応《いやおう》なしに意次は政事について学ばざるを得なかった。

目下のところ、幕府が長年にわたって抱え込んでいるのは米経済についてであった。

三

徳川治世において、世の中のすべての富の量は、米の単位であるところの「石《こく》」で表わしていた。

何某《なにがし》という大名は五十万石であるといえば、それは五十万石の米を生産する土地を持つ領主という意味で、同時に大名の身分や格式を知る目安になった。

幕府の財政も米が基本であるから、収入を増やすためには米の増産が必要となる。

江戸の初期、米の値段は高めであった。

それが更に高騰《こうとう》したのは四代家綱の頃からで、その大きな理由は都市の人口が急に増え出したせいであった。

なかでも、将軍のお膝下《ひざもと》である江戸は年々、諸国から流れて来る人々によって繁栄し、米をはじめとするさまざまの必需品が急激に消費されるようになった。消費の量に対してそれに見合うほどの物資が増えなければ、当然、物価は上る。

米の値段が高くなりすぎれば、苦しむのは庶民で、為政者としては米価を引き下げる努力をしなければならない。

幕府は米作りに力を入れ、新田を開発し米の増産にはげんで来た。

その結果、五代綱吉の頃から少しずつ米価が下りはじめた。つまり、米の生産高が需要を上回るようになって来たのだが、この時、幕府が当惑したのは米価が下っても、他の物価が下らなかった点であった。

米経済が成り立つのは、米価と諸色《しょしき》の値段が均衡を保つことで、米が安くなって、その他の物価が高いとなると、まっ先に困窮するのは武士である。

武士の給料は大名から末端の御家人に至るまで米であり、それを換金して生活するわけだから米価安、諸色値高では忽《たちま》ち暮しが立たなくなる。

八代吉宗は別名を米将軍と呼ばれるほど、その治世の大半を米価引き上げの政策に苦闘したものの、思うように成果は上らなかった。

窮した幕府は「上米令《あげまいれい》」というものを考えた。大名が参勤交代で在府する期間を短かくするなどの代りに石高一万石につき百石ずつの米を幕府に献上させ、幕府の財政再建に寄与するもので、およそ九年間も続いた。

田沼意次が九代家重に仕えた当時の幕府は米価政策と物価政策に翻弄《ほんろう》されながら、なんとか形ばかりは幕府の財政を黒字に持ちこんだといった状況であった。

「これでは危い」

と田沼意次は考えていた。

強引に力で袋の破れ目をふさいだだけであった。外からちょっと別の力が加われば、あっけなく前よりも大きな綻《ほころ》びが出来る。

幕府の財政を安定させ、より豊かにするためにはもっと根本的な改革が必要なのだと思っているが、今のところ、幕閣の諸侯の中にはこれといって献策を胸中に秘めているような人物は見当らない。

といって、まだ自分が出る幕ではなかった。

今の意次には至急、学ばねばならないことが山積している。

小川町の屋敷にいる時の意次は大方、机にむかって読書しているか、考え込んでいるかであった。そうした意次の部屋には妻も母も立ち入らない。

長い、長い思案の果に、気がつくと障子のむこうが白くなっていて、雀《すずめ》の囀《さえず》りが聞えて来たりするのも珍らしくはなかった。

そうした意次の様子に細心の目くばりをしていたのは母のお辰であった。

もともと野州の郷士の娘である。両親と共に江戸へ出て来て、世話をする人があって紀州藩江戸屋敷の田代七右衛門高近の許へ奉公したところ、その利発さと素直な性格が気に入られ、やがて田代夫婦の養女となって田沼意行へ嫁ぐことになった。

田沼意行は田代七右衛門の甥《おい》に当る。

後に、意行は小納戸頭取役として役料を含めて九百石を頂くまでになったがどちらかといえば文人肌で和歌のたしなみも深く、その一方では算勘にも秀《すぐ》れていて、上役から重宝がられるような立場であった。

当然のことながら、お勤め第一で家は女房まかせ、外では如才ない反面、家では無口であった。妻に優しい言葉をかけるなどということはまずなかったが、お辰は夫が自分を信じ、すべてをまかせてくれているのが嬉《うれ》しかった。

そのお辰の処世訓は決して出すぎた真似《まね》をしてはならないというものであった。実際、お辰は夫に対して生涯、一度もさし出がましい振舞に及んだことがなかった。夫の背後にひっそりと寄り添って、自分のするべきことを充分にやりとげたと満足感を持っている。

夫が他界し、嫡男《ちゃくなん》の意次の代になってからも、お辰の考え方に変化はなかった。

我が子が後顧の憂《うれ》いなくお上に御奉公出来るように家を取りしきり、まだ若くて未熟な嫁を支えて足りぬものを補って行く。

そういったお辰が、このところ胸に重い思案を抱えていた。

月に何度か、意次はお城からの帰りに寄り道をして来る。

そのことを、意次は母にかくさなかった。

「母上もよく御存じの斉藤家のお北どのが、体を悪くして湯島の知り合いの家で養生しているのです。もはや両親も弟もなく、たより薄い身の上なので、気の毒に思って見舞に寄って来ました」

と、はっきり告げている。

斉藤兵太郎の最期も、両親がたて続けに歿《なくな》ったことも、お辰は意次から聞いて知っていた。意次の気性からして、捨てておけない気持になって見舞っているのもわからなくはない。

だが、母親には母親の直感があった。

意次は龍助と呼ばれていた子供の頃から、お北という娘を好いていたように思う。

もし、縁があるものなら、お北を龍助の嫁にもらってもよいとお辰は考えていた。

美しくて、聡明《そうめい》で、しっかり者である。なによりも気心の知れているのが、姑《しゅうとめ》となる身には有難い気がしていた。

けれども、その機会は来ず、お北は嫁入りし、意次も妻を迎えた。

もしかすると、今、意次は昔よりも強くお北に惹《ひ》かれているのではないかとお辰は思う。

それは、我が子が成長し、人も羨《うらや》むような立身出世をしつつあるせいに違いない。母親の目からしても、我が子はまだまだ坂道を上り続けるように見える。周囲から耳に入って来る噂《うわさ》でも、また、意次自身がひかえめに話してくれるお城での出来事などから考えても、お仕えしている上様は、意次をお気に召していらっしゃる様子だし、意次が誠心誠意、御奉公しているのも承知している。

母にすら感じられるのだから、意次自身は自分の前途が明るい光に満ちているのがわかっている筈《はず》で、男が自信を持った時、好きな女への思いも深くなり、行動する勇気も湧《わ》いて来るに違いない。

危い、と母は判断していた。

お北は人の女房であった。

間違いがあっては、意次に傷がつく。お北にしても不幸になりかねない。

母として、自分に何が出来るかをお辰は思案していた。

それは、自分が決してしてはならないと心がけて来た「出すぎた振舞」になる可能性が強い。

自分に課した掟《おきて》を破っても、そのために我が子から生涯、憎悪《ぞうお》される結果となっても、母親としてするべきことはしておかなければならないと決心をして、お辰は坂倉屋龍介が田沼邸へ来るのを待ちかねていた。

その龍介が今日、やって来た。

幸いというべきか、意次はまだ帰邸していない。

出直して来るという龍介を、お辰は居間へ通した。

「実は、お頼みしたいことがあるのですよ」

家人を遠ざけ、自分で茶菓を運んだ。

両膝をきちんと揃え、背筋を伸ばして正座している龍介には、蔵前の札差の若主人の貫禄《かんろく》が備わりつつあったが、お辰の目にはその昔、我が子の部屋で声を揃えて論語を暗《あん》誦《しょう》していた時分とあまり変っていない。

龍介のほうも、お辰の前に出たとたん、一足とびに十二、三歳の自分に逆戻りしていた。

「率直に申します。湊屋へ嫁入りした斉藤家のお北どののことですけれど、あちらが今、身を寄せていらっしゃるお宅へ、私を連れて行って下さいませんか」

穏やかな声だったが、龍介には百雷に打たれたような衝撃があった。思わず顔を伏せ、両手を前へ突いてしまう。

「龍介どのは、お北どのの住いを御存じでしょう」

お辰が訊《たず》ね、龍介は頭を下げた。この人には、とても嘘《うそ》はつけない。

「存じて居ります。斉藤様御夫婦が歿られたと知らせを受けてかけつけて行きましたし、その後も野辺送りやら、何やらで……」

「御案内をお願い出来ますか」

「はい……」

「いつでもよろしいのですが、なるべくなら早いほうが……」

「では明日にでも……」

「けっこうでございます」

腹に力を入れて、龍介は顔を上げた。これだけは訊《き》いておかなければならないと思う。

「お袋様がお北どのをお訪ねなさること、主殿様には御存じなのでしょうか」

お辰の返事はさっぱりしていた。

「今はまだ申して居りません。明日、あちらへうかがって、その上で話をするつもりで居ります」

再び、うつむいてしまった龍介にいった。

「大丈夫。私は主殿のことを案じていますが、お北どののことも案じているのです。決して、どちらにも不幸にはなってもらいたくないと思い、お北どのにお目にかかりに行くのです」

はっとして、龍介は手を突き直した。

「わかりました。では明日、御案内に参ります。何刻頃にうかがえばよろしゅうございましょうか」

「あなたの御都合は……」

「手前は何刻にてもかまいません」

「では、辰《たつ》の刻（午前八時）に……。よろしゅうございますか」

「承知致しました」

「今日あたり、主殿はお城から下って来るように存じます。よろしかったら、お待ち下さい」

「いえ、今日はこれでお暇《いとま》を申します」

到底、意次の顔を見る勇気はなかった。

それにしても、たいしたお袋様だと思った。

自分との約束を決して龍介は意次に話さないものと信じ切っているのが怖《おそろ》しい。

それが昨日のことで、今日、龍介は辰の刻きっかりに小川町の田沼家を訪ねた。

お辰はすでに身支度を終えていた。

「お早ようございます。御厄介をおかけしますね」

かすかに微笑して続けた。

「昨夕、やはり、主殿は帰宅しました。今朝は明け六ツ（午前六時）には、もう出仕のため屋敷を発《た》ちましたが……」

返事が出来なくて、龍介はただ、頭を下げた。

お辰が駕籠《かご》に乗り、送って出た用人にいった。

「龍介どのがついて行ってくれますので、供はいりません」

それだけで用人は了解した様子であった。

朝の涼しさの残っている道を龍介は駕籠の前に立って先導した。

実をいうと、昨日、龍介は田沼家の帰りにお北の許《もと》へ寄っていた。

突然の訪問を受けるよりも、前もって知らせておいたほうがまだましだろうと考えてのことだったが、お北は龍介が思ったよりも驚きはしなかった。

「そう、母上様がここへお出でなさるの」

低く呟《つぶや》いたきり、あとは黙っている。

「大丈夫か、お北さん」

つい、いってしまった龍介に、はじめてにこりと笑った。

「子供の時からお世話になっているのですもの。逃げもかくれも出来ません。龍介さんは心配しないで……」

そういっただけで奥へ入ってしまった。

昨夜、お北は何を考えていただろうと思う。

龍介にしても、お辰がお北に何をいうのか不安であった。

だが、駕籠は粛々と湯島へ近づき、お北が厄介になっている医者の別宅へ着いた。お辰はかなり離れた場所で駕籠を下りた。どこか人目につかないような所で待つようにと指示をしている。

「ほんの小半刻《こはんとき》で戻ります」

というのを聞いて、龍介はあっけにとられた。そんな短かい時間で話がすむということなのだろうかと思う。

龍介が先触れをし、お北が外まで出迎えた。

枝折戸《しおりど》から自分が暮している部屋へ案内する。

意次がいつも座る縁を、お辰は上って部屋へ通った。

経机の上に位牌《いはい》が三つ、その前に線香立てがおいてあるのをみると、静かに訊いた。

「おまいりをさせて頂いても、よろしゅうございますか」

お北が頭を下げ、お辰は焼香した。

香の匂《にお》いの中で、女二人が向い合い、龍介は庭のすみにひかえた。お北が一人では心細いだろうと思ったからである。もし、お辰から座をはずして欲しいといわれたら止《や》むを得ないと思っていたが、お辰は知らぬ顔をしている。

「今日、私がここへ参りましたこと、主殿は存じません。私の一存でございます」

挨拶《あいさつ》がすむと、すぐお辰がいった。やや低い、底力のある声である。

「不躾《ぶしつけ》を承知で申し上げます。お北どのはもう湊屋さんへはお戻りにならないお気持でございますのか」

ゆるやかに手をつかえていたお北の肩が大きく揺れた。が、返事は動揺を押し殺したものであった。

「どうして、そのようなことをお訊ね遊ばしますのでしょうか」

「主殿がお北どののことをお案じ申し上げ、こちらにうかがっているのを知ったからでございます」

出来ることなら、いったん御殿山の湊屋へ戻ってもらえないかと、お辰は静かな調子でつけ加えた。

「お北どのが湊屋から離縁を取って出て来なさることにでもなりましたなら、私は何も申しません。そこから先は主殿と二人してお考えなさるがよろしいと存じます。けれども、今のままで、ずるずると二人が心を通わせ合うことにでもなっては、湊屋さんの御主人に申しわけが立ちますまいし、主殿も妻子に対し恥知らずとなりましょう。それはいけません。主殿の母として見逃しには出来ぬのです」

お北を正面からみつめた。

「私は二人に二度と逢《あ》うなどと申しているのではございません。けじめをつけた上でなら、二人がどう考え、どう決心しようと、それは二人にまかせます。それが親のけじめだと存じますから……。主殿が妻子に対してどのような判断をするのか私にはわかりません。ただ、主殿の妻子は私にとって嫁と孫でございますから、場合によっては親として嫁と孫を守ってやらねばと存じて居ります。どうぞお考え違いをなさいますな。私はあなたに主殿に近づくななどとは全く考えては居りません。それだけは真実とお思い下さいまし」

声の底に悲しみが這《は》っていた。

お北の両肩が上り、そして力なく落ちるのを龍介は眺めていた。

この時刻にしては激しすぎる陽の光が狭い庭をすみからすみまで照らしつけている。

四

僅《わず》かな沈黙の果に、お北が口を開いた。

「申しわけありませんが、龍介さん、駕籠を呼んで下さいませんか」

だしぬけだったが、龍介の思考はすみやかに動いた。

「それはいいが、どうする心算《つもり》だ」

「品川の、御殿山へ帰ります」

「今、すぐにか」

「はい、このまま、参ります」
ちらと龍介はお辰を見た。お辰はお北をみつめたまま、表情を動かさない。
「わかった。行って来る」
龍介が出て行くと、お北はうつむいたまま立ち上って押入れを開け、そこから小風呂《こぶろ》
敷《しき》を取り出して経机の前へすわった。
三つの位牌を丁寧に包む。他には何もしなかった。
駕籠屋を頼みに行った龍介が戻って来るまでの、けっこう長い時間をお辰とお北、二
人の女はどちらも口をきかず、目を見合せることもなく、手を伸ばせば容易に届く近さ
に座り続けていた。
龍介が戻って来て、お北は立った。手には小風呂敷しか持っていない。
「重ね重ね、御迷惑をおかけしますが、この部屋の後始末、龍介さんにお頼みしてよろ
しいでしょうか」
お北の声が瀕死《ひんし》の病人のように聞えて、龍介は慌《あわ》てた。
「いいとも。まかせておきなさい」
お北はお辰へ体をむけ、そこへすわり直して丁寧にお辞儀をした。言葉が口許まで上っ
て来ている様子だったが、遂《つい》に一言も洩《も》れては来ない。
必死で立ち上ったという感じであった。足をふみしめるようにして母屋《おもや》のほうへ行く。

「龍介さん」

お辰が低く声をかけた。

「あのお方を、湊屋さんまで送り届けて下さいまし。しかとですよ」

「御隠居様は……」

「私は一人で帰れます」

では、と表に廻りかけた龍介を手で呼び止めた。

「気をつけて……、お北さんは死にかけています」

ええっと声が出かけて、龍介はお辰をみつめた。お辰はしんとうなだれている。

自分は聞き間違えたのかと思いながら、龍介は表へ廻った。

お北がこの家の女隠居に挨拶をして出て来るところであった。

「品川へ帰られるとか。また、急なことでございますな」

送りがてら玄関まで来た女隠居が龍介へ好奇の目をむけた。

「これから送って参ります。あとのことは手前が出直して来ますので……」

相手の訊きたいことには触れず、お北を助けて外へ出た。

驚いたことに、お北は歩けなくなっていた。

体中の力が抜けてしまっているのだとわかって、龍介は抱えるようにして駕籠へ乗せた。

それから走って行って、お辰が乗って来た田沼家の駕籠を呼んで来る。龍介が戻ってみると、お辰は庭に立ってあたりを見廻していた。

「御隠居様、お供が参って居ります」

といった龍介に、

「そちらが、お先に……」

と応じた。

表へとって返すと、お北を乗せた駕籠はもう動き出していた。その駕籠脇《わき》について振りむくと、お辰が出て来るところであった。

女の気持はわからないと龍介は歩きながら胸の内で呟いた。

お辰の言葉に、お北は腹を立てて品川へ帰るといい出したのかと思う。怒りと悲しみで放心状態になったのかも知れない。

それをお辰は死にかけているといったものか。どうも、そうではなさそうな気がする。

なんにしても、お辰が来たことで、お北にふんぎりがついて湊屋へ戻るというのは、よかったのだろうとは判断出来た。

お北のためにも、田沼意次のためにも、これが一番いい。二人とも、もはや恋に無分別になれる年齢でもなく、とりわけ、意次は今がもっとも大事な時に違いない。母親が悴《せがれ》を案じて出て来る筈《はず》であった。

だが、江戸の町を抜け、駕籠について行きながら、龍介は次第に自分がむなしい気持になっているのに気がついた。

しきりに、この春、勝林寺の墓の前で一緒だった意次とお北の姿が思い出される。あの時、龍介は自分の心が、誰かに鷲摑《わしづか》みにされたような衝撃を受けていた。

恋敵として田沼意次を見たことは一度もないと、龍介は自分に対していった。

いつの日か、その時が来たらお北を宿の妻として迎えたいと思っていたという田沼意次の気持と全く同じものを、龍介も抱いていたにもかかわらず、意次を恋敵として見ない自分の本心はどこにあったのだろうと不思議に思う。

お北の好きなのは意次だといった負け犬の立場のせいか、その屈辱感から少しでも目を逸《そ》らしたい故《ゆえ》の痩《や》せ我慢なのか。

自分の本心からいえば、意次の母が出て来て、お北と意次の間に結ばれかかった糸が断ち切られたのを喜ばねばならないところであった。にもかかわらず、駕籠について行く足の重さはどうしたことか。

この俺はとんでもない偽善者ではないのかと思いついて、龍介は自分が急に情なくなった。

左右にみえている江戸の町が灰色にかすみ、周囲の物音も耳に入らないままに、龍介は大地に足をひきずりながら、御殿山へたどりついた。

お北が駕籠の中から声をかけたのは湊屋の店の手前で、ここで下りるという。道へ下り立ったお北は、龍介の目にはどこか透明で人間らしくなかった。

「ありがとうございました。もう、帰って下さい」

それだけいって、すたすたと湊屋へ入って行く。ちょうど店の前で水まきをしていた小僧がびっくりしたようにお北をみつけ、店へ走り込みながら、

「お内儀《かみ》さんがお帰りです」

と叫んだのが龍介の耳に聞えた。

お北が店へ入って行き、暫《しばら》くして若い手代が出て来た。龍介をみて小腰をかがめる。

「失礼でございますが、お内儀さんをお送り下さいましたお方で……」

と訊《き》く。

「手前は蔵前の札差、坂倉屋の龍介と申します。こちらのお内儀さんが御殿山へお帰りになるについて、道中、何かあってはいけないと御隠居様から頼まれてお供をして参りました。つつがなく御到着の上は、これで失礼させて頂きます」

相手の返事を待たずに戻り駕籠に乗った。そのまま高輪《たかなわ》までは急がせて、茶店をみつけて休息した。駕籠屋に腹ごしらえをさせ、半刻ばかりしてから湯島へ向った。

すでに夕刻である。

医者の家へ着いてみると、

「田沼様が先刻からお待ちでございますよ」

といわれた。

意次はお北が厄介になっていた部屋に端座していた。

「すまなかった。何かというと龍介に厄介をかける」

頭を下げ、上って来た龍介に訊いた。

「お北は、どうだった」

「一人で店へ入って行った。俺はそこまで見届けて帰って来た」

意次が聞きたがっているのはそんなことではないとわかっていて、故意に返事をはぐらかしたのは、やはり、お北と意次のことに自分がこだわっているせいだと自覚する。

「身一つで帰って行ったんだな」

意次が部屋を見渡した。

「夜具はこの家からの借物だそうだ。あとは風呂敷包が一つだけだ」

押入れの中のことだとわかって、龍介は開けてみた。一組の布団の上に、おそらくお北の衣類だろう、さして大きくもない包が一つ。

「ここの隠居の話だと、親達の物はとっくに処分していつでも立ちのけるようにして暮していたそうだ」

いささか憮然《ぶぜん》とした調子で意次がいった。

たしかに押入れの中には見苦しいものは何一つ残されていない。

「この家へは、充分の礼をしておいたから、龍介は気を使わなくていい」

駕籠屋の駄賃はどうした、と訊かれて龍介はむっつりと答えた。

「それくらいは俺にも払える」

「すまぬ」

縁側から外へ出た。

「俺達は馬鹿《ばか》だな。お北には手も足も出せない」

意次が俺達といったことで、龍介はひるんだ。意次も亦《また》、龍介の心の底を見透している。

「一つだけ、聞いてもいいか」

意識したわけではなかったが、昔の口調が出た。大身の旗本と札差というおたがいの身分が念頭にあっては、この問いは出来ない。

龍介の内心を意次はすんなり受け入れた。

「なんだ」

「お北をどうする心算だったのだ。奥方を離縁して、お北と夫婦になる気だったのか。それとも側妻《そばめ》にする……」

「お北は側妻には出来ない」

友人をふりむいた。

「お前は女房子をいとしいと思っているのだろうな」

「それは……」

顔に血が上って、龍介はまばたきをした。

「長年連れ添っていれば情が湧《わ》くものだ。子は格別だ」

「そういうものか」

「違うのか」

今まで意次に妻子のことを訊いていなかった。

「よくわからぬのだ。今までは、誰しもこんなものだろうと思っていた」

妻になった女に不満があるのではないといった。

「子も生まれ、共に暮していてなんの不足もない。だから、これでよいと考えていた。今度、お北に会うまでは、そうであった」

「今更、何をいう」

「そうだ。今更はわかっている」

「おぬしがそんなでは、お北がかわいそうだ」

気分が激昂《げっこう》するのを、かろうじて抑えた。

「ここから帰って来て、母がいったのだ。お北を殺して来てしまったと」

意次の白皙《はくせき》の横顔に朱が上っている。

そういえば、お辰は、お北が死にかけているといったと、龍介は思い出した。

意次に対する思いを断つことはお北にとって死なのだと改めて気がついた。

「俺は、お北を殺しはしない。生き返らせてみせる」

意次の言葉に龍介ははじかれたように叫んだ。

「よしてくれ。やめてくれ。お北は死んだっていい。大丈夫だ。あいつは強い。暫くは死んでもいつか息を吹き返す。湊屋の女房として、穏やかな一生の中で必ず自分を取り戻す。だから、危いことはしないでくれ。お北のためだけじゃない。俺は、おぬしがこの世の中で必ず何かをしでかす男だと思うから……」

龍介の前を風が動くように意次が通りすぎた。その後姿は僅かの間に夜に消えた。

翌日、龍介は再び、品川御殿山の湊屋へ行った。

湯島の家へ残して行った風呂敷包を届けに来たというのが表むきの理由だったが、正直のところ、お北がどうしているか不安であった。

湊屋幸二郎がすんなりとお北を受け入れてくれているかどうかを確かめたい。

店で龍介の応対をしたのは、昨日、外まで出て来た若い手代であった。

廻船問屋という商売は、店先に商品をおいているわけではないので入口を入ったところは豪農の家に似ていた。

広い板敷に大黒柱が目立つ。

船が港へ入れば、多くの奉公人が立ち働くだろうその空間が、今日はがらんとして、しかも厳《いか》めしい。

板敷のむこうに障子の仕切りが見え、部屋がその奥にあるらしい。算盤《そろばん》の音と、わざとらしい咳《せき》ばらいが聞えるので、そこに番頭や主だった奉公人がひかえているとわかる。

「わざわざお届け下さいましてありがとう存じました。お内儀さんは当分、どなたにもお目にかからないそうでございますので、どうぞ御容赦下さいまし」

出来ることなら、ちょっと御挨拶《あいさつ》をして行きたいといった龍介に手代が丁重な断りをいった。

「それでは、湯島のほうの後始末はおいいつけ通りすみましたから、御案じなくとお伝え下さい」

店の外へ出た。改めて眺めると、おそらく湊屋の敷地は数千坪もあるのだろう。樹木に囲まれて奥は全く見えないが、店とそれに続く母屋《おもや》の外に、まだいくつか建物が点在しているらしい。別に塀をめぐらしてあるわけではなく、木の間がくれに生け垣のようなものも散見出来るが、そこへ入って行こうとすれば忽《たちま》ち店から奉公人が出て来て制止するに違いない。

この豪壮な湊屋のどこかで、お北が息をつめるようにして暮しているのではないかと思い、龍介は胸の奥がきりきり痛むのに耐えながら御殿山を去った。

そのお北はこの屋敷の内ではもっとも北側にある離れに押しこめられていた。

昨日、奉公人達に出迎えられて、今まで湊屋幸二郎の女房として暮していた母屋へ入ろうとしたお北の前に立ちふさがったのは番頭の惣右衛門《そうえもん》であった。

「旦那《だんな》様から、もし、お戻りになったらこちらへ御案内するよう申しつかって居ります」

先に立って母屋の内玄関を出る。

御殿山の自然がそのまま庭に生かされているのを背後に見ながら、細い道をたどって行くと左手には蔵がいくつも並んでいた。

蔵の裏が雑木林になっていて、その中に離れ家がある。

古い茶室を移築したもので、茶室は別に新しいのが出来ているから、ここは使うことがない。

水屋のほうの戸を惣右衛門が開けた。

「どうぞ」

とうながされてお北が入ると、背後の戸がするりと閉った。

「当分、こちらでお暮しなさるようにとのことでございますから……」

立ち去りかけるのに、お北は訊いた。

「旦那様は、お留守ですか」

返事の代りに錠前の下りる音がした。

足音の遠ざかるのに耳をすましてから隣との襖《ふすま》を開けた。この茶室の間取りは承知していた。

水屋の三畳に茶室の四畳半、水屋のほうからは後でつなげた渡り廊下があって、その先に厠《かわや》があった。

茶室には炉が切ってあるが、今の季節のせいかふさいである。

座布団が一枚、文机《ふづくえ》が一つ。

そういうことか、と思った。勝手に実家へ戻り、親の野辺送りが終っても帰って来なかった妻に、夫はこんな報復を用意していた。

別に驚きもしなかった。

お北の感情は、たしかに死んでしまったようで、悲しさも心細さもなかった。

文机の上に位牌《いはい》をおくだけで他にすることもない。暫くして惣右衛門が女中達を連れて来た。夜具一式と身の廻りのものが部屋に入った。

飯は三度とも女中が運んだ。夫は顔を出さない。茶室は牢《ろう》と同じであった。牢の中でお北はひたすら待った。そしてその人は来た。

陽の当る道

一

新月の光は、まだ頼りなげであった。

御殿山を背にした湊屋《みなとや》は木立に囲まれていて、とりわけお北が押しこめられている茶室のあたりは奥深い場所にあるので一日中聞えるものは鳥の声か木々の梢《こずえ》を吹き過ぎる風の音ぐらい。そして、夕方からは盛んに虫がすだく。

人と話をするのは稀《まれ》であった。

日に三度、食事の膳《ぜん》を運んで来る女中は必ず二人ずつが組になっている。よけいなことをお北の耳に入れないよう、おたがいが監視するためで、殆《ほと》んど口をきかない。

お北のほうも何を訊《たず》ねる心算《つもり》もなくなっていた。

孤独にも、無言で一日を過すことにも、もう馴《な》れていた。

湯島の仮住いの時は、待つあてがあった。

その人は七日に一度、十日に一度ではあっても、待っていれば必ず来てくれた。別に何があるわけでもない。その人は縁側に腰をかけて、お北の勧める茶を飲み、世の中のこと、お城での出来事なぞを話して、やがて帰って行く。それだけだというのに、お北はひたすらその人の訪れを待っていた。

なにを望んだわけでもなかった。望むことは許されなかった。その人には妻があって嫡子《ちゃくし》が誕生したばかりである。お北も亦《また》、人妻の立場であった。

いってみれば、子供の頃、その人が来るかも知れないと思って、みんながよく集る北野天神の境内へ行って石燈籠《どうろう》によりかかって空を眺めていたのとあまり変らないもので、所詮《しょせん》、女が男を待つという情艶《じょうえん》の世界には程遠かった。

それでもお北が待っていたのは、いつかは呪縛《じゅばく》が解けると信じていたからであった。女を知っている男と、男を知っている女が向い合っていれば、忍耐には必ず限界が来る。

もし一度でも田沼意次に抱かれたら、お北は江戸を出て、どこか人目につかぬところで死のうと考えていた。この世での最後の望みがかなえられたなら、もう、未練はなにもない。

だが、その時は来ず、自分は湯島から御殿山へ帰って来た。

もはや二度と自分の夢のかなう日は来ないと諦《あきら》めているくせに、お北は相変らず自分がその人を待っているのに気づいてぞっとしていた。なにかで虫の音が途絶えると、もしやと耳をそばだててしまう。

その夜も、そうであった。

更《ふ》けているのに寝る気になれず、文机《ふづくえ》によりかかっていると、もの狂わしいほど鳴いていた虫の音がやんでいた。

また、けものでも通ったのかと暫《しばら》くすわり尽していて、やはり立ち上った。

小さな障子のはまった窓を少し開けて外を眺めた。樹木が枝葉を繁《しげ》らせていて月光は届かず、暗い夜が広がってみえる。その中で何かが動いた。

無意識にお北は窓へ顔を寄せた。

「お北か」

人影が窓の外に近づいた。暗闇《くらやみ》の中でもお北にはそれが誰かわかった。

「そこに、誰かいるのか」

「いいえ。あの、戸口はそちらに……」

お北が走り、人影もそれに従って移動した。

水屋口の戸をお北は轟《とどろ》く胸を押えながら開いた。待っていたように人影がすべり込み、後手に戸を閉める。

行燈《あんどん》のあかりがその人の姿を浮び上らせ、お北は無言ですがりついた。男の腕がしっかりとお北の体を抱きとめ、自然に顔が近づいて唇が一つに合わさった。

これが田沼意次様かとお北が疑うほど、日頃の彼らしさは微塵《みじん》もなかった。お北の唇を吸い尽し、舌をからませ、右手はお北の長襦袢《ながじゆばん》の袖口《そでぐち》から素肌の背に廻っている。

男の唇が離れた時、お北は目を閉じたまま呟《つぶや》いた。

「夢でしょうか」

「夢なものか」

少年のような声であった。

「お前を抱いているのは龍助だ」

「本当に龍助様……」

「目をあけてごらん」

不安そうになかば開いたお北の目に田沼意次の笑顔が映った。悪戯《いたずら》をみつけられた子供のような照れくさそうな微笑を浮べて、意次はお北を抱いたまま奥の部屋へ歩いた。

「どうして、ここへ」

まだ信じられないようにお北がささやき、

「忍び込むのは容易だったが、お北のいる場所がわからなくて苦労した」

半刻《はんとき》近くも探し廻ったと意次がいった。

「無茶なことをなさいます」

「坂倉屋の龍介がこの店へ出入りの町人からお前が茶室に押込められているらしいと聞いて来た。俺は仮にお前が亭主と枕《まくら》を並べて寝ていたとしても、かまわずひっさらって行こうと考えてやって来た」

抱き合ったまま、向い合ってすわった。

「お一人でお出《い》でになったのですか」

「馬を走らせれば、どれほどのことでもない」

意次がお北の胸元をかき分け顔を伏せた。乳首に強い衝撃が走って、お北は弓なりに体をそらせながら、両手を男の肩へかけた。

折り重なって倒れると、お北の手は意次の袴《はかま》の紐《ひも》を探ってほどきはじめた。意次はお北の手を自由にさせながら唇を乳房から首筋へゆっくり這《は》わせている。帯が体から抜き取られるのを待ちかねたように、意次の攻略が始まった。お北は最初から無防備に相手を受け入れ、相手の求めるままに自分を開いた。

男の意志にすみやかに応じ、どこまでも受け入れながら戦慄《せんりつ》する。絶頂に達したのは二人が同時であった。

暫くの間、意次は荒い息を押えながら、お北を抱きしめていた。

先に体を動かしたのはお北であった。水屋へ行き、水差しの水を茶碗《ちゃわん》に注いで意次にすすめる。一息に飲み干した意次が茶碗を受け取ろうとするお北を片手で制した。

「今度は俺が汲《く》んで来よう」

茫然《ぼうぜん》としているお北の前で、意次は軽く身じまいを直し、水屋へ行って茶碗に水を満たして戻って来た。膝《ひざ》を突き、水を口に含んでお北の顔を仰むかせる。

最初は冷めたい水が、残りは温かくなって咽喉《のど》を通り、お北の閉じた瞼《まぶた》から涙があふれ出した。

「どうした。何を泣く。俺とこうなったことを後悔しているのか」

意次の声が悲しげに聞えて、お北は激しくかぶりを振った。

「嬉《うれ》しゅうございます。お北はこの世に思い残すことがなくなりました」

「俺とここを立ちのこう。このような仕打ちを受けて辛抱することはない」

何をいい出すのかとお北は甘い眠りからゆさぶり起されたように相手をみつめた。

「ここを出よとおっしゃいますの」

「最初にいっただろう。お前が亭主と同衾《どうきん》していたとしても、俺はお前をさらって行く」

「そのようなことをなさっては御身分に障《さわ》ります」

「かまわぬ」

「いけません」

姉が弟をいさめるような立場になった。

「左様なことをおっしゃるのは龍助様らしくございません」

「俺らしくないだと……」

声を立てずに意次が笑った。

「これが本当の俺だ」

「いいえ」

「これが、本当の俺だ」

強い力がお北の肩にかかった。

「こんな俺はいやか」

ゆすぶられて、お北の首が人形のように揺れた。

この人にはこんな所があったのかとお北は胸の中が熱くなった。我儘《わがまま》で前後のわきまえまで失っている。およそ、この人らしくなかった。どんな場合でも理性をもってすみやかに判断を下して行く人が、まるで盲目のようになっているのは、女にとって無上の喜びに違いなかった。

いつ死んでもいいと涙をこぼしながら、お北は必死で情に負けまいとした。なんといえば、この人の心の中で荒れ狂っている奔馬を鎮《しず》めることが出来るのだろうかと思う。

肩にかかっている男の手を、お北はそっとはずした。胸許《むなもと》をかき合せ、少し下って手をついた。

「お願い申します。今夜はこのままお帰り下さいまし」

「俺に、帰れというのか」

「はい」

「だから、お北も一緒に……」

「お身の大事をお考え下さいまし」

「俺とは行きたくないのか」

お北の眉《まゆ》が寄り、唇がわなないた。

「行きとうございます。どんなにか」

言葉より先に体が訴えていた。その人に抱かれて、お北は自分の張りつめていたものが朝陽を浴びた霜のようにもろく崩れ落ちたのを感じていた。何も考えず、この人の腕の中でいわれるままに身をまかせたい思いがお北を占めている。

その情念を辛うじて押し伏せているのは、この人を守らねばというお北の一念であった。

「貴方様《あなた》をお北一人のものにしとうございます。でも、貴方様はそうであってはならないお人と承知して居ります」

坂倉屋龍介の言葉が甦《よみがえ》っていた。

「あいつは世の中を動かす男だ。必ず何かをやりとげる。俺達が思いも及ばない力を、田沼龍助は持っているのだ」

たかが女一人が、それほどの人の前途に立ちふさがってはならないとお北は自分を叱《しっ》咤《た》した。

生涯かけて恋い慕って来た人を、崖《がけ》から突き落せないと思った時、お北は情に溺《おぼ》れていなかった。

「なんにしても、今はお戻り下さいまし。人目につかぬ中に」

「お北」

不意に息がつまるほど抱かれて、お北は男の肌の匂《にお》いを嗅《か》いだ。顔に手がかかり、むさぼるように唇を吸われると、たった今、自分がいった言葉とは裏腹に体中が燃え、遮《しゃ》二無二《にむに》すがりついてしまう。それでもお北は最後まで自制する気持を持ち続け、それは意次に伝ったらしい。

お北をはなし、立ち上って帯を締めはじめた男へ、お北は袴を取って介添役をつとめた。

大小を腰にして、意次は水屋へ出たが、戸口でお北にささやいた。

「俺はお前をあきらめはしない。今日は帰るが、また、必ず来る」

戸口を出た男の背はあっという間に闇に消えて、お北は床にすわり込んだ。

帰れと勧め、一緒に行くことを拒んだくせに、お北はそうした自分に腹を立てていた。

もし、嫁入り前の自分ならためらいもなく、その人のいいなりになったに違いないと思う。

恋に溺れるには分別のありすぎる自分の年齢がお北には怨《うら》めしかった。

その夜は意次が誰にも気づかれずにこの敷地内を脱出し、無事に屋敷へ帰ることを祈り続けたお北だったが、一夜があけるともうその人を待つ気持になっている。

待つことが生甲斐《いきがい》になった分、お北はいきいきと元気になった。

三日後、意次はまっしぐらに御殿山へ来た。

迷うことなく、お北のいる茶室へたどりつき、思うさまお北を抱いて帰って行く。

秋が深くなっても、男の足は途絶えなかった。

「お屋敷の方々は、どのようにお思いなのでしょう。ここへお出でになっているのを、もし、知られでもしたら……」

とお北は案じたが、意次は何も答えない。

どのように取り繕っているのかお北には知る由《よし》もないが、小川町から品川御殿山まで決して近くはない道を、夜更《よふ》けに来て早暁《そうぎょう》に帰って行く。

田沼家の人々が不審に思わない筈《はず》がなかった。

御殿山のほうは、幸い誰も気がついていない。

もう一つ、お北を安心させたのは、夫の幸二郎が実は大坂へ行っているとわかった故《ゆえ》である。

意次が通って来るようになって、お北は番頭や女中達に気を使った。今までよりも殊勝に振舞う努力をしたし、相手に迎合する様子をみせた。恋人との逢瀬《おうせ》を気づかれまいとする女心だったが、番頭にはお北が強情の角《つの》を折ったと見えたらしい。

茶室を冬支度にするために、調度や衣類を運ばせなぞしながら、

「実は、旦那様《だんな》は……」

と打ちあけた。

本家からの指示があって夏のはじめに船で上方へ出かけているという。

「この秋は紀州様の御用が例年よりも遥《はる》かに多く、また、お国許に慶事があって、御本家の大旦那様と紀伊国までお出かけなぞしてお帰りが遅れて居りますが、年内には必ずお戻りになるとのことで……」

と聞かされて、お北は胸が潰《つぶ》れた。

今まで夫に打ち捨てられていたと思っていたのが、上方へ行っていて留守とは意外であったし、夫が戻ってくれば自分はどういうことになるのか見当がつかない。

そういったことを、お北は一言も意次に訴えなかった。

下手なことを口に出せば、すぐにもこの家を出ろといい出すにきまっているからで、その意次にしても、落ついて考えれば、お北をここから連れ出すのは身の破滅につなが

ると承知している筈であった。

第一、人妻の許へ忍んで来ているのが、湊屋の奉公人にみつかったら、とんだことになるというのに、相変らず通って来ているのはお北に惑溺《わくでき》しているのと男の意地のせいかと推量出来る。

お北にしても、意次に抱かれる時だけが生きている証《あか》しで、この恋の終りは死と隣り合せといった気がする。

二人の忍び会いは静かに重ねられていたが十二月に入って、意次に不測のことが起きた。

西の丸に隠居している前将軍吉宗が再び体調を崩し、同時に前後して九代家重も風邪をこじらせて高熱が続くという状態になってしまった。

意次は城中から下れない日が続いた。

将軍家重は日頃から意次を側《そば》から離したがらない。病中となると尚更《なおさら》であった。

しかも、病んでいる大御所も何かにつけて御側御用取次の意次を呼び寄せては、家重の病状やら政事に関する疑義などを訊《たず》ねる。

城内へ泊る夜が続いて意次は御殿山が心がかりであった。

だが、どうしようもなかった。

まさか文を出すわけにも行かないし、使をやって事情を伝えることも出来ない。

お北は途方に暮れていた。

意次の来るのがふっつり止《や》んだのは、おそらく御城内に何かあったか、或《ある》いは屋敷のほうで自分とのことが気づかれたのかと思う。

少くとも、意次が自分に飽いたとは考えたくなかった。

逢瀬が重なるにつれて、お北は自分が信じられないほど淫《みだ》らになっているのを承知していた。意次が喜ぶことは何でもしたし、求められれば拒まない。

二人の間の契《ちぎ》りは濃くなる一方で、冬の遅い夜明けだというのに、うっかり鶏鳴に驚かされるほど別れが苦しいものとなっていた。それだけに捨てられたとは信じられない。

それよりもお北の不安は別のところにあった。

身籠《みごも》ったのではないかという兆候を感じ取ったからである。

二

月のなかばに、湊屋の持船が品川に入津《にゅうしん》した。

積荷の大方は上方からの木綿、油、綿、酒、酢、醬油《しょうゆ》などの日用品だが、正月をひかえての取引は活発で荷動きは早かった。

その船で帰って来た湊屋幸二郎は商売は番頭、手代まかせで御殿山の家へ戻って来た。

「どうも、わたしは船が好かん」

大坂を出てから船酔いで生きた心地がしなかったとかかりつけの医者を呼んだりしたにしては、奉公人にいいつけて取り寄せた鰻飯《うなぎめし》を腹一杯食べ、その他に滋養をつけるのだと蜂蜜《はちみつ》や高麗人参《こうらいにんじん》まで手当り次第に口にしている。

女中が離れの茶室に呼びに来て、お北が母屋《おもや》へ行ってみると、幸二郎は湯上りで風邪をひくといけないと部屋に火桶《ひおけ》をいくつも運ばせ、綿入れを着て炬燵《こたつ》に寝そべって按摩《あんま》を取っていた。

「お帰りなさいませ」

と手をつかえたお北を下からすくい上げるように眺めて何もいわない。そのくせ、お北が立ち去ろうとすると、

「そこに居ろ。そこだ」

顎《あご》の先で炬燵のむこう側を指す。按摩の手前もあって、お北は命じられた場所にすわった。この部屋へ入ったのは一年ぶり、いや、それ以上になると思う。

弟の不慮の死にかけつけて行って、その後、両親が本郷御弓町の屋敷を出て湯島で仮住いをするようになり、あげく、二人とも患《わずら》いついて歿《なくな》った。

この家へ帰る気持を失ったのは、実家の不幸に対して夫があまりにも不人情だったことにもよるが、両親をあの世へ見送ってお北を縛っていた枷《かせ》が外れたせいでもあった。

お北が湊屋へ嫁いだ理由は家のためであった。斉藤家という旗本の家を守るために、多額の結納金《ゆいのう》めあてに嫁入りをした。

その斉藤家が弟の不祥事で取り潰された今は、お北を湊屋へ縛りつけておく理由は何もない。

夫婦の間に情愛が育っているわけでもないし、かすがいとなるべき子もいない。

本音をいえば、今すぐにでも離縁してもらいたい。まして、田沼意次と密通を重ねている身であれば、一刻も早く自由に湊屋から解きはなたれたかった。

第一、お北がのぞまなくとも、夫の口から離縁の話が出るだろうと思っていた。お北が実家の窮状を救うために、湊屋へ嫁入りしたのと同様、湊屋のほうでも旗本の娘を女房にするという打算は働いていたに違いない。

貧乏旗本でも武士は武士で、斉藤家の場合、家柄からいえば決して悪くはない。親類には御三家に奉公している者もいるし、そういった人脈が何かの時に役に立つと算盤《そろばん》をはじいての縁組だった筈だ。

けれども、その目算は外れて斉藤家は潰れた。湊屋にしても、お北を女房にしていて都合のよいことは何もなくなった。むしろ、弟が辻斬《つじぎり》を働いて家名断絶になったという恥さらしの実家を持った嫁なぞは、それだけでも離別される理由になる。

お北が、そういったことをぼんやり考えている中に療治を終えて按摩が帰った。

「おい、茶でもいれろ」

起き上って炬燵に膝《ひざ》を入れながら幸二郎がいった。黙々と茶道具を取り出しているお北の表情を窺《うかが》うようにして、

「案外、神妙にしていたそうじゃないか」

煙草《たばこ》盆をひき寄せた。

「まあ、これに懲《こ》りて大人しくすることだ」

急須《きゅうす》に茶葉をいれていたお北の手が止った。

「私を離別するのではなかったのですか」

幸二郎が笑った。

「そこまですることはない」

「でも……」

「お前が実家の不始末を恥じて、この家へ帰りにくかったのはわかっている。紀州様の御用人から挨拶《あいさつ》があったよ。御老女花岡様よりお前のことをよろしくとお言葉があったそうだ」

お北にとっては思いがけないことであった。

お北の母と旗本大森平大夫の妻とは従姉妹《いとこ》に当る。大森家の娘が紀州家の御簾中《ごれんじゅう》に仕えていて、四十を出たばかりだが御老女と呼ばれる身分になっていた。花岡というのは

その局名《つぼねな》であった。

「花岡様というのは、御簾中のお気に入りで、たいした御威勢らしいな。大坂の本家の旦那からもいわれたよ。分家は紀州様と太いつながりを持って居るさかい、せいぜいお気ばりやというとった」

たしかに、湊屋はもともとが紀州藩お抱えの廻船問屋であった。

大坂十組《とくみ》問屋に属する菱垣《ひがき》廻船問屋となってからも、大方の積荷は紀州家御用を承っている。それだけに紀州家との結びつきは強固であった。

「ところで、たしか、あんたの実家は田沼様の御近所やったな」

幸二郎の口から上方なまりが出て来るのは機嫌のよい証拠のようなものだったが、お北は反射的に表情をこわばらせた。

この家の奉公人は知らぬ顔をしていたが、実は田沼意次が忍んで来ているのに気づいていて、幸二郎に御注進に及んでいたのかと思った。

「紀州様の大坂蔵屋敷で聞いたことやが、この節、田沼主殿頭《とのものかみ》様の評判はたいしたものや。大けな声ではいわれんが、大御所様《さん》が歿らはって、今の将軍様《さん》の世になったら、まず一番の出世頭は田沼様に間違いない。取り入るなら今の中やと、紀州様でもいうてはった。まだ三十そこそこらしいが、たいした切れ者なんやと。あんた、そちらさんになんぞつき合いはあらへんか」

お北は用心深くかぶりを振った。

「御近所には違いありませんが、あちら様は大層な御出世をなさって小川町へお移りになったので……」

「誰ぞ居《お》らんか。あんたの知り合いで田沼様とおつき合いのある……」

「御商売に必要なことでもおありなのですか」

「本家が、なんとか道をつけられへんかいうてるんや」

「御本家が……」

大坂の菱垣廻船問屋の中では屈指の老舗《しにせ》であった。

上方では北前船と呼ばれる北国廻船で蝦夷《えぞ》と上方を往復して巨利を得、その後、上方、江戸間の廻船にも手を広げている。一応、親類なので本家、分家と呼んでいるが、幸二郎の湊屋は完全にその傘下《さんか》におかれている。

「知り合いは居らんかいな」

幸二郎が重ねていい、お北は、

「蔵前の札差で坂倉屋龍介さんとおっしゃるお方は元は旗本の御次男で本郷御弓町に御実家がおありです。たしか、そちらは田沼様へお出入りしていると聞いたことがございますが……」

と答えた。

坂倉屋龍介を通して田沼意次と連絡をつけることを思いついたからである。

「その、蔵前の坂倉屋はんいうのんと、あんた知り合いか」

「実家が御近所でしたから、子供の時は遊んだりもしましたし、両親の法要にも来てくれました」

多少、夫に皮肉をこめた言い方だったが、幸二郎には通じなかった。

「そら何よりや。あんた一遍、挨拶旁《かたがた》顔出ししておくれんか」

「私が蔵前へ参りますのですか」

「ええやないか、それくらい、店の役に立ってくれても罰は当らん」

お北にとっては意外な成り行きになったが、ことはそれで終らなかった。

「お北、ちょっとここへ来い。あんた、見ん中にえらい色っぽくなったのと違うか」

ひき寄せられてお北は狼狽《ろうばい》したが、幸二郎はかまわず押し倒した。

「待って下さい。人が来ます」

と叫んだ口がふさがれ、羽交締めにされる。

幸二郎の重い体がのしかかって来て、

「阿呆《あほう》、女房のくせして、何、恥かしがることがある。大人しゅうせんか、久しぶりにええ気持にさしたる」

あっという間に組み敷かれた。なにしろ、相撲取りのような体格の男である。力ではどうにもならない。

船酔いで苦しい旅をして来たというにしては体力があり余っている感じであった。まだ昼の明るさの中で、幸二郎は好きなようにお北を弄《もてあそ》んだ。お北が拒むのが刺戟《しげき》になったのか、およそ飽くところを知らない。

日が暮れて、女中が行燈《あんどん》を運んで来て、漸《ようや》く幸二郎はお北の体から離れた。はね起きて部屋のすみに行き、身じまいを直しながら夫の顔色を窺ったのは、田沼意次との情事を感付かれはしなかったかと不安だった故《ゆえ》である。

夫に蹂躙《じゅうりん》され尽し、夢うつつになりながら、お北は自分の秘所に田沼意次を感じていた。その人と夫とは、まるで異るというのに、それでもその人を感じている自分が情なく、涙を流しながら悦《よろこ》びの声を上げているのがみじめで仕方がなかった。

同時にそのことが夫に知れなかったかと横顔を盗み見る。

「お北」

幸二郎が呼んだ。

「なにしとるんかいな。早よう後始末せんか。また、女中が来よるで……」

はっとして、お北は手拭《てぬぐい》を取り、鉄瓶の湯で、それをしめらせた。女を抱いた後に、女にその始末をさせるのは、嫁入りした夜からの幸二郎の習慣であった。

屈辱に打ちひしがれて、お北は夫の足許《あしもと》にひざまずいた。

翌日、お北は駕籠《かご》の用意をしてもらって御殿山の家を出た。お供には手代が一人つけられている。

暮をひかえて蔵前は賑《にぎ》わっていた。

このあたりの繁華にくらべると御殿山は田舎といった感じがする。

坂倉屋では手代が先に声をかけに店へ入った。お北は用意して来た歳暮の包みを持って駕籠から下りた。ちょうど、手代と共に龍介が店から出て来るところであった。

「これは、ようこそ……」

龍介がいいかけるのを制して、お北が小腰をかがめた。

「日頃は御無沙汰《ごぶさた》ばかり致しまして面目もございません。本日は主人に代りまして暮の御挨拶にまかり出ました」

改まったお北の言葉に龍介はすぐ合せた。

「それはわざわざ恐れ入ります。ここは端近か、まずお上り下さい」

龍介の後から店を抜け、奥の客間と思われる部屋へお北は通った。そういうところは、勘のいい男でもある。龍介が座布団を出し、女中に茶の支度を命じる。

「御主人様にはお変りもなく」

如才なく龍介がいい、お北は考え抜いて来た言葉を口に出した。

「この夏のはじめより上方へ参って居りまして、昨日、船で戻りました」

「お留守でしたか」

「実は久しぶりにお目にかかり、不躾《ぶしつけ》なお願いを致すようで、お恥かしゅうございますが……」

「かまいません。御実家の斉藤様とは、手前の兄夫婦が長年、昵懇《じっこん》にして頂きました。手前に出来ることなら、なんなりとおっしゃって下さいまし」

「本来なら、主人が御挨拶にうかがうところでございますが、帰ったばかりで思うにまかせませず……」

女中が茶を運んで出て行く間だけ、話が途切れた。

「これは大坂の本家より申しつかったことでございますとか。一度、田沼様へ御挨拶にうかがえぬものかと」

「ほう」

龍介がお北をみつめた。

「それは何故……」

「大坂の紀州様御蔵屋敷あたりでは、田沼様の御評判は大変なものでございますとか。上方商人は利に敏《さと》いもの、是非、お近づきになっておきたいと申すのが本音でもございましょうか。こちら様は田沼様とは御昵懇と承って居りましたので……」

「成程、手前に田沼様を御紹介申せということでございましょうか」

「御紹介をなどと申しましては烏滸《おこ》がましゅうございます。なにかの折に、御挨拶申し上げる機会がありましたなら……」

「それだけでよいのですか」

「はい。それから、田沼様には以前、御殿山の古い茶室についてお訊《たず》ねがございましたが、そちらにはもう誰も住んで居りませんので、その旨《むね》、お伝え頂きとう存じます」

龍介の表情が曇った。

「古い茶室ですか」

「軒に巣をかけて居りました鳥も、どこやらへ飛び去ったようで……、お訪ね下さるのは御無用になさいませと申し上げれば、何もかもおわかりになると思います」

お北のうつむいた首筋が上気して汗ばんでいるように龍介には見えた。

「突然、お邪魔を致し、勝手なことばかりお願い申しました。御無礼を何卒《なにとぞ》お許し下さいますよう……」

丁寧に会釈《えしやく》をしたお北は遂《つい》に龍介と視線を合わせることなく坂倉屋から暇《いとま》を告げた。

その駕籠を見送って、龍介はしんと考え込んだ。

将軍家第一の側近はもはや側用人の大岡忠光ではなく、名目は小姓頭取ながら実質上は御側御用取次をつとめている田沼主殿頭意次だというのは、この蔵前でも衆知であった。

だから、お北の夫の湊屋幸二郎が大坂の本家からいわれて、田沼家に取り入っておきたいと考えて女房を使って坂倉屋へ橋渡しを頼んで来たというのはちょっと見には筋が通っている。

けれども、龍介は自分よりもお北のほうが田沼意次に近い存在であるのを知っていた。お北が意次に話をつけるほうがずっと早い。

にもかかわらず、お北が坂倉屋へ来たのは、意次の母に対する遠慮かとも思う。

それだけにしては、終りのほうの言葉が合点出来なかった。

御殿山の茶室というのは何のことか。鳥は飛び去ったから、もう来るな、といったのは、田沼意次が御殿山の湊屋を訪ねたことがあるという意味か。

夕方、龍介は坂倉屋を出て田沼家へ向った。

このところ、お城泊りが続いているのは承知していたが、もし留守なら伝言を文に書いてことづけて来ようと思った。お北のいった通りを告げれば、おそらく意次には何のことか理解出来るに違いない。

小川町の屋敷へ着いてみると、用人が、

「ちょうどよかった。殿様のお申しつけで今、そなたの許へ使をやるところであった」

という。

書院へ通されると、着がえたばかりの意次が入って来た。

「早速だが、御殿山へ使に行ってくれないか」

すまぬが、これぱかりは余人に頼めないことなので、といいかけるのを聞いて、龍介はここまで考え続けて来た自分の推量が当っているという自信を持った。

「お北に、それとなく知らせてもらいたいのだ。大御所に続いて上様も御体調を崩されて居る。暫《しばら》くはお城泊りが続くということを……」

龍介は意次をみつめた。彼らしくもなく、ひどく照れているのがわかる。

「お北どのは今日、坂倉屋へ来られました」

伝言をそのまま口にした。意次は黙って聞いている。

「湊屋の亭主が帰って来たのか」

唇を噛《か》んでいる。

「龍介、何か方法はないか。お北を湊屋から連れ出してもらいたい」

声が切迫していた。

三

書院の庭に面した廊下にはすでに雨戸が入っていた。

部屋と廊下を仕切る障子も、次の間との境の襖《ふすま》もぴったり閉っているのに、師走《しわす》の夜はどこからか寒気が忍び込んで来る。

だが、坂倉屋龍介は冷えを感じていなかった。向い合っている田沼意次も火桶《ひおけ》へ手をかざそうともしない。

覚悟を決めて龍介は訊ねた。

「湊屋からお北どのを連れ出さねばならぬ理由があるのですか」

返事がないのを確かめてから続けた。

「手前如《ごと》きが申し上げるまでもないことですが、どうか自重して頂きたいと存じます。貴方《あなた》様は幼馴染《おさななじみ》の故をもって、手前を生涯の友とすると仰《おお》せられました。その御言葉が真実なら、どうか手前の申すことを聞いて頂きたい。お北どのが手前の店へ来られたのは、貴方様の危機に気づいたからだと推量して居ります。あの人は貴方様を守るために、恥も外聞もかなぐり捨てて、手前に助力を求められた。女のお北どのですら、そうせねばならないと思ったのは、貴方様が今、赫灼《かくしゃく》たる道を歩きはじめられているからです」

「待て」

意次が制した。

「龍介に俺の本心を言う。武士として口にして良いことではない。未熟者のそしりも免れまい。しかし、俺はこの十五年をふりかえってみて、なんというか、虚《むな》しい気持をどうにも払いのけられぬのだ」

十六歳で、当時、西の丸にあった将軍家に奉公したと意次はいった。

「以来、十六年余、俺は全力を挙げて上様に仕えて来たつもりだ。それで三百俵から二千石取りにまで昇進した。人は出世というだろう。だが、俺のしていることは上様と老中諸侯の間を往復し、さまざまの事柄を取り次ぐだけだ。日頃から龍介にも話していたように、それはそれで才覚の要る仕事であろうし、俺なりの夢もあった。しかし、龍介、正直にいうが、お上の台所はもうぼろぼろだ。土台石が崩れかけているといってよい。大御所様が如何《いか》に苦闘されたところで、結局、どうにもならなかった。俺は十六年間、自分の目でそれを見て来ているのだ」

政事の中心にある老中達にしても、何も出来なかったし、今後も、おそらく何もしないだろうと意次はいい切った。

「それはな、龍介。身を捨てて何かをやりとげようとすれば、必ず己れが泥をかぶると承知しているからだ。命を賭《と》して政事を改革しようと泥まみれになり、あげくに譏謗《きぼう》に取りまかれるとわかっていて、誰がそれを行う」

激烈なことを、意次は穏やかな口調で語っていたが、語尾には苦いものが滲《にじ》み出ていた。

たしかに、米経済を基本とする幕府の政策が行きづまっているのは、札差業へ養子に入った龍介にも感じられた。

徳川家康が大坂城を滅亡させた後、豊臣家が貯《たくわ》えていた黄金を江戸城に移し、それに佐渡をはじめとする諸国の金山、銀山から掘り出した金銀が幕府の御金蔵に集められて幕府の資産となっていたのは昔の話で、それらは長い歳月の間に取り崩されて減少の一途をたどっていると聞く。

紀州から入って八代将軍となった吉宗が躍起になって幕府の財政の立て直しに取り組み、質素倹約を号令し、新田開発や租税の徴収を行ってみても、諸色《しよしき》は値上りを続け、米価のほうはその年の豊作凶作によって高下を繰り返し、さっぱり安定しない。おまけに百姓一揆《いつき》が続発して手を焼くといった有様であった。

そうした実情を目のあたりにしている意次が、なまじっか聡明《そうめい》で世の中のさきゆきが見通せるだけに脱力感を持つのだろうと龍介は想像した。

まして、三百俵から目ざましい出世といわれても、意次の役職は小姓から小姓頭取に進んだだけで、常に言語不明瞭《ふめいりよう》な将軍の言葉を理解し、その意思を老中に伝えるか、或《ある》いはあまり幕閣の諸侯に対面したがらない将軍に代って、それらの人々の意見を将軍に取り次ぐのが主な役目とあっては、気苦労が多く、誤解を受ける立場であって、決して爽快《そうかい》な仕事とはいい難いだろうと思う。

改めて龍介は、田沼意次が赫灼たる道を歩いていると世評通りないい方をしてしまったことを後悔した。

世間の目には出世街道をまっしぐらと見えても、現実に田沼意次が歩いて来たのは重く、うっとうしい十六年だったのかも知れないと同情が湧《わ》く。

「それでも俺は、お北とこうなるまでは、自分の行く道はこれ一つと思いきめて迷いもしなかった。だが、今の俺はお北と添いとげて世のすみで慎ましく暮せるものなら、そのほうが生甲斐があるように思っている」

はっきり言い切られて、龍介のほうが狼狽《ろうばい》した。

やはり、田沼意次はお北と結ばれていたのかと強い衝撃を受けた。そしてそれはお北の謎《なぞ》めいた言葉から察するに、どうやら意次が御殿山の湊屋へ忍んで行ってのことらしい。

幼い日に、ひそかに思い合っていた男女が、男盛り、女盛りを迎えて漸《ようや》く恋を成就《じょうじゅ》したというのは考えようによっては微笑《ほほえ》ましくもある。が、男には妻子があり、女にも夫が存在するとあっては只事《ただごと》ではすまない。

そんなことは百も承知の上で、意次が恋に酔っているのが、龍介を慌《あわ》てさせた。

お北を夫の許《もと》から連れ出せないかなぞと激情に駆られた言い方をするのは、嫉妬《しっと》の故に違いない。

途方に暮れながら、それでも龍介はいった。

「俺は田沼龍助を見そこなったよ。俺の知っている田沼龍助はもっと広くて大きなものを見据えていると思っていた。龍助なら根本が腐って今にも折れそうな幕府の屋台骨《おかみ》を造り直し、この国に住む人に夢を見させてくれるんじゃあないか。お先まっ暗で、ただもう背中から鞭《むち》で追い立てられて歩くのではなくて、この雨に耐えて行けば、必ず青い空が見えて来ると信じて、この人について行く、そんな気にさせてくれるのが田沼龍助だと俺は確信を持っていた。お北だって俺と同じだ。そういう田沼龍助と思うから、人の女房の身を忘れてお前にすべてを投げ出した。だから、どんなに好きでも、龍助を滅ぼしたくない。守らなければ、守ってくれと俺に助けを求めて来た。真底、お北に惚《ほ》れた男なら、お北の気持がわからぬ筈《はず》がない。お北の志を無にするわけがないんだ」

気がついた時、龍介は泣いていた。感情に溺《おぼ》れ、やけくそになりながら男泣きに泣いている友人を田沼意次は啞然《あぜん》としてみつめていた。

本来、口下手な男だった。

誠実で仕事熱心だが、決して世渡り上手とはいえない。そんな坂倉屋龍介が好きで、生涯の友と思った。その男がこんな熱弁をふるうとは意外であった。

「雨の後、天は必ず晴れる、か」

低く呟《つぶや》いて、意次は目を細くした。

障子のむこうにどしゃ降りの雨と、鮮やかに晴れた空の青が見えるような気がする。

「泣くな、泣かないでくれ」

友人の肩に触れた。

「お前の気持はわかった。俺も考える。少くとも、お前やお北の志を無にすることだけはしない」

龍介が手の甲で涙を払った。

「本当か」

不安そうな視線とぶつかって、意次は苦笑してうなずいた。

「それにしてもお前、子供の時から男のくせに泣き虫だと思ったが、ちっとも変っていないんだな」

龍介が泣くのは、ころんで怪我《けが》をしたり、撲《なぐ》られたりしてではなかったと思い出した。人の情に触れたり、自分の思いが堰《せき》を切ったようにあふれ出たりした時、坂倉屋龍介の男にしては丸い眼から涙がこぼれ落ちる。

お北を思い切れるとは決して考えていなかったが、自分から突き進んで行った恋の闇《やみ》から、意次は僅《わず》かながら我を取り戻したようであった。

翌日、坂倉屋龍介は品川御殿山の湊屋を訪ねた。

「田沼主殿頭様の件で……」

といっただけで、番頭が奥へ取り次ぎ、すぐに客間へ案内された。

湊屋幸二郎はお北と共に現われた。

挨拶《あいさつ》も丁寧だし、腰も低い。

「田沼様には昨日、お訪ね申しまして、こなた様の御依頼の趣きをお伝え申しました。あちら様は大層、気さくでいらっしゃいまして、いつにても会おうとおっしゃって下さいましたが、只今は大御所様も御不例、上様《おかみ》も御病中とか、お城へお泊りなさる日が続いている由《よし》にございます。それ故、年改っての後にでもと仰《おお》せになりまして……」

さりげなくお北を見たのは、意次の日常はこうだと教えたのが通じたかと思ったからだが、果してお北は小さく合点し、丁寧に頭を下げた。

湊屋幸二郎のほうは単純に喜んだ。

「何分、これを機会に坂倉屋さんとも御昵懇《じっこん》に願いとう存じます」

といわれて、龍介は、

「こちらこそ、よろしゅう」

と承知した。なんにしても、これで堂々と湊屋へ出入りが出来ると思う。

律儀な龍介は湊屋へ行って来たことを伝えに小川町の田沼家へも出かけたが、意次はお城泊りが続いているとのことであった。

暮は慌《あわただ》しく過ぎ、やがて年があけた。

正月二日、龍介が年賀に田沼家を訪れると、意次はやはり出仕していて、用人が年礼廻りの挨拶を受けていた。

元旦《がんたん》は諸侯の総登城で、将軍は白書院に出座して、御三家、御三卿《ごさんきょう》からの拝礼を受ける。続いて譜代大名や加賀の前田家、伊勢の藤堂《とうどう》家のような格別の扱いを受ける外様《とざま》大名と高家《こうけ》と呼ばれる吉良《きら》家、今川家、畠山家、武田家などの外、高位の役人、法印、法眼《ほうげん》の位にある医師なぞが次々と年賀の礼を行う。

二日は御三家、御三卿の嫡子《ちゃくし》、及び国持の外様大名で、城内御用達の大町人もこの日、拝賀、記帳を行う。

三日は無位無官の大名に、江戸、上方の由緒《ゆいしょ》ある町人や町年寄が登城、夜は城内で謡初《うたいぞめ》の式が催される。

従って、意次のように常に将軍家の側近にある者は連日、お城泊りになるし、その後は自分が挨拶に廻らねばならない幕閣諸侯や上役なぞがおびただしい数に及ぶので七草どころか、十五日あたりまで寸暇もない有様だと用人は、それを誇らしげに話している。

田沼家から帰って来ると、ちょうど湊屋からお北が年始に来ていた。

「昨年は身勝手なお頼みを致しまして……」

と挨拶したお北が顔はほっそりしているのに、どこか体つきが丸くなったような感じなのを、龍介はうっかり見逃がした。

「月の終りに、上方へ発《た》つかも知れません」

湊屋の本家の大旦那《だんな》の還暦の祝があって、夫婦そろって顔出しをすることになりそうだという。

「それはおめでたいことだが、この季節、道中は難儀なこともおありだろう。気をつけてお行きなさいまし」

傍にお供の手代もひかえているので、龍介はあたりさわりのない返事をしたが、内心、意次のためにも、お北が江戸を留守にするのは安心だと考えていた。

湊屋から使が来たのは一月の末で、改めて夫婦が上方へ発ったことを知らせるものであった。

早速、龍介は田沼家へ出かけた。

意次は珍らしく屋敷にいた。

「よい所へ来た。明日から留守になる」

新しく拝領した下総《しもうさ》国香取郡の領地を検分に出かけるという。

「将軍家《おかみ》より漸くお許しが出て数日のお暇を頂戴《ちょうだい》したのだ」

意次は少し痩《や》せて精悍《せいかん》な面《つら》がまえになっていた。この前、会った時よりも表情が明るく晴々としている。

だが、お北夫婦が上方へ旅立ったことを告げると眉《まゆ》が曇った。

「お北は俺よりも強いな。俺はまだお北に恋々としている。とはいえ、なかなか自分を捨てることも出来ぬ。そういう俺にお北は愛想を尽かしたのだろう」

龍介は何もいわなかった。

ただ二人の間をへだてている時が長ければ長いほど二人のためにはよかろうと思う。

「下総から戻る頃を見計らって来てくれ」

意次の言葉に、龍介は、

「承知しました」

と頭を下げた。

田沼家から使が来たのは八日目のことで、

「殿様には一昨日、お帰りになりまして、昨日はお城泊り、本日は早めにお戻りになって居られます」

という。龍介は使と一緒に蔵前を出て、小川町へ向った。

意次はくつろいで待っていた。

龍介が到着するのと同時に夕餉の膳《ぜん》が運ばれる。

「下総は如何《いかが》でございましたか」

と訊《き》いた龍介に、

「江戸より暖かいと聞いていたが、さほどのこともなかった」

但《ただ》し、梅は道中、満開で天気にも恵まれたといった後で、大きく膝《ひざ》を進めた。

「印旛《いんば》沼を見て参った」

龍介は印旛沼を知っているか、と問われて、

「参ったことはございませんが、名は承知して居ります」

と答えた。

下総国印旛沼は八代将軍吉宗が干拓し、新田開発に取りかかって三十一万両という巨費を投じたが、思いの外の難工事で中途半端なままになっているというのは、まだ坂倉屋へ養子に入る以前に耳にしたことがあった。

「あの干拓は続けるべきだと思ったよ」

沼に沿って堀をめぐらし、沼の水を落して新田を作るのと同時に、その掘割を検見川《けみがわ》へつなぎ、江戸湾と利根川を結ぶ水路を完成させれば、これまで利根川を下って銚子沖へ出て房総半島を迂回《うかい》して野島崎から浦賀水道を北上して江戸湾へ入って来た舟は、遥《はる》かに安全で近い距離を通って江戸へ入津《にゆうしん》出来る。

利根川の流域には、関東随一の上級米の産地である古河や、醬油《しようゆ》の野田をはじめとして江戸で消費される多くの必需品の産地が並んでいた。

それらを積んで利根川を下って来る舟が、もし外海へ出ずに江戸湾へ入れるとなると交通の便宜はもとより、計り知れぬほどの利益がもたらされる。

「加えてだ。利根川は暴れ川だ。大雨の年には必ずといってよいほど氾濫《はんらん》が起り、周辺の田畑を押し流す。しかし、この水路を利用して余分の水を江戸湾へ落すことになれば、

水害も当然のこと、少くなろうというものではないか」

頰に血を上らせて話す意次をみて、龍介はこの人は到底、恋に溺れて前後のわきまえをなくすことは出来ないと思った。

僅か数日の旅で、大御所様が中途で断念してしまった印旛沼の干拓の後を見て、あれは江戸の人々のために、何がなんでもやりとげねばならない仕事だと見きわめて来ている。

第一、意次が今、語っている抱負は小役人の規模で口に出来るものではなかった。どれほどの歳月を費しても、莫大《ばくだい》な費用を注ぎ込んでも、将来、必ず多くの人々に利益をもたらす仕事はあらゆる障害を乗り越えてもやり遂げねばならないというのは天下を統《す》べる者の考え方であった。

大御所様ですら断念したという大事業を、いったい今、幕閣にある老中諸大名の誰が継続しようというだろうかと思い、龍介は空怖《そらおそろ》しいような気分で、我が友の横顔をみつめた。この友が、人の女房をかっさらって平凡な暮しをしたいといったのが信じられない。

四

この年の春、意次は花の咲いたのも、散ったのも目に留めることなく日を過した。常に重苦しいものが心を支配し、行く手には闇が広がっているような感じがしている。

実際、江戸城は暗雲が垂れこめていた。

西の丸の大御所吉宗の容態が誰の目にも、再起はおぼつかないとわかって来たからである。

将軍職を嫡子、家重にゆずって後も、吉宗は事実上の将軍の権力を手放してはいなかった。西尾隠岐守忠尚《おきのかみただなお》を西の丸執政におき、いわゆる大御所政治を行っていたから、老中以下諸大名も九代将軍は、長幼の序を守るというけじめのためであって、家重は名目上の将軍であり、やがて時が来れば、大御所が然《しか》るべき子、或《ある》いは孫を立て、家重を隠居させる腹だと読んでいた。

その場合の次期将軍はかつて老中の松平乗邑《のりさと》が強烈に推した大御所の次男で田安家を起した田安宗武か、更にその弟の一橋宗尹《むねただ》、或いはその子がえらばれて、父親が後見をする形になるのか、もしくは家重の嫡子、家治《いえはる》となるのか、諸説紛々として留まる所を知らなかった。

誰もが、大御所の胸中はこうこうであるとまことしやかに語り、明日にも吉宗の口からその旨《むね》が公示されるようにいいはやしていたものの、実際に吉宗は黙して語らず、中風を発してからは殆《ほと》んどもののいえない状態になってしまった。

となると、これまで九代将軍の治世は短かいと計算していた幕閣諸侯は周章狼狽《ろうばい》をかくせないし、田安家、一橋家に心を寄せていた者は俄《にわ》かに本丸の将軍の側近に対して顔色を窺《うかが》い出した。

そうかと思うと本丸では側用人の大岡忠光などがこれまで家重に冷淡であった大名を名指して声高に誹謗《ひぼう》しはじめたりする。

意次にしてみれば不快の一語に尽きた。

不惑の年齢を越えた分別盛りの為政者が何を今更という気持で眺めていると、その意次のところにまで大名家の用人なぞが挨拶に来て、

「向後、御昵懇に」

なぞと手土産をおいて行く。大方はその大名の領国の特産品で菓子や干魚、乾物類などだが、近隣の旗本の家の者は、突然、ものものしい使者の出入りに目をそばだてている。

田沼家の家族や家来達は晴がましく思っているようだが、意次には相手の思惑が見えるだけに苦々しい限りであった。嬉《うれ》しくもなんともない。

それよりも、心にかかっているのは、お北のことであった。

坂倉屋龍介の話によると、本家の祝事で上方へ出かけたきり、まだ江戸へは帰って来ていないらしい。

「湊屋の番頭が口を濁して細かなことは語らないのだが、主人の幸二郎がむこうで発病して、今は有馬の湯で療養をしているらしい」

病名は大御所と同じく中風だが、温泉で療養をするほどに回復しているのを聞くと、さして重くはなかったのだろうと龍介は推量している。

「まるで、お北が俺を避けているようだな」

と意次は苦笑してみせたが、内心はかなり苛立《いらだ》っていた。

こちらが思うほどには、お北のほうは未練を持っていないのかも知れないと思う。それは男として屈辱であった。

逢《あ》って本心を聞きたいと思っても、相手が上方では、どうしようもない。

龍介はそうした友人の懊悩《おうのう》を冷静に受け止めていた。

家を捨て、地位を捨ててお北と穏やかな生涯を送りたいと口走ってしまったのも意次の正直な気持なら、龍介を相手に印旛沼干拓を熱っぽく語るのも意次の本心に違いない。

三十を過ぎたばかりという、年齢的にも中途半端な時に、意次の心中が揺れに揺れている。

考えてみれば、この友人には少年の日から破目をはずすという時期がなかった。悪戯《いたずら》らしいこともせず、血気にはやって談論風発する姿も見なかったし、女を追いかけ廻しもしなかった。

いってみれば人間臭さを洗い流してしまったような割りきり方で青春を越えて来た男が突如、人妻になってしまっている初恋の女に我を忘れて思いを寄せた。

それは、意次がいったように十六の年からひたすら重く苦しい宮仕えの、しかも、行けども行けども出口の見えない繰り返しの毎日を歩き続けて来た反動といえないこともない。

とにかく、自分の生きて来た道がやり切れなくなったというのは意次の実感なのだろうし、その結果が遅れて来た恋に自分をのめり込ませたのかも知れないと龍介は考えていた。

なんにしても、その龍介を苦笑させるのは、意次がお北に対する龍介の気持を知っている点であった。

俺もお前も、お北が湊屋へ嫁入りするのを手をつかねて見送ったといった意次が、龍介をだしぬいてお北と深い仲になった。しかも、それを龍介にかくそうとしない。

当り前だと龍介は承知していた。

意次はいざとなったら何もかも捨てられるほどの勇気を持ってお北を抱きに行った。

その勇気を龍介は持っていない。

やがて自分が主人となる蔵前の店にも、その仕事にも、平凡だが妻子と共に過す日常さえも、龍介は捨てられない自分を知っている。

だが、田沼意次はそういうものを本当に捨てられると思っているのだろうかと、龍介は疑った。

父祖代々の家柄、彼を頼り切っている母親、妻子、それに奉公人達。

更にいえば、将軍家重は万事、意次を信頼し、重用しているという。

それらのものを、全部、捨てられるほど、田沼意次という男は不人情だろうかと考えて龍介は心の深いところで首を振った。

出来る人間ではなかった。出来ないことを出来るといい切ったのには、恋がいわせた無理があった。

お北は、多分、それがわかっていたのではないかと思う。

そして、お北が遠く去った今、意次も自分が捨てられないものの数々に、否応《いやおう》なしに気づかせられている。

龍介がそれを見たのは、五月四日のことであった。

端午《たんご》の節句の、田沼家の嫡男龍助への祝物を持って小川町の屋敷へ行った龍介はおびただしい飾りものを目にした。

田沼家の嫡男、龍助は寛延三年（一七五〇）の三月生まれだから、初節句は昨年で、やはり、小川町の田沼家は戸外に多くの幟《のぼり》や吹き流しの鯉《こい》、旗指物などが飾られていたが、今年はその数が増えていた。

幟は本来、紙に丹緑青の絵具で彩色した武者絵が多いのだが、田沼家にはまだ珍らしい木綿を用いたものまで飾ってある。いずれも今年、贈られたようで真新しかった。

意次は屋敷にいた。

もっとも、五日ぶりにお城を下って来たとかで今しがた着替えたという単衣《ひとえ》が涼しげであった。

「すまないな。俺だけ、こんな気楽な恰好《かっこう》で……」

意次がいったのは、五月五日からが武家では礼服が帷子《かたびら》になり、町家では単衣になるときまっているからで、龍介はきまり通り、まだ袷《あわせ》で紋付の夏羽織を重ねて、如何《いか》にも暑苦しげだったからだ。

書院には五月人形や飾り具足などが並んでいたが、こちらも昨年より多い。

「祝いにみえられた方の中には、今年が初節句とかん違いをされた御方もある模様で……」

龍介が持って来た見事な鯛《たい》を、意次に披露するために運んで来た用人がいったが、意次は用人が去ると、

「なに、みえみえの大嘘《おおうそ》さ」

と殿様らしくない声でいい、苦笑している。

たしかに、この際、将軍家側近で実質上の御側御用取次の役をつとめている意次によしみを通じておこうと思ったら、悴《せがれ》の初節句を口実にするのが便利に違いない。

そういうところがすぐに判《わか》ってしまうのが意次の頭の切れる部分で、この友にとってそれはよいのか悪いのかと、つい、龍介は考えてしまう。

そこに、妻女が二歳の男の子を伴って入って来た。意次の嫡男で、父の幼名をもらって龍助と名づけられている。

明るい紺青《こんじょう》の紋付に縞《しま》の袴《はかま》をつけているのが人形のように愛くるしい。

母親に支えられて両手をついてお辞儀をし、龍介にも、物珍らしげな目を向けて頭を下げた。

「ここへ来い」

意次が父親の声でいい、近づいた子を抱いて膝にのせた。

父子だけあって、目鼻立ちがよく似ている。

龍介がそれをいうと、意次の表情が崩れた。

「そうか、俺に似ているか」

膝の上で我が子を大きく跳上《はねあが》らせた。

小さな龍助は、きゃっきゃっと笑い声を上げて喜んでいる。

「お前のところも、大きくなっただろう。いくつになった」

「長太郎は九ツ、おはつは七歳になりましたよ」

「あとは出来ないのか」

「一度、流産をして、それ以来、授らないようでね」

意次が五月人形の前に供えてあった柏餅《かしわもち》の一つを取って膝の上の我が子に持たせた。

茶を勧められて、龍介は意次の妻女をそれとなく眺めた。小柄だが出産して一年余り経《た》って体つきはふっくらと丸味を帯びた。美人とはいえないが愛敬《あいきよう》があり、しっかり者のようでもある。そういうところは、意次の母のお辰に似ている感じであった。

客をもてなすのにそつはないが、よけいな口はきかない。

ひとしきり、父親が息子の相手をするのを穏やかに見守っていて、適当に子供をあやして書院から連れ去った。

「子とは、理屈なしに可愛《かわい》いものだな」

我が子の後姿を見送って、ぽつんと意次が呟《つぶや》いた。

「お城から戻って来ると、ひとしきり甘えに来る。眺めていると、つくづく俺の分身という気がしてどうにもたまらないよ」

苦笑したのは、お北のことを思い出したからのようで、

「龍介には可笑《おか》しいだろう。一人の女のために何もかも捨てるといった男が、我が子に甘い親父になっている」

いや、と龍介は首を振った。

「人とは、そういうものではありませんか。心中にあるものが必ずしも一つとはいえないので、だからこそ悩みも苦しみもする」

意次が声を出さずに笑った。

「龍介はものわかりがよい。よすぎて俺は龍介に頭が上らなくなる」

「滅相な……」

女中が酒肴《しゅこう》の膳《ぜん》を運んで来て、二人の話はそれきりになった。

だが、意次は龍介の前で良き父親ぶりをみせたことで、改めて妻子について自分の気持を探ったようであった。

妻に不満があるわけではなかった。

姑《しゅうとめ》によく仕え、夫の母を手本として田沼家の家風になじもうと努力しているのが時に、いじらしく見えなくもない。

それ以上に、俺の子を産んでくれたという感謝の念もあった。

格別、気のきいたことが言えるのでもないし、向い合っていて、お北に対するような激しい恋情を持ちはしないが、その分、くつろいでいる自分がわかる。

お北も湊屋幸二郎に対して同じような感じ方をしているのではないかと考えて、意次は不機嫌になった。

男の身勝手と承知していて、お北に思いが及ぶと、どうも精神が不安定になる。

けれども、その一方で妻子を前にして、良い夫、優しい父親である自分を変えるのは出来そうにない。

もう一つ、意次の心を捕える出来事があった。

江戸城、吹上の御苑《ぎょえん》に菖蒲《しょうぶ》池がある。

この季節、さまざまの菖蒲が美しい花を競って咲かす。

将軍家重は花が殊《こと》の外、好きであった。

毎朝、菖蒲の花の開き具合を見るために吹上へ出て行く。意次がお城泊りの時は必ず、その供を命じられた。

その朝も、意次と菖蒲を眺めていて、家重が廻らない舌で訊《き》いた。

「主殿《とのも》は……しょう……菖蒲が、好きか」

他の小姓には全く聞きとれない家重の言葉を、意次はすみやかに理解した。

「美しい花と心得ますが、上様にはどのようにごらん遊ばしますか」

「予は……好きじゃ。気に入っている。凛《りん》と咲くところが、主殿に似ている……」

それだけのことを苦労して話した将軍は額ぎわに汗をにじませていた。

「身に余る仰《おお》せ、かたじけのうございます」

「主殿は……なんぞ、心配事があるのではないか」

言葉の一つ一つをたどたどしくつなぎながら家重が問い、意次は胸を衝《つ》かれた。

「主殿の顔が、暗いぞ」

思わず平伏して、意次は言上した。

「御心を御患《わず》らわせ申し、恐懼《きようく》にたえませぬ。主殿の不忠、何卒《なにとぞ》、お許し下さいますよう……」

「大御所の、ご容態を案じてか」

「はい」

「それなら、よい」

吹上の池を廻りながら主従二人がかわした会話を、お供の誰もが聞きとれなかった。ただ、菖蒲池を後にする時、将軍が晴々とした表情であるのを認め、そのことを御城内で話した。

「上様には、どのように御機嫌が悪くとも、主殿頭様がお話し申し上げると忽《たちま》ち麗《うる》わしい御気色《みけしき》に変られます」

それを耳にした人々は、田沼意次を将軍家の寵愛《ちようあい》第一の人と噂《うわさ》した。

意次の耳にも、それは聞えて来たが、歯牙《しが》にもかけなかった。

ただ、意次の心には将軍に対して良き家臣であらねばならぬという自覚がこれまで以上に強くなっていた。

病身で、言語不明瞭《ふめいりよう》の故《ゆえ》に、とかく軽んじられている将軍にとって、今までの力は何よりも父である八代吉宗が健在であり、保護者となっていた点である。

だが、大御所の命が旦夕《たんせき》に迫った今、家重の心細さ、頼りなさは、幼児が親を失うようなものであった。

その将軍に手をさしのべられて、男なら、それに応《こた》えずには居られないという思いが意次を占めている。

女に心を移している場合ではないと、意次は、おのれに叱咤《しった》した。

花の好きな将軍のために、江戸城の庭は花の咲く樹《き》が多く植えられている。

菖蒲池が枯れると、次には合歓木《ねむのき》に淡紅色の小さな花が咲き出した。

夕暮の庭は蚊が多い。意次は扇でひたすら蚊を追い払いながら、将軍の供をした。そんな時、将軍は安心し切って花の梢《こずえ》をいつまでもみつめている。

六月二十日、大御所吉宗は遂《つい》に死去した。

田沼意次は三十三歳になっていた。

魚屋十兵衛

一

難波《なにわ》の港が西へゆるやかな弧を描いて延びるあたりに、西宮、魚崎、御影《みかげ》、大石の四浦が並んでいる。

西宮を筆頭にして、ここは酒樽《さかだる》積廻船の根拠地であった。

酒樽積廻船は略して樽廻船ともいう。

その主な積荷は上方の酒であった。

このあたり、古くから灘《なだ》と呼ばれる一帯は酒造りで知られている。

地形は山脈が海ぎりぎりまで突き出していた。平地は僅《わず》かで、山頂から岩肌を縫って流れ落ちる水は急な斜面をかけ下って海へ注ぐ。

天然の名水であった。

山脈からは幾筋もの川が流れていて、水量は常に豊富である。名水のある所に銘酒は誕生する。山脈の向う側には播州平野《ばんしゅう》が広がり、上質の米を生産している。加えて瀬戸内の海からはいくらでも酒米が運ばれて来る。

灘の酒は、天下の銘酒として知られ、生産量は年々、増大した。

その酒の最大の買い手市場は江戸であった。

徳川家康の開府以来、驚異的に人口のふくれ上って行く江戸の人々の生活を支える物資の大方は、殆《ほと》んど上方からまかなわれていた。

米は勿論《もちろん》、酒、酢、醬油《しょうゆ》、塗物、紙類、木綿、繰綿《くりわた》、金物類、畳表、油、蠟燭《ろうそく》など、ありとあらゆるものが生産地から大坂へ集められ、上方商人の算盤《そろばん》勘定に従って江戸へ送られて行くのであった。

その中でも上方の酒は量からいってもぬきんでていた。

多い時には年間、百万樽、米にして約六十三万石に相当するほどが江戸へ廻送されて行く。

そうした酒の輸送はもともと菱垣《ひがき》廻船がその他の物資と共に扱っていた。

問題が起って来たのは、八代将軍の頃からで、菱垣廻船の場合、多くの種類の荷物を積むところから、船の重心を下げる必要もあって酒樽は下積みとなり、その上に木綿や薬種、日用品などの軽くて比較的高価なものを積む。運悪く荒天に遭って、荷を捨てるとなると、まずこの上積みからで、そうなると菱垣廻船の十組問屋仲間では海難に際して共同海損、つまり、積荷の無事だった者は捨てられた荷物に対する補償のいくらかを負担するきまりになっていた。

これがどうも酒問屋には不評であった。

更にいえば菱垣廻船の場合、荷を積むのに時間がかかる。つまり、海水に濡《ぬ》れては困る品物は胴の間に高く積み上げ、水がかかっても大丈夫なように覆《おお》いをかけて荷作りをする。当然、下積みになる酒の荷などは早々と積み込まれているのだが一向に船出が出来ず、江戸へ到着の日数はかかるし、暑い季節などは積みっぱなしの中に酒が変質し出したりするなどという苦情も絶えなかった。

そうしたことをふまえて遂《つい》に享保《きようほう》十五年（一七三〇）の志州沖の大海難をきっかけにして、酒問屋は菱垣廻船十組問屋から分かれて酒荷専用の廻船によって上方から江戸へ酒を運送することになったので、これが樽廻船である。

従って、樽廻船の歴史はまだ新しかった。

何事によらず新しい組織は活気がある。

お北が家族と共に昨年から身を寄せている魚崎の家は、その樽廻船に加っている魚屋《うおや》十兵衛の持ちものであった。

魚屋十兵衛という人について、お北はたいしたことを知らされているわけではないが、若い時は船乗りだったと聞いていた。

「それも、平水主《ひらかこ》だったと申しますよ」

と湊屋《みなとや》本家の女中達は少々、眉《まゆ》をひそめるようにして話した。

平水主というのは、いわゆる下級船員である。

だが、十兵衛は表仕《おもてし》と呼ばれる航海長役に出世し、船頭に抜擢《ばってき》されるまでになったらしい。

「随分と、あちこちの船で働いたらしゅうおす。なんでも長崎会所の方々に信用されて、松前へ俵物《たわらもの》を仕入れに行ったのが大当りしやはってそれで何艘《そう》もの船を買うて船主になったいうことや……」

湊屋本家へ出入りすることになったのは、船主となってからだが、

「旦さんの末の妹はんで生れつき足の悪い、嬢《いと》はんをな、旦さんが冗談半分に嫁にもろておくれんかいいなすったら、へえ、頂きますいうて、ほんまに祝言《しゅうげん》上げなすったんですわ。そら、感心するほど大事にしてなはったんやけど、もともと病身のお人やったさかい、二年ほどで亡《の》うなりはりましてな。そん時も大層、立派な野辺送りをしやはってな。その後も、湊屋に義理を欠かさん。まあ、成上り者《もん》やよってに、湊屋との縁を切りとうないのが本心やろが……」

と本家の女達は魚屋十兵衛を軽んじた言い方をよくしている。

けれども、お北は最初に十兵衛に会った時から、この人は本家の女達が考えているような浮薄な人物ではないと感じていた。

それは、魚崎の家へ身を寄せるようになって、折に触れ、当人と顔を合せ、言葉をかわしてみていよいよ強くなった。

魚崎へ来るきっかけとなったのは、湊屋本家からお北の夫、湊屋分家の幸二郎が中風を患《わずら》って回復が思わしくないと聞いた十兵衛が、魚崎に鍼灸《しんきゅう》の名医がいて、中風で足腰の立たなくなった病人の治療に格別の効果を上げているので、よかったら魚崎には自分の滅多に使っていない別宅もあることだし、そこで静養してみたらと申し出てくれたためであった。

大坂で発病した幸二郎は命こそ取りとめたものの、以来、半身不随で口もきけず、殆んど寝たきりの状態であった。

有馬の湯をはじめとして、病気によいといわれる温泉に転地をくり返し、名医にもみてもらい、神信心だ御祈禱《ごきとう》だと手を尽したが、徒《いたず》らに歳月が経《た》つばかりで、なんの変化もない。

本家のほうでも、もて余している所だったので、お北に魚崎へ行けと勧めた。

お北にしてみれば、本家の仰《おお》せに逆らえるものではない。

しかし、魚崎へ夫を移して、お北はよかったと思うようになっていた。

十兵衛の親切は行き届いていて、しかも本家のような恩着せがましさがない。

「この家は、もともと、死んだ女房を嫁にもらった時に、ゆっくり病を養ってもらうために建てたもので奉公人もその頃のままだから病人の世話には馴《な》れています。なんでも遠慮なくいいつけて下さったほうが、みんなもやりやすいと思いますから……」

自分は船に乗っていることが多いので、留守中のことは道右衛門に申しつけてありますと白髪頭の老番頭を紹介してくれたのだが、この老人が実によく気が廻る。

なによりも有難かったのは、魚崎へ来て倹斎という鍼灸の医者の治療を受けて一年、漸《ようや》く、幸二郎にその効果がみえはじめたことであった。

それまで寝たきりだった病人が、少しずつ布団《ふとん》の上に起きられるようになり、やがては介添人の助けを受けるものの、自力で厠《かわや》へ行けるまでになって来た。

幸二郎もこれは嬉《うれ》しかったらしい。これまでは誰のいうことにも無関心だったのが、僅かながら人間らしい反応を見せはじめるようになった。

とはいえ、相変らずものは喋《しゃべ》れない。

お北の病人に対する看護ぶりは誰の目にも献身的であった。

「お北はんのような女房がついて居《お》ったさかい、分家はんは命を取りとめたんや。お北はんが居らなんだら、とっくにあの世へ行ってはる」

と本家の女達が口を揃《そろ》えるほど、お北は我を忘れて夫の世話に熱中した。

「しかも、お北はん、並みの体やおまへんかったんや」

と女達が舌を巻いたのは、幸二郎が発病した年の八月に、お北が男児を出産した故《ゆえ》である。

子供が産まれるぎりぎりまで、お北の周辺の人々は彼女が妊《みごも》っていることに気づかなかった。

一つには、お北が口に出さなかったのと、本家の女達の多くが、お北に無関心だったせいで、出産してから、

「そういえば、お北はん、顔は看病やつれでげっそりしてはるのに、体は何や肥えて来たようやとは思ったこともあったが……」

などという始末である。

夫の看病と子育てをお北は同時にやってのけた。

今、魚崎へ落ついて一年余日、よくここまでたどりついたと我ながら思うことがある。死にもの狂いで産み、育てた我が子は九つになっていた。

名は新太郎という。

魚崎の家は、住吉川に近かった。

日頃は穏やかな清流だが、何年かに一度の割合で大雨などによる氾濫《はんらん》もあるという。

だが、お北がこの地へ来てからはそんなこともなく、夏はこの川岸で蛍を取ったり、浅瀬で魚をすくったりと、母と子の楽しい思い出を作ってくれている。

お北は、その川べりの道を海へ向って歩いていた。

「先程、十兵衛旦那《だんな》がお出《い》でになりまして、江戸からの土産があるからと、新太郎坊ちゃんをお連れなさいました」

と女中から教えられたからであった。

魚屋の奉公人はお北に対してあまり上方弁を使わなかった。

訊《き》いてみると生国は各々《おのおの》で大方が九州や四国であったりする。

十兵衛の生国はどこだろうと思って訊《たず》ねてみたが、これは奉公人もよく知らないらしい。

十兵衛自身はどうも相手次第のようであった。

湊屋本家へ来ている時には上方弁を使いこなしているし、お北に対しては江戸言葉というより、むしろ、侍言葉に近い言い廻しをしたりする。で、お北はこの人の本当の生まれは武士の出ではないのかと考えたこともある。

住吉川がかなり海に近づいたあたりに、もう一軒、魚屋の持ち家があった。

魚屋はあちこちに家を所有して居り、店も何軒かあるらしいのだが、お北が魚崎へ来てから、十兵衛は船で出かけていない限り、こちらの魚崎の家へ落ついていることが多いようであった。

それにしても、仮にも廻船問屋の主人で十何艘もの持ち船がある豪商が、相変らず自ら船頭として船に乗り込んで行くというのは、相当、変っているとお北ですら思う。

川沿いの道を少しはずれて上ったところに茶の垣根があった。

梅が咲いている。

花の香がお北に或《あ》る光景を思い出させた。

場所は江戸の勝林寺の墓地、両親の墓参をするお北の傍には田沼意次がいた。

勝林寺は田沼家の菩提《ぼだい》寺で、その縁でお北の親の墓をそこに建てることが出来たのだったが、あの時、意次《おきつぐ》は田沼家の墓にも詣《もう》でたお北の背で、自分が死んだ後、お北がそうやって墓まいりをしてくれるかと思うと安心だというような意味のことを口に出した。

あれは、お北に対する意次の遠まわしな恋の言葉だったと、今のお北はもうわかる。

その人に思うさま抱かれて、心の深いところまで契《ちぎ》りを結んだ夜は遥《はる》かに昔になってしまったが、やはり自分が死んで灰になるまで忘れないだろうと思う。

ふと、お北は誰かが自分を眺めているような気配に顔を上げた。

魚屋の庭の、椿《つばき》と梅が交互に植えてある道のところに、十兵衛が立っている。

その太い腕に支えられて、新太郎は海を眺めていた。

「あれは辰吉《たつきち》丸、むこうが、竜久《りゅうきゅう》丸だね」

「辰吉丸は七百石船、竜久丸は千石船、竜久丸のほうが大きい」

「その通り」

「どっちが速いの」

「どちらも同じくらいだな。船の速さは大きさではない。むしろ、帆のせいといったほうが近いかな」

「どちらも弁才《べざい》船だね」

「そうだ」

「でも形が少し違う」

「そうかな」

「大坂の湊屋の船とも違う」

「あちらは菱垣船だからな」

「どう違うの」

「少し難かしいが……船の舷《ふなばた》の下のところに菱形の格子《こうし》のような飾りがついている。あの二艘にはそれがないだろう。それだけのことだ」

「湊屋の船も、弁才船」

「そうだ。弁才船……いい船だよ」

少年の耳にそこまで言って、十兵衛がささやいた。

「お母様が来られたぞ」

新太郎がはっとふりむき、十兵衛の腕の中からすべり下りた。お北へ向って走って来る。

「申しわけございません。御厄介をおかけ致しまして……」

小腰をかがめたお北に十兵衛が笑った。

「新太郎どのは船がお好きのようじゃで、辰吉丸と竜久丸がこの沖に停泊している中に、一度、船に乗ってみたいというて居るが……」

「そのような……御迷惑をおかけするわけには参りませぬ」

「なに、迷惑なことは少しもない。天気のよい日に艀《はしけ》で船へ行けば危くもなんともない。もし、お許しが出れば、わしが新太郎どのをお連れするが……」

言葉なかばに新太郎が躍り上った。

「お母様、よろしいでしょう」

「ほんにこの子は……」

苦笑しながらお北はつい、うなずいていた。

この子が生まれてから、こんなに大喜びをするのを見るのは最初という気がする。

「では、それできまりだ」

新太郎の頭を撫《な》でて、十兵衛はお北に問うた。

「御病人は落ついて居られますか」

「おかげさまで、只今《ただいま》、先生が鍼《はり》をすませてお帰りになりましたので、よく睡《ねむ》って居ります」

「では、少々、おくつろぎ下さい。茶など一服さし上げましょう」

庭に茶室があった。

母と子は導かれて、にじり口を入る。

茶室が、なんとなく田沼意次との忍び会いを思い出させて、お北は恥かしかった。

すでに炉に釜《かま》がかかっていて、湯のたぎる音が聞えている。

十兵衛の点前《てまえ》はゆったりとして素朴な感じがした。

「久しぶりに江戸へ参り、少々、感じる所がございました」

なんとなく、江戸の人々がおおらかになり、活気に満ちていたと十兵衛はいった。

「大御所様御在世の頃は、なにかと申せば御倹約、御改革と、それはそれで大事なことには違いなけれど、下々の者どもは亀《かめ》が首をすくめ、甲羅の中に閉じこもったような窮屈な気分がござりましたが、今はみな甲羅より手足を出し、のびのびと歩き廻っている気配でござった……」

なつかしさに、お北は目をうるませた。

「ところで、湊屋御本家にて承ったことでは、こなた様は田沼主殿頭《とのものかみ》様と御昵懇《じっこん》とか」

突然だったので、お北は愕然《がくぜん》とした。今までその人のことを考えていた胸の内を見すかされたような狼狽《ろうばい》をおぼえた。

「いえ、左様なことは……。ただ、私の実家があちら様の昔のお屋敷に近かったと申すだけで……」

十兵衛のほうはお北の動揺に気づかない様子であった。

「あちら様は昨年十一月、相良《さがら》一万石に封ぜられてお大名の列に並ばれたそうでございますよ」

お北はさりげなく自分の隣に行儀よくすわっている新太郎の横顔へ視線を向けた。

二

茶室の障子窓に早春の陽が当っていた。

このあたりは大坂とくらべても気温は暖かい。

一服の茶をお北に勧め、十兵衛は自らも、

「お相伴《しょうばん》を……」

と会釈《えしゃく》して自分の点《た》てた茶を旨《うま》そうに飲み干した。

その様子をみてから、お北はここまでやって来た用件を口に出した。

「実は、長らく御厄介をおかけ申しましたが、ぼつぼつ江戸へ戻ろうかと……」

茶碗《ちゃわん》をすすいだ湯を建水にあけながら、十兵衛は短かく、

「ほう」

と応じた。

「倹斎先生にも御相談申しましたが……」

「鍼医は、なんと……」

「主人の体はこれ以上、療治を続けていても、めざましい回復は望めないとのこと。むしろ、今後は自分の気力次第でよくも悪くもなろうかと……」

十兵衛がうなずき、お北は眼を伏せたまま続けた。

「主人は、もうかなり以前より、ひたすら、江戸へ帰りたがって居ります」

まだ魚崎へ来る以前、体がまるで動かせなかった頃から聞きわけのない子供のように、

「江戸へ、帰りたい、帰らせてくれ」

と訴え続けて来た。それが、魚崎で鍼の療治を受けて、僅《わず》かながら起居することが出来るようになると一層、激しくなった。

夜具の中で足ずりし、時にはころがり出て、江戸へ帰る、連れて行けと言語不明瞭《ふめいりよう》ながら手真似《てまね》をまじえて喚《わめ》き続ける。

「倹斎先生は、駕籠《かご》でゆるゆると行けば、大事はなかろうとおっしゃいました」

医者も病人の我儘《わがまま》に根負けしたような感じであった。

「御本家に行かれたのは、その話でござったか」

三日前、お北は病人の看護を召使に頼んで大坂の湊屋へ行って来た。たまたま、十兵衛は魚崎を留守にしていたが、帰って来て奉公人から聞いたものと見えた。

「勝手を致しまして、申しわけございませんでした」

病人に泣かれてのことだったが、お北にも決心するところがあっての上である。

「御本家は、どのような御意見でござりましたか」

「幸二郎の気のすむようにとの御言葉でございました」

とお北は答えたが、ありようは渡りに舟といった本家の人々の反応であった。

厄介この上もない病人が自分の意志で江戸へ帰るというのならば、万一、道中で何が起っても本家の責任ではない。

「御病人が江戸へ帰りたがっていなさるというのは、わたしも奉公人から耳にしては居りましたがのう。江戸はあまりに遠い。御病人はもとより、ついて行かれるお北さんには荷が重すぎる旅ではござるまいかの」

道中の介護のことであった。

「それは覚悟をして居ります。新太郎も助けてくれると申してくれますし……」

しかし、男の子といってもまだ十歳にもなっていない。

「いつまでも人様の御厄介になっていることを、主人も心苦しく存じて居りますようで……」

お北にしても、魚崎での十兵衛の親切が並々でないだけに、有難くもあり、つらくもあった。

「江戸を出て参りまして、十年近い歳月が過ぎて居ります。主人は死ぬなら江戸の土にと思いつめている様子でもございます」

口はろくにきけなくとも、身ぶり手ぶりで訴える夫の気持をお北はもっともだと受けとめていた。

「船では、どうじゃろうか」

だしぬけに十兵衛がいい、お北は驚いた。

「胴の間に、病人を横にするだけの囲《かこ》いを作って乗せて行く。無論、わたしの持船をそれに当てるが……」

「滅相もない」

菱垣廻船でも樽廻船でも、積荷は胴の間に満載にする。

上方から江戸へ通う廻船は積荷を満杯にして行って、はじめて商売の算盤《そろばん》が立つ。

東海道の宮から桑名へ渡す旅人専用の船ならまだしも、千石船の胴の間を病人のために明け渡して、どれほどの無駄な費《つい》えが出るか、お北も廻船問屋の女房だから、おおよその見当がつく。

「御親切なお申し出は有難う存じますが、とても左様なことは出来ません。それに、お恥かしいことでございますが、主人は海が苦手で、船酔いを致します」

一度、上方から自分の持船に乗って帰って来て、まっ平だと愚痴をこぼした男であった。

「やはり、倹斎先生がおっしゃったように、駕籠で少しずつ旅を重ねて江戸へ戻るのがなによりかと……」

道中、病人の様子をみては無理のないよう、場合によっては湯治場などに滞在しながら行くことも考えているとお北はいった。

「御本家から、道中の入用にと多分に頂戴《ちょうだい》して参りました」

しかし、その金がどういう性質のものか、お北は承知していた。

八年、江戸を留守にしている間に、湊屋本家は分家を自分の傘下《さんか》に取り込んでしまっている。

もともとが、番頭をはじめ主要な奉公人はすべて本家から来ていた分家の店であった。

形ばかりでも主人がいればまだしも、大坂で発病して廃人に近い状態では店は持ちこたえられない。

とはいえ、現実には本家が分家を乗っ取ったも同然だが、幸二郎はともかく、お北は苦情のいえる立場ではなかった。

仮に何かいったところで、女に何がわかるで片付けられてしまう。

八年の幸二郎の闘病生活の費用を本家が出してくれたといっても、それは、本家が取り上げた分家の資産からみたら、なにほどのことでもなかった。

「江戸へ戻られて……」

ぽつんと十兵衛がいった。

「どちらに落つかれるおつもりじゃ」

「それは、あの……」

虚を衝《つ》かれたようで、お北は少し途惑った。

「御殿山の家は広うございますから、どこやら片すみに、主人の隠居所のようなところを作りまして……」

敷地は広かった。

庭のどこかにその程度の住居を用意するのはなんでもあるまいと思った。

店は本家に吸収されているにせよ、幸二郎は分家の当主である。

だが、十兵衛は何もいわず、茶釜に水差しの水をさすとお北へ体をむけた。

「では、いつ頃、ここをお発《た》ちなさる」

お北は両手を突いて丁寧に頭を下げた。

「出来ますことなら、この月の中《うち》にと……」

「承知致した。旅の支度はおまかせ下さい」

礼を述べて、お北は新太郎を伴って茶室を出た。

庭から外の道へ出る。

そのあたりからも海が見えた。

「お母様」

新太郎がそっと母親を仰いだ。

「江戸は遠いのですか」

十兵衛との話を聞いていたのだと思い、お北は微笑した。

「こちらから大坂までの道のりを、行ったり来たり、十回もすればたどりつけますよ。それとも、もう少し、かかるかしら」

東海道が江戸より京まで百二十五里二十丁であった。

「十兵衛どのが、海なら江戸まで十日もかからぬとおっしゃいました」

新太郎の眼が沖の船をみつめていた。

「私達はもっとかかりますよ。でも、いつか、必ず、江戸へ着く……」

その江戸には田沼意次がいた。

そして、坂倉屋龍介も。

およそ十年の歳月が、男達をどんなふうに変えていることか。

「参りましょう。お父様が目をさますといけませんから……」

川沿いの道を歩き出した母の後から、少年は沖の船をふり返り、ふり返りしながら坂を上って行った。

同じ頃、坂倉屋龍介は田沼意次の屋敷にいた。

用件は金を届けるためである。

小川町の屋敷は、主人が五千石の旗本から一万石の大名になって、ごった返していた。

なにしろ、急に家来の数が増えた。

五千石の旗本だと、幕府の定め通りなら百三人の家来が従属する。

つまり、騎士五人、数弓三人、鉄砲五人、槍持《やりもち》十人、手替三人、旗指六人、侍九人、立弓一人、手筒一人、長刀《なぎなた》一人、甲冑《かっちゅう》持四人、馬印三人、草履取一人、挟箱《はさみばこ》持四人、茶弁当一人、坊主一人、馬の口付四人、沓箱《くつばこ》持二人、雨具持一人、押足軽四人、箭箱《やばこ》二人、玉箱二人、五騎の口付五人、若党五人、槍持五人、具足持五人、小者五人、長持一棹《さお》四人、小荷駄五疋《ひき》五人で、この中、五騎の口付五人以下は騎士五人につく人数となっている。

なんにせよ、これはいざ出陣の時の兵士団であった。泰平の世では、これだけの必要はないし、現実にとても養いかねる。

実際、田沼家に奉公している人数は男女合せて数十人であった。どちらかというと、同じ石高の旗本に比して、こぢんまりとした感じを坂倉屋龍介は持っていた。

坂倉屋が出入りしている旗本は、この節、田沼意次の仲介もあって、みな三千石以上の大身ばかりになっているが、それらのどの屋敷より田沼家は質素であった。その代り、仕えている人間は、各々《おのおの》に有能で働きのある者が揃《そろ》っている。

けれども、一万石の大名ともなると、今までのようには行かなかった。

一万石というのは、大名の中では最下級であった。

通常、五万石以下を小大名といい、十万石以上を大大名と呼んだ。

城を持つのは城主、城のないのは領主である。

一万石の級で城を持つのはあまり多くなかった。結城《ゆうき》の水野家、佐倉の堀田家、田原の三宅《みやけ》家、飯田の堀家、峯山の京極家なぞ十家少々である。

田沼意次が領主となった相良には城がなかった。

国許《くにもと》には藩の役所と領主の居館がある。

一万石の大名の軍役の人数は二百二十五人と定まっていた。

平時でも二百人程度の家来が必要とされている。

家老も江戸と国許に一人ずつおかなければならないし、年寄、用人、元締役、仕送、蔵奉行以下、さまざまの名称の役職があり、各々に任命せねばならない。

一万石の中、普通、収入となるのは四千石分だから、金にすると四千両で、この中から家臣の給料を支払い、主君の家族の生活がまかなわれる。

従って、内情は六、七千石の旗本の生活よりもきびしかった。

田沼家では、今までの暮しむきが質素だった分、余裕があるが、それでも当分、支出は増える一方であった。

坂倉屋からは思い切った金額が田沼家へ運ばれていた。

すでに、坂倉屋では大旦那夫婦が他界して、名実ともに龍介の代になっていた。

しかも、坂倉屋はこの十年足らずの中に急速に大きくなっていた。

きっかけは田沼意次が口をきいてくれて、大身の旗本を顧客に持つようになったからで、動かす金が大きくなるほど、利も大きい。

それに、意次が仲介をしてくれた旗本は、各々、良い役職についていて、時に借金を依頼されるが、次の借金の前には必ず元利ともに返済してくれる。この金利は確実で儲《もう》けはしたたかであった。

田沼家も同様であった。

借金はするが、決して借りっぱなしにはしない。

「あまり律儀にお考えなさらなくてよろしゅうございます。おかげさまで坂倉屋の蔵には余裕がございます。今は、とにかく御入用の重なる時、どうか、龍介を重宝になさって下さいまし」

意次と二人だけの時、龍介は真剣にいったが、意次は笑っていた。

「商人がそこまで腹をみせてよいのか。坂倉屋は龍介の代で潰《つぶ》れるぞ」

「潰れてもけっこうです。お役に立てれば、俺は本望だ」

「あきれた奴《やつ》だな」

だが、そういう時の意次は必ず目許を赤くしていた。

龍介が用人と話をしていると、奥《おお》から女中が来た。

「殿様が、坂倉屋どのを書院にと仰せられていらっしゃいます」

用人のほうは、そうした龍介に対する主君の扱いを心得ていた。

龍介にとって、この屋敷は女達の住居である奥を除いては、どこも我が家同然であった。

勝手知った廊下を一人で書院へ行く。

意次は着流しで机の前にすわっていた。

五千石の大身になった時もそうだったが、一万石の大名に出世した今も、あまり殿様らしくない。

殊《こと》に龍介の前では素顔の龍助時代になってしまう。

「やっと、相良へ出かけられるぞ」

顔を見るなり嬉《うれ》しそうにいった。

「いよいよですか」

昨年十一月に相良の領主となったのに、まだお国入りが出来なかった。

御側御用取次の職務は多忙に加速がかかっている感じである。

本来なら、この役目は毎日登城するが、宿直はなしの定めであった。

それを、意次の場合は相変らず月に少くとも十日はお城泊りになってしまう。

それにしても、大した御役目なのだと龍介は思っていた。

他の旗本の家で聞いたことだが、御側御用取次というのは、将軍家に対しても、宜《よろ》しくないと思える場合は、はっきりと、

「相成りません」

と申し上げるし、当然、老中や若年寄が私情のからんだ問題を将軍家に申し上げて、なんとか許可を取ろうとしても、意次が、

「左様なことは、お取り次ぎ出来ませぬ故《ゆえ》、直《じか》に言上なされませ」

と拒絶してしまうと、もう、どうしようもないのだという。

そういう意味では、老中よりも若年寄よりも力のある場所に長年、田沼意次は座って

いる。

一万石の大名になって、当然の人だと龍介は満足していた。

「いつ、相良にはお出かけなさいます」

一月のさまざまな幕府の祭事や行事が終ったばかりであった。

「早くとも、来月にはなろうが、旅にはよい季節ではないか」

この友人は早春が好きだったと龍介は内心で苦笑した。

まだ、風が肌に冷たく、そのくせ大気には春の息吹《いぶき》があふれているような、この季節は、考えてみると田沼意次の気性に似ている。

「龍介も参らぬか。誰よりも、おぬしにわしの領地を見せたい」

龍介は頭を下げた。

「お供を致します」

国入りには、まず多額の入用があろうと龍介は思案した。

「行列は派手になさいませ。領民は新しい御領主を待ちかねて居りましょう」

相良とは、どんな土地なのだろうと龍介は眼を細くした。我が友は、はじめて一万石の相良藩主となる。

三

東海道、鞠子《まりこ》の宿は午餉時《ひるげどき》ということもあって、旅人で賑《にぎわ》っていた。

とりわけ、西から来た旅人は宇都谷《うつのや》峠の難所を越えてほっと一息というところで、大方がこの宿で休息を取る。

夫の幸二郎を駕籠《かご》から下し、池田屋という宿の部屋へ運んで布団《ふとん》に横たわらせると、早速、按摩《あんま》が手足を揉《も》みほぐし療治にかかる。

この按摩は西宮からずっとお北の道中につき添って来たもので、その手配をしてくれたのは魚屋十兵衛であった。

襖《ふすま》をへだてた隣の部屋には午餉が運ばれていて、新太郎がこちらもお供について来た魚屋の手代に手甲や脚絆《きゃはん》をはずすのを手伝ってもらっている。

「魚屋様は、どちらに」

とお北が訊《き》いたのは、当然、そこにいる筈《はず》の魚屋十兵衛の姿がなかったからだったが、

「旦那《だんな》様は、この宿の主《あるじ》に、今夜の泊りについてお訊《たず》ねになっていらっしゃいます」

という手代の返事であった。

幸二郎、お北夫婦が江戸へ戻る今度の旅に、魚屋十兵衛が同行するのを、お北はその

出立の朝まで知らされていなかった。

「冗談ではございません。魚屋様にそのようなこと、おさせ申すわけには参りませぬ」

驚きの余り、青ざめて辞退したお北に十兵衛は、

「なに、わたしも江戸に少々、用事がござって、まあ、道中よい道連れになればと存じたまでのこと、決して御斟酌《しんしゃく》には及びませんよ」

と返事をし、あとは何をいっても全く取り合わなかった。

本家の湊屋に縁のある人とはいっても、魚屋十兵衛にとっては、分家の幸二郎には恩も義理もない筈で、いわば赤の他人に江戸まで同行してもらうなどとは途方もないことであり、まして相手は西宮で屈指の廻船問屋の主人であった。何故にそれほどの親切な申し出をしてくれたのか、お北には見当もつかず、空怖《そらおそろ》しい気持になったのだが、実際、旅に出てみると、十兵衛の行き届いた配慮にひたすら手を合せ、もし、十兵衛が同行してくれなかったら、病人を抱えた女子供の旅はおそらく京へたどりつく前に挫折《ざせつ》してしまったに違いないと思い知らされた。

一日の行程も、その日の泊りの宿も、病人の体調や天候をみて、十兵衛が判断し、決して無理はさせなかったし、二人ついて来た魚屋の手代もまことに献身的に尽してくれる。

それにしても、魚崎の十兵衛宅を出立して、すでに二十日が過ぎていた。

ごく普通の旅人ならその半分もかかりはしない。そして、この鞠子の宿から江戸まではまだ四十六里八丁。

魚屋ほどの豪商の主人にとって一日の重みがどれほどのものか、お北にもおよそ想像出来る。

まして、十兵衛という人は、廻船問屋の主人でありながら、始終、自分の持船に乗って東奔西走していると聞いていただけに、それだけの人が蝸牛《かぎゅう》の歩みのような旅を余儀なくされているのは申しわけないと、お北は同行している魚屋の手代にも頭を下げたが、伊助という初老の手代はそうしたお北の気苦労に対して、

「なんの、旦那様にとっては何よりの骨休め、お気晴しになって居られますので……」

と笑っている。

なんにしても、お北にとっては十兵衛のおかげで漸《ようや》くここまでたどりつけたというのが本音であった。

宿の玄関を出たところに、十兵衛はいた。

どうやら、人足の肩代りを命じたようで、重い駕籠をかついで宇都谷峠を越えた人足をねぎらって余分の酒手を与え、午《ひる》からは新しい人足に替えたらしい。

その十兵衛が眺めているのは、この宿の向いにある本陣であった。

表玄関に横づけになっているのは、明らかに大名が用いる格式の高い乗物である。

が、それにしては周囲にひかえている供揃えの人数が少かった。

参勤交代の大名行列の場合、一万石級でもお供の行列は軍役に準じて二百余人がきまりであった。

もっとも、この節はどこの大名家でもそれだけの家臣団は召抱えられないのが実情だから、およそ半数程度で藩政を行っている筈で、行列となると更にその半分以下に縮小されている。

が、本陣で昼食をとっているらしい一行は、それよりもだいぶ少い人数のようであった。

「あちらはどなた様の……」

と十兵衛に問いかけて、お北は息を飲んだ。

乗物の紋所が七曜星であったからである。

それが、田沼家の家紋であることを、お北は知っていた。

もともと、丸に一文字の家紋であった田沼家が七曜紋に変えたのは、意次の父、田沼意行の遺言によるもので、その理由は意行夫婦が七面大明神を信仰し、祈願をこめて授った子が意次であった故、七面様にちなんで七曜星を家紋にしたという。

お北がそのことを口に出そうとして十兵衛に近づいた時、本陣の玄関を一人の男が出て来た。

男がお北に気づき、お北もその男の名を呟《つぶや》いた。

「龍介さん」

坂倉屋龍介は道を横切って、お北の前へ来た。

「お北さんではないか」

お北は丁寧に小腰をかがめた。

「お久しゅうございます」

「どうして、ここに……」

坂倉屋龍介のほうが奇遇に動揺していた。それは、間もなくこの場に田沼意次が姿をみせることがわかっていたからである。

「夫、幸二郎を伴って江戸へ戻る途中でございます」

「湊屋さんは上方で発病されたとのことだったが……」

「未《いま》だ、はかばかしゅうはございませんが」

お北が声を消し、それで龍介は背後に誰が立ったのか、ふり返らずとも推量出来た。

意次は自分の周辺にいる家臣の目を忘れたようであった。

乗物の前を通り越して、道のこちら側へ大股《おおまた》に歩み寄って来た。

お北が土に膝《ひざ》を突こうとし、それを意次が支えた。

「そんなことをするな」

低いが、自然な声であった。

意次の視線がお北の背後の魚屋十兵衛へ注がれ、お北は慌《あわ》てていった。

「夫、幸二郎は病人でございまして、只今《ただいま》、宿で休ませて居ります。こちら様は魚屋十兵衛様とおっしゃいまして、私どもが大変にお世話になって居ります」

十兵衛が土に跪《ひざまず》いて、頭を下げた。

「西宮で廻船業を営み居ります魚屋にござります」

用人が走って来た。

「殿」

返事をしない意次に、龍介がいった。

「どうか、お発《た》ち下さい。ここは手前におまかせなさいますように……」

意次が龍介を見、その視線をお北、そして魚屋十兵衛へ向けた。

「魚屋とやら、湊屋夫婦がいかい世話になった由《よし》、礼を申す。折あらば、江戸の屋敷へ訪ねて参るように」

十兵衛が顔を上げた。

「御言葉、有難く承りましてございます」

用人に再びうながされて意次は乗物へ戻った。行列は何事もなかったように本陣を出発して行く。

「殿様は相良に初のお国入りをなさる途中でね」

行列を見送りながら、龍介が漸くいつもの声に戻ってお北に話した。

「もっとも、内々のお国入りのようなものだが」

将軍様の御側御用取次という役目柄、そう長いこと江戸を留守に出来ないのだとつけ加えた。

「すでに相良には御家老の倉見金大夫様、物頭《ものがしら》の馬淵《まぶち》官左衛門様をはじめ番士の方々が、今月五日に江戸を発って、お国入りをして居られる。殿様は十二日に漸くお上のお許しが出てね」

「坂倉屋さんも、お供をしていらっしゃるのですね」

お北の声が羨《うらやま》しげに聞えて、龍介は少し照れた。

「殿様が俺に来いといって下さったのだよ」

改めて魚屋十兵衛に挨拶《あいさつ》をした。

「手前は蔵前の札差、坂倉屋龍介と申します。湊屋さんの御内儀とは、双方の実家が本郷御弓町にございまして……、ちなみに田沼の殿様もその昔、本郷御弓町に御屋敷が……」

「成程」

十兵衛がうなずき、別にいった。

「田沼様が相良の御領主におなりだと申すことは、昨年、江戸へ参りました折に聞いて居ります。相良は大層、良い湊をお持ちでございます。あのあたりは遠浅だが、相良川は川底が深く、艀《はしけ》が容易に往来出来ます。遠州の米は無論のこと、茶の荷、それに御領内の山から採れる白土はなかなかの良質で江戸の問屋からは垂涎《すいぜん》の的《まと》とやら……」

「魚屋どのには、相良湊に入津《にゅうしん》されたことがおありですか」

「若い頃に一度ばかり……、それ故、このたび、田沼様の相良藩主になられましたこと、一方ならず関心を持ちましてございます」

龍介がこの男らしい穏やかなまなざしを魚屋へ向けた。

「殿様には遅くともこの月の終りまでには江戸へお戻りになられます。もし、お訪ねなさいますなら、手前どもにお声をおかけ下さいまし」

十兵衛も眼許《めもと》をゆるめた。

「御厚情、ありがたく、その節は何分よろしゅうおたのみ申します」

「ところで……」

と龍介はお北に訊ねた。

「御病人を伴われて江戸までの長旅、さぞかし難儀なことでございましたろう」

もし、男手があったほうがよければ、自分がここから同行して江戸へ戻ってもよいと龍介はいった。

「殿様には、そのようにお許しを頂いて参ります」

お北が答える前に十兵衛が手を振った。

「折角ながら、それは御辞退申します。湊屋さん御夫婦は間違いなく手前が江戸までお送り申します。乗りかかった船を、いくら坂倉屋さんでもお渡しするわけには参りませんで……」

みつめ合い、先に十兵衛が笑い出し、龍介も笑った。

「では、何分ともによろしくお願い申します」

龍介が頭を下げ、お北に会釈《えしやく》をした。

「江戸で、おたずね申しますよ」

かなり遠くなった田沼意次の行列を追って足を早めて行く龍介を見送って、十兵衛がお北に声をかけた。

「さてと、我々も飯にしましょうわい」

十兵衛に続いて宿の玄関を入りながら、お北は自分が思った以上に平静であることに驚いていた。

八年ぶりに出会った二人の男達は各々《おのおの》に、たくましく、男ぶりを上げていた。

そのことが、お北には何よりも嬉《うれ》しく、魚屋十兵衛に対しても誇らしく思える。

「お北さんは田沼の殿様とも、坂倉屋さんとも幼なじみであったわけですな」

宿の廊下を歩きながら十兵衛がいった時、お北はさわやかに答えた。

「左様でございます。本郷御弓町、今から三十年近くも昔むかしのことでございます」

奥の部屋の障子があいて、待ちかねたような新太郎の顔がのぞいた時も、お北の表情はおっとりしたままに、なんの変化もみせなかった。

その日、田沼意次の行列は岡部、藤枝の宿を越え、島田宿で島田代官岩出伊右衛門を訪ねて挨拶をすませ、その夜は島田泊りとなった。

島田代官を訪ねたのは、相良が宝暦八年（一七五八）九月まで、それまで本多忠央《ただなか》の領地であったのが、美濃《みの》国郡上《ぐじよう》藩金森頼錦《よりかね》領の百姓一揆《いっき》に対し不手際《ふてぎわ》があったとして所領を没収されて以来、島田代官があずかり、この年宝暦九年二月、新藩主田沼意次の家老、倉見金大夫らが主君の命を受けて相良入りをし、正式に陣屋と領地請取りを行うまで管理を行っていたことに関して礼を述べるためであった。

龍介が島田本陣の田沼意次の部屋へ出むいたのは、意次が夕餉をすませ、くつろいでからであった。

龍介を、意次は待ちかねていたようであった。

「あれから、どうした」

例によって二人だけの時は全く殿様らしくない口調になって意次が訊ね、龍介はざっと魚屋十兵衛とのやりとりを話した。

「お北の亭主は十年近くもの長患《わずら》いだったのだな」

意次がなんともいえない表情をし、龍介は駕籠で漸く江戸へ帰るという湊屋幸二郎の立場を思いやった。

「江戸で耳にしたことですが、品川の湊屋は上方の本家から奉公人が入って、すっかり本家の支配下にあるようです」

それも、主人が上方で発病し、再起不能の状態となっては致し方ないことに違いない。

「お北は苦労したのだろうな」

思いやるような意次の語感であった。

「それにしては、お北は変っていなかった、俺の目には昔のままのお北だった」

龍介も同感であった。

「自分が年をとったせいかも知れませんが、手前にも、そう思えました」

「俺も龍介も不惑の年を越えたのだから、お北も三十七、八か」

ぽつんと語尾が切れて、少しばかり沈黙の時が流れた。

火《ひ》桶《おけ》に炭火が入っているが、夜気はひんやりと障子のすきまから忍び込んで来る。

「別れてから思い出したのですが……」

意識して龍介は話を移した。

「魚屋十兵衛の噂《うわさ》は、江戸でも聞いたことがあったのですよ」

上方では指折りの豪商で、しかも老舗《しにせ》ではない。

「廻船問屋としては成上り者といわれているようですが、今日、会ってみてなかなかの人物という気がしました」

意次が同意を示した。

「あの眼光は只者とはいえないな」

「若い頃のことだといっていましたが、相良湊にも入津したそうです」

「いい湊だといったろう」

「相良川の河口は、相当の水深があるそうですよ」

「相良は権現《ごんげん》様がお気に入りの土地だったそうだからな」

徳川家康が相良の土地に別邸をかまえていたのはよく知られている。

「相良湊から船で府中へ帰られたこともあったようだ」

相良そのものは長らく幕府の直轄《ちょっかつ》領であった。

藩政が敷かれたのは、宝永七年（一七一〇）二月、本多忠晴が榛原《はいばら》郡内に十九ヶ村を与えられて以来である。

本多三代の後、延享《えんきょう》三年（一七四六）九月に板倉勝清が新藩主となり、二年半で上野《こうずけ》国碓氷《うすい》、群馬、緑野三郡に移封されて安中城主となった後、本多長門守忠央が入封した。

その本多忠央が失脚して、田沼意次の相良藩主時代がやって来たことになる。

「大名というのも、厄介だな」

龍介を前にして、意次が苦笑した。

「俺が一万石の大名になったというので、えらく立腹している方々がいるそうだ。あの成上り者奴《め》がと聞えよがしにいう御方もないわけではない」

本陣の庭を春浅い夜風が吹いていた。

四

島田本陣の、意次が格別に用意させてくれた自分の部屋に戻ってから、坂倉屋龍介は今しがた意次が洩《も》らした言葉を考えていた。

田沼意次が当時、西の丸にいた家重の小姓となって三百俵を頂き、続いて一年後に田沼家を継いで六百石を相続してから、四十一歳になる今日、一万石の大名にまで出世したのは、武士の世界では破格のことに違いないとは思う。

けれども、前例のないわけではなかった。

五代将軍綱吉の時、側用人《そばようにん》をつとめた柳沢吉保《よしやす》は百六十石から甲府十五万石の大名に登りつめているし、六代家宣《いえのぶ》、七代家継《いえつぐ》の二代に側用人として仕えた間部《まなべ》詮房《あきふさ》は能役者から家宣の小姓となり最終的には上野《こうずけ》国高崎五万石の城主となっている。

更に近くは、現在、家重将軍の側用人である大岡忠光は三百石の旗本から二万石の大名になり、若年寄へ進んでいる。

ただ、こうした例は側用人に限るといってもよかった。いわゆる御側衆として将軍の側近にある者が頭角をあらわし、将軍の信頼を得て異例の昇進を遂げるのであって、他にはあまり類を見ない。

従って、同じ旗本からは羨しくも妬《ねた》ましくもあろうのに、今夜の意次の口ぶりでは、むしろ、他の大名からの風当りが強い感じであった。

それはそうかも知れないと龍介は考え直した。

大名といっても、一万石、二万石級の小大名は江戸藩邸と国許と二つの所帯をまかなわねばならず、参勤交代の費用もかかる。

そのために小大名の内証は六、七千石の旗本よりもかなり苦しいのが実情で、それを抜け出すためには幕府の御役について手腕を発揮し、加増される他はなかった。

まず、大御番頭あたりから大坂御定番か、運がよければ御奏者番などの御役につき、若年寄に進むか、さもなければ、寺社奉行や京都所司代などを勤めて少しずつ禄高《ろくだか》をふやし、老中まで上りつめれば立派なものだが、そこへたどりつくまでに老中や若年寄など、時の権力者に猟官運動をする費用が並々ではない。

主君を役付にするためには家臣は長年にわたって窮乏生活に耐えねばならず、大方の小藩では、むしろ、主君がそうした野心を持つことを嫌って、家老などが阻止するものであった。

御側衆から上って側用人となる者にもその苦労がないとはいえないが、現実にいえば、側用人は決して老中となって表の政治に参加することはないので、役職につくためになりふりかまわず運動をするほどの必要を感じない。

いってみれば、将軍の身近かに仕え、その実力を認められて出世するのであって、昇進は将軍のお声がかりによるのであった。

老中や若年寄からの推挽《すいばん》が大きくものをいうわけではなかった。

そうした所が、小大名からみれば面白くないに違いない。

しかし、所詮《しょせん》はその人物の実力に違いないと龍介は思っていた。

どんな家柄に生まれようと、殿様が凡庸《ぼんよう》で名誉欲と物欲だけが旺盛《おうせい》では家臣を困惑させるだけである。

その点、俺の龍助は、いや田沼意次は違うぞと思い、龍介は満足して眠りについた。

夜が更《ふ》けて雨が降った。

夢うつつに雨音を聞き、龍介はこの分では明日のお国入りは雨かと気遣ったが、朝になってみるといい具合に上って、雲の切れ間から陽がさして来ている。

田沼意次の一行は金谷街道を相良へ向った。

道は谷沿いが多く、大雨が降ると橋が流れることもあるらしいが、昨夜の雨で川水が少々濁っているくらいで、道もぬかってはいない。国境には家老の倉見金大夫が番士達を従えて出迎えていた。行列は賑《にぎ》やかになり、その日の中に相良の陣屋へ到着した。

大名というのは、つくづく大変なものだと坂倉屋龍介が思ったのは、相良到着の翌日から、実に多くの人々が陣屋へ挨拶にやって来て、意次はその一人一人に面会し、時には長く話をしているので、奥へ戻って来るのは昼食の時ぐらいのもので、終日、表座敷から動くことがない。

二日目も同じであった。

挨拶に来るのは相良領内の大商人であり、村々の庄屋達や世話人、或《ある》いは僧侶《そうりよ》までが延々と順番を待っている。

大商人の中には相良湊の廻船問屋なぞもいて、龍介がそれとなく訊《たず》ねてみると、廻船は三十艘《そう》もあり、船持は二十人近いらしい。

積荷の多くは米だが、他に遠州の茶や信州から信州街道を通って運ばれて来る麦や雑穀、煙草《たばこ》の葉などもある。

海路ではないが、信州街道は相良の側からは浜で採れる塩や海産物が信州へ運ばれて行く。

ここへ来るまで龍介は相良に対して海沿いの静かな田舎といった感じを持っていたの

だったが、海を越えては江戸と、山をたどっては信州と活発な商取引のある豊かな土地であったことに驚かされた。

それに、この季節だというのに、気温は江戸よりも暖かい。

町を歩いてみると由緒《ゆいしょ》のある寺が多いし、相良川が萩間《はぎま》川と名を変えるあたりからは田が広がって、その先には茶畑がみえて来る。

道行く人々の表情はいきいきとしていて、新しい領主を迎えて、領民の多くが活気づいているかに見えた。

三日目の夕方、龍介が陣屋へ戻って来ると江戸から供をして来た家老の井上伊織が、

「坂倉屋どの、殿が探して居られますぞ」

と呼んでいる。

意次は裏庭にいた。

江戸から運んで来た愛馬に鞍《くら》をおかせている。

龍介を見ると、

「久しぶりに、馬はどうだ」

という。

子供の頃は一緒に馬場で馬術の稽古《けいこ》をしたものだが、町家へ養子に入ってからは乗る機会がなかった。しかし、龍介も馬は好きだし、自信もある。

「お出かけですか」

「浜まで行ってみようと思う」

「では、お供を致します」

「よし、龍介の馬を曳《ひ》いて来い。供は龍介だけでよい」

井上伊織が傍へいって何かいったが、意次は笑って取り合わない。

鞍をおいた馬が曳かれて来た。龍介が近づいて鼻面《はなづら》を軽く叩《たた》き、手綱を取る。

「これは、手前にはもったいないほどの馬です」

おそらく、意次の乗り換え用の馬に違いなかった。

「さらば、行こう」

ひらりと意次が馬上の人となった。

「龍介、続け」

軽く馬腹を蹴《け》って、すでに開いている門へ向って馬を進める。続いて、龍介がその後を追う。

家来達は途方に暮れたようだったが、主君の気質を心得ていて、野暮にさわぎ立てることはしなかった。

萩間川に沿って町を抜け出すと街道へ出る。そのあたりからは砂地で、蹄《ひづめ》に当る感触が重くなるのが乗り手にもよくわかる。

浜辺は長い松林のむこうに、広く大きく開けていた。

堤の上で意次が馬を止め、龍介の近づくのを待っている。

「これは、見事な眺めでございますな」

感嘆の声が出て、龍介は大海原を見渡した。

水平線が僅かながら弓なりに見えるほど視界が広い。

「絶景だな」

少しばかり得意そうに意次がいい、左手に遠く突き出した土地を指した。

「あの辺が焼津だ。こちらの右手の岬が、御前崎という」

海岸線は白く波が打ち寄せていた。

二人が馬上から眺めているすぐ近くに萩間川の川口がある。そこは相良湊で、川の名も古くは相良川であったと意次は教えた。

「今でも、海から来る船人は相良川と呼ぶらしい」

海を二つに割った感じで川口が流れ込み、その川底は海の底よりも深く掘られている。

「むこうの海は本来、遠浅なのだ。だから、浅瀬と思って水遊びをしている者が川口へまぎれ込むと急に深くなって溺《おぼ》れることもある。それ故《ゆえ》、子供の頃から親に決して川口には近づくなと教えられているそうだ」

そんな話を誰から訊《き》いたのか。おそらく、この三日間、精力的に土地の人々から話を聞いた結果なのだろうと思いながら、龍介は友の紅潮した横顔を見守っていた。

「相良は面白い土地だ。俺はここへ来て、さまざまのことを考えた。やらねばならぬことが山ほどもある」

まず道だ、と意次は馬の頭を街道へ向けた。

「相良へ来る道で、まず一番、往来のあるのは信州と結ぶ街道、つまり、塩の道だ」

海のない信州の人々は、相良の塩を求めて信州街道を下りて来る。そのついでに信州の物産も相良にもたらされる商いの道であった。

「だが、肝腎《かんじん》の東海道と結ぶ道は、我々が通って来た金谷道だ」

距離は近いが、谷沿いの難所が目立つ。

「庄屋の者達と話してみて、よかろうと思ったのは藤枝からの道だ」

今のところ、そこは天領や他藩の土地もあって、道は各々《おのおの》にしか敷かれていない。

「それらを一つにまとめて相良までの街道を通せば、天下の往来、東海道に直結するであろう」

ばらばらの幾筋かの道をつなぐ土木工事を行って、金谷街道より便利で効率のよい新しい街道を作り上げると意次がいう。

「しかし、他藩やお上の土地を通る場合、納得されますか」

城下町を行き止りにみえるようなまがりくねった道で構成するのは、敵が攻めて来た場合に備えてであった。

たかが道一本にも、各々の思惑がある。

「いざ鎌倉の時代ではないのだ。東西南北の往来に便利な道があってこそ、諸国との交流が出来、経済も動く。国にも人にも活力が生まれ、はじめて豊かさが生じて来るのだ。そこの道理を話し、新しい街道作りをはじめるのさ」

もう一つ、海の道だと意次は鞭《むち》で海原を指した。

「相良は海岸へ向けての門を持って居る。この地の利が、今一つ、生かされて居らぬと思えるのだが、廻船問屋の者共の申すことが、どうも合点が参らぬのだ。海のことは海の勇者に聞かねばなるまいな」

意次が、龍介へ笑いかけた。

「魚屋十兵衛と申す男に訊ねてみたい」

「江戸へお戻りなさる頃、手前の店へ訪ねて来るよう申しておきました」

「むこうから、来るかな」

「それは参りましょう。他ならぬ田沼様のお声がかかったのでございますから……」

商人なら、今、日の出の勢いと噂の高い田沼意次に、なんとしても伝手《つて》を求めておきたいという算盤《そろばん》勘定をする筈だと龍介は確信を持っている。

「さて、どうかな」

苦笑した意次が海原へ視線を向けた。

「龍介、沖を船が行くぞ」

遥《はる》かな水平線の彼方《かなた》に帆船がみえていた。

一艘、二艘、少し離れて、もう一艘。

「あれは、上方の酒を運ぶ樽《たる》廻船かも知れません」

この春の新酒を積んで、まだ波の荒い大海を越えて続々と江戸を目指す。

本来なら魚屋にとっても、一年の中、指折りの稼ぎ時ではないかと気がついて、龍介は首をひねった。

廻船問屋にとって重大な商売の時期に、そこの主人が他人の病人の面倒をみながら、のんびりと江戸まで陸路、旅している。

魚屋十兵衛という男に得体の知れないものを感じ、龍介は夕映えの海原を行く船影をみつめていた。

同じ日、魚屋十兵衛の一行は大磯《おおいそ》の宿についていた。

東海道随一の難所といわれる箱根越えのあと湯元の宿、福住屋で一泊して体を休め、病人と女子供の足をいたわっての大磯泊りだったが、ここから江戸までは十六里二十丁、どうゆったり旅したところで明後日には品川へ入る。

お北の表情が、とりわけ昨日あたりから晴れ晴れとしているのに十兵衛は気がついていた。

江戸へ帰りたいとひたすらいいつのったのは確かに湊屋分家の幸二郎ではあったが、その女房のお北の胸にも江戸に対する熱い思いがあったのを、湊屋本家の人々は知らなかったが、縁の薄い間柄でありながら十兵衛は早くから承知していた。

そのお北の望郷の思いの底にあるのが何だったのか、十兵衛は鞠子の宿で漸《ようや》く謎《なぞ》が解けたと思った。

偶然、昼餉時《ひるげどき》に本陣で休息したらしい田沼意次の一行と出会って、その道中に加っていた坂倉屋龍介という男にお北は再会した。

それを傍で眺めていて、十兵衛は龍介がお北に対して実に清々《すがすが》しい情愛を抱いているのに驚いた。およそ世の中に、これほど人間の毒を持たない男も珍らしいと思う。そのくせ、底抜けの好人物というのではなくて、背骨に一本きっぱりした筋が通っている。

これは、柔よく剛を制するという型の人間だと十兵衛は、お北から坂倉屋龍介が田沼意次の幼い頃からの友達と聞いて、成程と納得した。

田沼様は良き生涯の友をお持ちでござるとうなずいたものだったが、その田沼意次が本陣から出て来て、十兵衛は正直の所、雷に打たれたような衝撃をおぼえた。

これは並みの器ではないと思い、殆《ほと》んどあきれ果てて、意次の声を聞き、その表情をみつめ続けた。

これほど自分の心に正直に動く人が、武士であり、しかも大名であるのが不思議な気さえする。

衆人の見ている中で、意次は率直にお北への恋情をあらわにし、女のお北のほうが必死でそれを押しかくそうとした。

更に心を打たれたのは、少くとも八年の間、江戸と上方に別れていたにもかかわらず、二人が向い合ったとたんにその八年の歳月が霧のように消えてしまったことで、十兵衛の見る限り、田沼意次は昨日も会った女と話をしているようであり、明日も会おうと思えば会えるといった感じで悠々と駕籠《かご》に乗って行き、それを見送るお北の様子にはなんともいえない安堵《あんど》感があった。

あれは一瞬の間に二人の心が抱き合い、再会を確信して別れて行ったとしか思えない。

その証拠に、意次が去った後のお北の全身には深い情事を持ったような名残りが濃くたちこめていて、十兵衛は激しく心をゆすぶられたものだった。

この俺が、と自嘲《じちよう》が浮ぶ。

およそ若い頃から女に我を忘れたということがないと自認していた。

人に対して、常に醒《さ》めた心を持っている。

その男が、突然、気になる女に出会い、その女の縁で、今度は気になる男にまで出くわしてしまったことを、十兵衛は天命と感じていた。

これまでも破天荒といわれる人生を歩いて来た男であった。この先も安穏な日々を決して望んではいない。

その自分に、いったい何が起るのか、流石《さすが》の魚屋十兵衛にも見当がつかない。その思いが、この男を爽快《そうかい》な気分にさせていた。

男ざかり

一

相良《さがら》から江戸へ戻って来た翌日、田沼意次はいつもより早い時刻に登城した。

将軍家重は中奥で調髪の最中だったが、

「主殿《とのも》が戻ったのか。これへ……」

と、相変らず言語不明瞭《ふめいりよう》ながら何度も繰り返しているのが、意次のところまで聞えて来る。

意次が入って行くと、

「さ、相良は……」

どうだったかとお訊《たず》ねになる。

「権現《ごんげん》様がお気に召されたのも、さこそと感銘致しましてございます」

改めて御礼を述べた。

「さ、がらには城が……ない」

家重が意次にだけ聞き取れる声で話した。

たしかに、相良は城がなく陣屋であった。

「つくれ」

小姓に命じて料紙を取り寄せ、筆を取って、

「一国一城の主《あるじ》」

と書いた。それを意次へさし出してみせる。

意次は平伏した。

「有難き仰《おお》せにはございますが、未《いま》だその時期とは思えませぬ」

恐懼《きょうく》している意次に、家重はさわやかな笑いを浮べた。

「先が、よいか」

「おそれながら、主殿には分に過ぎまする」

「先でも、よい」

「はあ」

「予が許す」

「身に余る幸せに存じ奉《たてまつ》ります」

家重の側《そば》にひかえている小姓達には、いつものことながら、将軍と意次のやりとりは殆《ほと》んど理解出来なかった。ただ、

「主殿頭《とのものかみ》様がお戻りになりまして、お上の御機嫌はまことに麗《うる》わしくおなりでございます」

という報告が、その日の中に表まで聞えて来ただけであった。

五日ばかりお城泊りが続いて、意次が小川町の屋敷に帰って来ると、坂倉屋龍介が来ていた。

実をいうと、龍介が田沼家へ来るのは、江戸へ帰着してから今日が二度目で、翌日に御礼を述べに参って以来である。勿論《もちろん》、意次が登城して留守なのは承知の上で、用人に挨拶《あいさつ》して帰っている。その折に、

「ま、五日もすればお戻りになられるのでは……」

という用人の胸算用に従って、今日、出て来た所であった。

「お上より、かようなものを頂戴《ちょうだい》したよ」

懐中から取り出した「一国一城の主」と墨書した料紙には将軍家重の花押《かおう》がある。

「上様には、相良には城がないのを御案じ下されたのだ」

料紙を押し頂くようにして意次がいい、龍介は訊ねた。

「築城をなさいますので……」

「当分は出来ぬ。する心算《つもり》もない」

用人に料紙を渡し、神棚へ供えるよう命じてから、龍介にいった。

「相良の前領主は本多忠央《ただなか》殿、改易となって相良領が宙に浮いた時、御老中の間には板倉殿に再領知を命じては如何《いかが》と申す声もあったそうじゃ」

大名が国替になる際、以前、領知していた国へ戻る例は少くないのだが、板倉勝清を相良へ戻せなかったのは、安中城主となった大名、つまり城持ち大名を無城の大名にしては格が下るわけで、好ましくはない。

「わしが相良藩主となったのは、上様のお声がかり故《ゆえ》、内心、面白からぬ方々も少くはない。それが早速、城作りなぞ始めたら風当りが強くなる一方じゃ。第一、今のわしの身分では城を作る金もない。借金をし、領民や藩士を苦しめて見栄を張るほど愚かなことはあるまいよ」

立派な城が出来たところで、御側御用取次の職にある身では参勤交代で一年おきに領国住いというわけには行かない。

「仰せの通りですが、手前はいつか相良にお城が出来たらと思います」

大海原を一望のもとに眺められるお城の高殿に立つ田沼意次の姿が見たいと龍介は、それがもう自分の瞼《まぶた》の中にしっかり浮んでいるのに胸をときめかせた。

「ところで、お北は無事に江戸へ戻っているのだろうな」

意次の口調に少々の含羞《がんしゅう》を感じて、龍介は我に返った。

「品川へは行ったか」

「一昨日、参りました」

湊屋《みなとや》では店の裏にある隠居所を幸二郎夫婦の住いに当てていると龍介は話した。

「母屋《おもや》から追い出されたような恰好《かっこう》ですが、お北さんはあまり動揺していませんで、むしろ、江戸へ帰りついたことで、ほっとしていました」

もっとも、すでに八年留守にしている中に商売は湊屋本家に乗っ取られているので、住む所を与えられただけでもよしとしなければなるまいと、龍介にしても思う。

「今のところ、暮しむきに不自由はないとのことですが、さきざき、どうなるか」

その時は力になる量見であった。

「湊屋本家がどのように考えているのかわかりませんが、幸二郎旦那《だんな》が病人でも、その子があるのですから、成長した暁には店を返してくれるのが筋道ではありますまいか」

何気なく龍介はいったことだったが、黙って耳を傾けていた意次の表情に驚きが走った。

「子がいるのか」

「はい。手前も知らなかったのですが……」

「お北の子か」

「そうです」

面ざしは母親似であった。

「いくつになる」

「上方へ行った年に誕生したとのことで……」

「なに……」

意次の声が高かったので、龍介は相手をまじまじと眺めた。

「つまり、幸二郎旦那は上方へ行って間なしに発病し、江戸へ帰れなくなりまして、それで、お北さんも止《や》むなくむこうでお産をする破目になったということでしょう」

「子が……子が生まれた月は……」

「それは訊《き》きませんでしたが……」

「男か、女か」

「凛《りん》としたいい男の子でしたよ」

実際、龍介はその少年に強く心を惹《ひ》かれていた。

物心つく頃から他人の家で育ったせいかも知れない。年齢より遥《はる》かにしっかりしているし、ちょっとした折に、母を守るという姿勢がほの見える。

しかも、話してみると素直で、好奇心に富んでいて、

「誰かに似ていると思って、あとになって気がつきました。あの気性は殿様が幼かった

時分にそっくりで……」

　さらりと出た言葉だったが、口に出してみて、龍介は胸を衝《つ》かれた。

　この二日、龍介の心中にぼんやりかたまりかけていたものの正体が突然、形を成したような気がしたからである。

　それとなく意次を見て、慌《あわ》てて釈明した。

「これは、とんだことを申しました。手前は秀《すぐ》れた子供を見ると、つい、昔の殿様とひきくらべてしまう癖があって……」

　意次が僅《わず》かに苦笑した。

「お北の子か。いずれ、会いたいな」

「お北さんが、御挨拶に連れて参るだろうと存じます」

「うむ」

　僅かな沈黙があって、意次が訊いた。

「魚屋十兵衛だが、龍介の許《もと》へ訪ねて参ったか」

　救われたように、龍介は威勢のよい返事をした。

「いや、まだ、参りません」

「魚屋は、江戸に出店があるのか」

「お北さんの話では、築地の西本願寺さんの近くとのことで……」

明石町《あかしちょう》だと答えた。

大川の川口である。

江戸湾へ入津《にゅうしん》する船には便利な場所でもあった。

「十兵衛は、まだ、江戸に滞在して居るのか」

「この月のなかばまではと申すことでしたが……」

それも、お北から聞いたことであった。

「今から参ろうか」

不意に意次がいったので、龍介は自分が聞き違えたのかと思った。

「むこうへ着くと日が暮れるが。まあ、よかろう」

手を叩《たた》いて用人を呼び、駕籠《かご》の支度をいいつけているので、龍介は狼狽《ろうばい》した。

「魚屋へお出かけになるので……」

「そうだ。今日をのがすと、また、いつになるかわからぬ」

「なんの御用で……」

「礼を申すのだ。お北が世話になった礼を申しておきたい」

「左様なことでございましたら、わざわざお出かけになるには及びますまい」

一万石の大名であった。

豪商といえども、一介の町人に大名自ら礼におもむくというのは例がない。

「御身分が違います。礼ならば手前が参っても、或《あ》いは御家来衆をおつかわしになっても済むことでございましょう」

「それでは礼にかなわぬ」

考えても見よ、と意次はいった。

「湊屋の遠い縁者というても、このたびの魚屋十兵衛のお北夫婦に対する親切は並々ではない。それは、おそらく、十兵衛の義侠《ぎきょう》心から起ったことではないかとわしは思う」

湊屋本家は、分家の主人が上方で病に倒れたのを理由に、江戸の湊屋を併合してしまった。

「筋から申せば、分家の湊屋夫婦が上方へ参ったのは、本家への義理、礼を尽すためであった筈《はず》。遠路はるばる参ってくれた者が病に倒れたのであってみれば、本家がその回復に手を尽すのは当然のこと。しかるにお北夫婦が江戸へ帰るに当って厄介をかけたのは本家ではなく魚屋であった。龍介、これをどう考える」

意次の口跡が熱を持って来て、龍介は大きく合点した。

「これは、品川でお北さんから聞いたことでございますが、魚屋さんに厄介になったのは、長患《わずら》いで本家のほうにも幸二郎さんを重荷に感じている気配が強くなったのと、中風の療治がうまいという鍼灸《しんきゅう》の按摩《あんま》がいるからと魚屋さんが勧めてくれての上だったとか」

そのことから考えても、本家のお北夫婦に対する扱いが推量出来る。

「八年もの長患いとなりますと、誰しも良い顔ばかりは出来なくなるものでございましょうが、金に不自由のあるわけでなし、まして江戸の店をいいように取り込んでしまったことなぞ考えますと……」

「その通りだ。本家のやり方は義理知らず、理不尽だろう。魚屋十兵衛が義を重んじる男なら、見過しには出来まいよ」

たった一度、鞠子《まりこ》の宿で見かけただけだが、

「わしは、義を知る男だと魚屋を見た。義に対しては礼を重んじなければなるまい」

身分違いなぞとえらそうな口をきくな、と意次は少年の時の表情になって龍介に笑ってみせた。

「一万石の俺に心服する者の数より、魚屋十兵衛に心服して命をあずける者の数のほうがずっと多い筈だ。さもなければ、一代で廻船問屋の主人とはなれぬ」

ともあれ、これから行って礼を述べて来ると意次はいった。

「本心をいえば、もう一度、あの男と会ってみたいのさ」

龍介も来るであろうといわれて、坂倉屋龍介は頭へ手をやった。

「お供を致します」

龍介も亦《また》、魚屋十兵衛に関心があった。

慌《あわただ》しく、小川町の屋敷を出た行列はこぢんまりしたもので、とても大名の他行とは思えない。

龍介は心得て一足先に小川町を出た。

築地で訊いてみると明石町の魚屋はすぐにわかった。

明石橋を渡ったところだという。

意次の行列を待って、龍介は駕籠脇《わき》へ行き、その旨《むね》を伝えた。

「ならば、歩いて参ろう」

行列は西本願寺の近くに待たせ、意次は龍介と肩を並べるようにして歩き出す。

こうした主君の行動に馴《な》れているとはいっても、流石《さすが》に家来達は途方に暮れ、主だった者が数人、目立たないように後からついて来る。

意次にもそれはわかっているらしいが、別にとがめなかった。

陽は落ちたが、西の空は夕映えが残っている。

明石橋は別名を寒《さむさ》橋というように、このあたりまで来ると海からの風が強く、大気はひんやりと冷たい。

魚屋の店がまえは、質実剛健といった感じの造りであった。

敷地はかなりありそうだが、建物は大きくない。しかし、二階家で、海へむかって小さな望楼のようなものが見える。

入口の戸へ龍介が近づいた時、声もかけない中に内側から開いた。

顔を出したのは十兵衛自身で、すぐ龍介の背後の意次を認め、

「これは……」

といったきり、絶句した。

「その節は湊屋夫婦がいかい厄介をかけた。今日は改めて礼を申しに参った」

意次が声をかけ、十兵衛は深く頭を下げたが、

「むさくるしい所ではございますが、何卒《なにとぞ》、お通り下さいまし」

素早く店の中に案内した。

すでに、店の土間に番頭、手代なぞの奉公人がずらりと膝《ひざ》をついて頭を下げている。

それを見て、意次がいった。

「当家では、客が来ると、みな、かようにして出迎えるのか」

十兵衛が上体をこごめたまま答えた。

「左様なことは致しませぬ。ただ、この店にお大名をお迎え申すのは、魚屋はじまって以来のことでございました」

「わしの来るのが、どうして知れた」

「おそれ入ります。たまたま、二階に居《お》りまして、窓から……」

「城攻めなら、一矢で射られて居ったな」

意次が屈托《くったく》のない声で笑い、十兵衛はそのまま、店に上って長い廊下を奥へ先導した。

中庭があり、海沿いに蔵がいくつもある。

通された部屋は客間のようで、すでに燭台《しょくだい》に灯が入り、座布団《ざぶとん》や脇息《きょうそく》がよい位置におかれていた。

おそらく二階にいた十兵衛が龍介と意次をみかけ、すばやく奉公人達に声をかけたに違いないが、僅かの間にこれだけの用意をして、しかも、家中がしんと鎮《しず》まり返っているのは、日頃からよくよく訓練が行き届いているからとしか思えない。

部屋に落ついて、龍介は意次がこの店を城にみたてたのがもっともだと合点していた。奉公人の一人一人が、主人の采配《さいはい》ひとふりで、完全に主人の意思を解し、自分の行動をすみやかに開始している。

茶が運ばれて来るのも早かった。

一度、部屋を出て行った十兵衛は紋付の羽織を着ただけですぐに戻って来る。

意次が丁重に頭を下げた。

「湊屋夫婦、とりわけ、お北と申す者は我らにとっては幼なじみ、昵懇《じっこん》の間柄じゃ。それが一方ならぬ恩を受けたこと、改めて礼を申す。不意に参った用件はそれだけじゃ」

十兵衛が深い吐息を洩《も》らした。

二

築地明石町にある魚屋十兵衛の店は明石橋に向ったところに石垣を組み、船着場を設けてあるという。

「沖に入津致しました船から艀《はしけ》で荷を運び込みますので、そのための蔵が建ち並んで居りまして、それが母屋《おもや》にとっては風よけになって居りますので……」

海と大川に向いて建つ家にしては、庭に面した雨戸に風が当る音のしないことを十兵衛はそんなふうに話した。そのかわり、上の望楼へ上ると季節を問わず風が吹き抜けて、とりわけ秋から冬は烈風の中に立つようだと笑う。

「手前には一番、気分の落つく場所でございまして……」

今日も日が暮れるまでそこに居て、偶然、明石橋を渡って来る坂倉屋龍介の姿をみつけた。

「しかし、よもや、殿様が御一緒とは……」

ひそやかに酒が運ばれて来た。

膳《ぜん》の上には、薄く切って軽く炙《あぶ》った「からすみ」が有田焼の皿に盛りつけてある。

龍介が怪訝《けげん》に思ったのは、それらを運んで来るのが、みな男ばかりである点だった。

で、それを問うと、

「これはお目障《めざわ》りでございましたか」

苦笑して十兵衛が打ちあけた。

「あの者どもは、かつて手前の持船に乗っていたのでございます」

年をとって来たり、或いは体の不調から止《や》むなく船を下りた者が店で働いているので、

「船上にては煮炊《にた》きものも洗濯も掃除も、ありとあらゆることを男が致します。陸へ上りましても便利重宝に使って居りまして、なまじ、女が入らぬほうが具合がよろしゅうございますので……」

従って凝った料理は出来ないといったように、次々と出来上って来るものは、魚介類を炭火で焼いて、塩や醤油《しょうゆ》で味をつけたり、味噌汁《みそしる》仕立てで鉄の大鍋《おおなべ》に煮込まれたりといった豪快な肴《さかな》ばかりであった。

「とても、殿様のお口には合いますまいが……」

恐縮して十兵衛がいったが、意次は健啖《けんたん》であった。

「わしは貧乏旗本の生まれだから、口の奢《おご》りを知らぬのだが、これは旨《うま》いぞ。なあ、龍介」

気持がよいほどよく食べ、よく飲む意次には、例によって殿様らしいところはなく、龍介は魚屋十兵衛の手前、はらはらしたが、十兵衛はそうした意次を感に堪えぬ様子で

見守っている。

「老いて船を下りたと申したが、あの者達に女房子は居らぬのか」
箸《はし》を休め、盃《さかずき》を干してから意次が訊《たず》ね、十兵衛がうなずいた。

「船乗りの中にもいろいろとございまして、例えば北前船のような北の海を走ります廻船の水夫は一年の中、六ヶ月から長くとも八ヶ月ほどしか船に乗りません」
酒田から上方へ米を運ぶ廻船、或いは松前で俵物や鰆《さわら》、〆粕《しめかす》、昆布などを買いつけて上方へ戻る廻船などは春から秋のはじめへかけて、もっぱら夏を中心とした航海しかしない。

「北の海の冬の荒れ方は並々ではございません。船乗りにとっては命がいくつあっても足りないほど危険な航海を好んで出て行く者はございますまい」
意次がうなずいた。

「そのようじゃな。有徳院様（八代吉宗）御在世の頃に描かれた日本海辺全図にも北国之海上八月下旬より二月上旬までは北西風吹き候《そうろう》につき船通りまかりならず候と書いてある」

「やはり、御存じでございましたか」
十兵衛が満足そうに合点した。

「それ故《ゆえ》、冬の間は水夫どもは船を下り、使わぬ船は港に冬囲いをして春を待ちます」

船乗りの稼ぎは決して少くはなく平水主《ひらかこ》と呼ばれる最も下働きの水夫でも酒田、上方間を二往復もすれば十両前後の賃金が手に入る。

「妻子の待つ故郷の家へ帰って良い正月を迎えるに不足はありますまい」

心がけのよい船乗りの中には年をとって船を下りるまでに、けっこうな金を貯めて田畑を買ったり、小商いをする者もいると十兵衛は意次と龍介に給仕をしながら語った。

「酒田から大坂まで、船にてはどれほどの日数がかかるか」

寛文十二年（一六七二）に幕府が河村瑞賢《ずいけん》に命じて、天領の米を酒田から江戸へ船で運ばせた時は、五月上旬に酒田を出帆しておよそ三ヶ月で江戸へ到着しているそうだが、と意次がいい、

「なにもかも、よう御存じで……」

十兵衛が目を細くした。

「酒田よりは北の海をひたすら西へ下り、下関を廻って瀬戸内の海を通りますので、この節は早ければ一ヶ月余、まず四十五日というところでございましょうか」

「松前までとなると……」

「二ヶ月でございましょうか」

積荷の上げ下しにも時間がかかるし、長い航海をやりとげた船も人も、少々の休息が必要となる。

「上方から江戸への廻船となりますと、冬は多少海が荒れやすくはあっても航海が出来ないほどのことではございません。大事をとっても、年に六往復が出来ますので……」

若く、働き盛りの船乗りは一年の大半を船で暮すことになる。

「船乗りの大方が海が好き、船が好きと申す者が多く、それに危険が伴う分だけ賃金は高く、先程申しました平水主でも江戸と上方を往復して参れば二両にはなります」

武士の最下級が三両一人扶持で、これは一年分の給金であった。

身分の卑《いや》しい平水主としては破格な金を手に出来る。

「働き盛りは遊びたい盛りでもございます。女は港々にいると豪語致す者もあり、酒や博打《ばくち》にのめり込む者も出て参ります。つい、所帯を持ちそびれて年を重ねることになりかねませんので……」

老いて家族のない者を、魚屋では店の奉公人としてやとい直している。

「まともに働いて居りませば、平穏な老後が過せようかと存じます」

一刻あまりが速やかに過ぎて、意次が帰りかけると、十兵衛が手を叩いて奉公人を呼び、

「御供の方々にお知らせ申せ」

と命じた。

一足先に龍介が店へ出て驚いたのは、意次の供がすべて魚屋に招じ入れられて、別室

で酒と弁当のもてなしを受けていたことであった。

「魚屋さん、どうして殿様にお供があるとお気づきなすった」

龍介の問いに、十兵衛は、

「田沼様ほどの御身分のお方が、よもや小川町の御屋敷からお拾いでお出でなさる筈《はず》はなし、おそらく、どこやらにお供の方々がお待ちなされて居られましょうと、奉公人を見にやったまでのこと、お供の方々が御遠慮なさるので、殿様のお指図と申させて頂きました。何卒、坂倉屋さんより、おとりなしを願います」

と腰の低い返事であった。

しかも、意次の乗物は目立たないよう魚屋の敷地内に運び込んである。

「今夕は礼に参って、かえって迷惑をかけた。向後は海の話、船の話、折々に聞かせてくれ」

意次が会釈《えしやく》をして、十兵衛は魚屋の店の者と共に丁重に見送った。

「あの心くばりは並々では出来ぬな」

屋敷へ戻ってから、意次はついて来た龍介にいい、龍介も同意を示した。

「天性のものでございましょうか。それとも、よくよく苦労して身につけた才覚か……」

「両方であろうよ。戦国乱世であれば一国一城の主、いや、運に恵まれれば天下を取る男かも知れぬ」

「それは賞《ほ》めすぎでございましょう」

と龍介は答えたが、考えてみると奉公人に対する、人の心の摑《つか》み方のうまさは、その底に誠実という裏打ちがされているだけに筋金入りだと思う。

ああいう男が上に立てば、水主達は命を捨てても船を守ろうという気になるに違いない。

「手前も魚屋さんに学ばねばなりません」

正直に龍介がいい、意次が笑った。

「わしも龍介と同じように考えたよ」

その夜がきっかけとなって、魚屋十兵衛と意次との交流が始まった。

江戸へ出て来ると必ず十兵衛は手土産を持って坂倉屋を訪ね、龍介と共に田沼家へ挨《あい》拶《さつ》に来る。龍介も十兵衛が自分を立ててくれているとわかって、十兵衛が江戸にいる間は、意次がお城から下って来る日の見当をつけて、魚屋へ誘いに行き、共に小川町の屋敷へ出かけて行くように心がけた。

そうした二人の間柄をみていて、意次が或る時、龍介にいった。

「龍介は人がよいな」

自分の甘さを指摘されたのかと龍介は思ったが、意次がいったのはそうではなかった。

「その人のよさが龍介の武器だ。魚屋ほどの男が僅《わず》かの間に龍介には胸襟《きょうきん》を開いてものをいって居る。そういう意味では龍介のほうが上手《うわて》というべきかも知れぬぞ」

「それは、手前をお賞め下さったのですか」

「当り前だ。たしかに龍介は子供の時から仁の心を持っていたよ」

「到底、信じられませんな」

「老いてみればわかる」

遠慮のない声になって笑い合ったのを、龍介は三十年後に改めて思い起すことになる。

それはともかく、田沼意次にとって、宝暦九年（一七五九）は運勢の上り坂にしっかり足がついたという感じであった。

同じ年、弟の意誠《おきのぶ》が一橋家の家老に取り立てられたことも、田沼家の吉事であった。

意次には意誠、意満《おきみつ》と二人の弟があったが、下の弟の意満はまだ若くして延享《えんきょう》四年（一七四七）に病死しているので、意誠がたった一人の弟となってしまった。兄に似て利発だが従順な性格で、子供の時から意次を尊敬して育っている。

兄弟仲は極めてよかった。

その弟が将軍家にもっとも近い一橋家の家老になったことを意次は喜びもし、安心もした。

旗本の家に生まれた兄弟が、兄は一万石の大名、弟は一橋家家老というのは華々しい出世であり、栄達といえた。

翌宝暦十年の正月は昨年にも増して田沼家は晴れやかな気配に包まれた。

意次に大奥の節分の夜の年男の役目が廻って来たのは立春まであと三日という時である。

節分の夜に豆を撒《ま》く習慣は、平安朝の昔、悪疫《あくえき》払いのために追儺《ついな》の式を行ったのが、いつの頃からか、大晦日《おおみそか》から節分の夜に移行したものといわれている。

江戸城では、節分の夕方、老中、若年寄が登城して将軍に御祝儀《しゅうぎ》を言上した後、老中が豆撒きを行うのだが、表より始めて中奥へ入り、更に大奥にまで入ることになっていた。

大奥は男子禁制であり、そこに入るのは将軍か、その子の幼児時代までであった。

将軍の私邸に当る中奥と、将軍の妻妾《さいしょう》とそれに仕える女中達の起居する大奥との間には御錠口と呼ばれる重い杉戸があり、そこから先は女ばかりの世界となっている。

そこへ、年に一度、老中が年男として豆撒きに入るので、入って行く男も緊張を強いられるが、迎える女達も同様で、最初は神妙にしていた女達が衆を頼んで、豆拾いにかこつけて故意に老中にぶつかったり、長袴《ながばかま》の裾《すそ》にとりついたりと悪戯《いたずら》をする。

当夜は大奥が無礼講という慣例のため、女中達を取り締まる御年寄役も見て見ぬふりで、男一人を大勢の女中が取りかこんで狼藉三昧《ろうぜきざんまい》を働くのが、大奥の楽しみの一つになってしまった。

なにしろ、女盛りに禁欲の毎日を過している集団が鬱憤《うっぷん》ばらしに大胆不敵な行動に出るので、女に囲まれていい気分になるどころか、体中、あざだらけになるほどつねられたり、突き倒されそうになるやら、ひっぱられて袖《そで》が破れるやら、さんざんの目に遭うので、遂《つい》に老中がこの役目を辞退し、御留守居役が交替することになった。

御留守居役は通常五千石級の旗本で、将軍の留守をあずかる責任者としておおむね五十を過ぎた老齢の者がその職につく。

老人ならばということで交替したものの、大奥の女中の悪戯は止《とど》まるところを知らず、近頃は年男を布団の上へ押し上げて、布団ごと胴上げをしたあげく、乱暴に放り出すというので、昨年、年男をつとめた御留守居役はそれが元で腰を痛め、歩行が不自由になったりして、いよいよ、年男役のなり手がなくなった。

で、誰がいい出したのか、これは到底、年寄には勤まらぬ故、もそっと元気な者にお命じ頂きたいと老中に願いが出て、その人選に苦慮しているところへ、大奥から使があって、

「年男のなり手がなければ、上様お気に入りの田沼主殿《とのも》様にお命じなされませ」

と申し入れがあったという。

老中から指示を受けて、流石《さすが》の意次も気の重い顔になった。

大奥の女主人は本来は御台所《みだいどころ》だが、将軍家重の御台所、伏見宮邦永親王の姫、培子は享保十八年（一七三三）に死去して居り、世子《せいし》、家治《いえはる》の生母であるお幸の方も延享五年（一七四八）に他界して、現在、大奥の権力者は家重の次男万次郎の生母であるおちせの方となっている。

従って、大奥の女中は表むきにはおちせの方に奉公する者である以上、どのような狼藉を働こうとも、叱《しか》りつけることも出来ず、ふり払うわけにも行かない。

とはいえ、これは辞退出来るものではなかった。

節分の夕方、意次は熨斗目《のしめ》長裃《ながかみしも》を着し、煎《い》った大豆を山盛りにした白木の三宝を左手に高々と捧《ささ》げ持って中奥から御錠口へ進んだ。

杉戸のむこうには、大奥の表使が出迎えている。

これまで、意次は将軍家重の大奥入りの際に小姓として、或いは御側御用取次として御錠口の手前までお供をしたことはあったが、杉戸をくぐるのは最初であった。

表使の女中は意次を神妙に御客座敷へ導き、意次は形式通り「福は内、鬼は外」と声をかけながら豆を撒いた。

奥女中達はそこかしこに群をなして手をつかえているが、豆を拾う者は一人もいない。

それどころか、みな石になったように身動きもしない。

いったい、いつ、長袴の裾をふまれるのか、近づいて来て体をつねり上げられるのかと、意次は内心、気になったが、顔には出さず、表使の後について御広敷へ進み、ここでも盛大に豆を撒いた。

なにしろ、大奥は広い。

意次が豆を撒いて行くのは、大奥の中でも本丸の表と同じく奥女中が働く公式の部屋ばかりで、無論、御台所や側室の私室には近づきもしない。

それでも、女中達の出仕廊下は本丸の長廊下ほどもあり、使座敷だけでも数ヶ所に分れている。加減をしないと三宝の大豆が足りなくなるほどの部屋部屋を廻って漸《ようや》く、案内の表使の女中が小さな声で、

「終りましてございます」

と告げた時には、大豆は殆《ほと》んどなくなっていた。

そのまま、長袴をさばいて御錠口へ向う。

どこで、女達に拉致《らち》されて布団《ふとん》巻きにされるのかと油断なくあたりに目をくばったが、女中達はひっそりと居並んでいるばかりで動く様子もなかった。

杉戸を出ると、そこに小姓が待っている。

衣紋《えもん》一つ乱れず、颯爽《さっそう》と退出して来た意次をみて、あっけにとられた顔をする。

三宝を小姓に渡し、意次は老中の部屋へ行って挨拶してから城を下った。

大奥の女達が、意次の男ぶりに見惚《みと》れて、全く身動きも出来ず、ひたすら吐息をつく

ばかりだったという噂《うわさ》は、その夜の中に城内に広がって、老中や御留守居役を苦笑させた。

三

立春になって間もなく、坂倉屋龍介は使を受けて小川町の田沼家へ出かけた。

意次は珍らしく居間の縁側に出て庭を眺めていたが、龍介を案内して来た用人が声をかけると、すぐに部屋に戻って自分で障子を閉めた。

「早速だが、湊屋夫婦の転居先についてだが」

文机《ふづくえ》の前へ戻りながらやや早口にいう。

実をいうと龍介はこの正月、意次にお北夫婦の窮状を訴え、相談していた。

上方から帰って以来、幸二郎、お北の夫婦は一人息子の新太郎と共に、品川の湊屋の内に住んでいる。

けれども、その扱いは決して良くなかった。

品川の湊屋はもともと分家のものだったのが、今は本家から番頭以下奉公人がすべて入れ替って、店の名儀も本家に変っていた。

要するに潰《つぶ》れた分家の厄介者を敷地内においてやっているといった有様で暮しむきは

潤沢には程遠かった。

時折、品川を訪ねている龍介の目にも余るので、この際、夫婦親子を品川から移転させ自分が面倒をみたいと番頭に話したところ、これ幸いという返事であったのだ。で、そのことを意次にも報告し、移転先についても心当りを二、三挙げて意次の意見を問うた。

「少し、待ってくれ」

というのが、その折の意次の返事だった。

「わしの倅《せがれ》の龍助だが、一昨年から塙《はなわ》宗悦先生の許《もと》で学問をして居る。そこへ、お北の倅の新太郎も入門させてはと考えたのだが、宗悦先生の許に通って来るのは武士の子弟ばかりで町人の子は居らぬとか」

寛延三年（一七五〇）に誕生した意次の嫡男《ちゃくなん》は、父の幼名をそのまま貰《もら》って龍助と名づけられている。

その龍助は今年十一歳、武士の子として必要な学問や武術の稽古《けいこ》が数年前から始まっているのは龍介も承知していた。

が、今、意次の口から出たのは、どうやらお北の倅、新太郎の教育に関してらしい。

「それで、宗悦先生にお訊《たず》ねしたところ、築地《つきじ》の木挽《こびき》町に藤沢舎人と申される学者が居られて武士の子も町人の子もへだてなく教えて下さるとか。宗悦先生には同門の弟子で、格別、懇意にされて居る由《よし》、よろしければ口添えをとおっしゃられた。なにおよりと思い、お願い申し上げて来た」

「承知しました。木挽町からあまり遠くない所に家を探して、幸二郎どの夫婦を移らせましょう」

新太郎は十歳になるが、これまであちこちを転々として来て、然《しか》るべき師について学んでいない。そのことを意次が心配しているのだとわかって、龍介はそこに意次の親心を見たような気がした。

意次は何もいわないが、新太郎の容貌《ようぼう》には幼い日の意次の面影が感じられるし、なによりも気性が意次そっくりと龍介は思っている。

学問に通う師の家が木挽町とすると、これまで龍介が考えていた場所では少からず遠すぎる。

小川町から龍介はまっしぐらに明石町の魚屋を訪ねた。

この春一番の上方からの荷を積んで、魚屋の持ち船が三艘《そう》、ここ数日の中に江戸へ入津《にゅうしん》するとの十兵衛からの文を、魚屋の奉公人が届けて来たばかりであった。

十兵衛はその中の「北辰丸《ほくしんまる》」に乗って江戸へ来る筈《はず》である。

明石橋まで来ると石垣沿いにある魚屋の桟橋に船が着いていて、龍介もすっかり顔馴《な》染《じみ》になっている魚屋の奉公人が荷揚げの指図をしている。

手代の一人が龍介をみて走り寄って挨拶《あいさつ》をした。

「思ったより早いお着きのようで祝着に存じます」

と龍介がいったのに対し、礼を述べた手代の話では、十兵衛の乗った「北辰丸」だけはまだ入津していないとのことであった。

「相良湊《さがらみなと》を海から眺めて来るとおっしゃって、駿河《するが》湾へお立ち寄りになったそうでございます。この好天のことで、今夕にもお着きなさいましょう」

と聞き、龍介は、

「では、明日にでも改めてお祝に参りましょうほどに、何分、よろしくお伝え下さい」

といい、そのまま木挽町へ向った。

近所で訊ねてみると藤沢舎人という学者の家は木挽橋の近くで、後で知ったことだがお北の親類の屋敷もその一角にある。

少年の足でここまで通って来るには、木挽町か堀をへだてた三十間堀町、或いは尾張町、竹川町、芝口あたりぐらいだろうが、この一帯はけっこう町屋が建て込んでいて、病人を抱えた母子《おやこ》が静かに暮せる家がみつかるかどうか心もとない。

なんとなくその界隈《かいわい》を歩き廻って龍介は蔵前へ帰ったのだが、その夜、五ツ（午後八時）頃に魚屋十兵衛が坂倉屋を訪ねて来た。

「北辰丸」は暮六ツに入津したという。

「駿河の海はまことによく晴れ、富士のお山が美しゅうございました」

その富士山を背景に、海からみた相良は今度の航海随一の絶景だったと目を細くしてから、龍介が今日、魚屋を訪ねて来た用事について問うた。

「それは、お疲れの所をわざわざお運び下さって、あいすまぬことを致しました」

明日、こちらから訪ねて行くとことづてをしたにもかかわらず、律義な十兵衛は旅装も解かず蔵前までやって来た。

「実は小川町の殿様から湊屋さん夫婦についてお指図がございました」

あらかじめ自分が考えて、品川の店からお北夫婦を移そうとしたことから話して、意次が新太郎の学問の師に木挽町の藤沢舎人をえらんだことなどを告げると、十兵衛は何度も合点した。

「幸二郎さん夫婦を長いこと品川の店へおくのは無理だと手前も考えて居りました」

湊屋本家の主人は義を重んじない人柄だと、十兵衛は歯に衣《きぬ》を着せない言い方をした。

「主人が左様では、奉公人も亦《また》、義理を欠き、情も薄い。品川は長居の出来る場所ではございません」

龍介の配慮を喜んだ。

「学問の先生が木挽町となると……」

僅《わず》かばかり思案して、

「心当りの家が松村町にございます」

木挽町の隣町で伊達若狭守《だてわかさのかみ》の上屋敷の裏手になるといった。

「手前の店の取引先が持っている家で、いささか狭いかも知れませんが町屋でありながら御近所は武家地で、まず騒がしいことはありますまい」

明日にでも一緒にみてもらって、よかろうということなら、早速、先方に話をつけるといった。

で、翌日、龍介が魚屋を訪ねて、十兵衛と共に行ってみると、成程、町の片側は三十間堀が流れていてすぐ隣は紀伊殿の御座替地、町屋としては閑静な一角にある家であった。

以前は持ち主が隠居所として使っていたそうだが、今は誰も住んでいない。

その日の中に十兵衛が話をまとめて来て、とんとん拍子に幸二郎とお北は新太郎を伴って品川を出た。

歩行の困難な幸二郎を駕籠《かご》に乗せ、それを囲むようにお北と新太郎の駕籠を前後にして、しんがりが龍介の駕籠と、四丁が松村町へ着くと、そこに十兵衛が出迎えていた。

親子三人に女中一人と下男一人がついた暮しがその日から始まって、お北は男達の行き届いた親切に泣いたが、

「心配することはない。これは小川町の殿様の肝いりでね」

そっと龍介にささやかれて愕然《がくぜん》とした。

お北としては迂闊《うかつ》なことだったが、意次は新太郎の存在に気がついたのだと悟った。小川町の田沼邸には龍介も魚屋十兵衛も出入りをしている。男達の口から新太郎のことが耳に入って、意次がどう思ったか、お北は不安であった。

心ならずも、自分の子を産ませてしまった女と、その子に対して男の責任を取ったというのなら悲しいと思う。

けれども、そんな気持は一生懸命、世話をしてくれている龍介や十兵衛の手前、口には出せないし、現実に男達の情にすがって生きるより仕方がない。

心の底にこだわりを持ちながら、お北は夫の看護と新太郎の新しい生活に母親の心くばりをしつつ毎日を過していた。

意次からは龍介を通して、次々と指示が来た。

殆んど寝たきりの幸二郎のために、医者が十日に一度ずつ、容態を診《み》にやって来る。

新太郎に算盤《そろばん》を習わせるようにといわれて、龍介が水谷町にある商人の子供達の寺子屋をみつけて来た時は、やはり、新太郎を商家の子として育てよという心算《つもり》かと合点したお北だったが、それから半月も経《た》たない中に、今度は南八丁堀にある小野三郎兵衛という一刀流の遣い手の道場へ剣術を学びに行くようにと龍介が取り次いで来て、流石《さすが》のお北も茫然《ぼうぜん》とした。

「新太郎に、どうして剣術を学ばせるのでございますか」

龍介にむかって問いただしたお北に、龍介は苦笑した。

「俺も、お北さんと同じことを小川町の殿様に申し上げた。殿様がおっしゃるには、体を鍛えるには武術が一番よかろうとのことでね」

それだけでは意次が新太郎の将来になにを考えているのか見当もつかない。

母親が途方に暮れているのに、新太郎のほうは格別、驚きもせず学問と算盤と剣術と、そのどれもに熱心に通っている。

この年の九月、九代将軍家重は隠居し、嫡男家治が十代将軍に就任した。

家治はすでに世子として西の丸にあった時、閑院宮直仁親王の姫、五十宮《いそのみや》倫子を御台所《みだいどころ》に迎え、宝暦六年（一七五六）には長女千代姫が誕生していたが、この姫君は翌宝暦七年に夭折《ようせつ》していた。

しかし、歴代の徳川将軍の中で御台所に子女が生まれる例は二代将軍以来、まことに珍らしく、夫婦仲のよいことでも知られて居り、御台所として本丸大奥に入った倫子の他にまだ側室と呼ばれる女は一人もいなかった。

家治は少年の頃、まだ在世だった八代吉宗がその利発を愛《め》で、薫陶《くんとう》したというだけあって、二十代のなかばにしては老成した感じのする温厚な性格の将軍であった。

ひき続いて御側御用取次の役をつとめている意次に対しても身がまえることがなく、

なんでもわからぬことは意次に問うてから行うといった様子で、頭脳は明晰《めいせき》で飲み込みも早く、仕える家来の立場では、或る意味で仕え甲斐《がい》のある主君であった。

唯一《ゆいいつ》の趣味は将棋で、意次も少々、たしなむので、奥泊りの夜はよく相手を命じられる。

なんにせよ、将軍の交替はごく自然に、しかも順調に運ばれた。

意次が改めて幕府の行く末について深く考えるようになったのは、家治が将軍職についてからであった。

無論、家重に仕えている時分も、政事について考えを持たなかったわけではないが、御側御用取次という役目は、将軍の側近にあるにもかかわらず、政事とは殆《ほと》んど関係がなかった。

強いていえば、多少、影響を与えられるのは人事に関してで、老中から人事に関して将軍に具申があった場合、将軍から個人的に意見を求められることは、ままあった。

意次は決して自分の意見を口に出さなかった。上司に側用人の存在があったせいもあるが、とかく、将軍の側近にある者が人事に口出し出来るのを特権として威勢をふるうという前例を、苦《に》が苦《に》がしく思っていたせいでもあった。

まして病弱で人並みではない家重将軍に仕えて、ひたすら将軍の気持を思いやり、配慮する日常では、政事に関心はあっても御側御用取次の立場を心得て過して来た。

それに、家重将軍の治世には、八代吉宗時代の元老が閣僚として政事に参加して居り、方針はすべて吉宗時代の踏襲ですませていた。

そのことに、意次は危機を感じはじめていた。

第一に、幕府の財政が米を基調にして構築されている。

吉宗は米将軍と綽名《あだな》されたほど、米にこだわり続けた統治者であった。

もともと、破綻《はたん》を来たしていた紀州家の経済を新田の開発による米の増産と質素倹約という極めて伝統的な政策によって立て直しに成功した殿様であり、その人が将軍となって幕府の赤字財政に取り組むに当って、同じ方法を考えるのは無理からぬことに違いなかったが、紀州家と幕府では規模が異った。

新田を開発して米の増産に成功すれば、全国的に米余りの状態になって、米の値段は下落する。

武士の給料は米によって支払われているから、その米を売って金に替えて生活をたてるとなると、米価の下落はひどい低収入という結果になって、武士を困窮させる。

更に凶作となって米が足りなくなると、大商人による米の買いしめが行われて米価が高騰《こうとう》し、地方では一揆《いっき》、都市では暴動が起る。

つまり、幕府の米経済には米の生産と消費の間に、必ず米商人が介在せざるを得ず、豊作になっても、凶作が来ても、途方に暮れるのは生産する側と消費する側という図式が出来て来る。

にもかかわらず、九代将軍の治世においては、その対策は皆無であった。米経済に頼っていては、幕府の寿命は先細りになると意次は考えているが、政事にかかわらない限り、自分の考えを述べる機会もなく、実行する折など更にない。

御側御用取次という地位を、意次は苦しい目でみつめるようになっていた。

とはいえ、自分からどうすることも出来はしない。

ただ、御側御用取次の立場にいると、老中が将軍に報告する諸問題を取り次ぐのだから、現在の幕閣諸侯が何を考え、何をしているか、幕府の台所がどうなっているかなぞは手に取るようにわかる。

家治に将軍職をゆずっておよそ一年、宝暦十一年六月、九代家重が他界した。

死にのぞんで、家重は家治を枕辺《まくらべ》に呼んで、

「主殿《とのも》は真に忠義の臣である。心ばえも秀《すぐ》れ、全《まった》き人なれば、心から信頼して用いるように……」

と声をふりしぼって何度となく繰り返し、それに対して家治は、

「御遺訓、肝に銘じ、決して疎略《そりゃく》には致しませぬ」

と、病みやつれた父の手を握りしめて答えた。

家重の死は、意次にとっても一つの時代が終ったという感があった。

小姓として十六歳から仕えた主君であった。四十を過ぎた今日まで、およそ二十七年、青春の日のすべてが、この主君に奉公して終りを告げた。

言語がままならない生れつきに苦しんだ主君のために、幼年から仕えた近侍の大岡忠光に習って、家重の難解な言葉を理解し、その生涯を支え続けた。

その大岡忠光も昨年、歿《なくな》って居り、忠光に導かれるように、家重もこの世を去った。

しかも、家臣の身としては、この上もない信頼を寄せられた遺言を残されては、意次の心が燃え上って当然であった。

九代様の大恩に報いねばならないという覚悟を持って御側御用取次の席にひかえている意次に、家治が或る日、思いつめたような表情で訊《たず》ねた。

「米や倹約の他に、この世を動かす力はないものか」

本丸の庭に木枯の吹きすさぶ夜のことである。

四

新将軍家治が、米と倹約の他に幕府の財政改革は出来ないものかと歎《たん》じた言葉の裏に、意次は七年前の宝暦四年（一七五四）に起った郡上《ぐじょう》一揆があるのを感じていた。

八代吉宗の米による経済再建はつまるところ年貢《ねんぐ》の増収であり、直接、影響を受けるのは百姓であった。

苛酷《かこく》な課税に対して農民は一揆で抵抗し、吉宗の晩年には日本各地で一揆がくり返され、幕府はその対応に苦慮した。

けれども、それらの一揆とくらべて、郡上一揆は桁違《けたちが》いに大きく、しかも長引いた上に幕府の要人を巻き込んだ。その結果江戸の講釈師が講談にするなどして、幕府が諸大名に増税の指導をしていることが、庶民にまで明らかにされてしまった。

無論、その詳細を意次は知っているし、当時、西の丸に居た家治の耳にも入っていたに違いない。

発端は美濃国郡上藩主であった金森頼錦《よりかね》が奏者番となったことである。

奏者番というのは大名や旗本が将軍に謁見《えっけん》する際、その姓名を奏上し、進物の披露や将軍からの下賜《かし》の品を伝達する役目だが、出世をめざす小大名が運動をして任官されたがるのは、老中、若年寄へ進む道筋にある役職の故《ゆえ》であった。

つまり、奏者番になって、幕閣の有力な大名に顔つなぎをし、欠員の出来た時に若年寄、そして老中と推薦してもらうのだが、そのためには季節ごとの挨拶、先方の慶事の際の祝いなど、細かな配慮が必要で、どうしても余分の金が入用になる。

そのために、郡上藩の財政はかなり窮乏し、それを補うための増税について幕府の勘定奉行、大橋近江守《おうみのかみ》に相談して有毛検見法《ありげけみほう》というきびしい課税法を領民に課すことにした。

通常、新しい藩主が新しい領地へ入るとすぐに検地を行う。とはいっても、実際に田畑を測量するわけではなく、各々《おのおの》の村の名主が前の領主にさし出して承認を得ている書状を改めて、この村の田畑は何町何反とされているのをそのまま継続して来た。従って長い歳月の間に農民が苦労して開墾した新田などはその数の中に入っていない。藩のほうも薄々は承知しているものの、見て見ぬふりで、それが藩の温情ということになってもいた。

有毛検見法というのは、そうした暗黙の了解を無視して検地役人が村へ立ち入り田畑を調べ、いわゆる隠し新田などを徹底的に洗い出して課税するもので、農民は僅かな余裕すら失って、凶作にでもなると忽《たちま》ち餓死しかねない状態に追い込まれる。

郡上藩でも農民は必死の抵抗をしたが、藩は老中、本多伯耆守正珍《ほうきのかみまさよし》に依頼して郡代を派遣してもらうことで強引にことを進めようとした。

一揆は五年も続き、農民の主導者が次々と処刑されるに及んで、農民側が幕府に訴え、その結果、評定所で審理された。

明らかにされた郡上藩の農民に対する課税はあまりにも度を越している。

藩主としてあるまじきこととして金森頼錦は改易、農民側にも十三人の処罰が申し渡された。

更に、本多伯耆守正珍は老中を罷免《ひめん》され、同じく、この一件にかかわり合ったとして本多忠央が所領没収、他に大目付、勘定奉行、郡代などが解任されたり、追放になったりした。

意次がこれ以上、米の増収を進めるのは幕府の崩潰《ほうかい》にもつながりかねないと危機感を抱いたのも、この郡上一揆がきっかけであった。

「米以外に幕府の利益をふやそうとすれば、とりあえずは、座だな」

いつものように、家来を遠ざけた居間で、意次は坂倉屋龍介に苦笑した。

座とは専売制で、特定の事業を独占させ、それに課税しようというもので、すでに銅座、人参座《にんじんざ》、朱座《しゅざ》が出来ている。

「真鍮《しんちゅう》や鉄も、座にすることだ。まだ、何かあるだろうが……」

「商人への運上金や冥加金《みょうがきん》を、もう少しお増やしなさってもよろしいのでは……」

百姓が米をお上に納めるのは、この国に生まれて、穏やかに毎日を過させてもらっている御礼のようなものでしょう、と龍介はいい出した。

「大義名分をいえば、昔からこの国の土地はお上のもの、御領主様のもの、それを耕して米を作らせて頂いているわけで、自分達が食べて行けるほどのものを頂いて、残りはお上に、御領主様へお納めする。たしかに世の中は戦いもなく、平穏無事に暮せるのはお上の御治世によるものです。ならば、商人もその恩恵を受けているので、これまでの運上金や冥加金は少すぎるのではありませんか」

「株仲間を増やすことを考えている」

八代将軍の時に大岡越前守忠相《ただすけ》が物価を安定させる目的で、同じ業種の商人をまとめて株仲間を組織させた。つまり、特定の商品を独占販売することにもなるので、その売上げから冥加金という名の税を上納させている。

「龍介は、これを読んだことがあるか」

意次が机の上の書物を取り上げた。

「本朝宝貨通用事略」と表に書いてある。

「いや、存じませんが……」

「儒者の新井白石が調べたところによると、権現様《ごんげん》の頃から百年の間に、我が国の所有する金銀がおびただしく唐人、阿蘭陀《オランダ》人の商人の手に渡ったと申す」

銀は四分の三、金は四分の一と意次は眉《まゆ》をしかめた。

「長崎にて唐人、阿蘭陀人と商売をしているのは知って居《お》ろう」

「むこうから買うものが多くて、こちらから売るものが少いということですか」

「で、お上はどうしたと思う」

「商いをやめるというわけには行きませんな」

「商売を小さくしたのだ。唐船が長崎に入るのは年に三十艘《そう》まで、阿蘭陀船は二艘、その上、取引を限って唐船とは銀六千貫まで、阿蘭陀船とは三千貫までだそうだ」

愚かではないか、と意次がいい、龍介はなんとなくあたりを見廻した。

屋敷の中はひっそりしているが、主人が呼んだ時に備えて、襖《ふすま》のむこうか、或いは廊下などに家来がひかえている筈である。

あからさまにお上を非難するようなことを口に出してよいものかと、憚《はばか》られたせいである。

「商売が下手だから、そういうことになる。売るものを増やし、せいぜい高く売りつけることだ。むこうは欲しいものは少々、高くとも買って行く。そのためにはるばる長崎までやって来るのだろう」

「その件につきましては、魚屋がくわしかろうと存じます。魚屋にお訊ねなさいませ」

「俺もそのつもりだ」

手を叩《たた》いて小姓を呼び、酒肴《しゅこう》を命じた。

やがて運ばれて来たのを龍介がみると酒はともかく、肴《さかな》はするめの焼いて細くさいたものしかない。

「上様が、御自分から一汁三菜でよいと仰《おお》せられたのだよ」

龍介に酌をしてやりながら、意次がやや沈痛にいった。

「老中、若年寄に出される御膳《ごぜん》だとて三汁五菜がきまりだというのにだ。有徳院様が一汁三菜をお守りになったのだから、御自分もそれに倣うと仰せられてね」

それではまだお若いお体が保《も》たぬと典薬頭が申し上げ、台所方に菜の吟味を命じたのだが、

「どうも、御機嫌がよろしくない」

けれども、上に立つ将軍がそのようであれば、おのずと下の者もそれに倣うと意次は力をこめて龍介に告げた。

「こんな肴で龍介にはすまないが……」

「手前は、口がおごっては居りません。なにしろ、生まれが生まれでございますから……」

「それは、同様さ」

本郷御弓町の時代は貧乏旗本の倅《せがれ》であった。

暮しむきは極めて質素で、坂倉屋ではそれが家訓になっているし、田沼家でも外に対してはともかく、内輪は昔とあまり変っていない。

意次が机の上においた「本朝宝貨通用事略」に視線をむけた。

「魚屋が江戸へ参ったら、訊《き》きたいことが山ほどもある」

魚屋十兵衛は北前船に乗っていたことがあるそうだなと訊いた。

「蝦夷《えぞ》へは、行っているのだろう」

「そのように聞いて居ります」

蝦夷どころか、長崎にいた時分にはお上に内証で唐船に乗って行ったこともあるらしいといった龍介に、意次は破顔した。

「あいつなら、それくらいはやってのけるだろう」

「暮には、おそらく上方の酒を積んで参りましょう」

今年の新酒を、江戸の正月に間に合わせるために、樽《たる》廻船と呼ぶ弁才《べざい》船が、冬の海を越えて来る。

「新太郎に変りはないか」

意次が話をとばした。

「御指図の通り、よく学んで居るようですが……」

学問と武術と算盤《そろばん》と。

「どれが一番、得意か」

そう訊かれても、まだ少年である。

「算盤は得手ではないそうですが、算術には興味があると、お北さんが申して居りました」

「算盤が苦が手で、算術が好きか」

「頼もしいお子だと思いますよ」

意次とそんな話をして三日後、龍介は築地松村町のお北の家へ出かけた。

幸二郎は相変らず寝たり起きたりで、まだそんな年齢でもないのに、八十ほどの老人に見える。

幸二郎に見舞をいい、お北と少しばかり世間話をして帰りかけると、お北が後を追って来た。

新太郎がぼつぼつ帰って来るので迎えに出たというのだが、何か自分にいいたいことがあるのだろうと龍介は察した。

紀伊国橋の袂《たもと》である。

「殿様には、お会いになったのでしょう」

やはり、その話かと龍介はうなずいた。

「お元気だったよ。新太郎が算術好きと申し上げたら、驚いて居られた」

「そうですか」

ふっとうつむいて川の流れをみつめている。

「殿様にお目にかかりたければ、俺が算段をしてもよいが……」

思い切っていってみたのに、

「いいえ、そんなつもりはありません」

あっさりと首を振る。

「しかし、殿様もお北さんに話があると思うが……」

「お目にかかりたくないのです」

声が悲しかった。

「殿様はおいくつになられましたか」

「今度、正月が来ると四十四か」

「殿方の四十いくつは男ざかりでございますね。田沼の殿様も、龍介さんも……」

何をいい出すのかと龍介はお北の横顔を眺めた。

ろくに化粧もしていないが、子供の時から抜けるように色白だった肌は昔のままで、目許《めもと》口許に女の持つ色香が漂っている。

町方風に縞《しま》の着物に繻子《しゅす》の帯だが、どことなく品がよいのは、やはり育ちかと龍介は思った。

「女は三十を過ぎたら……」

小さくお北が呟《つぶや》いた。

「上方にいた時、湊屋の女の人達が話しているのを聞いたのです」

将軍様の大奥では、

「お側《そば》仕えの御女中は三十を過ぎたら、自分から御辞退するものですって……」

御褥《おしとね》御辞退のことだと気がついて、龍介はお北を見た。流石《さすが》にお北は頬を染めている。

将軍のお手がついた御愛妾《あいしょう》はどんなに御寵愛《ちょうあい》が深くとも、三十を過ぎたらお傍に侍るのを辞退するべきであるというのは、大奥の常識のようなものらしい。

それは、三十を過ぎれば子を授ることも少くなるからで、もともと貴族や武士が多くの妻妾を貯《たくわ》えるのは、子を確保しておかないと家が断絶するからという理由で、子供も産めなくなった女が、情を受けるのはおこがましいといった考え方に基《もとづ》くものである。

お北の心中がわかって、龍介は途方に暮れた。

男女のことだけに、下手な言葉はかけられない。

「お北さんは昔と変らないよ。俺がそう思うのだから、殿様だとて……」

「一年一年、年をとるのです。一年一年、醜くなって……」

「そんなことはない。もし、そう思うのなら、殿様に会って……」

「もう遅い。遅すぎます」

くるりと背をむけて小走りに新橋のほうへ行く。

後姿を暫《しば》く見送って、龍介は深い嘆息を洩《も》らした。

意次はお北のことをどう思っているのかとじれったい気がした。

お北が幸二郎の妻である以上、意次にしても動きがとれないのかと思案する。

大名であろうと、将軍様であろうと、他人の女房と不義を働けば、世間から糾弾される。

お北を幸二郎と夫婦別れさせる方法はないかと考えながら、龍介は重苦しさを背負った感じで水谷町の方角へ歩き出した。

暮に出府するだろうと龍介が考えていたのに、魚屋十兵衛は江戸へ出て来なかった。

正月、魚屋の持船は次々と江戸湾へ入って来たが、十兵衛は乗っていない。

二月、田沼意次は加増されて一万五千石になった。

船出の時

一

魚屋十兵衛が新造船に乗って江戸へやって来たのは、その年の三月、満開の桜に迎えられての入津《にゅうしん》であった。

その魚屋の新造船を見物した江戸の人々が驚いたのは、これまでの菱垣《ひがき》廻船や樽《たる》廻船の、いわゆる弁才《べざい》船とはかなり異った外見を持つ風変りな大船だったからである。

まず、航《かわら》と呼ばれる船底の部分が弁才船とはまるで違う。七十一尺五寸の長さに、舳《おもて》の幅は二尺、胴幅四尺、艫《とも》幅一尺七寸、厚さは胴で二尺、舳と艫では五尺というもので、上面には太さが四、五寸ものまつら、即《すなわ》ち船の肋骨《ろっこつ》が二十本も立ち並び、その外側を幅二尺、厚さ四寸五分の棚板で九列に張りつめた、みるからにどっしりした威容を持っている。

帆柱は二尺八寸角、長さ九十二尺五寸という巨大な一木で、二十五反帆、長さ七十三尺の帆の他に、船首寄りには八反帆、船尾には六反帆の艫帆が張られ、別に補助用の三角帆もついている。

見た目には和船に違いないが、船造りの専門家には、それとなく洋船の長所を取り入れてあると認識される筈《はず》であった。

上陸してすぐに十兵衛は松村町の家へ行って新太郎を伴い、再び艀《はしけ》に乗せて新造船をつぶさに見学させた。

すでに新太郎は、何度となく停船中の魚屋の持船に乗せてもらって、十兵衛からあれこれと教えられているので、この船の特徴もすぐに理解した。

「見事な船ですね。この船なら、どんな荒海でも乗り切って行くことが出来ましょう」

目を輝かせて訊《き》いた新太郎に、十兵衛は大きくうなずいた。

「左様、行こうと思えば唐天竺《からてんじく》、呂宋《ルソン》や高砂《たかさご》、安南はおろか、阿蘭陀《オランダ》、英吉利《イギリス》だとて参れようぞ」

一通り、新太郎に船見物をさせ、松村町の家へ送ると、十兵衛はその足で蔵前の坂倉屋を訪ねて挨拶《あいさつ》をした。

これは、いつものことで、直ちに坂倉屋龍介から田沼家へ知らせが行く。

意次からは直々の返事が来て、翌日、二人は揃《そろ》って小川町の屋敷へ出かけた。

意次はまだ城内から退出して居《お》らず、二人は一刻《とき》ほど待たされた。もっとも、二人とも話は尽きないので、時はすみやかに過ぎた。

裃《かみしも》姿のままで、意次は書院へ姿をみせた。

「待たせたな」

声がはずんでいた。

「御城内で其方《そち》の船の噂《うわさ》を聞いたぞ。弁才船らしからぬとやら……」

十兵衛が深く頭を下げた。

「世間には船大工が図面をひき間違えて、とんだ出来そこないの船になってしまったと申して居ります。何卒《なにとぞ》、左様にお取り繕い下さい」

「むこうの船の図面が手に入ったのか」

脱ぎ捨てた上下を家臣が持って下って行くのを見送ってから、そっと訊《き》く。

「いえ、それはなかなか難かしく、とりあえず、長崎の船大工に作らせました」

長崎に入津する外国船は航海の途中、嵐《あらし》に遭ったりして船体を破損しているものが少くない。長崎滞在中にその船の修理をするのは定められた日本の船大工達であった。

「なかには、沈没寸前にまで傷《いた》めつけられた船もございまして、修復とはいえ、新しく造り直すも同然といった場合もございまして、そうした折に少しずつ、むこうの船の仕様を盗み取ります」

いってみれば、それも職人気質《かたぎ》のようなものである。

「成程、で、航海の具合は如何《いかが》であった」

「まず、風波に耐える力は弁才船の比ではございません」

船の安定がよく、しかも船足が速い。

同じ千五百石の弁才船に対して船荷も三割方多く積める。

「このたび、長崎を出航して長門より北上して加賀、能登、越後、津軽、南部を廻って仙台沖より江戸へ入津致しましたが、実によく走ってくれました」

港々で商いをして一儲《もう》けさせてもらったと笑っている。

「あきれた奴《やつ》だな。この季節、北の海はまだ荒れて居ろうが……」

「幸い好天に恵まれまして……それに、どの程度、風雪や怒《ど》濤《とう》に耐え得るか調べるのも、この度の航海の目的でございました」

ところで、お願いがございます、と改めて手を突いた。

「新しい船にはまだ名がございません。御命名をお願い申したく……」

「ほう」

意次が床の間へ視線を向けた。そこに、「七面大明神」と書かれた軸が掛けてある。

「これは、亡《な》き父の書でな。龍介は知って居ろうが、その昔、我が両親は七面大明神に祈願して子を恵み給《たま》えと願ったそうな、そしてわしが生まれた。その故《ゆえ》に生涯、七面大明神を尊崇し、家紋に七面様の七曜紋を頂くようにと遺言された。どうであろう。古い文書には海に漂った者が七面様に祈って無事、陸地にたどりついたといういい伝えもある。七面様にちなんで七星丸と申すのは如何か」

十兵衛が大きくうなずいた。

「仰《おお》せの通り、海を行く者にとって北斗は航海の道しるべ、救いの神でござります。有難き名を頂き、この上もない喜びに存じます」

ついては今一つ、新太郎のことだが、と続けた。

「以前より約束がございまして、十歳を過ぎたら、手前と共に乗ると、魚崎に居られる折に、つい、そのような話を致したことがありますので、このたびの七星丸が江戸より上方へ戻ります折に、なんとしてもとせがまれて居ります」

意次が目許《めもと》をゆるませた。

「新太郎は船が好きなのか」

傍で龍介が頭へ手をやった。

「実は今日、手前にも申されました。なんとしても十兵衛どのと参ると……」

「お北はなんと申して居る」

「男の子は母親の手には負えぬ。さりとて、幸二郎どのはあのような病人、これは殿様に御相談申してとのことで……」

お北の言葉は無意識の中に、新太郎の父親は田沼意次といっているようなものだったが、意次はそれをごく自然に受けとめた。

「新太郎がどうしてもと申すなら、あとは十兵衛にまかせよう。男はやりたいことをやり抜くがよい。たとい、何があろうと、それが男と申すものだ」

十兵衛が強い視線で意次をみつめた。

「及ばずながら、この十兵衛が命にかえても新太郎どのをお守り申します」

意次が頭を下げた。

「何分、よろしく頼む」

それからの話はもっぱら蝦夷地《えぞち》の俵物と長崎貿易に関してであった。

意次の質問は果てる所を知らず、十兵衛はその一つ一つに適確な答を出した。

四月、江戸は初夏を迎えた。

魚屋の「七星丸」が江戸を発《た》つ朝、意次は夜明け前に坂倉屋龍介が迎えに来て、ひそかに屋敷を出た。

供廻りは僅《わず》か数人で、目立たぬように築地の魚屋へ入る。

十兵衛は店の前で待っていた。

「ようこそ。さ、こちらへ……」

案内されたのは庭に面した客間で、そこに新太郎とお北がいた。

「殿様がみえられましたぞ」

十兵衛の声に、お北がはっと立ち上りかけたが、入って来た意次をみるとそのまま、両手をついた。

意次は無言で母子《おやこ》の前に座る。

十兵衛も龍介も、座敷には入らなかった。ひっそりと、廊下のすみにひかえている。

「新太郎か」

意次の声が、まず名を呼んだ。

「いくつになった」

新太郎が手をつかえたまま、しっかりと顔を上げた。

「十二歳にあいなります」

「船は好きか」

「大好きでございます」

「十兵衛どのを親とも、師とも仰ぎ、何事もその教えに従うのだぞ」

「はい」

「道中、つつがなく、よい旅をせよ」

「ありがとう存じます」

お北が泣くまいと唇を嚙《か》みしめているのを意次が見やった。

「新太郎の留守中、さぞ寂しくも心細くもあろう。何事によらず坂倉屋に申すがよい。わしも心にかけて居る」

お北の細い肩が大きく慄《ふる》え、新太郎が幼さの残る声でいった。

「何卒、母をお願い申します」

意次が大きくうなずき、十兵衛が障子の外から声をかけた。

「ぼつぼつかと存じますが……」

新太郎が思い切りよくお北にいった。

「母様、行って参ります」

「皆様の足手まといにならぬよう。体に気をつけて……」

新太郎が十兵衛に続き、その後から意次とお北、それに龍介が従った。

魚屋の庭から大川の岸辺に作られた桟橋へ出る。

そこに艀が待っていた。

暁闇《ぎょうあん》の江戸湾に七星丸が次第にその姿を明らかにしはじめている。

いくつもの提灯《ちょうちん》が走り廻り、十兵衛と新太郎が艀に乗り移った。

「では、行って参ります」

十兵衛の太い声が川面に響き、船頭が竿《さお》をとって艀を岸から離す。

艪はもう一人の水夫が押している。

ぐんぐんと速度を上げて沖の船へ近づいて行く艀に漸《よう》く朝陽が当り出した。

その日から、坂倉屋龍介はまめに松村町へ顔を出した。

もっとも、家へ上ることはなく、お北が勧めても玄関先で帰って行く。

お北は神棚に七面大明神の御神符を祭って朝夕、祈っている様子であった。

それを知って、龍介も七面様の護符を神棚に供え、礼拝した。

そんな龍介を、或《あ》る時、女房のおしのが娘のおはつに、

「ほんに、世話好きのお人じゃから……」

と苦笑まじりにいっているのが、龍介の耳に入った。

お北に関して面倒をみ続けていることを、幼なじみではあり、田沼の殿様もお心にかけて居られるのでと、龍介は女房に説明していたし、お北には病人ながら夫もあることなので、おしのは変に気を廻すことはなかった。そういう意味では夫を信じ切っているし、龍介も家族に対してやましい所はない。

ただ、時折、単なる世話好きではここまでは出来ないだろうと自嘲《じちよう》することがある。

幼なじみという言葉は、龍介の本心を自分自身にすら押しかくす便利重宝なものだが、お北に惚《ほ》れていないといえば嘘《うそ》になる。

けれども、その思いは長い歳月を経て、龍介の心の底で、静かにくつろいでいるとでもいった感じであった。

龍介もお北も、共に不惑を越えた。

だが、もし田沼意次という存在がなかったら、龍介はこうまでお北に対して淡白でいられたかどうか、まことに心もとなかった。

あいつがいるのでは仕方がないという気持と、おたがいに好き合っているのに、そしておそらく新太郎という子供が二人の間に生まれたに違いないのに、尚《なお》、十余年の月日を他人行儀に生きている二人が気の毒に思えて来る。

逆にいえば、お北の意中の人である意次ですら、世の中の倫理の壁にへだてられてどうにもならないのだから、俺なんぞがとやかく思うのは野暮の骨頂とあきらめがついているのかも知れないと思う。

上方からは、七星丸が無事に西宮の港へ入ったという知らせがお北の許にも、坂倉屋へも届いていた。

新太郎はすっかり船に馴《な》れ、五月には十兵衛と共に長崎へも行くらしい。

そうした報告をしに、田沼家へ出かけた龍介は意次から思いがけない話を聞いた。

本郷御弓町の兄の屋敷に蘭学好きの者がよく集って談論風発しているという。

「別に咎《とが》めているのではない。この世の中には父祖代々、我々が生きているこの国の他にあまたの国々があることは天正元和《げんな》の昔からわかっていることだ。とりわけ大事なのは、我が国が長崎だけに限り、唐船と阿蘭陀船ばかりの入津《にゅうしん》を許し、交易を続けている中に、西のほうからの大国の力が東へ伸びて来て、さまざまの変化が起っていることだ」

　幕府へ挨拶に来る阿蘭陀商館の主だった者などは、決して自分達に都合の悪い情報は口にしない。

「こちらの知りたいことは、こちらの力で知らねばならぬ。そのためには蘭学、大いに結構というものではないか」

　商売に忙しかろうが、時折は御弓町の屋敷へ顔を出し、知識を仕入れて来るようにと意次はいった。

「面白い話があったら、わしの耳に入れてくれ」

　そういう時の意次は一万五千石のおさまりかえった殿様ではなく、好奇心に満ちた若者の表情をしている。

　龍介は都合をつけて、兄の屋敷へ出かけた。

　速水家は以前のままだが、暮しむきはずっと豊かになっていた。

　龍介も随分、援助をして来たが、二年前に兄の嫡男《ちゃくなん》の速水作太郎というのが、田沼意次の口添えもあって勘定方に召し出された。

　父親の速水紋十郎は、およそ役人には不むきな性格だが、作太郎は真面目《まじめ》で勤勉なのが上役にも認められ、順調に勤めている。

　長らく無役の旗本の家で、後継ぎが役付になったので、速水家は急に明るさを増し、そうした空気が家族の表情にも出ている。

もっとも、当主の紋十郎は相変らず、風変りな友人知人を招いては酒を飲んだり、飯をふるまったりするのが生甲斐《いきがい》のようで、龍介が顔を出した時も、三人ばかり客が来ていて、まだ日が暮れるにはかなりの時間を要するというのに、すでに一座には酒が廻っていた。

「龍介か、珍らしいな」

赤い顔で兄はいったが、別に弟を客に紹介するでもなく話を続けている。

客に酌をしながら、それとなく話を聞いていると、客は三人とも医者のようで、しきりに長崎帰りの蘭方の医者の噂《うわさ》をしている。

要するに、漢方と蘭方とどちらがよいかといった程度のことで、聞いていてもさっぱり結論のようなものは出ない。

それがきっかけで、龍介は時折、兄の屋敷へ出かけるようになった。

集まって来る人々は千差万別で、とりわけ面白い話もない。

むしろ、龍介には勘定方で働いている甥《おい》の話のほうに興味があった。

甥の口から田沼意次の名が出ていたからでもある。

「御老中方は、相変らず新田の開発によって幕府の台所を豊かにするお考えのようですが、勘定方の間でも、それはもう古い御政策だという声が上っています。それよりも、貨幣改鋳をという案もあるようですが、田沼様が御反対とか」

幕府の御金蔵が乏しくなると、必ず貨幣の改鋳が行われるのが、これまでのやり方であった。

その結果、通貨の質が落ち、市場経済は混乱する。

「田沼様には何か、しかとしたお考えがあるようですが、御老中を憚《はば》かって口には出されないと聞きました」

一万五千石の大名でも、役職は御側《おそば》御用取次である。

二

本郷御弓町の兄の家を訪ねて、もっぱら跡継ぎの速水作太郎と話をしていた坂倉屋龍介が、隣の梅本家が断絶したのを兄嫁から知らされたのは夏の終りであった。

「いったい、何があったのですか」

微禄《びろく》とはいえ、父祖代々の旗本である。

「お気の毒に……御当主の幸之助どのが急死されたのですよ」

梅本家では、すでに龍介や兄の紋十郎の亡父と昵懇《じっこん》だった先代の梅本吉之助が他界して長男の幸之助が家督を継いでいた。

その幸之助が三十のなかばになって漸く妻を迎えたのも、一応、兄から知らされていた。

「なんでも、奥様の御実家が口をきいて下さって或るお方の許《もと》へ日参なさっていたそうなのですよ」

梅本家は先代も無役であった。

下級旗本の家で代々、無役が続いたら、台所は火の車になる。おそらく、幸之助が三十を過ぎても嫁取りが出来なかったのは、窮乏のために違いなく、そこへ娘を嫁入りさせた親がなんとか役付にしたいと骨を折ったものであろう。

「幸之助どのはあまりお丈夫とはいえなかったようで、それが暑い最中、毎日のように御機嫌うかがいに出かけていて、結局、お命を縮められたのでしょうね。御帰宅なさって突然、倒れて、それきりだったとか」

あっけない最期《さいご》だったと兄嫁は眉《まゆ》をひそめている。

「子は、なかったのですか」

「ええ」

「しかし、梅本家には弟妹が多かった筈ですよ。幸之助どのの下に三人か四人……」

「四人お出《い》でだったのですけれど、どういうのでしょう。皆さん、若死なさっていて……」

「一番下の妹さんなどは嫁入りなさって流産で歿《なくな》られているのですよ」

武士の家は幕府に届け出た跡継ぎがないままに当主が死亡すると断絶になる。

「なんとかならなかったのですか」

当主の死を伏せておいて、その間に養子縁組をしてとりつくろう例がないわけではない。

「御親類も内情を知って手をお引きになったそうですよ。なにしろ、諸方に借財があって、なまじ養子に来たらとんだことになるでしょう」

「お志尾さんはどうしているのです」

漸く、その名が出た。

兄嫁は知らないことだが、梅本家の長女、お志尾はお北の弟、斉藤兵太郎の子をひそかに産んでいた。

「お志尾さんのことは、梅本家では御先代が勘当したとおっしゃって、一切、そのお話はなさいませんでしたから、私どもでも何も存じません」

「では、梅本家は今……」

「お屋敷には何方《どなた》も住んでいらっしゃいませんよ。いずれ、お上が然《しか》るべき御方にお与えになるのでしょうけれど……」

「幸之助どのの御妻女は……」

「御実家へお戻りになったと聞いていますけれど」

「御実家はどこです」

「番町の安倉峯之進様ですよ」

義弟が何故、隣家についてそう熱心に訊《たず》ねるのか、兄嫁には不思議なようであった。

すでに武士を捨て、札差の店の主人になっている義弟である。

兄の屋敷を出て、龍介は番町へ足を向けた。

梅本家の人々がすべて死に絶えたとなると、お志尾の行方を知るのは、梅本幸之助の未亡人ぐらいしかなかろうと考えてのことだったが、安倉家へ行ってなんとか、正代という幸之助の妻女だった女に会っての話では、

「歿った夫に、その昔、勘当されたお姉様があるというのは、御親類方から聞かされました」

幸之助が急死してからのことで、居場所でもわかれば知らせたいと考えたが、

「私は何も聞いて居りませんでしたし、御親類方も誰一人、御存じなくて……」

それきりになったという。

田沼意次に会った時、龍介は早速、その話をした。

「梅本家が断絶したのか」

流石《さすが》に意次は暗然とした。

「親類にまで何もいっていないというのは、よくよくだな」

先代の梅本吉之助は昔気質《かたぎ》の頑固者であった。家名を重んじる気持が強く、何かというと先祖の遺勲を持ち出して周囲の顰蹙《ひんしゅく》をかった。それだけに、娘が父親の知れぬ子を産んだというのは永遠に許し難かったのか。

「梅本家では、お志尾の子の父が誰か知っていたのか」

意次の言葉に、龍介は首を振った。

「まず、真実は知りますまい」

知っていたら、お志尾は父親に殺されていたかも知れないと龍介はいった。

「案外、子の父はわしということになっているのかも知れぬなあ」

苦笑して意次がいい、それも龍介は否定した。

「もし、左様ならば、御当家へなにかいって参りましょう」

「いや、来ぬよ」

「はて」

「龍介の耳にも入って居る筈《はず》だ。旗本の多くが、わしを成上り者と蔑《さげす》んで居る」

「妬《ねた》みにございます。殿様の御出世を妬ましく思う者のひがみでございます」

「梅本家のような家柄を重んじる者には腹立たしい限りであろう。有徳院様のお供をしてやって来た紀州侍の悴《せがれ》が上様に取り立てられて大名になった……」

有徳院様と意次がいったのは八代将軍吉宗のことであった。

意次の父、意行は吉宗に従って紀州から江戸へ出て旗本となった。

「論外でございます。殿様は御自分のお力で御出世を遊ばした。御出世がぬきん出れば、妬む者があっても仕方がございません。お捨ておきになることです」

「気にはして居らぬ。しかし、龍介、男の妬みは怖《おそろ》しいものだぞ」

笑い捨ててから、意次は結論をいった。

「仮に梅本家でお志尾に手をつけたのがわしだと思っているなら、わしを非道な男、行儀の悪い薄情者とののしっても、表むきには何もいって来ぬ。下手に苦情をいいに行っても門前払いをくうだけだと思い込んで居るからな。それよりも下衆《げす》は相手にせぬとふんぞりかえっているほうがまだしもと考える。娘を勘当して結着をつけるほうが、どれほど不人情かとわしは思うが……」

「お志尾さんの行方を、もう少し早くに突きとめておくべきでした。まさか、こうなろうとは……」

「わしもうっかりした。親兄弟がついているのだから、よもやと思ったのが間違いだったな」

お北はどうであろう、と意次はいった。

「女は女同士、消息なぞ取りかわしたことはないだろうか」

あまり期待は出来ないがという意次の言葉に龍介は応じた。

「とにかく、訪ねてみましょう」

「新太郎は、まだ上方から戻らぬのか」

「文は何度となく来ているそうですが、どうやら、夏中は上方と長崎を往復していたとのことで、まず秋が深くならぬ中に江戸へ入津すると、これは魚屋の奉公人が申して居りました」

「さぞ、たくましくなって帰って来るであろう。楽しみだな」

心なしか、意次の表情が父親のそれになっているのに気がついて龍介は複雑な気持になった。

意次が新太郎を我が子と認めているのなら、その母であるお北にどういう処遇を考えているのか。

なんにしても、お北は湊屋《みなとや》幸二郎の妻である。夫の幸二郎は十年以上もの長患《わずら》いにもかかわらず、一向にあの世へ旅立つ気配もない。

松村町のお北の家へ着いた時、雨が降り出した。

「ようございましたこと。ほんに一足遅れたら……」

傘を持っていない龍介をみてお北が笑い、居間へ招じ入れた。

この家を訪ねる時、龍介はなるべく昼間、そして玄関先だけで暇《いとま》を告げることが多い。病人の夫や奉公人もいることで、そこまで遠慮する必要はないのだが、たいして用もないのにしげしげと通って来るように思われるのは、龍介にとっても具合が悪い。

が、今日はすんなりと上った。

外はあっという間にどしゃ降りになっている。

居間は障子を開けはなし、縁側には日よけの簾《すだれ》がずらりと下っている。

土に叩《たた》きつける雨が、簾の下のほうに跳返《はねかえ》り、雨と共に出て来た風が簾を揺すぶっている。

「こりゃあ、ひどい降りになったね」

縁先まで出て空を眺め、龍介はそのついでのように襖《ふすま》の閉っている隣室の気配を窺《うかが》った。

隣の部屋に、幸二郎が寝ているのはいつものことで、龍介も承知している。

「御主人は如何《いかが》かね」

お北が自分で茶を運んで来たのを見て、儀礼的に訊ねた。

「よくもなし、悪くもなしなんですよ。いつもの通り」

長火鉢には炭火が埋めてあった。

鉄瓶はかかっているが、湯気は上っていない。ただ、常時、湯が沸いている状態にしてあるのは、病人が求めた際に、いつでも湯茶が出せるためでもあろう。

もっとも、江戸の気温はこのところ、急に朝夕、涼しさを増している。

「小川町の御屋敷へうかがった帰りでね。実は、梅本のお志尾さんの実家が断絶になったのだよ」

雨の音が激しいので、龍介はいつもより声を大きくした。

「梅本様が……」

全く知らなかったらしく、お北はまじまじと龍介をみつめている。当主の急死と跡継ぎの手当が出来なかったいきさつを話すと、小さく吐息を洩《も》らした。

「お志尾さん、どんなに気落ちしたか」

「いや、そのお志尾さんの居所がわからないんだ」

幸之助の妻女も親類も知らなかったと聞かされて、お北は声を失っている。

「お北さんは知らないか。ひょっとして、文のやりとりでもしているかと、殿様がおっしゃってね」

少くとも、お志尾にとってお北は我が子の父の姉に当る。

「文が来たことはありません。兵太郎の野辺送りの時、あの人はもうどこかへ行ってしまって、梅本家ではそれをひたかくしにしていました」

「お志尾さんに会ったのは……」

「最後に会ったのは、多分、あの人が嫁入りする日だったと思います」

本所の旗本の家と縁組が整って嫁いで行った。

「あれっきりか」

その日、たまたま龍介も兄の屋敷を訪ね、お北にも会った。

「もう十何年も昔ですね」

「俺が二十九の時だったから、十五年前か」

顔を見合せた。

「龍介さんは、その後、お志尾さんに会っているのですか」

本所の旗本へ嫁いだものの、すぐに身重の体だと知れて実家へ戻された。

「俺が会ったのは駒込《こまごめ》の植木屋の離れで暮していた時でね」

意次と二人で訪ねて行ったのが、終りになってしまった。

「あの人、兵太郎の子を産んで……」

つらいものを絞り出すように、お北が口にした。

「気になっていたんです。私の家は兵太郎があんな死に方をして、両親がたて続けに逝《い》ってしまって……でも、お志尾さんには父上も御兄弟もあるからと……」

それは、意次と龍介も同様に考えていた。

「どうしているんでしょう。今まで無事に暮せたのか、どこへ身を寄せているのか」

「なんにも判《わか》らない。今となっては手がかりがなにもなくなってしまった」

幼馴染《おさななじみ》の一人であった。

男女のわきまえもない年頃には、おぶったり、手をつないでやったりして本郷御弓町界隈《かいわい》を遊び廻った。

「あの時分は俺も札差の家へ養子に行くなどとは思ってもみなかったし、お北さんの家が……」

潰《つぶ》れてしまうといいかけて、龍介は声を飲み込んだ。

斉藤家と梅本家と、御弓町で二軒の旗本の家が消えている。

「でも、田沼様は御出世遊ばしました」

お北がささやくようにいった。

「あちらの御出世を思うと、私のような者でも生きて行く勇気が出ますもの」

龍介が目を大きくした。

「実は俺もそうなのだ。苦しいことがあると、小川町の殿様の御苦労なんぞ、俺の比ではないなと思う」

「あちらを羨《うらやま》しく思われたことはありませんか」

雨音の中で話しているせいなのか、お北が今までになく突込んだ言い方をし、龍介は苦笑した。

「それは、ないとはいえないが、あちらとは人間の出来の違うのがよく判っているのでね」

「でも、龍介さんも御立派です。坂倉屋を蔵前で指折りの店になすったのですから……」

「それも、良き友あればだよ」

「ずっと昔ですけれど、あちらがおっしゃったことがあるのですよ。俺が今日あるは、坂倉屋龍介のおかげだと……」

思いがけなかったので、龍介はつい膝《ひざ》を進めた。

「本当か。いつ、そんなことを……」

「嘘《うそ》ではありません。その昔、品川へお見えになった時……」

口にしたとたんに、お北はさっと頬を赤らめた。

それで、龍介は気がついた。

お北が弟と両親をたて続けに失い、斉藤家が断絶した後、暫《しばら》く江戸の親類の持ち家に身を寄せて品川の湊屋へ帰らなかったことがあった。そこへ、意次が見舞旁《かたがた》足を運び、それが意次の母の耳に入って、結局、お北は湊屋へ帰って行った。

湊屋では夫の幸二郎がお北の振舞に立腹して、自分が上方へ行っている留守中、お北を離れの茶室へ幽閉同様にしていたらしいのは龍介も知っている。そのお北の許《もと》に意次が通った。

あれは無謀というか、無分別というか、第三者の龍介ですら、ぞっとする行為だが、意次自身は地位も出世もかなぐり捨てて、お北との恋にのめり込んでいた。

幸か不幸か、二人の忍ぶ恋には、お北が幸二郎と共に上方へ旅立ち、否応《いやおう》なしに終止符が打たれた。だが、二人の間に密事《みそかごと》があったというのは禁忌であった。間違っても口に出してはならない事実を、お北はもののはずみで洩らしてしまった。

龍介はさりげなく隣室に注意を向けた。お北の話では長患いの幸二郎は五官が衰えて老人のようだという。襖一重の所での話も、おそらく耳にも聞えず、理解もし難いのだろうと、龍介は合点しながらも、慌《あわ》てて話を変えた。

夕立のような雨がやんで、龍介が帰ってから、お北は夫の部屋へ顔を出した。女中が魚屋《さかなや》が来たと声をかけ、お北は夫の耳に顔を寄せて取り次ごうとした。その前に幸二郎の口が動いた。

三

雨上りの庭からは雀《すずめ》の啼《な》き声が聞えていた。

夕陽が障子ぎわに射《さ》している。

幸二郎の声は大病以来、舌足らずで聞きとり難い。

「いらん」

といっているようで、お北は幸二郎が何かかん違いをしたと思った。

魚屋が来たという女中の取り次ぎを、お北はまだ幸二郎の耳に告げていない。

枕許《まくらもと》ににじり寄って、はっきりといった。

「魚屋が参りましたが、何か召し上りたいものがございますか」

幸二郎は上方生まれの上方育ちで、江戸に住むようになってからも、魚にはけっこうやかましい。

で、出入りの魚屋が来ると必ず女中が奥へ取り次ぎ、お北が幸二郎の意向を訊《たず》ねて、それで夜の御膳《ごぜん》の献立が決まる。

長患いで、寝たり起きたりの病人になってからも、その習慣は変っていなかった。

「いらん」

幸二郎の唇がさっきと同じように動いた。

お北が聞き直そうとすると、

「いらんわい」

怒気を含んだ返事が戻って来た。

幸二郎は魚にうるさいが、大好物というのではなかった。むしろ、鶏肉《とりにく》や鴨《かも》、それに季節の野菜を贅沢《ぜいたく》な煮汁で炊《た》いたものなどを好む。

今日は魚がお気に召さないのだと承知してお北は女中にその旨《むね》を伝え、別の買い物を命じて部屋へ入った。

幸二郎は天井を睨《にら》むように見上げている。

今しがたの夫とのやりとりがなんとなく思い出されて、お北はどきりとした。

最初に夫がいらんといった時、自分はまだ魚屋の来たことを伝えていなかった。あれは女中が廊下のむこうからお北に告げた声が幸二郎の耳に届いたものだろうか。

そんな筈はなかった。

卒中を患って半身不随になり、言語障害が残ったと同時に耳もかなり遠くなっていた。

女中が戻って来た。かかりつけの按摩《あんま》が来たもので、お北に挨拶《あいさつ》し、早速、幸二郎の療治にかかった。

半刻あまりも丁寧に体中を揉《も》みほぐされて、幸二郎は鼾《いびき》をかいて眠ってしまった。

いつものことで、お北が按摩を玄関まで送る。ふと思いついて訊ねた。

「主人は耳がかなり遠いようでございますが、あれは、やはり病気のせいで……」

徳の市という按摩は見えない眼をお北へ向けた。

「左様、旦那《だんな》様の御病気はどうしても言葉が御不自由になるもので、それでも手前がこちら様へうかがうようになった頃にくらべますと、かなりよくお話になります」

「いえ、言葉ではなく、耳でございます」

「お耳……」

「はい」

「お耳は最初からよう聞えていらっしゃいます。手前の申すことにはなんでもお答えになりますし、決して遠いと申すことはございませんが……」

徳の市が帰ってから、お北は暫くその場から動けなかった。

発病以来、夫の耳は聞えにくくなっていた筈であった。何かいってもぼんやりしていて反応がなく、耳許で大声を出さないと聞きとれないように見えた。

とりわけ、最初の頃は口もよくきけなかったし、当人も言葉を発するのが苦痛のようで、自分が必要なこと以外は無理をして喋《しゃべ》ろうとはしなかった。こちらから何かを訊ねてもはかばかしく返事をしない。何度も同じ問いを繰り返したあげく、いいか、いやかの答えがあって、それで周囲がおよその判断をした。

それがずるずると続いて、お北もまわりの人々も、幸二郎の耳が遠くなったと決めてしまっていたのではなかったか。

思案してみると、まだ病気になる以前から、幸二郎には機嫌の悪い時、相手が何をいっても聞えないふりをして無視する癖があった。

いってみれば、相手を困らせるためにそうするので、どのくらいお北は泣かされたか知れない。

大病を患《わずら》ったことで、お北はその夫の癖を、つい、うっかりして、病気の後遺症ととりまぎれてしまっていた。

自分の迂闊《うかつ》さにお北は歯ぎしりするような思いであった。

相手が聞えないと知って、平気で悪口をいうような真似《まね》こそしていないが、訪ねて来た客と病人の襖越しに話をしているような時、つい、油断があったのは間違いない。

慌《あわただ》しく、今日の坂倉屋龍介との会話を思い出してみた。

これといって、幸二郎の耳に入って困ることはなかったように思えるが、夫の嫉妬《しっと》深さや奇妙なところに気の廻る性格を考えると、不安になって来る。

が、その日、幸二郎はお北に対して何もいわなかった。

魚屋十兵衛の七星丸が江戸へ入津《にゅうしん》したのは十月のはじめのことで、お北は知らせを受けて築地の寒《さむ》さ橋のところまで出て行った。

海から吹く風には、まだ朝の気配があり、沖に停泊している七星丸は帆を下し、多くの積荷を乗せた艀《はしけ》が親船と魚屋の岸壁を盛んに往復している。

新太郎はもう魚屋の店へ入ったかも知れないと思いながら、お北は一刻も早く我が子の顔を見たい気持をおさえて松村町の家へ帰った。

待ちかねた声が聞えたのは夕刻であった。

送って行くという魚屋の手代を断って、一人で帰って来たという新太郎は母親が茫然《ぼうぜん》とするほど背が伸びて見るからに筋骨たくましくなっている。

「只今《ただいま》、戻りました」

と幸二郎の枕許へ行って挨拶したが、幸二郎は聞えない様子で、あらぬ方角を眺めている。もう一度、新太郎が挨拶すると、漸《ようや》く視線をそちらへ向けたが、無表情であった。

新太郎のほうは、そうした病人の態度に馴《な》れているので会釈《えしやく》をして隣の部屋へ戻って来る。

「十兵衛どのは、小川町の田沼様へ御挨拶に行かれました。私には松村町の家へ帰っているようにとお指図がありましたので……」

無断で戻って来たのではないといった。

「さぞ疲れているでしょう。湯殿の支度が出来ていますよ」

何度となく湯加減を見に行った風呂《ふろ》へ新太郎が入り、その間にお北はすでに用意しておいた着替えを運んだ。

新太郎は風呂桶《おけ》に身を沈めている様子であった。

「ぬるくはありませんか」

声をかけた母に板戸のむこうから答えた。

「ちょうどいい加減です。御案じなく……」

「お背中を流しましょうか」

「いいえ、自分で出来ます」

少し慌てたような返事にお北は微笑した。

半年あまり母親の手許を離れている中に、新太郎は子供から大人への階段を踏み出したのかと思う。

夕餉《ゆうげ》の膳には新太郎の好物が並んだ。

「最初、江戸から上方までは晴天に恵まれました。雨が来たのは熊野《くまの》沖でしたが、たいしたこともなく、予定よりも半日早く西宮へ入りました」

「船酔いなどしませんでしたか」

「大丈夫でした。船頭の伊三蔵と申すのが、私のことを、船に強いといってくれました」

西宮に十日ばかり上陸して、次に長崎へ瀬戸内を抜けて行き、長崎には一ヶ月近く滞在したという。

「目にするものがすべて珍らしく、日の経《た》つのが早くて驚きました」

長崎からは博多、長門と出て、北上し、佐渡から酒田を経て、松前まで行き、帰りは酒田で米を積んで上方へ戻って来た。

「そのような遠方まで行ったのですか」

「面白い旅でした。ただ、時折、母上のことが案じられて、それさえなければいつまで乗っていても飽きることはないように思いました」

「船が気に入ったのですね」

「もっと、もっと船のこと、航海のことを学びたいと思っています」

新太郎の食欲にお北は目をみはった。

子供の時からなんでも食べるように躾《しつけ》て来たつもりだったが、膳の上のものを残らず平らげて、飯を五杯もおかわりしている。

新太郎の話は飯が済んでも終らなかった。

「上方から江戸、或いは長崎などを往復する船にはないことでしたが、北の海を通って松前へ行く場合、船頭や水夫などは十兵衛どのの許しを得て、少々の自分の積荷が許されるのです」

船乗り達が自分の金で仕入れた商品を船荷として積み込ませてもらえる。

「酒とか、紙や煙草《たばこ》、砂糖、塩、莚《むしろ》のようなものと聞きましたが、それらを、船が港へ入った時に取り出して、その土地で売るのです」

利得は勿論《もちろん》、個人の懐中に入る。

「北の海では風待ちや天気待ちのために港で船止めされることがあるのです。帆待《ほまち》と申すそうですが、それを使って持って来た品を売り、その金でその土地の産物を買いつけたりするのです」

十兵衛は船主であり船頭なので、当然、自分の船には商売の積荷があり、それらも寄港地で売りさばかれ、同時に買いつけも行うのだが、乗組んでいる水夫もささやかながら自分の稼ぎが出来る。

「そうして得た金のことを、水夫達は帆待といっています」

夜更《よふ》けまで、母を相手にさまざまの船での出来事を話して、新太郎は漸く自分の部屋で眠った。

我が子の話に聞き惚《ほ》れていて、お北は船に乗ったことで、新太郎が一足親離れをしたのだと気がついていた。おそらく、今後も新太郎は魚屋の船に乗って出かけて行くだろうし、そうやって親の手から巣立つのだろうと推量された。

親と子の間に、いつかは必ず訪れるその時が、もうやって来たのかと、お北は寂しかった。

田沼意次という男を想《おも》い続けながら、心ならずも病人の幸二郎の妻として介護の日々を過して来た生活の中に、新太郎の存在があればこそ辛抱と忍耐も出来たように思える。

その新太郎が羽ばたいて去った後、いつまで幸二郎に縛られて生きて行くことかと考えると、お北はめまいがした。

すでに四十路《よそじ》に入って、一年一年老いて行く道の果に、なにがあるのかと絶望的になる。

殆んど眠れない夜を過したというのに、お北は翌日も早朝から甲斐甲斐しく病人の世話をし、起きて来た新太郎に笑顔を向けた。

十兵衛から使が来たのは朝の中で、今日八ツ（午後二時）を過ぎた頃、新太郎を伴って魚屋へ来てもらいたいと、十兵衛の口上を述べて帰って行った。

「十兵衛どのは、今日、こちらへお出《い》でになって母上に御挨拶申し上げるようにいうて居られたのですが……」

新太郎が不思議そうに告げたが、お北にしてみれば、我が子が世話になったことを、こちらから礼に行くのは当然と思っている。

病人の世話を女中に頼み、病人の部屋へ行くと、幸二郎は眠っているのか、お北の言葉に、まるで反応しない。止《や》むなく、お北は新太郎と共に魚屋へ出かけた。

魚屋の店は活気にあふれていた。

それでも奉公人は例によって整然と働いていて、よけいな物音はしない。

奉公人に案内されて奥へ通ると、すぐに十兵衛が一人の少年を伴って入って来た。

「こちらは田沼様の若君、龍助様でございます」

と十兵衛が紹介する前に、お北にはその少年が田沼意次の子とわかっていた。

少年の日の、田沼意次そっくりであった。

寛延三年生れの筈だから、新太郎より一歳年長に当る。

幼児の愛くるしさをどこかに残しながら、清々《すがすが》しい青年に育って行く途上であった。

「はじめてお目にかかります。田沼龍助でございます」

という声が人なつこく、しかも凜《りん》としている。

反射的に新太郎が応じた。

「新太郎と申します。これは母でございます。お見知りおき下さい」

我が子が丁寧に両手を突き、お北も共に頭を下げた。

「新太郎は魚屋の船で諸方を廻って来たそうだな。その話を聞かせてくれないか」

親しみのこもった口調で龍助がいい、新太郎はかすかに頰を紅《あか》くして、

「手前でお話申せることは、なんなりとお答え申します」

と応じた。

「龍助様は沖の七星丸をごらんになりたいとおっしゃる。手前と新太郎どのとで御案内して来るので、お北さんは暫《しばら》くこちらで待っていて下さい」

十兵衛がいい、二人の少年を伴って部屋を出て行った。

その足音が遠ざかって、別の足音が近づいて来た。

「お北、入るぞ」

縁側から声をかけて、すぐ障子が開く。

田沼意次は一人であった。

勝色《かちいろ》の結城紬《ゆうきつむぎ》に袴《はかま》をつけ、石ずりの羽織を重ねている。

四十四にしては若く見えた。

「そこで龍助と新太郎に会った。流石《さすが》、よく似ている。十兵衛が感心して居った」

顔を上げたお北の前へ来て座った。

「長いことと苦労をかけた。もっと早くに礼をいいたかったが、折がなかった」

言葉が出なくなっているお北の肩へ手をかけてひき寄せるようにした。

「坂倉屋龍介にも軽はずみはならぬと忠告されている。一つ間違えば、お北が苦しむだけだとは俺にもわかる。だが、俺にも辛抱の限りがある。湊屋と別れてくれないか」

その人の懐《ふところ》に抱き寄せられたような恰好《かっこう》で、お北はこれは夢だと思っていた。

こんな所で、だしぬけに意次に会い、その意次の口から幸二郎と別れてくれといわれている。夢以外には考えられなかった。

「俺の勝手だとは承知している。お北にしてみれば長年連れ添った夫婦の情もあるだろう。おいそれと別れる気になれるかどうか。まして相手は長患いの病人だ。お北の気性からしたら、別れにくいのも承知している。だが、今の俺は、どうしてもお北を傍におきたい。新太郎も俺の手許《てもと》で育てたい。これ以上、先へ延ばすことは出来そうにないのだ」

ひっそりと動かなくなったお北の体を意次がゆすぶった。

「考えてくれ、お北。幸二郎と別れてもらいたいのだ」

幸二郎については、どのようなことでもするといった。

「今の家に住み、奉公人も今まで通り、暮し向き一切の面倒をみる。お北だけがあの家を出て、新太郎と共に我が屋敷へ移ってもらいたい」

意次の両手がお北の顔をはさみ、自分の正面へ向けた。

「いやか、お北」

「いえ、でも、左様なことが出来ましょうか」

自分のもののようではない声が出た。

「俺のほうは出来る。妻にも話はすんでいるのだ」

「奥方様に……」

「誰も何もいいはしない。大名家なら不思議なことではないのだ」

たしかに、大名家をはじめ、高禄《こうろく》の旗本でも、正室の他に側妻《そばめ》がいるのは珍らしくもなかった。

四

新太郎を連れて、お北が松村町へ帰って来たのは、夜が更けてからであった。

眠そうな顔で出迎えた女中の報告では、幸二郎はいつものように夕餉をすませ寝たという。

部屋をのぞいてみると、鼾《いびき》をかいていた。

新太郎を風呂に入れ、床につくのを見届けてからお北も湯殿へ行った。

奉公人はすでに寝鎮《ねしず》まっていて、家の中はひっそりしている。

風呂の湯は、帰って来てすぐにお北が薪《まき》をくべ直しておいたから、まだ充分に温かい。

湯の中に身を沈めると、今日の出来事が脳裡《のうり》に浮んで来る。

田沼意次の声と、自分を抱きしめた時の息使いが甦《よみがえ》って、お北は湯の中にひたした腕を持ち上げて見た。

白く、しなやかで、よくひき締っている。肌の上で湯がはじけていた。

意次はお北の袖口《そでぐち》から手をさし込んで、愛《いと》しくてたまらぬように、お北の二の腕を撫《な》でていた。それだけでお北は眠っていた自分の官能がすみやかに目をさまし、ざわざわと騒ぎ出すのに茫然となっていた。

四十路になって、女であることから遠ざかったと思い込んでいたのが、全くの一人よがりだったと気づかされた。

まだ間に合うのか、と胸乳に触れてみた。

子を一人産み、娘の頃よりも豊かに張っている双の乳房を意次に見せたい気持が湧《わ》いた。

十何年も昔、品川の湊屋の茶室へ忍んで来た時の意次の指の動きが記憶に戻って、お北は体中を熱くした。

意次のいう通りにしようかと目を閉じて思った。さきに何があろうと、側妻と呼ばれようと、意次の近くに暮せるのなら、なんともないと思える。

新太郎にしたところで、物心つく頃から父親の筈《はず》の幸二郎がひどく冷淡なのに気がついている。その理由を、父親は病人だからと割り切ろうとしているのも、なんとなく承知していた。

意次は新太郎にお前の本当の父親は自分なのだと打ちあける心算《つもり》のようであった。果して、意次がそういった時、新太郎はどんなふうに受けとめるだろうかと、それも、母親としては不安であった。

それに、第一、幸二郎が離縁を承知するかどうか。

発病して以来、幸二郎はお北を妻として抱くことはなかった。

夫婦の間で、妻はひたすら夫の介護人でしかない。

これまでに、幸二郎の口から、妻を離別し、自由に新しい生涯へ向けて踏み出せといった言葉を聞いたことはなかった。

妻である以上、看病するのは当然であり、生きている限り、夫に尽せと考えているようである。

お北にしても、それが道理とは思っていた。縁あって夫婦の契りを結んだ以上、夫が重病人となっても最後まで添いとげるのが妻と承知している。

むしろ今の境遇になったのは夫の留守に意次と密通した罰であるとさえ思えて、贖罪《しょくざい》の心で夫に仕えているようなところもある。

けれども、田沼意次に対する思慕だけはどうやってもお北の心から消えてはくれない。

いくら倫理で自分を縛っても、情感は一人歩きをしてしまう。

湯から出た時、お北は途方に暮れていた。

まるで八幡《やわた》の藪《やぶ》知らずに入り込んで、出口を見失い、立ちすくんでいるような感じがする。

部屋へ戻って鏡台に向っていると、隣室から夫の呼ぶような声がした。

襖《ふすま》をあけて見ると、幸二郎は寝具の上に体を起している。

「どうなさいました」

近づくと、

「体を拭《ふ》いてくれ」

と、舌足らずな声で命ぜられた。

寝汗でもかいたのかと、お北は湯殿へ行き、桶《おけ》に湯を汲《く》んで持って来た。手拭《てぬぐい》をしぼり、幸二郎の背に廻って寝衣《ねまき》にしている浴衣《ゆかた》を肩からすべらせた。

幸二郎の左手が凄《すご》い力で動いて、お北をねじ伏せたのはその時で、だしぬけだったので、お北は他愛《たわい》もなく裾《すそ》を乱して幸二郎の膝《ひざ》に押し伏せられた。

「あなた、何をなさいます」

あえいだが、骨太の男の体が重石《おもし》のようにお北の体の上にのしかかっていて、びくともしない。

幸二郎は背を丸め、不自由ではない左手でお北の咽喉《のど》を締めつけている。

「どこへ、行った」

低い、しゃがれ声が途切れながら聞えた。

「何を、して、来た」

答えようとして、お北は息苦しさにもがいた。目の前が俄《にわ》かに暗くなって来る。

「新太郎」

と呼んだつもりが、声にはならなかった。

「殺してやる」

耳許に、はっきり幸二郎がささやき、ぐいとお北の頭の位置を変えた。そのまま、不自由なほうの腕を添えてお北の細い首へ廻し、おのれの体重をかけるようにして息の根を止めようとする。

すでにお北は気を失いかけていた。

僅《わず》かに聞えたのは、

「母様……」

という声と同時に咽喉のあたりが急に軽くなったせいで、自分の息が笛のような音を立てたものである。

そのまま、お北は意識がなくなった。

朝、目がさめるように、お北が薄く瞼《まぶた》を開いた時、第一に見えたのは新太郎の顔であった。

横に魚屋十兵衛、そして医者の声が聞えた。

「お気がつかれたようでございます」

「母様……」

新太郎の手が肩に触れた。

「お北さん」

十兵衛がさしのぞいた。

「わかるか」

お北がゆるく首をまげようとして痛みに声を上げた。

指で首のあたりに触れてみると、布が巻きつけてある。

「わたし、いったい、何を……」

いいかけて記憶が戻った。

幸二郎に殺されかけたのだと思う。

「ここは、どこです」

「私の部屋です」

新太郎が答えた。

「もう少し、落つかれたら、魚屋様が他へ移して下さるそうです」

十兵衛がいった。

「心配することはありませんぞ。二度とかようなことの起らぬ所へ、お連れしますでな」

「あのお人は……」

幸二郎のことを訊《たず》ねた。

自分を助けてくれたのは、新太郎だとわかっていた。我が子が、もしや、人を殺《あや》めたのではないかと心がさわいだ。

「幸二郎なら、寝ていなさる」

十兵衛の口許に怒りをかくした笑いが浮んでいた。

「新太郎どのが、お北さんを助けて、自分の部屋へ運んだそうだ。それから下男を起して、わたしの店へ使に行かせたのだよ」

十兵衛はまだ寝ていなかった。

「下男は何が何やらわからず、ただ、新太郎坊ちゃんがすぐ来て頂きたいといっているというから、これは只事《ただごと》ではないとやって来ました」

念のために、手代一人を伴って松村町まで来ると、新太郎が女中を呼びに行かせて医者が来ていた。

「新太郎どのから、ざっと事情を聞いて、奥の部屋を見に行ったら、幸二郎はいい気持そうに寝て居った」

医者にいった。

「長患《わずら》いの病人は、時としてひどい癇癪《かんしゃく》を起す。気に入らんというて看護する者をなぐったり、乱暴を働くことがあるというが、大方、奥の病人もそうだったのではあるまいかね」

少しの間、医者は返事をしなかった。

十兵衛が更にいった。

「わしが知っているのは、長患いで気がおかしくなった病人が、女中を組み敷いて半殺しのめに遭わせたという話だが……」

漸《よう》く、医者が合点した。

「左様なこともございましょう。なんにせよ、怖《おそろ》しいことで……」

「あとは、わしがいいように取りはからう。世間体もあるので、先生もそのあたりはよろしゅうお願い申しますよ」

強い目でみつめられて、医者は頭を下げた。

「それはもう、よう心得て居ります」

お北の耳に聞えていたのは、そのあたりまでであった。薬のせいで、深い眠りが訪れて来た。

翌日、お北は新太郎と共に魚屋の離れに移った。

なにもかも、十兵衛が細やかに手を打っているようで、

「松村町の家の奉公人は十兵衛どののおはからいで暇を取らせ、上方のほうの知り合いへやったとのことでございます」

と新太郎が報告した。

幸二郎の面倒は、魚屋の奉公人の中でも、十兵衛の腹心ともいうべき者達がついているという。

魚屋の離れには坂倉屋龍介がかけつけて来た。

十兵衛からは、長患いの病人が発狂してお北を殺そうとしたというふうに聞いていて、それでも、何故、幸二郎がそんな振舞に及んだか、おおむね、見当はついた様子であっ

た。

「殿様は、このことを御存じで……」

龍介が十兵衛に訊ね、十兵衛はかぶりを振った。

「お北さんの怪我《けが》は、たいしたこともなく、間もなく全快すると聞いているので、今のところ、御心配をおかけするまでもないと考えましてね」

まずは、お北の気持が落つくのを待っているといった。

仮にも夫と呼んだ人に殺されかかったお北の衝撃は決して小さくはない。

「で、これから先、どうなさるお気持で……」

龍介の言葉に、十兵衛はこの男らしい決断ぶりをみせた。

「この際、お北さんを自由にしてさし上げようと考えていますよ」

もはや、幸二郎の妻として尽せるだけのことはしたと十兵衛はいい切った。

「お北さんには新しい生き方をえらんでもらいましょう」

「とはいえ、幸二郎が離縁を承知しますか」

松村町を、龍介は訪ねていた。

幸二郎は、たしかに正常ではない眼の色をしていた。

けれども、相変らず元気な病人であることに変りはない。

「わたしに、お北をどこへかくしたとつかみかからんばかりにいいましたよ」

あれだけお北に執着している者が、おいそれと離縁状を渡すわけはないと龍介は忌々《いまいま》しい顔をした。

「まあ、そのあたりは手前におまかせ下さい。そう長いことではございませんよ」

田沼意次にはお北が必要だと十兵衛は淡々と話した。

「男が見事な仕事をするためには、心のすみずみまで満ち足りていなければならないと手前は考えて居ります。殿様ほどのお人が、いつまでも心にすきまをお持ちになっていては、船はいつまでも港を出ますまい。ここは一番、まわりの者が思案しなければならぬところでございましょう」

それは、龍介も長年、考えていた。

我が友のために、お北をどうにかしてやりたいと願いつつ、人妻である立場から解きはなつ方法がなかった。

一番、手っとり早いのは、幸二郎が病気で死ぬことだが、長患いにもかかわらず、一向に寿命が尽きる気配がない。

十兵衛が苦笑した。

「人の生死は自然にまかせるしかございますまい。今にも死にそうな人間が長生きをし、死ぬ筈はないと見えた者が、あっけなくあの世へ旅立つこともございます。人の命は一寸先が闇《やみ》、そのあたりが面白いといえなくもない」

龍介が律義に応じた。

「お北さんも、四十路。出来ることなら、一日も早く……」

十兵衛が手を上げて制した。

「左様。それ故《ゆえ》、あまり長いことではないと申し上げた筈でございます」

はっと龍介は顔を上げたが、十兵衛の目は茫洋《ぼうよう》としている。

神無月《かんなづき》、降りみ降らずみと歌われている時雨《しぐれ》が江戸の町を濡《ぬ》らしている或《あ》る日、松村町で、ささやかな野辺送りがあった。

魚屋が知り合いから借りていた家で、長患いの病人がとうとう歿《なくな》ったという話で、何もかもが魚屋によってとり行われて、ひっそりと棺桶《かんおけ》が運び出された。

近所の人々に魚屋の奉公人が語ったところによると、死者の女房は重病にかかっていて別宅で養生をして居り、子は他家へもらわれて行ったというもので、喪主は魚屋十兵衛がつとめていた。

その十兵衛は幸二郎の死を、新太郎にだけ話した。

「お北さんは、まだ心の病いが治っては居らぬ。暫《しばら》くは伏せておいたほうがよかろうと思うので、そのように心得ていて下され」

新太郎は十兵衛の目をしっかりと見て、頭を下げた。

「御配慮ありがとう存じました。手前も、母には当分、告げぬほうがよかろうと存じて居ります」

少年の口調は神妙であったが、なにかを知りたがっているようにも見えた。にもかかわらず、少年は自分からは何一つ、訊ねようとしなかった。

それは、この少年が物心つく頃から、どれほど複雑な人間関係を自分の目で眺め、時にはひどく傷つき、しかも、傷ついていることを母親にかくし通して成長したために、年に似合わぬ分別と智恵を身につけているせいではないかと十兵衛は不愍《ふびん》に思った。

十兵衛にとって、この少年をみていると、それはそっくり自分の生い立ちに重なるものがあるので、お北母子《おやこ》を捨ててはおけないと思うのはそれ故でもあった。

その年の暮に、十兵衛は浜町に一軒の家を用意して、そこにお北と新太郎を移した。

大川の岸辺にあるその家は、かつては日本橋の両替屋の別宅であったのが、たまたま、ゆずってもよいという話があり、十兵衛は渡りに舟と買い取って、大工を入れ、あちこちを丁寧に改造させた。

その上でお北をそこに移し、心きいた召使などすべてを整えてから新太郎にいった。

「七星丸は、この暮に上方へ発《た》つが、わたしと一緒に行かないか」

新太郎がふっとうつむき、それから健気《けなげ》な声で答えた。

「お供を致します」

その日の中に、十兵衛は田沼家を訪ねた。お北を浜町の家に住まわせたことと、新太郎を伴って上方へ発つ旨《むね》を意次に告げ、最後にこうつけ加えた。

「もはや、殿様の思い通りになさいませ。今のお北さんの心の病いをいやせるお方は殿様の他にはございません」

七星丸は、うららかな冬日和《びより》の中を、悠々と江戸湾を出港して行った。

側用人

一

明和四年（一七六七）、田沼意次は、それまで七年間、側用人《そばようにん》をつとめた板倉勝清の辞任にともなって、その後任に推された。

前将軍家重の代から御側御用取次をつとめ続けて、実に十六年が過ぎている。

その間、常に上司である側用人を助け、将軍の意のあるところを老中に取り次いで、幕政が円滑に行われるよう裏方の役目を果して来た。

板倉勝清はかつて遠州相良《さがら》一万五千石の領主であり、二年半の治政の後、上野《こうずけ》国安中三万石に御国替となった。

相良は板倉家が去ってから、本多家が領し、更に本多家が失脚して田沼意次が領知することになった。

そうした因縁もあって、勝清は最初から意次に親近感を示した。人柄も円満であまり細事にこだわらない。意次より一廻り以上の年長で、意次にとっては気心の知れた小父さんといった感じでもあった。

自分の後任に意次を強く推してくれたのもこの人であった。

もともと、将軍家治は意次に信頼が厚い。

これまでにも、将軍からぽつぽつ意次を側用人にという、それとない意思表示があったのだが、その都度、意次は固辞して来た。

実際、板倉勝清のような上司の場合、その下にあって働くほうが具合がよいことが多かったのだ。

いくら代々の将軍の信任が厚いとはいっても親の代からの旗本で、意次自身は三百俵の小姓から出世して漸《ようや》く小大名の仲間入りをしたばかりである。成上りといわれても仕方がないので、意次自身も出世に関しては慎重であった。

将軍の恩寵《おんちょう》にまかせて成上って来たといわれるのを潔《いさぎよ》しとしないものがある。

が、このたびは辞退出来なかった。

意次にしても、四十九歳であった。

側用人として二万石に加増され、神田橋に上屋敷を拝領した上、将軍直々の御言葉で相良に城を築くよう命ぜられた。

「相良は海に沿ったのびやかな土地と聞く。権現《ごんげん》様お気に入りの港もあるそうな。田沼意次にふさわしい、美しい城を築け。もはや、遠慮はいらぬぞ」

意次の側用人昇格を殊《こと》の外、喜んだ将軍の心中に、田沼意次をいつの日か、城持大名にしてやりたいとの思いやりがあったのを意次は承知していた。

で、御礼を申し上げてから、こう言上した。

「城作りはゆるゆると仕《つかまつ》りたく存じます。領民の余力をもって、少しずつ、相良に似合いの城を築いて参ります」

今のところ、相良は豊作が続いていた。

田畑の作物の他に塩田もあるし、石灰も他国へ出荷している。

藩の財政もとりわけ豊かとはいえないまでも困窮には程遠い。領民の暮しむきも年々、余裕が生じている筈《はず》であった。

どんな小さな城でも、築くとなればそれなりの費用がかかる。領民を窮乏に追い込んでまで城作りはしたくないと意次は考えていた。

城は、今の時代、大名の見栄であった。

城持大名と、陣屋しか持たない大名では格が違う。

だが、意次に城作りを急ぐ気持はなかった。

領民を泣かせて、なんの城作りかと考えている。

まして、領主が自分自身の猟官運動のために多くの出費をし、領民からの年貢《ねんぐ》の取立てをきびしくするなど、もっての外であった。

将軍に対して、ゆるゆると城作りを致しますと答えた意次の心中を、家治はすぐに察した。

「好きにするがよい。いつの日か相良に、良き城が誕生する。その日を楽しみにして居るぞ」

いつもながら、思いやりにあふれた将軍の言葉に胸を熱くしながら、意次は御前を下った。

この主君のために、徳川家のために、ひいてはこの国のために、すみやかに幕府の財政を立て直さねばならないと思う。

かねてから、意次は財政を改革するのに、窮余の策として貨幣の改鋳を行って来たことは失敗だったと意識していた。

五代将軍綱吉の時、勘定吟味役の荻原重秀《おぎわらしげひで》が良質の慶長の金銀貨を改鋳して、金銀の含有量を減らし、四百五十二万両の差益を得て幕府の財政再建を行った。

以来、幕府は何度となく改鋳をくり返していたが、悪貨が出廻るたびに通貨の値打ちが下り、物価が上って庶民の暮しをおびやかし、同時に幕府への信頼も失われて行く。

これ以上の改鋳はいけないと意次は強く主張し続けて来た。

それよりも、まず、世の中の景気をよくすることで、そのためには商工業を振興させねばならない。

意次は、この頃、木挽町《こびき》に屋敷をもう一つ持っていた。

神田橋の屋敷がいわば公邸なら、ここは全くの私邸であった。

月に一度、ここにさまざまの人々が集って来た。

職業はまちまちで蘭方の医者、蘭学者が多い時もあるし、江戸や上方の商人が来ることもある。画家や俳諧師《はいかいし》や狂歌の仲間がそろって顔を出したりもする。かと思うと儒学者、漢学者、詩文の愛好家が集まる日であったり、算勘に長じている者、鉱山に知識のある者など多士済々《せいせい》であった。

意次は早々と姿をみせることもあるし、遅くなって顔を出す日もあった。

身分も職種もまちまちな客達をもてなし、くつろがせる役目は、意次の側近の女性で、名をお北といった。

この屋敷に招《よ》ばれて最初に門をくぐる客はおおむね、緊張し切ってやって来る。が、二度目からは近所の碁会所へでも行くような、くつろいだ顔でいそいそと玄関を入るといわれている。

それは、この屋敷の主《あるじ》がおよそ大名らしくない気さくな人物であり、もてなし上手の聞き上手であるせいと、一切を取りしきっているお北の見事な接待によるところが大きいい。

客はこの屋敷へ来て、自分の考えていることを思いきり話し、最高の聞き手である主人の反応に満足した。

更には、ここで思いがけない同好の士と廻《めぐ》り合ったり、意見を交換したり、新知識を仕入れたりとさまざまの恩恵を受ける。

常連客が親しくしている仲間を伴って来るのも許されていた。

ここの主人は来る者は拒まず、去る者は追わない主義であった。

魚屋十兵衛と坂倉屋龍介は、こうした席では別格であった。といっても、主の傍でふんぞり返っているわけではなかった。さりげなく客の中にまぎれて話に加わっている。しばしば、話のひき出し役もつとめていた。

すべての客が帰った後、必ず、別室に残っていて、ひとしきり、意次と話し込んで行く。

木挽町の屋敷は、いってみれば田沼意次の私的な情報集めの席であった。

露骨にそれを客に感じさせないのは、主の人柄とお北の水ぎわ立ったもてなしぶりによる。

さして贅沢《ぜいたく》ではないが、吟味された酒と、気のきいた肴《さかな》が用意されて、それを勧めるお北の上品な色香と心くばりが、客を陶然と酔わせる。

けれども、この屋敷はそれだけに使われているわけではなかった。

時折、意次はこの屋敷で格別の用むきを抱えた藩の重役や江戸御留守居役などと会うことがあった。

そうした時、茶を運ぶのはお北の役目で、そのお北も意次が手を鳴らすまでは座敷へ近づかない。

話の内容は藩の機密に属することや、窮状を訴えるもので、意次は親身に話を聞き、適確な忠告をしている様子であった。

また、こうした人々が手土産をたずさえて来ても、決して受け取ることはなかった。

「そのようなお心づかいは、かえって御家の御為になりませぬ」

というのが、意次の挨拶《あいさつ》で、彼らは詫《わ》びをいい、顔を赤くしてひき下った。

お北が心配しているのは、こうした客の帰った後、意次が疲れた顔をみせるせいで、日頃、あまり自分からは深酒をしない人が、必ずお北を相手にひとしきり酒を飲むか、お北にだけわかる合図をして、奥の部屋へ閉じこもる。

二人だけの刻《とき》を、お北はひたすら意次に自らを捧《ささ》げた。

蜜《みつ》のように甘く、細やかに男の意のままにまつわりつき、包み込んだ。

時には自分から娼婦《しょうふ》が客のために勤めるという性戯まで試みた。意次がそのことで不快や重荷から僅《わず》かでも解放される時を持てればと考えてのことだったが、意次は苦笑してお北を制した。

「そんなことをしてくれなくてよい。俺は、こうしてお北を抱いているだけで、いやなことはすべて忘れられる。お北はお北らしいほうがいい」

恥かしさに背をむけたお北をみると、背後から襲いかかって組み敷いた。若い獣のような体力で、忽《たちま》ちお北を陶酔へ追い込んで行く。

濃い闇《やみ》の中で意次と抱き合っている時のお北は何も考えられず、ただ、恋人の胸に顔を埋めているだけで無上の幸せを味わっていたが、意次が神田橋の屋敷へ帰ってしまうと、必ず、心の底に暗い穴がのぞけた。

それは、幸二郎に殺されかけて、松村町の家を逃げ出し、魚屋の庇護《ひご》を受けるようになってから、もっと正確にいえば、或る日、魚屋十兵衛から、

「湊屋《みなとや》幸二郎さんが歿《なくな》られましたよ」

と、なんでもない声で告げられて以来、お北がみつめ続けている暗い穴であった。

「病状が急に悪くなって、お医者も手を尽してくれたのだが、やはり寿命というものなのか、安らかに大往生を遂げられましたのでね」

野辺送りも法要も、丁重に行ったからなにも心配はないといわれて、お北は十兵衛の顔を凝視した。

「病いが改まって、と、おっしゃいましたか」

十兵衛はお北の視線を正面から捕えた。

「左様、医者の話では、新しい血の管が切れたとか」

「いつのことでございますか」

「お北さんが浜町の家へ移って三日ばかり先だったか」

今日が、ちょうど四十九日だといった。

「法要は新太郎さんと坂倉屋龍介さんが施主になって無事にすませました」

「何故、今まで私に黙って……」

「医者の忠告に従ったまでですよ。お北さんの体を考えてのことでね」

百ヶ日まで、遺骨は寺にあずけてあるといった。

「お北さんがここへ持って来たいというなら、明日にも取りに行って来るが……」

お北は重くかぶりを振った。

「申しわけございませんが……」

「そりゃあそうだろう。仮にも殺されかけたのだから……長年、看病を続け、なんの罪もない女房を殺そうとするのは人ではない。鬼の仕業だ。鬼に義理を立てることはありませんぞ」

墓は十兵衛の知り合いの寺に用意してあるので、もし、その気になったら百ヶ日の納骨の時にでも、おまいりをしたらよかろうといわれて、お北はそれにも小さくお辞儀をした。

「なにから何までお世話をおかけ申しました」

十兵衛が軽い声で笑った。

「なんの、これでお北さんは晴れて独り身となった。もう、お北さんを縛りつけるものは何もない。漸く、心のままに生きられますな。長いこと、よう辛抱なされた」

それから十兵衛がお北に告げたのは、この暮、七星丸で上方へ発《た》つ十兵衛に新太郎が同行することであった。

「新太郎どのは、すっかり船が好きになってしもうたような。ま、暫《しばら》くはわたしにおまかせなされ。田沼の殿様にも、その旨《むね》、申し上げてございますでのう」

十兵衛が去ってから、お北はひっそりと考え込んだ。

幸二郎が、まだ死ぬ筈がないと思う。

そう都合よく物事が運ばないのを、お北は長い歳月、しみじみ悟っていた。

それ以上に、幸二郎という男の生命力を承知している。

卒中で倒れて半身不随になって十数年、悪くも良くもならないのは外見だけで、その実、幸二郎は日に日に元気であった。

食欲も性欲もある。

思い通りにならないのは体を動かすことだけで、それがあったから、お北は夫を避けられた。

幸二郎が常に苛々《いらいら》していたのも承知の上で、決して油断はせず、幸二郎がそうしたそぶりをみせた時は、さりげなく逃げた。

お北が殺されかかったあの夜の幸二郎の狂態は、なにもあれが最初ではなかった。お北が隙《すき》をみせず、用心深かったから防ぎ得たことであった。

あの夜、お北は油断をした。

意次に会って、幸二郎と別れてくれといわれ、心が乱れた。

松村町の家に戻って来たお北は、意次のことだけを考えていた。

事件はそれ故《ゆえ》に起ったものである。

病人とはいっても、ぎらぎらした欲望の化身のような幸二郎が、あっけなく死ぬわけもないし、第一、今まで新太郎が何もいわなかったのが不思議であった。

仮にも父なのであった。

死んだと知らされたら、何をおいても母に告げない筈がない。

それを、新太郎は十兵衛に指示されるままに、黙り続けて来た。

少年にもかかわらず、我が子が大人も及ばないくらいの分別と思慮深さを持っているのをお北は知っている。

もう一つ、新太郎には十兵衛ですら仰天したほどの洞察力がある。

あの子は何かを知ったのだろうとお北は思った。

少くとも、幸二郎の死が、単なる病死ではないことにかんづいていたのではないか。

それを口にしなかったのは、誰のためかと思い、お北は胸が苦しくなった。

幸二郎が生きている限り、幸せとは程遠いところにある母親を、新太郎は知っている。

母のために少年は口を閉じた。

間違いない、と、お北は思う。

幸二郎は死んだのではなく、殺されたに相違なかった。

手を下したのは、おそらく、魚屋十兵衛であろう。

坂倉屋龍介にせよ、田沼意次にせよ、お北のために、幸二郎の存在がなければと思ってくれていた。それでも、殺すという手段は、龍介にも意次にも考えられなかった。

二人の人柄、育って来た人生からして、人を殺して幸せを手にするのは罪であった。

人倫に反することを、あの二人は許容出来ない。

魚屋十兵衛には底知れぬところがあった。

どんな人生を歩いて来たのか、お北は知らない。しかし、彼なら自分の前に立ちふさがっている障害を苦もなく取り除くことにためらいはなさそうであった。それが殺人であっても十兵衛なら平然とやってのける。

二

心の底に深い闇を抱きながら、木挽町の屋敷で暮しているお北のところに、女客があったのは、秋もかなり長《た》けての時であった。

客は二人、母子《おやこ》である。

「おなつかしゅうございます。私、岩本重大夫正利の妻、志尾と申します」

女中の取次には、梅本志尾といってもらえればわかる、ということだったので、自ら、玄関まで出て来たお北の前で、お志尾は固くなって頭を下げた。

「お志尾様、ようこそ」

手を取らんばかりにして招じ入れたお北だったが、客間に改めて向い合ってみてその変貌《へんぼう》に茫然《ぼうぜん》とした。

お北より三つ年下だったから、まだ四十なかばにはなっていない筈《はず》なのに、髪は白く、肌には老いが刻まれている。

最初に梅本志尾と承知していなければ、咄嗟《とっさ》に誰とわからないほど、若い日の面影が消えていた。

ただ、そのお志尾の背後にひっそりと手を突いた娘の容貌には、確かにその昔のお志尾を思い出させるものがある。

「娘の登美でございます」

お志尾がひき合せ、お北は漸《ようや》くその娘が亡《な》き弟、兵太郎の忘れ形見であることに気がついた。

そう思って見ると、どこか兵太郎に似ているようなところもある。

「あなたのことは、田沼の殿様も坂倉屋さんも随分と御心配なすっていらっしゃったのですよ」

無論、お北にしても弟の恋人であり、その子を産んだお志尾がどこでどうしているのかと心にかからぬわけはなかった。

「ただ、あの当座は弟に死なれ、家もお取り潰《つぶ》しになりましたし、その上、父と母があい次いで歿りまして、私自身、どうしてよいか途方に暮れて居りましたので……」

梅本家ではお志尾の行方について口を閉すばかりであったし、正直の所、お北はそれ以上、お志尾に関心が持てなかった。

恋はどちらに罪があるとはいえないものの、お北の気持では、もし、弟がお志尾とかかわらなかったなら、斉藤家があれほどの悲劇に見舞われることはなかったろうにという口惜しさがある。が、それは梅本家のほうも同様に違いない。

「あれから、どうしていらっしゃいました」

お北の問いに、お志尾は薄ら笑いを浮べた。

「実家に居りました」

「なんですって……」

「どこにも行く所はございません。息をひそめるようにして、実家の厄介になって居りました」

「それは……、存じませんでした」

「お北様は上方のほうへ行かれたとか、実家の者が申して居りましたが……」

「はい」

「私、五年ほど前に、世話をしてくれる人があって、岩本へ嫁ぎました」

先方は二百石取りの旗本で屋敷は青山にあるといった。

「後添えでございまして、先方には二人、生《な》さぬ仲の子がありましたし、重大夫の両親も居りますので、女中同様の暮しをして居ります」

自嘲《じちよう》気味に唇をゆがめた。

茶菓が運ばれて、話が途切れた。

さりげなく、お北は母子を眺めた。

着ているものも粗末なら、髪の飾りも殆《ほと》んどない。

「それにしても、私がここに居りますこと、いったい、どうしてお知りになったのですか」

女中が下るのを待って、お北は一番、気になっていることを訊いた。

「駒込《こまごめ》でおみかけしたのです」

秋の彼岸の日、

「私、姑《しゅうとめ》のお供で駒込へ参りました」

岩本家の姑の実家が駒込で、彼岸の法要があったのだと説明した。

「勝林寺の前を通りましたら、御立派な乗物が止って、あなたが下りられるところでした。御住職が直き直きのお迎えで、あなたは御本堂のほうへ行かれました」

その時は姑と一緒だったので、そのまま通り過ぎ、

「姑が法要に出て居ります間に、私だけ勝林寺へ行きました」

お北はもう帰った後だったが、寺男がお北のことを話してくれたという。

「木挽町の田沼様のお屋敷にお住いだと……」

お北は顔に血が上るのを感じて、茶碗《ちゃわん》を取り上げた。指先が僅かに慄《ふる》えている。

勝林寺へ出かけたのは墓参のためであった。

田沼意次の心くばりで、斉藤家の墓は勝林寺の墓地に造ることが出来た。

同じ墓地には田沼家の墓もある。

両家の墓参に出かけたお北の姿を、お志尾はみかけ、寺でお北の近況を訊《き》いた。

寺男がなんといったか、およそ想像がついた。

「あのお方は将軍様の側用人、田沼主殿頭《とのものかみ》様の御側室でね。木挽町のお屋敷のほうにお住いなのだよ」

将軍家治の寵臣《ちょうしん》で相良二万石の藩主で側用人を勤めるほどの人の側室だから、寺のほうも丁重に迎え、もてなしに気をくばった。

寺男にしてみれば、田沼家の菩提寺《ぼだいじ》であることを誇りたかったのでもあろう。

「それは少しも心づかず、御無礼を致しました」

幼馴染《おさななじみ》の女に、自分が田沼意次の側妻《そばめ》となっているのを知られても、恥かしいとは思うまいとお北は自分をはげました。

世間からどう思われようと、意次の身近かに暮し、その人の愛を受けている今を、お北は幸せと受けとめていた。

祈るのは、この幸せの中にいつまでも棲《す》んでいたいという一事だけである。

半刻《はんとき》ばかり、とりとめもない昔話をして、お志尾はやがて娘と共に帰った。

何のためにここへ来たのだろうとお北は訝《いぶか》しく思った。

四十を過ぎて、幼馴染が旧交をあたためにやって来ただけとは考えられなかった。

湊屋の女房だった昔なら知らず、今のお北の背後には田沼意次がいる。

お志尾の訪問は、その日がきっかけに足しげく続いた。

五日後に来て、三日後にまたやって来た。

その都度、何かいいたげにしていて、結局、いわない。

遂に、お北のほうから口を切った。

「お志尾様、もしや、私に何か御用がおありなのではございませんか」

実をいうと、お北は相手の目的を借金かと推量していた。

二百石の旗本の暮し向きがどんなものか、お北はよく知っている。

だが、待っていましたとばかりに口を開いたお志尾の頼みごとは金ではなかった。

「折入って、お北様にお願い申します。娘の登美を御奉公に出したいと存じますが、お口添え下さいませんか」

「御奉公とおっしゃいますか」

旗本の娘の御奉公といえば、武家の奥仕えであった。

お北の亡母の従姉妹《いとこ》に当る人が、旗本の大森平大夫に嫁いでいて、その娘が紀州家へ奉公に上り、御簾中《ごれんじゆう》に気に入られて、若いながらも御老女にまで出世していた。

今から十数年も昔のことである。

大森家とは、お北の実家の斉藤家が断絶してから、つき合いはなくなっていた。

仮に今でも平大夫の娘が紀州家の奥仕えを続けていたとしても、お北はそこへ頼みに行ける立場ではない。

「たしかに、私の親類には紀州様へ御奉公していた者が居りましたが、そちらとは縁が切れて居りますので……」

といいかけたお北を、お志尾が制した。

「私どもでは、紀州様への奥仕えは望んで居りません」

「では、どちらへ……」

怪訝《けげん》な目をむけたお北に、お志尾はきっぱり答えた。

「大奥への御奉公を願って居ります」

絶句して、お北は相手をみつめた。

大奥とは、将軍家の奥、つまり、御台所《みだいどころ》を中心にしてそれに仕える女達の居住する場所であった。

御三家や御三卿《ごさんきよう》、或《ある》いは大名は上屋敷に各々《おのおの》、御簾中や奥方、並びに側室達の住む棟があって、通常、奥と呼んでいる。

将軍の奥が大奥であった。

江戸城には表と呼ばれる公邸と中奥と称する将軍の私邸と、それに続く大奥があった。

大奥の主は御台所であり、将軍以外は原則として男子禁制である。

「それは、私には無理でございます」

伝手《つて》がなかった。

お志尾がそれが癖の薄笑いをした。

「ですから、田沼様にお願い申して頂きたいのです。田沼様なら、お出来になる筈《はず》です」

「私から、主殿頭様に申し上げよと……」

「田沼様は私のことを御案じ下さったそうではございませんか。幼馴染の志尾がおすがり申しに参ったのでございます。私どもも母子にお力をお貸し下さいまし」

笑いを消して、涙を浮べた。

「私どもは岩本家で、それはそれはみじめな立場におかれて居ります」

娘をひき取ってからは尚更《なおさら》だと訴えた。

「私、岩本家へ参る時、娘を実家へおいて嫁ぎました。でも、実家は弟が急死して跡継ぎがなく家禄《かろく》を召し上げられました。それで、娘を手許《てもと》にひき取りましたものの、とても肩身の狭い思いをして居ります。御奉公のことは娘の口から出まして、私も娘の願いをなんとかかなえてやりたいと存じまして……」

低いが、ねばり強い声が延々と続き、お北に最後まで口をはさませなかった。

翌日、意次が木挽町の屋敷へやって来た。

さまざまの職種の人々が集る定例の日ではなく、お北はてっきり、後から来客があると思っていたのだが、訊いてみると、そうではないという。

「お北は奇妙なことを申すな。俺が客を伴わずにこの屋敷へ来ては悪いか」

下城して、そのままこっちへ来たという意次の着替えを手伝っているお北に、不満そうな顔をする。

「左様なことはございませんが……ただ……」

「ただ……なんだ」

「殿の御多忙を承知して居りますので……」

「たまにはよいだろう。水入らずで酒を飲み、飯を食いたい」

「急のこととて、お口に合うようなものが間に合いますかどうか」

「俺の好みはお北が知っての通りだ。山海の珍味を用意せよとは申して居らぬ」

たしかに、意次は口がおごっていなかった。

なんでも喜んで食べるし、好物といえば豆腐か干鱈《ひだら》と芋の炊《た》き合せのようなものぐらいである。

着替えがすむと、意次は将棋盤を出させ、棋譜を開いて、しきりに駒《こま》を動かしている。

将軍家治の唯一《ゆいいつ》の趣味が将棋で時折、お相手を命じられると聞いていたので、お北は急いで台所へ行き、少々の買い物に女中を走らせ、自分は酒の支度をし、この前、魚屋十兵衛がおいて行った鱲子《からすみ》を炭火で軽くあぶって大根の薄切りを添えたのを肴《さかな》に、居間へ運んだ。

「これは贅沢《ぜいたく》だな」

十兵衛の長崎土産だろうと笑いながら、盃《さかずき》を取る。

「あとは自分で好きにする」

一杯だけお北に酌をさせて、将棋盤の上に顔を近づける。

安心してお北は台所へ下って、女中に手伝わせながら、あれこれと料理にとりかかった。

使にやった女中が材料を買い集めて来て、ささやかな献立が出来る。僅《わず》かの間にお北は一汁五菜を作り上げて、意次の前へ戻った。

「これは多いぞ。上様に申しわけがない」

膳《ぜん》の上を眺めて意次はいったが、どれも庶民が容易に口に出来るもので、高価な品物はなにもない。

「そういえば、神田橋の屋敷にかような書状を届けて行った者がある」

脇《わき》においた包みの中から一通を出した。

「梅本の……今は岩本へ嫁いでいるようだが、お志尾からの文だ」

読んでみるようにといわれて、お北はそれを受け取った。驚いたのは、昨日、ここへ来てお北に話して行ったのと、ほぼ、同じことが書かれている。

「お志尾は随分と苦労をしたようだな」

お北の手料理で酒を飲みながら、意次がいった。

「そこに書いてあるお登美という娘は兵太郎の子だろう」

もう二十ぐらいになっているのではないかと指を折っている。

たまりかねて、お北はお志尾がこの屋敷へ訪ねて来たことを打ちあけた。

「ここへ来たのか」

娘も一緒だったかと訊かれて、お北はうなずいた。

「最初の時だけ、お伴いになりました」

「どんな娘だった」

「お志尾様のお若い頃にそっくりな、小柄で、内気そうな……」

「内気そうにみえる女は案外、度胸がよいものだ。お志尾がそうだったろう」

親の目を忍んで恋人を作り、妊《みごも》ったあげく、その体で別の男と祝言《しゅうげん》を上げた。

「奥仕えに上るにしては、ちと、年をとりすぎている。それよりも、よい縁談を探してやったほうがよさそうに思うのだが……」

大奥に奉公する女中はみな十代だと意次はいった。

「早い者は十二、三、少々、年をとって上った者でも十六、七が限度だろう」

年齢のことはさておいても、大奥への奉公というのは、決して幸せとはいえないと意次はいった。

「大奥づとめの女中の最高の幸せといえば、まず上様のお目に止まり、御寵愛を受けることだろう。もし、若君でも産み奉《たてまつ》れば、この上もない栄誉になろう」

しかし、現将軍は決して色好みではないのだと意次は真面目《まじめ》な顔で話した。

それは、お北も以前から耳にしていた。

歴代の徳川将軍の中では珍らしく御台所との間に二人の姫君が誕生している。

将軍の御台所はおおむね、京の宮家か高位の公卿《くぎょう》の姫から決められるものだが、大方が形式的な妻であり、子が誕生することは珍らしかった。

従って代々の将軍は三代家光を除いてみな側室腹である。

にもかかわらず、家治の御台所、五十宮《いそのみや》倫子は長女千代姫、次女万寿姫と二人の子の母になっている。

千代姫のほうは二歳で夭折《ようせつ》したが、万寿姫は今年八歳の愛らしい盛りである。

その故か、側室の数も極めて少かった。

それも、お世継ぎの誕生を心配して側近がかなり強引に勧めたもので、一人は九代家重将軍の側室おちせの方の縁者で大奥に奉公していた御中臈《ちゅうろう》のお知保というのが、宝暦十二年（一七六二）十月二十五日に男児を出生し、竹千代と名付けられたので、大奥の女中としては最高の地位である老女上席を与えられている。

もっとも、竹千代は生後直ちに御台所倫子が養母になっている。

他に側室といえば、倫子のお供をして京からついて来た従二位藤井兼矩《かねのり》の娘、お品がいるくらいのもので、正室二人の他に十五人からの愛妾《あいしょう》を持ったという初代家康は別格としても、代々の将軍としては、二代秀忠についで側室の少い将軍といわれている。

「だからというわけではないが、お志尾の娘が上様のお目に止るということは、まず考えられそうにないのだ」

そんな話をしている意次にしても、四十代まではともかく今は、側室と呼べるものはお北以外にいない。

三

その夜、珍らしく意次は木挽町の屋敷に泊った。

正直なもので、更《ふ》けて上屋敷へ戻らねばならないということがないと、どちらにも余裕が出来て、寝所へ入ってからも夫婦のようにあれやこれやと話が出て来る。

「新太郎は、ずっと魚屋十兵衛の許にいるそうだな」

近頃は、あまりここへ戻っていないのではないかと訊《き》かれて、お北は寂しい顔をした。

たしかに、船に乗っていない時でも、新太郎は築地の魚屋で暮すことが多くなっている。

「十兵衛は、新太郎が気に入っている。新太郎も十兵衛と過すのが、一番、くつろげるのかも知れぬが、魚屋に新太郎を取られては困る」

手許において養育し、然《しか》るべく侍としての道をつけてやりたいと意次は考えている。

お北にしても、我が子の将来のためには、そうあって欲しいと思うものの、新太郎が今の母親の暮しをどう眺めているのか不安であった。

早い話が、今夜のように意次が来て泊って行くような場合、新太郎がこの屋敷にいたら、具合の悪い思いをしてしまう。

我が子が何もかも承知しているとわかっていても、母の立場ではきまりが悪かった。

とはいえ、それを口に出すわけには行かなかった。

「折をみて、俺から新太郎に話してみよう」

お北を抱き寄せながら、意次はその話を打ち切った。

男の手がお北の体から着衣をはぎ取って艶《つや》のある肩と白い胸乳があからさまになり、やがて生れたままの姿にされると、お北の肌は男の手の触れるところから上気して薄桃色に染まりはじめた。

「お北は、子を産んだようではないな」

ひきしまって弾力のある乳房を愛撫《あいぶ》しながら、意次が呟《つぶや》き、お北は四肢を僅かに縮めた。

「およそ、男と女には合い性というものがあるのだということを、俺はお北とこうなって始めて知らされた。よくぞ、お北と廻り会ったと思う」

糟糠《そうこう》の妻をないがしろには出来ないが、お北ほどかけがえのない存在はこの世にはいないと意次にささやかれて、お北は男の胸にすがりついた。

「お北を正室に出来なかったのは、俺の一生の不覚だ。許してくれ」

自分は子供の時から自分の生きて来た道をよくも悪くも後悔はするまいと決めていたが、お北のことだけは悔んでも悔み切れない気持だと意次はいう。

何故、本郷御弓町にいる時分、母にすがって、お北を宿の妻に迎えてくれと願うことが出来なかったかと、意次にいわれて、お北は身をよじった。

「御無理でございます。意次様はあまりにもお若すぎました」

女の十八歳は嫁入りの年齢としては、ぎりぎりであった。

お北が湊屋幸二郎へ嫁いだ時、意次は二十一、父の死去に伴い、家督相続が許され、元服し、主殿頭となるまでに三年の歳月がかかった上に、母とまだ幼年の弟妹を抱え、先の将軍家重の小姓として職務に余念のない日々であった。

あの当時の田沼家に嫡男《ちゃくなん》が妻を迎えるゆとりはまだなかった。

「私の実家は長年にわたる借財が積り積って、私が湊屋へ嫁がなければ暮しが立ちゆかない有様でございました」

お北がどれほど意次を慕っていたとしても、その人の許へ嫁いで行ける望みは全くなかったのだ。

「今だからいうが、お北が嫁に行ったと聞かされて、俺はお城勤めがおろそかになった。お前が去ってから、俺はお前が好きだったのだと悟った」

「いっそ、お北をあなた様のものにしておいて下されればよろしかったのです。そうなっていたら、お北は死んでも他の男の許には参りませんでした」

歳月がいわせる言葉であった。

「俺もそう思った。何故、お北を口説いておかなかったのかと、歯嚙《はが》みをしたものだ」

だが、今はお北がここにいる、と意次は豊かな乳房の谷間に顔を埋めた。

「お北は俺のものだ。死ぬまで離しはしない」

怒濤《どとう》のように押し寄せた情炎に巻かれ、幾度となく燃え上りながら、やがてお北は蛇のように意次にまつわりつき、締めつけて行く。

やがて、二人の咽喉《のど》の奥から笛の音のような短かい叫びが同時に上って、そのまま動かなくなった。

並んで横たわりながら、意次はまだ深い陶酔からさめやらないでいるお北にいった。

「俺が死ぬ時は、お北に傍にいてもらいたい。お北だけが傍にいれば、俺は安んじて旅立てる」

「その時は、お北もお供を致します」

意次のいない世に生きる気力はなかった。

「俺はなんとかして、お北を妻にしておきたいのだよ」

天井を仰いだ恰好《かっこう》で、意次が続けた。

「夫婦は二世《にせ》というだろう。この次に生まれても、お北に逢《あ》えるためには、妻にしておかないとまずいではないか。一世限りには断じてしたくない」

この人は、そんなことを考えているのかとお北は涙を流した。自分よりも年上の、世間的にいえば将軍家側用人の地位にある男が、お北にはいじらしくてたまらない。

「お北、泣くな」

意次が抱き寄せ、二人は一つになったまま朝までの短かい睡《ねむ》りに落ちた。

早朝、お北の給仕で朝餉《あさげ》をすませ、木挽町から登城して行く際に、意次は、

「お志尾が来たら、俺がこういっていたと話してやるように」

といい、

「お志尾が納得したら、お登美という娘の縁談を考えてやろうではないか」

と微笑したのは、登美の父が、お北の弟という縁を思いやってくれたのだと、お北には嬉《うれ》しかった。

おそらく、一両日中に木挽町に来るであろうと意次が予測したように、翌日の午すぎ、お志尾はすっかり通い馴《な》れたこの屋敷の門を入って来た。

たまたま、玄関先に坂倉屋龍介が来ていた。

意次から頼まれたといい、金の入った袱紗《ふくさ》包を届けに来たもので、

「明日、遅くとも明後日には平賀源内と申す男が御当家を訪ねて来るそうで、お北さんから渡してやってくれと殿様の御伝言ですよ」

といい、例によって意次がこの屋敷にいない時は格別のことがない限り、上へはあがらないで帰る人なので、お北は敷台へ下りて龍介の話を聞いていた。

「おやまあ、誰方《どなた》かと思えば速水家の龍介どの」

とお志尾が甲高い調子でいって、それで龍介も気がついた。

実をいうと、龍介は意次からお志尾の消息を聞いたばかりであった。

「梅本のお志尾さんか。久しぶりだね」

で、お北が、

「お志尾さまもお出《い》でになったことですし、龍介さんもどうぞ上って下さいまし」

と勧められると、それならと草履を脱いだ。

居間へ通され、茶が出るとお志尾は早速、

「田沼様にはこの前のことをお話し下さいましたか」

と聞いた。

自分が直接、意次に書状を出したことなどおくびにも出さず、お北の顔色を窺《うかが》ってい

る。

お北も別にそれには触れなかった。

ただ、意次が娘を大奥へ奉公に出すよりもよい縁談を心がけようといったことに対してお志尾は大きくかぶりをふった。

「娘は御奉公をのぞんで居ります。嫁入りする気はございません」

「申し上げにくいことではございますが、大奥に御奉公に上る方々は、もそっとお年若な例が多いそうでございます」

大奥に奉公する女達には、将軍や御台所に仕える直《じき》奉公の者と、その女中の下で私用に使われる又者《またもの》の二つに分れている。

更に、直奉公には御年寄、御客会釈《おきやくあしらい》、御中臈、御錠口、表使、御坊主、御小姓、御次、御右筆、御切手、呉服之間、御三之間、御仲居、御火之番、御使番、御末《すえ》などの職制があって、呉服之間以上が御目見得となっている。

田沼意次に仲介の労を取らせようというからには、お志尾の娘が希望しているのは直奉公に違いなく、それも御目見得以下ということはあるまい。

ごく普通の順で行けば、まず御小姓として御台所に仕え、馴れるに従って、その分に応じた御役目を承り、出世して御中臈にまで上れば最高であった。

とすると、十二、三歳から奉公することになる。

御中臈でも若い者は十六、七でなる場合が少くないので、お登美がすでに二十歳を越えているのは、遅きに失するということになる。

いいにくそうに、そのあたりを説明したお北に対して、お志尾はたじろがなかった。

「娘は小柄で、年よりも子供っぽい体つきをして居ります。もともと、あのような事情の子で、まともに出生のお届けもして居りません。この際、十六と申すことにして、御奉公させてはと存じて居ります」

お北が絶句し、それまで黙っていた龍介が口をはさんだ。

「それは、いくらなんでもまずいのではないかね。もし、そんなことが公《おおや》けになったら、お上を騙《だま》すことになる」

「ここにお出《い》でのお二人さえ、黙っていて下されば、露見することはございません。梅本家の者はみんな死んでしまいましたし、岩本家の人々はお登美の本当の年齢を知りませんから……」

赤ん坊でもよく育った子と、育ちそこねた子とでは、半年の余も見分けがつかない。まして、年をとればとっただけ、みかけと実年齢は人それぞれだと、お志尾は平然と話し、龍介もいいまかされた感じになった。

「それは確かにその通りに違いないが、そうまでして、娘さんは大奥へ奉公に出たいのかね。決して楽なお勤めとはいえない筈《はず》だが」

女だけの世界であった。

噂《うわさ》に聞くだけでも、陰湿ないじめや揉《も》め事《ごと》の絶えない厄介なところという印象がある。

「お言葉を返すようですが、娘は大人しいようで、芯《しん》はしっかりして居ります。必ず、出世の緒《いとぐち》を摑《つか》むと申しているのですから、どうぞ、皆様で娘の後押しをしてやって頂きとう存じます」

そうまでいわれては、お北にしても断りようがなく、

「では、お志尾様のおっしゃるよう、主殿頭様に申し上げましょう」

と返事をせざるを得ない。

お志尾が帰り、後に残った坂倉屋龍介がやれやれという顔をした。

「お志尾さん、なんだか人が変ったような気がしますよ」

「御苦労をなさったようですから……」

許されない恋をして、未婚のままに子を産み、あげく、その子の父は切腹して死んだ。

「たよりにする御実家も、今はもうないのですから、せめて力になってあげたいと思いますけれど……」

それが幼馴染の役目と思いながら、お北はどうにも押しつけがましいお志尾の態度に好感を持てないでいる。

坂倉屋龍介にしても同様であった。

「どうも、わたしにはお志尾さんにかかわり合うとろくなことがないような気がするのだが……」

とはいえ、このまま放っておけば、お志尾が何をいい出すかわからない。

「お北さんからは女同士のことで話しにくいだろう。わたしから殿様にお話ししておきますよ」

人のいい龍介は木挽町の屋敷を出た足を再び神田橋へ向けた。

龍介から事情を聞いて、意次は暫《しばら》く思案していた。

「止《や》むを得ないな。当人がそれほどの決心をしているのだ。力になってやらないわけにも行かんだろう」

苦笑して、つけ加えた。

「お志尾はともかく、お登美はお北の姪《めい》なのだから……」

非業《ひごう》に死んだ兵太郎にどこか面影の似ている娘だと、お北がいっていたと、意次は情にもろい顔を見せた。

「心当りがないこともないのだ。まあ、話をしてみよう」

その月の終りに、お北は意次から用事をいいつかった。

「大奥の御年寄松島様に俺の代理として使に行ってもらいたい」

届物の主なものは奉書包みにした黄金だが、それに添えて然るべき品をみつくろってくれと別に百両をお北に渡した。

「何をお持ちすればよろしいのでございましょうか」

緊張したお北に意次が苦笑した。

「松島様は池之端《いけのはた》の大和屋が御贔屓《ひいき》だそうだ。万事は龍介が心得ている。坂倉屋と一緒に大和屋へ行き、先方に松島様へお届けするといえば、それなりのものを出してくれるらしいぞ」

大奥へ入る段取りも龍介が承知しているという。

「俺の代理なのだから、それなりにめかして行けよ」

冗談らしく笑った意次だったが、心くばりは行き届いていて、翌日、坂倉屋龍介が乗物を用意して迎えに来た。

すでにお北は支度を整えて待っていた。

髪の飾りも着るものも、ひかえめにして決して華美ではなかったが、礼を失さないよう気をつけて上品に整えている。

「流石《さすが》だな、お北さん」

薄化粧でも、そこだけ花が咲いたようなあでやかなお北を眺めて、龍介が感嘆した。

まず、池之端の大和屋へ行くと、すでに龍介が声をかけておいたらしく、主人が奥へ案内して、あれこれと品物をみせてくれる。

この店は鼈甲《べっこう》や珊瑚《さんご》、翡翠《ひすい》だのの唐渡りの細工物を手がけている。

お北がえらんだのは、鼈甲の櫛《くし》の中に南天の実の模様をはめ込んだもので、南天の葉は翡翠、実は珊瑚を使って巧緻《こうち》な細工がほどこされている。

「よいものをおえらび下さいました。松島様のお好みの細工物でございます。必ず、御意《ぎょい》にかないましょう」

大和屋の主人が喜んで、それを丁寧に箱に納め、包んだ。

そこからも、龍介の案内であった。

江戸城大奥への外からの出入口は七《なな》ツ口《ぐち》と呼ばれる玄関が一つきりであった。

ここは七ツ（午後四時）に閉めるのでその名がついたといわれ、御切手と称する役目の女中が出入りする者を取り締っている。

龍介はここから先は入れないので、お北は彼から渡された切手を女中に渡し、暫く待っていると、若い女中が迎えに来た。

大奥御年寄ともなると、自分の使用人である女中を何人も持って居り、この女中もその一人であった。

長い廊下をひたすら女中に従って歩いて行くと片側にいくつもの部屋が並んでいる。

そこが長局《ながつぼね》と呼ばれる、女中達の起居する一角だとは後になってわかった。

松島の部屋は奥まった所にあった。

御年寄という職名に似合わず、まだ三十二、三のおだやかな感じの女性であった。

「主殿頭様には、いつも格別のお心くばりを頂き、ありがとう存じまする」

という声も、おっとりとして嫌味がない。

四

長局の中は常時二百人からの女達が起居しているにしては、ひっそりと静かであった。

もっとも、この時刻、三分の一ほどの奥女中は勤番で各々《おのおの》の役目についている。

お北が田沼意次の使として披露した贈物は松島を殊《こと》の外、喜ばせた。

「見事な細工じゃ。このようなものが出来るのは大和屋しかありますまい。なんと美しい」

部屋方の女中を呼んで片外《かたはず》しという独特の髪形に、早速、その櫛を挿《さ》してみたりする。

鏡をのぞいて、

「どうじゃ」

とお北に問うところなぞは、小娘のようで、

「ようお映《うつ》り遊ばします」

といわれて相好を崩している。

大奥の御年寄といえば、その権力は老中にも匹敵すると意次から聞かされて来ただけに、お北は松島の若々しい挙措《きよそ》に驚いたが、考えてみれば、十二、三で大奥へ上って以来、殆《ほと》んど外の世界に触れる機会はないので、ここは御奉公の厳しさはあっても、所帯じみた苦労とは無縁であった。

「そなたは側用人様が御老中の代理として大奥の節分に入られた時の話を御存じか」

くつろいだ様子で松島が話し、お北は、

「申しわけございませぬ、存じ仕《つかまつ》りませず……」

と返事をした。

「今から、もう七年も昔のことになろうかのう。側用人様がまだ御側御用取次を勤められて居られた頃、御老中の方々が大奥の豆撒《ま》きを勤めるのを御辞退なされましてなあ」

節分の夜、老中が年男となって大奥に豆を撒きに入るしきたりがあるのだが、最初の中、神妙に豆を拾っていた女中達が次第に年男に悪戯《いたずら》をするようになった。長袴《ながばかま》の裾《すそ》をひっぱったり、体に触ったり、多くの女中が年男を囲んでひっぱり合ったりの狼藉《ろうぜき》が目立つようになった。年男のほうは相手が大奥の女達だから叱《しか》るわけにも行かず、狼狽《ろうばい》して右往左往するのを女達が面白がって喚声を上げる。

女中達を取締る年寄役が一応、制するのだが、それは形ばかりで全く効果がない。

「おまけに最後は女中達が年男どのを手取り足取りして胴上げなぞして、故意に受け止めず、下へ落したりなぞするので、御年輩の年男どのは腰を痛めるやら、首筋を違えるやらで、皆々様が大奥の年男だけは御勘弁下されと上様にお願い申されたそうでございます」

その時、上様のお声がかりで、とりあえず代理の年男に選ばれたのが田沼意次で、しきたり通り、豆を載せた三宝を手にして大奥へ入った。

「私はその頃、御客会釈《おきやくあしらい》のお役を勤めて居りましたが、御錠口を入ってお出でになった側用人様の御立派だったこと、世の中にこれほどの男ぶりのお方がおいでなさったかと、思わず見とれてしまいました」

悪戯をしかけようと手ぐすねひいて待っていた女中達が、みな魂を抜かれたように茫《ぼう》然《ぜん》とその場にすくんでしまい、時々、上目遣いに意次を眺めては顔を赤らめ、吐息を洩《も》らすなぞして、気がついた時には意次は年男の役目を終えて、さっさと御錠口を退出して行った。

「胴上げを、忘れてしまったのですよ。誰一人、あのお方のお体に触るどころか、長袴の裾にすら近づけないで……御台様がそれを知られて、やがて上様のお耳にも聞えて、あとあとまで笑話になったものでございます」

意次が側用人となった今、松島は御用のある折は御台様お使として意次と話をする機会が時折あるのだが、

「若い女中が羨《うらやま》しがって大さわぎを致します」

という口調がいささか自慢げに聞える。

そんな話をした後で、松島は、

「側用人様にお伝え下さいまし。御依頼の女子《おなご》は最初、形ばかり御末を勤めさせましょうが、折をみて呉服之間勤めに格上げさせますほどに、何卒《なにとぞ》、この松島におまかせ下さいますように……」

御末というのは大奥の直奉公の中では一番下の職制であった。もっぱら雑役に使われ、風呂や御膳所の水汲《く》みや、御三家、御三卿の御簾中が登城される際は、御広敷から御三之間まで乗物をかつぎ入れる陸尺《ろくしゃく》の役目をしたりもする。

とはいえ、上級女中が使っている部屋方の女中が又者《またもの》であるのに対して、これは直《じき》の奉公人、つまり御台所直属の女中ということになる。

帰りも部屋方の女中に七ツ口まで送られて、お北は大奥を退出した。

そこには、坂倉屋龍介が待っていてくれた。

大奥での首尾をお北が龍介に話したのは、木挽町の屋敷へ帰ってからで、

「そりゃあよかった。松島様がそうおっしゃって下さるからには、お登美さんの将来は心配ない」

と喜んだ龍介が、

「しかし、聞きしにまさるな」

と呟《つぶや》いた。

「たった一人の女子の大奥奉公に、松島様ほどのお方に口利《くちき》きをお願いし、後楯《うしろだて》になって頂こうとすると、それだけで数百両もかかるのか」

大奥奉公の女中の給料はお末だと年間御切米四石、御合力金二両で一人扶持《ぶち》だと龍介は知識のあるところをみせた。

「その他に薪《まき》だの湯之木だの油、五菜銀なぞがついているが、まあ御家人でいう三両一人扶持と内実はあまり変らないだろう」

仮に三百両かけて奉公に上ったとして、元を取るには十数年もかかる。

「まず、割には合わないな」

「でも、出世をすればお上から頂くものも増えるのでしょう」

いったい、松島のような最高の職につくと、どれほどの俸禄《ほうろく》が頂けるものなのか、お北には見当もつかない。

「わたしは商売柄、知っているのだが、俸禄自体はたいしたことはないのだよ。御年寄で五十石と金六十両、十人扶持がきまりだからね。しかし、内実はそんなものではないだろう」

大奥に娘を奉公させて、親が最も有卦《うけ》に入るのは、その娘が将軍の目にとまって側室となることで、もし、子供でも産めばお腹様《はら》となり、親達にも出世の道が開ける。その大奥への奉公の伝手《つて》を求める場合、やはり松島のような権力者を頼るのが一番の近道であった。

「大奥の御老女方と懇意にしている者は少くないのだよ。呉服屋をはじめ大和屋のような鼈甲、宝玉を扱う商人、わたしのような札差もだし、その他、大奥のえらい方々を通じて御老中に口をきいてもらおうとする者もいる」

利害をもって近づく者はそれなりのつけ届けをしている。

これから神田橋の上屋敷へ行って意次に報告をして来るといい、龍介はお北をねぎらって帰った。

意次が木挽町へ来たのは、それから十日ほどしてからで、

「お登美は無事に大奥へ入ったよ」

と、まず知らせた。

「お北には厄介をかけたが、松島様はお北にいい感じをお持ちになったようだ」

龍介が大奥出入りの商人から噂《うわさ》を聞いて来たのだが、と前おきして、

「松島様は俺のことを、まことによい女番頭を持たれたといわれたそうだ」

笑っている意次に、お北は少しばかりすねた。

「あちらが私をよくおっしゃったとすれば、私の後に貴方様《あなた》がいらっしゃるからでござ

います」

松島が意次の節分の夜の話をしたことを語った。

「松島様は貴方様にぞっこんというお顔をなさってお出《い》ででした」

つい、本音が出て、お北は唇を嚙《か》みしめた。

「馬鹿だな。相手は大奥の御年寄だぞ。上様にお仕え申している方だ」

「でも、心の中でだけなら、誰をお好きになろうと、恋いこがれようと御自由でございましょう」

「焼餅《やきもち》はお北らしくないぞ」

「どうせ私は女番頭でございます」

本気で怒ったつもりはないのに、お北は涙を浮かべた。

そんなお北を意次は子供をあやすように抱き寄せて、やがて木挽町の奥まったこの部屋には蜜のように甘い夜が訪れた。

お北の気持がおさまったのは、身じまいを直し、次の間に酒を運んで意次の相手をはじめてからである。

「この度は、お登美のことで御迷惑をおかけ申しました」

改めて礼をいったのは、自分にとって姪《めい》に当るお登美の大奥奉公に、意次が大枚の金を遣ったことをすまなく思ったからで、松島への挨拶《あいさつ》の外に、お登美が奉公に上るための仕度一切を、意次が面倒をみたと坂倉屋龍介から聞いていたせいであった。

「お登美のことだけではないのだよ。むしろ、お登美を口実にして松島どのによしみを通じておくというのが本音だから、お北が案ずることはない」

「やはり、松島様がお好きなのでしょう」

一度ひっ込んだお北の嫉妬《しっと》の角が出かけて、意次は苦笑した。

「大奥の女は、女であって女ではない。時には御政事むきにまで口をはさむこともある。御老中方にせよ、大奥の女達の御機嫌を悪くしては、仕事がやりにくいというのも本当のところなのだ」

流石《さすが》に、お北は声を失った。

「只今の上様は、まだ御側室が少い。御台様が厳としておわすこともあって、大奥からの干渉は少いといえるがな」

代々の将軍家の中には御寵愛《ちょうあい》の女のおねだりに弱い方々も少くなく、とりわけ、人事には女の口出しが目立ったものだと意次はいった。

「早い話が、御寵愛の側室が実家の親の身分を上げてくれと上様にお願いすれば、それまで百石、二百石の旗本が、なんの功もなしに五千石の大身に成り上ったりするのだ」

酒はあまり進まず、お北に茶をたてさせて旨《うま》そうに飲み干してから、意次は手の甲で口を拭《ぬぐ》った。そんな仕草は少年の日のままで、お北は慌《あわ》てて手拭《てぬぐい》をさし出した。

「坂倉屋さんも大奥の御女中衆と御昵懇《じっこん》とのことでしたけれど、あちらは何を望んで……」

「龍介は俺のために大奥の女達とよしみを通じているのさ。どこのなんという商人がなにを願って大奥の女中に近づいているのか、或《ある》いはそうした商人を仲介にして身分の高い方々が大奥の女を手なずけようとしてお出でなさるか、大奥に出入りする町人でなければ耳に入りにくいことを、龍介はすばやく突き止めて俺に知らせてくれる」

「お大名はなんのために大奥を利用なさるのでございますか」

「無論、官を得るためさ。若年寄になりたい、老中に進みたい、或いは仙台侯のように自分の格式は加賀の前田家、薩摩《さつま》の島津家と同格なのに、何故、自分ばかりが少将で、あちらは中将なのか、俺も中将になりたいとさわいで居られる方もある」

実質的には何もない、ただ名前だけの官職ですらそうなのだから、名実共に揃《そろ》っている若年寄や老中の職に大名が食指をのばすのは無理もないと意次は軽く眉《まゆ》をしかめた。

「まことに国を思い、幕府の御為に働かんとして幕閣に加わることを望む者はどれほど居るものか、多くは権力欲の輩《やから》だ」

そのための猟官運動は激烈で、老中などへのつけ届けが常識となっている。

「老中方の屋敷には連日、登城前の時刻に多くの大名方が挨拶に出かけている。なんとか相手に顔をおぼえてもらいたい、こちらの話を聞いてもらいたいというならまだしも、むこうから声をかけて欲しいと願っているというのでは、およそ底が知れるではないか」

「貴方様はお出かけにはなりませんの」

「行かないよ。ただ、礼を失してはならぬと思うから、しきたり通り、老中方には盆暮の挨拶はしている。持って行くのは鮮魚とか砂糖、相良の茶のような当り前のものでね。松島どのにしたほどのことはやらない」

「でも、お上のためにお働きになるためには、そうしたことも必要ではございませんか」

いってしまってから、お北はふと、こうしたところが、松島から女番頭と呼ばれる故《ゆえ》かと気がついた。

「必要な時にはそれなりのことをしているよ。病気見舞、子が誕生した、嫡男《ちゃくなん》が嫁取りをした……一軒の家の中には始終、なにかがあるものだ」

金が入用の時は、龍介に頼むのだと意次は眩《まぶ》しそうな目をしていった。

「利息なし、期限なしで金を用立ててくれるのは、あいつしかいない。その上、あいつは欲得抜きだ」

お北が自然に優しい表情になった。

「龍介さんは、貴方のためというと、もう、夢中のお人ですから……」

「俺にとって、たった一人の刎頸《ふんけい》の友だ」

「私は違いますの」

男同士のきずなの深さに、つい、羨しいと声が出た。

「女は刎頸のまじわりというわけには行かないだろう。ただ、俺は、俺とお北をつなぐきずなは男と女のそれよりもう一つ太く確かなものだと信じているよ」

その言葉でお北は満足した。

お北が田沼意次の女番頭として、着実に大奥へ人脈を広げるようになったのは、お登美の大奥奉公がきっかけで、その手引はもっぱら坂倉屋龍介が行った。

とはいえ、お北にしろ、龍介にせよ、決して派手な目立つような振舞はしなかった。お登美の伯母として、折に触れ、松島をはじめ、主だった方々へ心くばりを忘れない。細く長く縁の糸をつなげて行くことで、意次の役に立てばと考えていたお北だが、意次のほうは着実に実力で自分の地位を築いて行った。

意次がこの時期、もっとも力を注いでいたのは日本国中に通用する貨幣で、これまでの通貨は上方が銀勘定、江戸が金勘定に分れていた。

しかも、銀は丁銀も豆板銀も形や大きさが一定して居らず、いわゆる銀のかたまりで、使用する際には一々、秤《はかり》にかけて目方を計り、その上で取引されていた。

明和二年（一七六五）に初めて五匁《もんめ》銀を発行させたのは、秤量《ひょうりょう》貨幣からの脱出をはかったもので、これは一枚が五匁ときまっているので、一々、秤にかける必要のない銀貨の誕生であった。

二年後には、この五匁銀十二枚で金一両とすると告知した。

反対に動いたのは、もっぱら上方の両替屋で、これまで銀相場というものがあって、その日、その日で変動があった。

相場師にとっては投機の対象となっていたし、両替商は手数料で莫大《ばくだい》な儲《もう》けが出た。いってみれば、長年、手にしていた旨味が消えてしまうのであって、おいそれと幕府の方針には従わない。

実際、丁銀も豆板銀も流通しているので、いっせいに五匁銀の排斥に廻った。

なにしろ、これまでの通貨は複雑に過ぎた。

金は何両何分何朱といい、銀は何貫何匁、銭も何貫何文と区分されていたので、ただ一貫目といっても、銀一貫目と銭一貫目ではまるで値打が違って来る。

しかも、金、銀、銭の価はその日その日で動いていたから、金から銀への両替も銭を銀に換算するのも厄介至極であった。

意次の発案はこの秤量方式をやめて、重さに関係なく貨幣に表示された通用価値で使用出来る通貨に統一することであった。

明和五年（一七六八）に発行された四文銭という真鍮《しんちゆう》銭もその一環であった。

翌明和六年八月、意次は二万五千石に加増され、老中格として幕政の表舞台に立った。

田沼時代

一

長崎の春は、海のむこうから活気づいて来る。

この季節、唐船はもとより、北上する風に乗って阿蘭陀《オランダ》船も続々と入港する。

魚屋十兵衛の船も、それらより一足先に長崎へ入っていた。

積荷の大方は松前で仕入れて来た干鮑《ほしあわび》やいりこ、ふかのひれ、なまこ、昆布など、いわゆる俵物と呼ばれる干物類で、通常、これらは独特の俵につめて来るので、俵物の名称が生まれた。

また、それらとは別に、上方から運ばれた美術工芸品や絹織物などの荷も、はやばやと長崎にある魚屋の店の蔵に納められた。

長崎は唯一《ゆいいつ》、外国船が公式に入津《にゅうしん》出来る港であった。

今のところ、幕府が許可しているのは中国と阿蘭陀の船に限られている。長崎の町にはこの両国の商人の便宜のために彼らが居住する地域を設けていた。阿蘭陀人のためには出島を、中国人のためには唐人屋敷と呼ばれる一角がそれであった。

出島のほうは文字通り海へ向って埋め立てた島だが、唐人屋敷はかなり急勾配《こうばい》の崖地《がけち》を切り開いて作られていた。

もともと長崎は海へ向ってぎりぎりの所まで山がせり出している。そのために平地は殆《ほと》んどなくて全体が坂の町になっていた。

唐人屋敷も例外ではないのだが、それにしても、ここの坂は嶮《けわ》しかった。家屋を造るために木材や石などを運び上げるのは容易ではない。にもかかわらず、唐人達はそこに母国そっくりな町並を築いた。

実をいうと、魚屋の店はこの唐人屋敷の中にあった。

その理由を、新太郎はもう知っていた。

十兵衛の亡父が清《しん》国の人だった故《ゆえ》である。

福州の商人で何艘《そう》もの持船があり、長崎や高砂《たかさご》、安南などで交易を行っていたらしい。

長崎の遊里では日本人相手の遊女と、居留地の外国人向けの遊女を区別していて、外国人向けのほうは各々《おのおの》、出島行、唐人行と呼んでいた。

十兵衛の母は唐人行の遊女だったが、十兵衛を妊《みごも》ってから請け出されて、ずっと唐人屋敷の中で暮している。

長崎の魚屋の女主人はこの人で、奉公人は本名を呼ばず「母様《まあま》」と尊称している。で、新太郎も十兵衛に紹介されて以来、彼女を、

「母様《まあま》」

と呼んでいるのだが、その母様《まあま》の新太郎に対する振舞は、まさに孫に甘い祖母であった。

新太郎が長崎にいる限り、片時も自分の傍から離そうとしないし、新太郎の望むことはなんでもかなえてやろうとした。

新太郎が唐人語を学びたいといえば、唐人屋敷でも指折りの宗玄慎という学者に乞《こ》うて個人教授をしてもらうようにしたし、阿蘭陀語もといえば、これも唐人屋敷で一番の阿蘭陀通といわれる呉麗徳に頼んで俄《にわ》か弟子にしてもらってくれた。

今のところ、新太郎がもっとも関心を持っているのは語学で、十兵衛は唐人語はかなりよく話すが、阿蘭陀語はそれほどでもない。

外国人と商売をするのに、相手の国の言語が不自由では不利だと新太郎は考えていた。長崎には両国の言葉を話す通辞がいるが、商売のかけひきが通辞まかせで思い通りになるわけはなかった。

大方の通辞が自分に利得のあるほうに都合のよい通訳をするものだというのは、長崎でも蝦夷《えぞ》でも、十兵衛と一緒に商談の席に並んでいればよくわかることであった。

とりわけ、蝦夷では、俵物を集めて来る蝦夷の仲買人に対して十兵衛は通辞を味方につけておいて、けっこう有利に商談をまとめている。

その十兵衛は長崎にいる限り、新太郎を母様《まあま》にまかせっぱなしという感じであった。

ところで、出島阿蘭陀屋敷に滞在する阿蘭陀人とその従者は、長崎奉行所の許可なしに長崎の町を歩くことは許されなかった。

そのために出島と長崎の町とをつなぐ橋詰には常に役人がいて、通行改めをしている。

唐人屋敷の唐人達も本来はそうした掟《おきて》に従っていた。但《ただ》し、こちらのほうはかなり融通がきいた。

とりわけ寺詣《まい》りとなると、それを名目にして自由に町中を徘徊《はいかい》出来る。

魚屋は唐人屋敷の地域にあるが、外国人ではないので、格別、奉行所から拘束されることはない。その上、地の利を生かして唐人社会と交流を深め、商売の取引に利用している。

いってみれば、混血という宿命を逆手にとった十兵衛の商法は見事というしかなかった。

その日、母様《まあま》が新太郎を呼んだのは崇福寺への参詣《さんけい》のためであった。

崇福寺には媽祖廟《まそ》というのがある。

唐人にとって媽祖様とは航海安全の神で、祭られているのは女神像であった。航海に出かける時と無事に戻って来た時、船主は船の造りものにさまざまの供物《くもつ》を盛りつけて媽祖様にお詣りを欠かさない。

その他に魚屋では母様《まあま》が十日ごとにお詣りに行っては供物をする習慣があった。奉公人二人に供物を持たせて、母様《まあま》と新太郎が店を出ようとしているところへ、外出していた十兵衛が帰って来た。媽祖詣《もう》でだと聞くと、

「俺も行こう」

そのまま、新太郎と肩を並べるようにして外へ出る。

この年、新太郎はすでに二十を越えていた。

背丈は十兵衛にほぼ並び、痩《や》せぎすながら筋骨はたくましい。

七十に近い母様《まあま》を乗せた輿《こし》を囲むようにして出かけて行く十兵衛と新太郎は、誰の目にも父子《おやこ》であった。

長崎の寺はみな坂の上にあった。

崇福寺も同様で、小高い位置からは港がよく見渡せる。

媽祖廟にぬかずいてから、母様《まあま》は和尚《おしょう》に招かれて堂内で茶のもてなしを受けている。

奉公人は輿と共に石段の下に待たせてあるので、境内に立って港を眺めているのは十

兵衛と新太郎の二人きりであった。

「長崎が賑《にぎ》やかになった」

一人言のように十兵衛が言い出した。

「入津する船の数も増えたし、取引にも力がある」

或《あ》る時期、日本は外国の金銀の相場を知らず、かなり安い値で金銀を多く海外に流出させていた。それを防ぐために、外国船の入津を減らし、交易に影響が出た。

それが、ここ数年、俄かに活気を呈して来たのは、幕府の方針が変ったからであった。

「我が殿は肝が太い。交易を制限するより、増やして利を大きくする方法を取られた」

銀の輸出をやめ、中国が欲しがっていた銅を主力に変えた。中国にとって銅は銅銭の材料であるから、銀をもって銅を買うことになる。加えて、中国が買いつける俵物に、運上金を免除した。

「蝦夷の人々は、運上金を納めずに済むというので、これまで以上に鮑を取り、なまこや昆布の良質なものを集めるようになった。松前藩が蝦夷から買いつけた鮑やいりこ、昆布は二万五千四百両にもなったのだぞ」

それらは長崎会所を通して中国商人に売られ、莫大《ばくだい》な富を日本にもたらした。

「それだけではない。阿蘭陀にも、支払はすべて金貨、銀貨としたおかげで、今、我が国にはかつて失われた金銀以上の金銀が続々と集まって来て居る」

交易は力を取り戻し、商売は勢を増した。

「ここから長崎の町を眺めているとよくわかる。人々の暮しが豊かになった。商人だけではない。その下で働くすべての人々が身分相応に暮しにゆとりを持ち出している」

長崎だけではない、と続けた。

「諸国津々浦々、みな活気を持っている」

それは今まで米一辺倒だった諸国に対し、その土地の特産品を奨励した故《ゆえ》だと十兵衛はいった。

もともと米作にはきびしい気候の東北に養蚕の技術を導入して絹織物を生産させたのが漸《ようや》く実って、これまで中国から輸入していた絹糸の量を減らすことが出来た。

「買うものが減って、売るものが増えれば、利が生じる。働けば働くほどに暮しが楽になれば人の心は明るくなろうが……」

船で諸国を廻りながら、十兵衛は我が殿と呼んでいる田沼意次の考え方が間違っていないのを確かめて来たようである。

そうしたことを田沼意次に報告するためにも、ぼつぼつ長崎を発《た》って江戸へ向うつもりだと新太郎にいった。

「途中、上方へ寄って金銀の両替について、少々、調べて行くことになろうが、なんにせよ、そのつもりでいてもらいたい」

「私も、江戸へ参るのでしょうか」

新太郎が訊《たず》ね、十兵衛は苦笑した。

「それはそうだ。母上も待ちかねて居られよう。父上も……」

「このたびは長崎にて留守を承ってはいけませんか。今少し、学びたいものもございますし、母様《まあま》も私がお傍にいるのを喜んで下さいます」

語学は或るところまで到達するには、間をおかないほうがよいといわれたと新太郎は理由を述べた。

「母上には文を書きます。それでお許し頂けますまいか」

十兵衛がこの男にしては珍らしく途方に暮れた顔になった。

「実は、坂倉屋さんから文が来ているのだ」

田沼意次の嫡男《ちゃくなん》、意知《おきとも》はすでに田沼家の跡継ぎとして、将軍家のお声がかりにより出仕し、年齢相応の身分を与えられている。

「坂倉屋さんの文によると、お若いにもかかわらず、なかなか聡明《そうめい》でお人柄もよく、智力に秀《すぐ》れて居られるとか。殿様のお考えでは、この際、新太郎どのを手許《てもと》におかれて然《しか》るべき道をつけ、意知様と同じく、御自分の力になってもらいたいと強くお望みでもあるそうじゃ。それ故、このたびは魚屋の船で江戸へ戻られるようにと……」

新太郎が顔を上げた。

「親父《おやじ》どの」

声が高かったので、十兵衛はそれとなく辺りを見廻した。広い境内には相変らず参詣人の姿もない。

新太郎がかねがね、十兵衛のことを「親父どの」と呼んでいるのは、魚屋の船頭達が、やはり、そう呼ぶのを真似《まね》てのことだと十兵衛はあまり気にしていなかった。

魚屋の奉公人は通常「旦那様《だんなさま》」と呼ぶが、海の男達はもっぱら「親父どの」と信頼をこめていう。

たしかに板子一枚下は地獄の船乗りにとって、船主であり、秀れた指導力をもって船に乗り込む十兵衛を父と慕う気持はごく自然であった。

だが、今、新太郎が呼んだ「親父どの」には、それ以上の重みがあったように思える。

「私は親父どのの子のつもりで居ります。武士になる気はございません。親父どのには、御迷惑とは思いますが、魚屋の船乗りとして生きて参りとう存じます」

「しかし……」

「親父どののお立場はわかります。坂倉屋どのにも文を書きます。坂倉屋どのは手前の気持がおわかり下さるように思います」

足音をたてずに、母様《まあま》が二人の男の前へ立った。

「十兵衛どの、新太郎の申すこと、どうぞ承知してやって下され。この婆《ばば》からも頼みます」

「母様《まあま》……」

年寄へ向って十兵衛は手を振った。

「わたしとて、新太郎の気持は嬉《うれ》しいのですよ。どれほど、それを望んでいるか知れないのです。しかし、それでは世間の義理が立ちますまい。新太郎どのは天下無二の御方の血を引く男、しかも、秀れた資質の持ち主じゃ。殿様のお手元へ帰れば、どのような出世も出来る。船乗りで終らせてよい男ではないのですぞ」

母様《まあま》の白い顔に血の色が浮んだ。

「武士になりとうない者を無理矢理、武士にすることが、果して幸せと申せますか。天下無二のお方の血を引く男なら、天下無二の船乗りにおなりなさろう。どちらを新太郎が望むのか。新太郎の望みをかなえるためなら、母様《まあま》が江戸へ参り、殿様に言上申しましょう。十兵衛、母様《まあま》を船にお乗せなされ」

「母様《まあま》、なんということを……」

十兵衛が絶句し、新太郎が母様《まあま》の手を取った。

「ありがとう存じます、母様《まあま》、新太郎は逃げることなくおのれの道を進みとうございます。そのために、自分の口から江戸の方々に志のあるところをお話し申し、お許しを得て参ります。さすれば、親父どのも御安心なされましょう」

「行くのはよいが、一日も早う長崎へ戻ってたもれ。母様《まあま》は媽祖様に日参して、そなたの帰る日を待って居る」

自分を産んだ母の手が、孫を抱くように新太郎へ廻されているのを、十兵衛は或る感慨を持って眺めていた。

五月、魚屋の七星丸は、十兵衛と新太郎を乗せて長崎の鶴《つる》の港を出港した。

博多沖を廻り、瀬戸内の海を通って西宮へ入津し、半月ばかりを過して江戸を目ざす。

七星丸を迎えた江戸は夏空であった。

上陸した新太郎は、その足で蔵前の坂倉屋を訪ねた。

久しぶりに上方へ入り、江戸へ着いて、新太郎は十兵衛の言葉通り、世の中が活気づいていると思った。

なかでも、蔵前の繁華になった状《さま》は上方以上であった。

札差の旦那衆が凝《こ》った身なりで芝居小屋へ繰り出し、その風俗を役者が真似るなぞという話も上方で聞いたが、たしかにこの繁昌は只事《ただごと》ではないと思う。

だが、坂倉屋の店は昔ながらの質実剛健ぶりであった。

商売は他の店に劣るとは思えないが、華やかなところは何もない。

新太郎を迎えた龍介にしても、木綿の着物に前掛をつけて、そのあたりで働いている番頭や手代と大差のない恰好《かっこう》であった。

「ようこそ、お帰りなされましたな」

いそいそと案内した部屋も、新太郎の記憶にある坂倉屋の客間で、がっしりした造りだが相当に古びてはいる。

茶菓が出て、龍介から訊《き》かれるままに道中の模様を話してから、新太郎は率直に自分の考えを打ちあけた。

田沼意次の許で武士になる道よりも、魚屋の倅《せがれ》として船乗りになりたいという新太郎の言葉を、龍介は一言も口をはさまず、最後まで熱心に聞いた。

聞き終えて、最初に龍介の心に浮んだのは、やはり、この子は田沼龍助だという気持であった。

龍介の記憶にある田沼龍助が、そっくり自分の前にいる新太郎であった。

凛《りん》として、さわやかでひたむきである。

魚屋は、とんでもない秀れた息子をさらって行ったものだと、十兵衛にいってやりたい気がした。

「ところで、木挽《こびき》町の御屋敷には……」

「母の顔は、まだ見て居りません。正直の所、母には申しにくいのです」

若々しい顔に困惑が浮んでいた。

「お北さんは泣くかも知れないな。それ以上に、殿様はがっかりなさるだろう。しかし、わたしの思うところ、お二人は新太郎どのの決心をさまたげはしないと思う」

が、失望は大きいだろうと重ねて龍介はいった。

「殿様はいつも新太郎どののことを気にかけて居られるのですよ。このたびも、いつ江戸へ戻るかと、何度、口にされたか……」

いってみれば、お北が人妻だった時の罪の子であった。新太郎に対して親の愛情と同時にすまなさとうしろめたさを意次が感じているのを、龍介は知っている。

二

新太郎を伴って、坂倉屋龍介は神田橋の田沼家上屋敷へ出かけた。

すでに陽は暮れかけているというのに、田沼家の門前には供侍達が各々《おのおの》、立派な乗物を囲むようにして控えている。

ここ数年、田沼家に来客が増えているのは龍介も知っていた。

田沼意次が登城するのは辰《たつ》の刻（午前八時）ときまっているが、その前に神田橋の屋敷へやって来る。その数が十人を越えている。

「いったい、何の用があってお見えになるのですか」

早朝から冗談ではないという思いをこめて、龍介が意次に訊いた時、意次は途方に暮

れたという顔をして、

「まあ、挨拶《あいさつ》だろうな」

と答えた。

「単純に、挨拶ですか」

「昔から慣例のようになっているのだ」

要するに、お見知りおき下さい、とか、御昵懇《じっこん》に願いたい、というようなものだが、相手の腹の中が、それだけではないのは龍介にも推量出来る。

「暫《しば》くは挨拶だ。頼みごとがある時はみなが押しかける朝には来ない。まず人目につかない夜陰に乗じてということだろうが、俺はそっちは断っている。ただ、朝の挨拶は、今もいったように慣例なのでね。勝手に断ると礼儀知らずと非難される」

「厄介でございますね」

「侍の世界は、何事によらず形式を重んじるという建前があるのでね」

苦笑している幼友達はこのところ少し痩《や》せて頬のあたりが細くなっていた。

政務多忙で寧日《ねいじつ》もない人を、せめて朝の出仕前ぐらいはゆっくりさせてあげたいという思いやりも武家社会にはないのかと龍介は驚いたが、考えてみれば生き馬の目を抜くというこの世の中、商人にしたところで他人を思いやってばかりいると自分の店を潰《つぶ》すことになりかねない。

「坂倉屋どの、殿様は間もなく御用がおすみになられる。こちらでお待ち下され」

顔なじみの用人が気さくに声をかけて、龍介は新太郎と共に、意次の居間へ通った。

待つほどもなく、意次は袴《はかま》の衣《きぬ》ずれの音をさせて戻って来た。

「帰って来たのだな」

龍介の背後の新太郎へ視線が伸びて満足そうにいう。

「久しく見ぬ中に大きゅうなった」

新太郎が困った顔で頭を下げた。

「いつ戻った」

「七星丸にて、今朝、入津《にゅうしん》致しました」

「木挽町へは戻ったのか」

「いえ、まだでございます」

ちらりと新太郎が龍介を見、龍介は意次の新太郎への問いが、つい、先刻、自分が新太郎へ訊いたのと殆《ほと》んど同じだったのに微苦笑していた。

自分も又、新太郎に対して父親のような気持を無意識の中に抱いているのだと思う。

父親が久しぶりに帰って来た息子にいう言葉は似たりよったりになるものらしい。

龍介は膝《ひざ》を進めた。

「実は、新太郎どのは、十兵衛どのより、殿様の御意向を聞いた由《よし》にございます」

船を下り、田沼意次の子として武士の道を行ってもらいたいという父親の希望である。

意次が龍介と新太郎を等分に眺めた。

「どうやら、新太郎は不承知のようじゃな」

新太郎が両手をつかえた。

「御厚志は身に余ります。かたじけないことでございます。なれども、手前は船乗りの道を歩きとう存じます」

「成程、それで十兵衛は未《いま》だ我が屋敷へ参らぬのだな」

「魚屋どのは当惑されて居ります。もし、十兵衛どのが、殿様への義理を重んじ、手前を魚屋の船に乗せぬと申されるのなら、他の船で働くことも考えて居ります」

「新太郎どの」

慌《あわ》てて龍介が新太郎の袖《そで》を引いた。

「そこまでいうてはならぬ。殿様にも、魚屋どのにも、お考えがあろう」

だが、新太郎は両手を膝へ戻し、しんとしてうつむいている。

「それほど、船が好きか」

暫く間をおいて、意次が口を開いた。

「船に乗って津々浦々を廻り、商いをするのが、面白いのか」

新太郎が、ふと、遠い目をした。

「仰《おお》せのように、それも面白うございます」

「それも、とは……」

「自分でも、しかとはわかって居りませんが、海を眺めると、そのむこうにある国のことが思い浮びます。どのような国に、どのような人が住み、どのようなことを考えているのか、あれこれ推量するのは楽しゅうございます」

「しかし、お上は国をとざして居る。この国の者が異国へ渡ることは禁制じゃぞ」

「存じて居ります。御禁制を破るつもりは毛頭ございません」

「では、あれこれ夢のように考えるだけで満足じゃと申すか」

「満足は致しませんが、手前が軽はずみを致せば、多くの方々に取り返しのつかない御迷惑がかかるのを承知して居ります。左様なことは死んでも出来ません」

坂倉屋龍介が慌てて父子の間に膝を進めた。

「新太郎どのはまだお若い。若い中はどのような夢をみるのも若さの故と、殿様もお許し下さいましょう。それはそれとして、暫くは陸に上って、殿様のお望み通り、御武家の道を歩いてごらんなさるのも無駄ではないと存じますが……」

新太郎は返事をしなかった。意次も脇息《きょうそく》に腕をおいたまま、考え込んでいる。

沈黙を破ったのは、新太郎によく似た、さわやかな声であった。

「父上、新太郎が参っていると聞きましたが、手前が入ってもよろしゅうございますか」

救われたように、意次が答えた。

「よい、入れ」

礼儀正しく障子を開けて田沼意知がまず父に対して深く一礼した。

「只今、戻りました」

「御苦労であった。御奉公に障《さわ》りはなかったか」

「何事もなく終りましてございます」

「それはよかった」

意知が坂倉屋龍介に会釈《えしやく》をし、新太郎を見た。

「無事でよかった。案じていたのだぞ」

声に実がこもっていた。

「ありがとう存じます」

みつめ合った顔と顔が兄と弟のそれであった。

「父上、新太郎と話を致したく存じます。手前の部屋で二人だけの膳《ぜん》を囲むことをお許し下さい」

意次が苦笑した。

「よい。連れて行け」

「お許しが出た。新太郎、参れ」

意知が立ち上り、新太郎の立つのを待って一緒に部屋を出て行く。

新太郎の表情が如何《いか》にも嬉《うれ》しそうで、龍介はほっと胸をなで下した。

若い足音が遠ざかってから、意次が龍介にいった。

「新太郎を、どう思う」

「魚屋十兵衛は、とんでもない宝を手に入れたものだと、妬《ねた》ましく存じます」

「親馬鹿《ばか》を承知で申すなら、あいつは面白い。この屋敷の倅どもにはないものを持って居る。それ故、身近かに置きたいと考えていたのだが……」

手を叩《たた》いて夕餉《ゆうげ》の膳を運ばせた。

「龍介のところは、ぼつぼつ孫が生れるのであろう」

盃《さかずき》を取り上げて、今度は屈託なく笑った。

「順当ならば、今年の暮と聞いて居りますが……」

龍介の長男、長太郎は昨年の春に嫁を迎えていた。龍介が二十五の時の子だから、田沼家の嫡男《ちゃくなん》、意知よりも八歳も年上になる。

「龍介は早く子持ちになったから、今となってみると羨《うらや》ましいぞ」

意次と龍介は同じ享保《きょうほう》四年（一七一九）生れであった。

たしかに、龍介のほうは十六で坂倉屋へ養子に入り、二十そこそこで、坂倉屋の義母の姪《めい》と夫婦になった。

「まさか、殿様も早く祖父《じじ》になりたいとおっしゃるのではございますまい」

五十を過ぎているようには見えない意次の風貌《ふうぼう》であった。

若い時はむしろ老成した感があったが、年を加えるごとに外見は若い。

「魚屋には上方での五匁銀《もんめ》の評判を聞きたいと思って居る。新太郎のことに遠慮せず、屋敷へ来るように伝えてくれ」

いつものことで、給仕人を側におかず、龍介とさしつさされつしながら、意次がいった。

「両替屋は旨味《うまみ》がなくなって苦情を申すようですが、商売の取引にはずっと便利になって居ります」

上方は銀、江戸は金と別々の貨幣であるだけでも厄介なのに、銀のほうは一定の貨幣ではなく、その都度、銀のかたまりを秤《はかり》にのせて何貫何百と数字を出す。おまけに銀の相場が毎日、変ったりするので、江戸と上方との取引は何かと面倒であった。

明和二年（一七六五）に、意次の発案で新鋳され、発行された五匁銀は、文字通り、五匁と決まった貨幣であった。一々、秤にのせなくとも、それ一個で銀五匁の値打を認められる。

しかも、発行から二年後には、銀相場に関係なく五匁銀を十二枚で金一両とすると定めた。

つまり、金と銀が相互に通用出来るようになった。

龍介が上方と江戸との取引が便利になったといったのは、そのことであった。

「勘定所は、今、もう一つ、便利な新銀を考えているのだ」

阿蘭陀から買いつけた銀を使って新しい貨幣を造るのだと意次はいった。

「そいつは南鐐二朱判《なんりようにしゆばん》といってね。純銀といってもよいほどの良質の銀なんだが、建前からいうと銀の扱いをしない。あくまでも二朱なのだ。つまり、二朱判が八枚で金一両となる」

江戸での通貨は一両の下が一分《ぶ》であった。

四分が一両、一分が四朱となっている。従って、二朱の銀貨は八枚で小判一枚と同価値になる。

「それは、まことに便利なものですが……」

いいさして龍介が言葉を切ったのは、五匁銀でも大さわぎをした両替商が、更に簡便な二朱判が登場したら、両替の手数料が入らなくなるわけで、死活にかかわるといい出すのが目に見えていたからである。

「両替屋はこれまで金銀相場であまりにも儲《もう》けすぎて居る。金銀の通貨がそれに記されている値によって流通すれば勘定も早くなり、商売が活発になる。おそらく十兵衛は五匁銀の効用を諸国で確かめて来ているに違いない」

これまでのお上の政策は、あまりにも米に偏りすぎていたと意次はいった。

「権現様《ごんげんさま》の昔から百姓は国の宝《たから》であり、米が豊かに実ることによって年貢米《ねんぐまい》の制度が保たれて来た。しかし、この国の土地には限りがあるし、米の出来も一定ではない。もはや、米だけに頼って年貢米をふやし、百姓を泣かせる時代ではないのだ」

税はないところから無理に取り立てるよりも、ある所から運上金、冥加金《みょうがきん》として徴収すればよいので、そのために商業を活性化させ、株仲間をふやし、商人が利益を上げることで、幕府の台所も潤《うるお》うと意次は考えている。

「とはいっても、商人に儲けさせて税を取り立てるだけでは先が見えている。お上が取り組まねばならぬことはまだまだ多い。上に立つ武士が常に倹約を心がけるのはもとよりであるし、荒地の開拓も忘れてはならぬ。わしが今、目をつけているのは蝦夷地《えぞち》だが、なかなか彼地《かのち》に精通して居る者がみつからぬ。松前藩などは、むしろ、お上の目が蝦夷へ向くことを怖《おそ》れて、ただ、不毛の地であるとしか申さぬ」

それは、松前藩が蝦夷の産物を独占して莫大《ばくだい》な利得をあげているからで、

「富を一人占めにしようとしている者に、何を訊《き》いても正しい答は戻って来ぬ」

刎頸《ふんけい》の交《まじわ》りを結んでいる友の前で、意次は胸中のものをかくさず語り、龍介はひたすら耳をすませた。

田沼意次の考えていることは、これまでの為政者とは一味も二味も違っている。けれ

ども、その政策は着実に効果を上げていた。

やがて、意知が新太郎を伴って戻って来て、龍介は暇《いとま》を告げ、新太郎を同道して木挽町の屋敷へ送って行った。

居間には父と子と二人だけになった。

「新太郎と何を話したのだ」

酒はもう飲まず、給仕の者に運ばせた茶碗《ちゃわん》を掌《てのひら》に包み込むようにして意次が訊《たず》ね、意知は微笑した。

「さまざまのことを話してくれました。航海のこと、酒田の湊《みなと》のこと、長崎のこと。七星丸はこの夏、蝦夷をめざすかも知れぬとの話でした」

「魚屋の船が、蝦夷へ行くのか」

「新太郎は、たのしみにして居ります」

そこで意知は弟を思う兄の表情を見せた。

「父上に、手前からもお願い申します。暫《しばら》くは新太郎を思いのままにさせてやって頂きとう存じます」

「新太郎が其方《そち》と共に侍の道へ進むのを好まぬというのか」

「そうではございません。手前と新太郎とは気が合います。一緒に育ったわけでもないのに、手前には新太郎の心中がよくわかりますし、新太郎も手前にはかくしごとをしないようです」

「父は、新太郎を、そなたの役に立つ弟として育て上げたいのだ。父がもし、志なかばにして死ぬことがあれば、父のやり残したさまざまを完成させるのは、そなたをおいて他にはない。その、そなたの片腕として新太郎は無二の者と思う」

「父上のお気持はよくわかります。実は新太郎が申しました。将来、田沼家の役に立つ者になりたい、但《ただ》し、それは必ずしも武士でなくてもよいのではないか。むしろ、武士でないほうがと……」

「そんな話をしたのか」

「武士の弟ならば、手前には意正が居ります。意正の下にも直吉、鉄吉が居ります。一人くらい、武士の道を行かぬ弟がいてくれてもよいと考えて居ります」

「そうか」

庭にむかった簀戸《すど》のむこうから夜気が忍び込んで来た。

青葉の匂《にお》いを含んだその気配に誘われたように意次が縁に出た。

空は晴れていて、星が光っている。

「新太郎が申して居りました。船上で眺める星空には、この世ならぬ霊気の如《ごと》きものを感じるとか」

父と子は、ほぼ同じ背丈であった。

意次も殿中で鴨居《かもい》の下をくぐる時、烏帽子《えぼし》に気をつけ、膝《ひざ》をかがめるほど背が高いが、嫡男はその父を追い越す勢いである。

それからくらべると新太郎はまだ首のあたりまでしかない。

七星丸が蝦夷へ行くなら、少々の探索を頼みたいと考えながら、意次はその船に新太郎が乗って行くのにこだわっていた。

父の命とあれば、新太郎は危険を省みず行動に移るであろう。

なにかの時には十兵衛が守ってくれるとは思うものの、親としては我が子に冒険はさせたくないのが本音であった。

新太郎は、もう木挽町の屋敷に着いたかと思いながら意次の仰いだ空に、流れ星が一つ、赤い尾をひいて消えた。

三

田沼意次の密命を受けた七星丸が、表むきは商売のための米や酒、木綿などの積荷をして江戸を発《た》ったのは、この月の二十日、北をめざす航路の上には、ぎらぎらと輝く夏空が広がっていた。

その出航を知らせに来た坂倉屋龍介は意次の机の上に分厚い書類が半開きにされてい

るのを見た。

紙の色からすると、かなり古そうな感じがする。

例によって来客の応接に追われていた意次は、やがて少し疲れた顔で戻って来た。

「七星丸は予定通りだったようだな」

龍介の顔から視線を庭上の青空へ向けた。

「上天気でなによりであった」

机の上の書類を龍介に示した。

「龍介は快風丸と申す名を知って居るか」

元禄元年（一六八八）に水戸の徳川光圀《みつくに》が蝦夷探検のために建造させた船の名だと教えた。

「水戸様では、快風丸以前にも二艘《そう》、大船を新造させたが、いずれも失敗に終って居る」

もっとも、この第一、第二の船は最初から蝦夷地へ向うために用意されたのではなく、むしろ、それ以前、延宝三年（一六七五）に幕府が無人島（小笠原諸島）を巡見、調査したのをふまえて、光圀が独自に調査船を出そうとしたのではないかと意次はいった。

「ここだけの話だが、あちら様はとかく幕府とは別に行動を起す気風が代々、おありのようじゃ」

だが、その第一船は材木運搬用荷船の名目で造られ、長崎代官末次平蔵に依頼して西洋式航海器具一式と海図などを用意したものの、近海を試験的に航海している中に船頭が金を使い込み逃亡し、また、船の出来具合からして到底、遠洋航海は無理とわかって中止になった。

「次の船は貞享《じようきよう》二年（一六八五）十一月に房州を船出したが、当日、風が強く、波も高いところから船頭は船出を見合せたいとしたが、黄門様のお許しが出ず、やむなく港を出たものの、忽《たちま》ち行方知れずになってしまったという」

龍介があきれたという顔で慨歎《がいたん》した。

「船頭達こそ、いい面《つら》の皮ですな」

「三度目が快風丸だが二月に那珂湊《なかみなと》を出帆して松前へ参り、四十日ばかり附近を航海して戻って居るが、調査とは名のみ、全く意義のないものに終って居る」

「それにしても、よくお上がお許しになりましたね」

大船の建造は御禁制であった。

「お上も黄門様というお方には手を焼いていた節があるからな。なんにしても、水戸藩では、その後、快風丸を解体して幕府の忌諱《きき》に触れないようにしたらしい」

意次が今から八十年以上も昔の、こうした記録を入手して読んでいるのも、一つには魚屋の七星丸の航海を慮《おもんぱか》ってのことではないかと龍介は思った。

「快風丸と申しますのは、どのような船だったのでございますか」

七星丸は弁才《べざい》船であった。八十年も昔とは造船技術に格段の差がある筈《はず》である。

「そちらにくわしい者の話では伊勢船型と申すが……」

「大船でございましょうな」

「三千石以上といわれているが……」

「それは大きい……」

この節の弁才船がおよそ千石積であった。

今のところ、幕府がそれを許容しているのは、上方から江戸へさまざまの物資を運ぶ廻船の需要が年ごとに増え続けているからで、菱垣《ひがき》廻船も樽《たる》廻船もおおむね弁才船型の千石積になっている。

その日はひとしきり、船についての話が意次と龍介の間ではずんだが、それから三ヶ月の後、八月末に折柄の嵐《あらし》の中を悠々と七星丸は江戸湾へ入って来た。

十兵衛が意次に報告したところによると、七星丸は東蝦夷の沿岸を行き、蝦夷地の気候風土、並びに蝦夷人について、これまでにない実態を見聞して来ていた。

「蝦夷地は思った以上に大きく、広い。冬はともかく、夏の間は人が暮すに、まことに快い気候で、作物も東北で収穫されるほどのものならば、試作してみる値打は充分にありそうじゃ」

これまで松前藩が蝦夷地をひたすら寒冷にて不毛と報告していたのは、どうやら虚構の気配があると、意次は十兵衛の話から考えた。

もともと、松前藩というのは、徳川幕府が、元蝦夷管領であった武田信広の後裔《こうえい》と称する松前氏を蝦夷地の領主として松前藩を名乗らせたもので、最初は米作が不可能というので、石高のない藩であった。

けれども、それでは何かと具合が悪いので享保四年（一七一九）に一万石という大名としての格付がなされている。更に松前藩の財政は蝦夷人との交易によりまかなわれることとし、その交易独占権を与えていた。

従って、松前藩では蝦夷人との交易の利益が藩の収入となっている。

「どうも、お上はこれまで蝦夷地について、あまりにも知識がなさすぎる。すべてが松前藩の申すままに仕切られていたのは、この際、考え直さねばならぬな」

久しぶりに木挽町の屋敷へ来て、お北にそんな話をした意次だったが、その夜はお北のほうからも思いがけない話を聞くことになった。

「実は大奥に御奉公して居りましたお登美様が、一橋様のお目に止まって、あちらへ参ることになりましたとか」

この春、吹上の御苑《ぎょえん》で将軍家が花見の宴を催した際、御三卿《ごさんきょう》の当主が招かれて席に連なった。

御三卿とは、かつて徳川家康が本家に跡継ぎがなくなった場合、御三家より入って将軍職につくようにと、秀忠の三人の弟を尾州家、紀州家、水戸家の三家に分けたのにならって、八代吉宗が次男、宗武を田安家、四男の宗尹《むねただ》を一橋家、更に、長男、家重の次男、重好を清水家として各々《おのおの》に十万石を与え、御三卿としたものである。

一橋家からは当主、治済《はるさだ》が花見の宴に出席していたのだったが、どこでどう見初めたのかお登美を気に入って、是非とも一橋家へ奉公させたいという話になったらしい。

「松島様のお話では、そうした例はこれまでに聞いたこともなく、もったいなくも御台様に御奉公の女中を御所望とは御三卿とはいえ、不届とお思い遊ばしたそうでございます。なれども、そのことが御台様のお耳に入り、折角の御所望であり、当人に異存なくば一橋様のお望み通りにせよと仰《おお》せられた由にございます」

　お北の話に、意次は僅《わず》かばかり眉《まゆ》をひそめた。

一橋治済には、かねてから色好みの噂《うわさ》があったからである。

　御三卿というのは十万石を幕府の収入から与えられているので、御三家をはじめ、一般の大名のように藩を経営するわけではなかった。江戸城の廓内《くるわない》に大きな屋敷をもらって、それなりに家臣の数を揃《そろ》えているが、領地を治める必要がないから、当主は気楽であった。

　加えて、そもそもが本家の跡継ぎがなくなった時のための、将軍の予備軍だから、平素からどうしても権力志向が強く、野心家に育ちやすい。

とりわけ、吉宗の子であり、前将軍である家重は、弟の宗武が、松平左近将監乗邑《しょうげんのりさと》らに推されて、兄を退けて次期将軍に擁立されようと画策したことを深く怨《うら》みに思っていて、田安家には終生、好感を持たなかった。

幕閣においても、その家重の影響から田安家、及び、一橋、清水両家に対しても、幕府の金食い虫として暗に不用と感じているむきが少くない。

家重が病弱であったればこそ必要な御三卿かも知れないが、家重に嫡男《ちゃくなん》が誕生し、十代将軍家治となった今は、どう考えても御三卿の存在意義は薄い。

しかも、家治には家基という嫡子も誕生している今は尚更《なおさら》であった。

従って、万一、御三卿のほうに後継者がなくなった場合は直ちに絶家にしてしまってよいという考え方が幕閣の宿老達にある。

そのあたりを承知している意次にしてみれば、一橋家の当主が色好みで多くの妻妾《さいしょう》を蓄《たくわ》えようとしているのは、こそばゆいような感じでもあった。

「お登美は、もう一橋様へ移ったのか」

「いえ、まだでございます」

それについては、当人のほうから少々、支度をしてもらいたい旨《むね》、実母のお志尾を通していって来ているので、とお北が苦笑まじりに話し、意次は、

「それは充分にしてやるがよい。当人が恥をかかぬよう気をつけてな」

と答えた。

表むき、お登美の親許《おやもと》になっているわけではないが、大奥入りのそもそもから、実質的には意次が世話をしている。

秋の終りに、一橋家の家老をつとめている弟の田沼意誠《おきのぶ》が神田橋の屋敷へやって来た。

「このたびはお登美どののことにて、兄上に御厄介をおかけした由《よし》、我が殿には至極、御満足の御様子にて、手前に礼に行けと仰せられました」

くすぐったそうな顔で笑っている。

弟の顔色があまりよくないと意次は思った。が、意誠はどこも悪いところはないという。

「兄上こそ、少しお痩《や》せになりましたぞ。御精勤はよろしいが、もう御無理はいけません。兄上も五十を越えられたのですから……」

「そういうそなたも、間もなく五十ではないか」

「歳月は人を待たず、ですな」

笑い合っている兄弟の風貌は似ていたが、弟のほうが老《ふ》けて見えた。性格も実直すぎて面白味のない嫌いがある。

しかし、意次にとって、たった一人の弟であった。

二人の下に、もう一人、弟がいたが延享四年（一七四七）に若くして他界している。

他には兄弟の末の妹が、新見豊前守《ぶぜんのかみ》正則の妻となっていた。

「おたがい、もう若くはないのだ。折々は、膝をまじえて酒でも酌みかわそう」

「手前はいつにても馳《は》せ参じますが、兄上にはなかなか、そのお暇が取れますまい」

だが、その日、意誠は兄の多忙を気にかけながら、けっこう長居をした。

嫡子、意致《おきむね》が真面目《まじめ》すぎると愚痴をいったり、子供の時の思い出話もあれこれとした。

「やはり兄弟とはよいものだな。そなたと話をして、気分がくつろいだ」

帰って行く弟を見送りがてら意次がいい、意誠は、

「では、これからはちょくちょくお邪魔することにしましょう」

ほろ酔いの顔で機嫌よく帰って行った。

けれども、兄弟がさしむかいでのんびり話をする機会というのは、その後も、なかなか来なかった。

明和九年（一七七二）一月、意次は三万石に加増となり、正式に老中となった。無論、今まで通り側用人は兼務である。

その祝客が延々とつめかけ、意次は返礼の挨拶《あいさつ》廻りに忙殺された。

それらがおおむね片付いて、やれやれと息をついた二月、江戸は目黒行人坂《ぎょうにんざか》の大火と後に呼ばれた大火事に見舞われた。

火元は行人坂の大円寺で、強風で火の廻りが早く九百三十四町が被害を受け、大名屋

敷は百六十九軒、寺社三百八十二が焼失し、およそ一万四千七百人の死者と四千人の行方不明者を出した。

この火災で田沼家の神田橋の屋敷も焼け、意次はとりあえず木挽町の屋敷へ移った。

将軍家治からは格別の御沙汰《ごさた》があって、見舞金一万両の拝借が許された。

「上様は、わしの懐《ふところ》具合をよく御存じだ。毎度、龍介に厄介をかけては心苦しいと思っていた矢先、おかげで助かった」

火事の際も神田橋へかけつけて来、その後、木挽町へ移ってからも、なんのかのと面倒をみてくれた坂倉屋龍介に意次が冗談らしく笑い、龍介はこの友人を睨《にら》んだ。

「殿様あっての坂倉屋と申すことを、どうかお忘れにならないで下さいまし。かような時にお役に立てないのは、手前にとって心外でございます」

実際、龍介は金の用意をはじめていた。

老中格から正式に老中となって、田沼家の台所が火の車なのは、誰よりも龍介が熟知している。

祝金を貰《もら》えば、それ以上を必ず返礼としている意次の気性を、龍介はとっくに飲み込んでいた。

貸しは作っても、借りは作りたくないという意次の心情は、彼がこれから次々と新しい政策を打ち出して行く上で、是非共、必要だと承知しているからであった。

誰からも足をひっぱられることなく、しがらみに縛られず、公儀のための改革を推し進めるために、借勘定を作るのは禁忌であると意次は考えている。

木の香も新しい神田橋の屋敷へ戻って漸《ようや》く落ついた秋、かねて発案の南鐐二朱判が巷《ちまた》へ出た。銀の表位通貨は、これが最初のことで、両替商はともかく、一般の商人の間では簡便であると、おおむね評判は悪くなかった。

明和九年は十一月十六日をもって改元し、安永元年となった。

ところで、田沼意次が老中となった時の幕閣は、老中筆頭が松平武元《たけちか》、上野国《こうずけ》館林《たてばやし》六万一千石で、続いて松平康福《やすよし》、石見《いわみ》国浜田六万石、松平輝高、上野国高崎六万二千石、それに意次が老中格になった明和六年、老中に進んだ板倉勝清であった。

三人の先輩老中は、松平武元が老中になってすでに二十五年になり、松平康福が宝暦十三年（一七六三）からで約九年、松平輝高が宝暦十一年からで約十一年、幕閣は極めて安定した状態にあった。

しかも、意次の提案になる新しい政策に理解を示し、協力的であった。

更に、板倉勝清はかつて意次が御側御用取次だった頃の側用人、つまり上司であり、その後、遠州相良一万五千石の領主をつとめ、今は上野国安中三万石の城主であった。

意次より十三も年上だが、これまでなにかと縁の深かった人でもあり、気心も知れている。

正直のところ、意次にとってこの幕閣は仕事を進めやすい顔合せであった。

長年にわたって少しずつ、思案し、多くの意見を聞き、調査を続けて来たことを漸く実現へ漕《こ》ぎつける機会に恵まれて、それでも意次は慎重であった。

独断を避け、合議の上で下へ伝達する。

すでに勘定所には意次に登用されて勘定吟味役に進んでいた川井久敬が居たが、明和八年には勘定奉行に抜擢《ばってき》された。

順風満帆ですべり出した田沼意次の許へ、弟の意誠がやって来たのは、一橋治済に奉公していたお登美が男児を出生した知らせのためであった。安永二年十月のことである。名は一橋豊千代。実質上の長男というので一橋家は喜びにあふれていると聞き、意次は早速、家臣に命じて祝物を届けさせた。

で、意誠に、

「めでたい知らせではあり、久しぶりに一献《いっこん》、どうだ」

と誘ったのだが、意誠は、

「いや、昨日来、祝客も多く御用繁多の折柄、またあらためて……」

と、少々、残念そうに帰って行った。

意次が、たった一人の弟の死を知ったのは、それから一ヶ月余り後、江戸の町は木枯が吹きすさび、夜明けから冷たい雨が屋根瓦《がわら》を黒く染め出していた。

四

年が改まって、漸く江戸の町々が正月気分から脱け出した月なかば過ぎに、意次は木挽町の屋敷へ姿を見せた。

居間へ落ついて、いつものようにお北のたてた茶を一服し、初春とは名ばかりの寒々とした庭を暫《しばら》く眺めている。

その横顔に寂寥《せきりよう》が浮んでいるのをみて、お北は暮に弟、意誠を失った悲しみの故《ゆえ》だと思いやりながら、遠慮がちに悔みを述べた。

「一橋様では、このたび、弟意誠の悴《せがれ》、意致《おきむね》に家督相続を許され、新たに家老職を仰せつけ下された」

有難いことだ、と呟《つぶや》いた意次にお北は両手をつかえて、

「それは、おめでとう存じました」

と頭を下げた。

弟思いの意次が、意誠亡《な》き後の家族の将来を案じていたのは承知している。

「意致はまだ若いが、年に似ず老成したところもある。万事に慎重なのは父親ゆずりだがものわかりの早い奴《やつ》だから、まあ、お役目大事にそつなく勤めるだろう」

ただ、と甥《おい》を案じる伯父の顔になった。

「歿《なくな》った意誠も申していたのだが、御当代はなかなかの策謀好きとのことだ。意致がそれ故に苦労せねばよいがな」

意次が御当代といったのは、一橋治済のことであった。

一橋家の始祖、宗尹の四男だが、父の宗尹は兄の田安宗武が家重の病弱且《か》つ言語不明瞭《ふめいりよう》をいいたてて、我こそは九代将軍と、老中、松平乗邑《のりさと》を後楯《うしろだて》に画策しているのを我関せずと高みの見物をして、家重が将軍職になるとすみやかに忠勤ぶりを示すといった要領のよさを持っていた。

そのおかげで、田安家は終生、家重将軍から嫌悪《けんお》され、冷遇されたにもかかわらず、一橋家のほうは、十代将軍家治にも信頼され、幕閣の大名にも上手に立ち廻っている。

その宗尹の子だけに、治済は父以上に智恵者であり、何かにつけて巧妙なところがあるらしい。

おまけに、外へ評判になるほどの女好きで、気に入った女はその素性におかまいなく女中として身辺に奉仕させるという。

そのことは、お北もかつてお登美が大奥から一橋家へ移った一件で知っていた。

そのお登美はすでに昨年、治済の子、豊千代を産んでいる。

久しぶりにくつろいでいる意次のために、お北は自ら台所へ立って意次の好物をあれこれと用意した。

段取りをすませ、あとは賄《まかな》いの者にまかせてお北が酒を運びがてら居間へ戻ると、意次は袱紗《ふくさ》包みを広げていた。

「そなたも知っている平賀源内がかようなものを屋敷に届けて参ったそうだ」

意次が会ったわけではなく、用人にことづけて去ったのだという。

「ここへは来なかったか」

「はい、随分と暫く、参って居りません」

「あいつは久保田へ行っていたのだよ」

佐竹藩に売り込んで、封内鉱山の調査と産物取立の仕事に出かけていたと意次は苦笑した。

「何でも首を突込む面白い奴だが、どうやら長崎で阿蘭陀《オランダ》の知識を仕入れて来たらしい」

山へ出かけて鉱脈を発見し、採掘したり、鉱石の精錬などにかかわり合うようだと意次は苦笑まじりに語った。

「佐竹藩には銀山、銅山があるが、採掘、精錬、共に進んでいるとはいえぬ。源内の新知識に頼って利益をあげたいと申すところであろう」

佐竹藩は二十万五千八百余石、居城は出羽秋田郡久保田であるが、寒冷地のため、米の出来は今一つ不確かなところがある。

天候が良好ならばなんのこともないが、冬の寒さがいつまでも続き、夏になっても思うように気温が上らないと米は忽《たちま》ち不作となるので、藩の収入は半減する。従って早くから米以外の収入の道を探り続けていて、鉱山の開発もその一つであった。

「源内どのが久保田まで行かれて、それなりのことはございましたのでしょうか」

寄り添って酌をしながら、お北が訊《たず》ね、意次がお北にだけ時折見せる悪戯《いたずら》っぽい表情を浮べた。

「当人の話では佐竹藩より御褒美《ほうび》として金百両を頂戴《ちょうだい》したと申したそうだが、内実は五十両を頂き、残り五十両は江戸渡しと申すことで、まだ源内の手には渡って居らぬそうじゃ。しかし、用人にはおのれの力で佐竹藩には一年に二万両ばかりの国益をもたらしたと自慢して帰ったとのこと。まず、奴の申し分は眉《まゆ》に唾《つば》つけて聞くがよかろうというておいたが……」

「相変らずでございますね」

平賀源内という男に大言壮語の癖があるのは、お北もさんざん思い知らされている。

「ところで、これだが……」

盃《さかずき》をおき、意次が一枚の櫛《くし》を取り上げた。

「伽羅《きゃら》の木に銀の覆輪をおいた棟に象牙《ぞうげ》の歯をしつらえたものだと添え書きに記してあるのだが……」

渡されて、お北はそれを眺めた。

棟の部分には月と雁金《かりがね》が打ち出され、部分的に金で象眼がしてある。

「美しゅうございますが、贅沢《ぜいたく》な御品でございますね」

「菅原《すがわら》櫛と申すそうだ」

お北の手から櫛を取り返し、意次はお北の肩に手をかけて、前髪のところに挿し込んだ。

「成程、こうして見るとなかなかに美しいものだ」

鏡をみるがよい、といわれてお北は頬を染めた。

「とんでもないことでございます。私のような婆にはもったいのうて、とても挿せませぬ。それこそ奥方様に……」

櫛へ手をやりかけたのを、意次が押えた。

「この櫛が気に入らぬか」

「いえ」

「わしは、お北に似合うと思うた故、持って来たのだ。お北を喜ばせようとてやって来たのだ」

お北の手を取り上げて軽く振った。

「婆などと申すな。わしもお北の前では年をとらぬ心算《つもり》だ」

手をはなして、もう一つの品物を指した。

「これがわかるか」

「金唐革《きんからかわ》ではございませんか」

昔、上方で見たことがあった。

湊屋本家にあったもので、それは小さな衝立《ついたて》であった。

「阿蘭陀渡りと聞きましたが、金蒔絵《まきえ》の革に色絵具を用いて、見たことがないような花鳥が描かれて居りました」

「本物の金唐革はそうなのだ」

「これは……」

「偽物《にせもの》さ。源内が作った」

お北がそっと手に取ってみた。

何を入れるつもりなのか、小さな手箱であった。

「それは革ではない。紙なのだ」

本来、金唐革とは薄くなめした革に唐草模様のような異国趣味の図柄をおいて、上から金漆《きんうるし》を塗ったものだと意次はお北に教えた。

「これは、紙を渋もみにして形を打ち、色をつけて金銀の箔《はく》をおいたものだそうだ」

それもそなたが使えと意次は袱紗をお北の膝《ひざ》へ投げた。

「ありがとう存じます」

意次の気持がわかって、お北は大切に金唐革の手箱を袱紗に包んだ。

意次は満足そうに眺めている。

「源内どのは、どうしてかようなものを作ったのでございましょう」

女中が襖《ふすま》のむこうまで運んで来た新しい膳《ぜん》を受け取って、意次の前へ直しながら、お北が訊《き》いた。

もともとは、高松藩の足軽の子だと聞いているが、長崎に遊学して阿蘭陀の知識が深い。

もっとも、魚屋十兵衛などは、

「どうも気位ばかり高く、才人かも知れませぬが、少々、いかがわしいところがあるやに見えます」

と意次にいっている。

また、この屋敷で何度となく平賀源内と話をしている坂倉屋龍介は、

「ああ気が多くては、とても一つのことを成しとげられますまい」

と評したことがある。

お北から見ると、たしかに年中、変ったことばかりしては、発明した品を持ち込んで来るのだが、それが何の役に立つのかよくわからないといった有様で、但《ただ》し、なにかを

持って来た時は必ず、まとまった金を出してやるようにと意次から命ぜられているので、その都度、五十両程度を渡すのが、なんとなく馬鹿々々《ばか》しいように思える相手であった。けれども、これまで持ち込んで来たのは、機械のようなものか、薬草の類だったのが、うってかわって櫛と金唐革細工になった。

「源内はその二つを大量に作って金儲《もう》けをしたいらしい。なにしろ、中津川鉄山が失敗して、後始末に困っているようだ」

お北が眉をひそめた。

「では、殿がお金をお出しなさるので……」

「いや、そうは甘い顔も出来ぬ。たまには、灸《きゅう》をすえるのもよかろうと龍介も申して居った」

ほどほどに酒を飲み、お北とさしむかいで飯をすませると、意次は湯に入った。

お北は着物の裾《すそ》をはしょって背を流しに行く。

意次の肉体は五十代なかばには見えなかった。昔から実年齢よりも若く見えるのだが、なかみも筋肉質で、痩《や》せぎすだが肩幅は広くどこもひきしまっている。肌の表面は弾力があって湯の玉をはじき返すほどであった。

木挽町の屋敷へ来た時の意次の湯殿の世話をする度に、お北は意次の壮健ぶりを目のあたりにして内心、胸を撫《な》で下していた。

それというのも、意次の日常が多忙すぎると始終、坂倉屋龍介が口にするせいであった。

「我々、商人ならば五十なかばといえば、ぼつぼつ家業を悴にゆずって隠居を考える年頃なのだ。それを殿様は寝る間も惜しんで政務をこなされ、多くの人々にお会いになっていらっしゃる。いいたくはないがね。殿様の屋敷へ日参なさるお方の大方は、殿様のお役に立ちたいという人ではない。自分の出世のために、殿様を利用しようとする者ばかりだ。そのことは殿様も御存じなのだが、決して嫌な御顔はなさらない。何故、そんな御無理をなさるのかと申し上げてみたら、なんと、とんでもないことをおっしゃった」

自分は三百俵の身分から、九代様、十代様の御信頼を受けて今日、三万石を頂くようになった。その我が屋敷へ訪ねて来られる方々は往時の自分からみれば、手の届かないほど高い身分の方々である。左様な相手に失礼な真似は出来ない、と答えた意次の言葉をお北に語った時、龍介は泣きそうな目をした。

「俺は殿様が御自分で寿命を縮めて居られるのではないかと不安で眠れない夜がある」

といった龍介の言葉はいつもお北の脳裡《のうり》から離れはしない。

神田橋の屋敷にいる時の意次に対しては何も出来ない代りに、木挽町へ来られた時は全力を挙げて意次の健康に心くばりをしているお北でもあった。少しでも滋養のあるものを召し上って、夜は半刻《はんとき》でも多く眠って頂きたいとお北が念じているにもかかわらず、

だりする。

「今日はおやすみになったほうがよろしくはございませんか」

などと気を廻そうものなら、忽ち機嫌が悪くなって逆に二度でも三度でもお北に挑んだりする。

それが、男の意地と気がついてお北は意次の求めに素直に応じることにした。

「お北は俺の体力を案じているのだろうが、神田橋の屋敷にそのような女をおいているわけではない。奥はもうだいぶ以前より茶飲み友達になってしまっているのだ。この上、お北に拒まれては、俺は本物のおいぼれになってしまうぞ」

などといわれて、お北は恥らいながら意次に抱かれた。

夫婦同然になってからの歳月が、二人の間に二人だけが承知している情感を作り出し、しっとりした営みの時を持つようになっている。

「お北は俺にとって元気の因《もと》だな。こうしてお北と過して神田橋へ帰ると二、三日はなにもかも忘れて御奉公に取り組める。良い智恵も湧《わ》く。だが四日が過ぎるとお北の顔がちらちらして落つかなくなるのだ。用人がそれを知っていて、疲れやすめに木挽町へ行けというようなことを、持って廻った言い方で勧めるから、こっちは逆に行くといえなくなる。全く野暮な御用人様さ」

その夜も、お北と枕《まくら》を並べてから意次はそうした話をしていたが、やはり気持が殁《なくな》った弟の意誠の上から離れないらしく、こんなことをいい出した。

「親というものは、我が子がいくつになっても幼い子供のように見えるのか。意誠も自分に万一の時、意致のことを頼むと何度か、俺にいったことがある。俺にしても自分が死んだ後、俺の志を継ぐのは意知と承知しているが、果してその時が来るまでに、どれほどの人物に意知が成長してくれるか、心もとない気がしないでもない。新太郎を呼び戻して手許《てもと》におきたいと思うのも、同じ気持からなのだ」

弟の意誠は一橋家の家老職だから悴《せがれ》に後事を托《たく》すとしても知れていると意次がいった。

「俺が今、めざしているのは幕府のため、この国のためにどうしてもやりとげねばならぬさまざまなことだ。それらは俺一代では到底、完成しない。少くとも二代、三代をかけて漸《ようや》く実が結ぶ。なにも後継者は我が子に限らぬのだが、あいにく俺の廻りにはそれほどの器量の持ち主がみつからぬ。加えて、俺は御三家から憎まれている。別に俺のほうから御三家をないがしろにしたことはないが、生れながらに貴種の家にある者は成上り者を嫌悪する。その者がどれほどの志を持ち、どれほどの識見をもって政事に当っているかなぞということは全く思案の外さ。ただ、目ざわりだ、気に入らぬというだけで、その者の失脚を待ちのぞんでいたりする」

お北は意次の胸に顔を寄せたまま、身じろぎもしないで、意次の言葉を聞いていた。

意次が御三家に対して、このようなことをいい出したのは、今夜が初めてであった。

どれほど不快なことが御城内であったのかと思う。

たしかに、三百俵でまだ西の丸にいた家重の小姓から出発して、三万石の大名に立身した意次を、成上り者と軽んずる人々がいるのはよくわかる。

意次のいうように、生れながらに御三家であったり、東照大権現《だいごんげん》様以来の譜代の大名、或《ある》いは外様《とざま》大名には、側用人上りの老中が将軍の絶大な信用を背にして、あれこれと御改革に実績を上げているのは、忌々《いまいま》しい限りかも知れなかった。

おそらく、御三家の中でも水戸様あたりが一番、風当りが強いのかとお北は推量していた。

男は家の外に出れば七人の敵があるという。

意次ほどの人物なら、敵の数も十倍、二十倍かとお北は小さく戦慄《せんりつ》した。

それに、意次が自分の死後のことを、これほどまでに語ったのも気になっていた。

弟が死んだという衝撃のせいもあろうが、何か意次の心の中にひっかかるものがあるのではないかと思う。

だが、その夜の意次はそれ以上のことは語らず、お北の肩を抱いたまま、安らかな寝息を立てはじめた。

人は行く末に何があるのかを知ることが出来ない。

まして、この時の意次は幕府という大屋台を背負って、順調な航海に乗り出したばかりであった。

次期将軍の死

一

安永三年（一七七四）の春。

江戸城吹上の庭の桜樹がちらほら咲きはじめた朝、田沼意次が登城すると、奥坊主《おくぼうず》が走り寄って来て、

「上様がお待ちかねでございます」

と告げた。

直ちに意次は奥坊主に先導されて中奥へ向った。その途中、それとなく訊《たず》ねてみると、将軍家治《いえはる》は昨夜は五ツ（午後八時）に大奥へお成りになったが奥泊りではなく、少々、休息されただけで中奥へ戻られたという。

もっとも、それは珍らしいことではなく、将軍が私邸である中奥から大奥へ入るのは、

通常、毎朝四ツ（午前十時）と決っていた。

これは朝の惣触《そうぶ》れと称し、御台所《みだいどころ》に出迎えられて大奥にある「お清《きよ》の間」、つまり仏間で先祖代々の御位牌《いはい》に拝礼を行い、御鈴廊下《おすずのろうか》で大奥の御目見得以上の者の挨拶《あいさつ》を受ける。

仮に前夜に大奥へ泊ったとしても、早朝、いったん中奥へ戻って服装を改めて再び大奥へ入って惣触れを行うという厄介なものであった。

その他、将軍が大奥へ入るのは昼過ぎの八ツ（午後二時）、また、夜の五ツで、これは必ずしも毎日ではなく、小座敷で少々、くつろぐだけで中奥へ戻る。

更にいえば、将軍が大奥へ泊るのはそれほど多くはなく、御精進日という、紅葉山への参拝の日とか、始祖家康以来、歴代の将軍の忌日《いみび》と命日、近親者の忌日、命日なぞ精進潔斎をしなければならない日が月の中、三分の一ばかりはあるので、将軍によってはむしろ中奥泊りのほうが多かったりする。

家治将軍もどちらかといえば中奥泊りが多く、殊《こと》に仲睦《むつ》まじかった御台所が明和八年八月にまだ三十なかばの若さで他界してからは大奥泊りの数がぐっと減っている。

意次が将軍の御座所へ伺候《しこう》した時、家治は開けはなした障子ぎわに立って庭を眺めていた。もともと、あまり血色のよい顔ではないが、今朝はとりわけ青白く見える。

次の間に平伏した意次に気づくと、

「主殿《とのも》か、近う」

と声をかけながら上段の間に移った。

「田安家にては奥州《おうしゅう》白河松平家への養子縁組を断ったそうじゃな」

だしぬけにいわれて、意次は内心、これはこれはと思った。

日頃から温厚な人柄の将軍であった。荒い声を立てることがなく、老中に対しても理路整然とした話し方をする。

その家治が今朝は違っていた。

「おそれながら上様には左様な儀を、どなた様よりお聞きなされましたか」

穏やかに余裕をもって意次が問い返し、家治がちょっと詰った。

白河十一万石の松平家が田安家の当主、治察《はるあき》に対して、弟、定信を養子にと人を介して願い出ているというのは、意次も承知していた。

田安家の始祖は八代吉宗の子、宗武で、定信はその三男に当る。血筋からいえば吉宗の孫だが、この縁談は悪くなかった。

定信は部屋住みである。いずれは然《しか》るべき家へ養子に出される立場であった。

だが、田安家では治察がとかく病弱であり嫡子《ちゃくし》もない故《ゆえ》に、万一の時は弟、定信を跡継ぎにしたい意向があって、この縁組に二の足を踏んでいるというのは、意次の耳にも入っていた。

とりわけ、田安定信に関しては若いのに大層な自信家で、さきざき天下は自分が動かすといったことを、公然と口にする人物だと噂《うわさ》されているのも承知している。

たしかに、田安家を含む御三卿《ごさんきょう》というのは将軍家の跡継ぎがなくなった場合、御三家よりも優先してその候補に挙げられる家柄だから、田安定信がそうした大言壮語を吐いたところで、全く可能性のない話とはいえないが、少くとも、今のところ、十代将軍家治には十三歳になる嫡子家基がいて、すでに世子として西の丸に入っている。

従って御三卿のいずれかから後継者が入る必要は皆無であった。

そのため、田安定信がそうした軽々しい発言をしたことを、幕閣の諸侯は年少故のとんだ勇み足として笑い捨てている。

が、或《ある》いは将軍家治の耳にまで、そのことが伝わったのかと意次は思ったのだが、次に家治の口を出た言葉には流石《さすが》に絶句した。

「田安定信と申す奴《やつ》は、白河へ断りを申すについて、西の丸どのに万一のことがあらば、我こそはそれに代る者であるによって、他家へ養子に入る気はさらさらになしと答えたそうな。主殿、仮にも御三卿の末に連なる身として、将軍世子に万一のことあらばとは何事ぞ。左様な不吉なことを口に出すだけでも不忠極まりなし。無礼ではないか」

家治の怒りに、意次は、

「仰《おお》せ、まことに御もっともに候《そうろう》。さりながら、御三卿の弟君に当らせられる御方が、よもや、そこまであからさまに仰せられるとは思いもよりませぬ。おそらくは徳川宗家をお守り申すべき立場を思い、それなりの御覚悟を吐露されましたのが、その意をあやまって伝えられたものにてはないかと推量仕《つかまつ》ります。真偽の程はやがてつまびらかになりましょう。まずは、御心をお鎮《しず》め下さいますよう」

と、とりなした。

それでも、家治の怒りはなかなかおさまらない。

その日は、ともかくもなだめ通して中奥を下ったが、田安定信に対して将軍が激しく立腹したというのは、その日の中に江戸城中に広がった。

「上様の御怒りもごもっとも。我が子に万一があればなぞといわれて腹を立てぬ親はありますまい」

御用部屋でも宿老がささやき合い、それが暗に御三卿不要論にまで及んだ。

もともと、御三卿の成立には御三家が強く反撥《はんぱつ》していた。

将軍家継嗣に関しては始祖、徳川家康が御三家を作って宗家存続に備えているのであって、なにを今更、御三卿かと、とりわけ尾州家、水戸家では風当りが強い。

幕閣側の考えは、また異《こと》なっていて、御三卿が江戸城の田安門、一橋門、清水門の近くに屋敷を持ち、幕府から十万俵の扶持米《ふちまい》を支給されているという点にあった。

つまり、十万石の大名扱であるが領地を持たず、公卿《くぎょう》に列せられている。この御三卿には各々《おのおの》、旗本から選ばれた家老をつけて老中の支配下においたが、家老の役料二千俵も亦《また》、幕府から支給されている。

要するに、すべてが幕府の丸抱えであって、万一の将軍継承者のために三十万俵余りが捨扶持となっているわけであった。

幕府の御金蔵が潤沢な時代ならばともかく、大幅な経済改革が思うように功を奏さないで執政が苦悩している折に、この三十万俵は少からず目障《めざわ》りであった。

しかも、御三卿の当主が神妙であればまだしも、将軍家に近い立場を利用してしばしば我意を通したり、傍若無人の振舞があったりするのでは、幕閣としては不愉快にもなる。

正直の所、御三家だけでも厄介なのに、この上、御三卿まで抱え込んでというのが、宿老達の本音であった。

で、御三卿の後継者がなくなったというなら、この際、廃絶してもと考えている向きも少くない。ただ、それを表立って口にするのを憚《はばか》っているだけであった。

ここに来て、将軍家治が田安家に対して激怒したというのは、宿老にとってはむしろ我が意を得たりの感がある。

田沼意次はそうした宿老達と同列に物事を判断するような真似《まね》はしなかったが、胸中には田安家にいい感じを持ってはいなかった。

その昔、意次が小姓として仕えていた家重が、まだ西の丸にあって、自分の病弱や言語不明瞭《ふめいりよう》を弟の宗武があからさまに軽侮し、兄を退けて九代将軍の座をねらったことを知って歯がみして口惜しがったのを目のあたりにしている。

その時は吉宗の決断によって、家重の地位は動かなかったが、将軍になった後も家重は終生、田安宗武に心を許さなかった。

家治はその父の心を知っている。

聡明《そうめい》な将軍として、あからさまに田安家を嫌悪《けんお》する様子はみせなかったが、今度のようなことがあると、日頃、抑えていた怒りが爆発するようであった。

月なかばに木挽《こびき》町の屋敷へ行った時、意次はお北にその話をした。

「お北は、上様に田安家の弟君がかようなことを申されたそうだとお耳に入れたのは誰だと思う」

と訊《き》かれて、お北は小首をかしげた。

「私にお訊ねなさるからには、殿方ではございませんのでしょう」

意次が苦笑した。

「まあな」

「かようなことを申し上げてよいかわかりませぬが、一橋様へ御奉公に上り、只今《ただいま》は若君のお腹《はら》様となられたお方は、江戸城大奥とは大層、濃いおつき合いを遊ばしているようでございます」

お登美のことであった。

もともとは、当人が希望して大奥へ奉公に上った。それが、どうしたことか、一橋治《はる》済《さだ》の目に止って、大奥から一橋家へ移り、治済の側妻《そばめ》となって豊千代を産んだ。

そのお登美が江戸城大奥で御台所亡《な》き後、世子、家基の生母であるお知保の方や、大奥取締りの任にある老女、松島、高岳、大崎などと昵懇《じっこん》にし、しばしば贈物などをしているのを、お北は知っていた。

お登美が何故、かつて自分が奉公していた江戸城大奥の実力者達と懇意にしているかといえば、それはおそらく、一橋治済の意を受けてではないかとお北はいった。

「もし、左様ならば、一橋様には大奥を御自分の便宜にお使いなさりたいお考えがあるやに推察致します」

意次が満足そうにうなずいた。

「お北もそのように考えるか」

同じ御三卿でありながら一橋家と田安家はあまり仲がよろしくないと意次はいった。

「御三家も御三卿も、徳川宗家に跡継ぎがなくなった際の備えの役を持っている。だが、御三家は各々、領国を持ち、藩兵を貯《たくわ》え、他の大名家と同じく藩政を行って居る。だが、御三卿には何もすることがない」

いいにくいことだが、御三卿の家に生を受けた者の最大の望みは、将軍家にことがあって自らがその地位につくことだと、意次はきびしい表情になった。

「御三卿の役目はそれしかないし、当然、野望を持つことになる」

となると、当然、田安家にとって他の二卿は競争相手だし、一橋家も同様となる。

「御三卿の中、清水家は当代様の御兄弟であり、お体もお弱い。御性格も温厚と聞えている」

御三卿に与えられた特権を争うとすれば、まず、田安家と一橋家で、両家の中、長幼の序をいいたてれば、田安家のほうが上ということになる。

但《ただ》し、田安家の泣きどころは、始祖、宗武があまりにも自信家すぎて、当然、兄の家重は世子の地位を廃され、自分にお鉢が廻って来るものと過信した。その上での派手な言動がたたって、家重に憎まれ、その子である十代家治にも嫌悪されている点だろうと意次はいった。

「実際、宿老の方々にもあまり田安家贔屓《びいき》は居ない。御三家も同様だ」

そのあたりを一橋治済はよく心得ているらしいので、

「亡き弟、意誠も申して居《お》った。いささか、策謀好きのお方だとな」

苦笑しながら、意次は続けた。

「田安家の御当主、治察公は御病弱もあって万事にひかえめの御様子だが、弟君はなかなかの才気煥発《かんぱつ》、御先代似の御気性のようだ。それを一橋様が御承知ならば、今の中に然るべき藩へ御養子にやってしまったほうが、何かと御安心ということかな」

一大名へ養子に入ってしまえば、将軍の後継者の資格はなくなる。

「でも……」

とお北が不思議そうに首をかしげた。

「御当代様には御立派なお世継ぎがいらっしゃいますのに、田安様にしろ、一橋様にせよ、いささか見当はずれの力《りき》み方をなすっていらっしゃるように思えますが……」

意次が笑い出した。

「その通りよ。十一代様は家基様と決まっている。それに上様もまだお若い。それでも御三卿ともなると万に一つをお考えなさる。将軍家に、お気の毒なお立場と申すべきか」

なんにしても、大奥の女達の口から、将軍家に、田安定信の不用意な発言を御注進させた元凶は、一橋治済に違いないと意次も気がついていた。

「上様の御不興をあおって、なにがなんでも白河藩へ御養子にやってしまいたいところであろうよ」

一橋治済の企《たくら》みは成功するに違いないと意次が想像した通り、間もなく、田安定信は将軍家お声がかりとして白河十一万石の当主、松平定邦の娘、峰姫の夫として養子縁組が整い、田安家を出て白河藩の江戸上屋敷へ移った。

田沼意次の許《もと》に、甥《おい》に当る一橋家家老田沼意致《おきむね》がやって来て、

「このたびのこと、我が御主君にはまことに御満悦にて、伯父上のお骨折りに礼を申して来いと仰せられました」

と、あまり納得の行かない顔で告げた。

「それは、そなたの御主君の思い過しだ。わしは田安家弟君の白河藩へ御養子縁組に関して、何もして居らぬぞ」

と意次があきれ、意致が合点した。

「手前も左様に存じましたが、御主君の命でござれば……」

不得要領のまま、帰った。

一橋様はどうも思い込みが激しいお方だと意次は悟った。

すべてに自分中心で自分に都合のよいことにしか目が向かない。

こうした人物は他人を利用することを何とも思わず、利用する値打がなくなると弊履《へいり》を捨てる如《ごと》くにして何とも思わない。

権力志向が強く、欲望はきりがない。

嫌な人物だと意次は思った。

こうした人間が御三卿の一人であることが少しばかり不安な気がする。

といって、今のところ、なんということはなかった。

将軍家治は健在だし、世子家基は健やかに成人しつつある。

秋になって、相良《さがら》から家老の井上伊織が江戸へ出て来た。

目的はぼつぼつ相良城の築城工事の再開を許してもらいたいというものである。

明和四年（一七六七）、すでに相良藩主となっていた意次に城を造るようにと命じたのは、将軍家治であった。

意次は君恩を謝し、翌年四月十一日に地鎮祭を行い、城造りにかかった。

元の相良御殿跡を本丸にあて、北東を相良川、北西の天の川を外堀に利用する約七万坪の敷地の縄張りが出来、江戸の請負師、岡田新助に依頼して石垣の工事が明和七年に完成した。

続いて建物に取りかかったが、明和九年、江戸の大火で田沼家も上屋敷を焼失したために、意次は相良城の建設を一時中止にさせた。

領民にあまり大きな負担をかけたくなかった故である。

だが、その江戸屋敷も新築を終え、ここ数年、相良領の米作も順調であり、領民達も城の完成を強く望んでいるとのことで、家老自ら、再開の許可を願いに来た。

「早急に完成させねばならぬとは思うな。華美にしてもならぬ。何事もほどほどにせよ」

と注意を与え、意次は井上伊織をねぎらって相良へ帰らせた。

二

魚屋の七星丸が江戸に入津《にゅうしん》したと坂倉屋龍介が知らせに来て、意次は日の暮れるのを待って木挽町の屋敷へ出かけた。

すでに、龍介が先触れをしていることで、お北が出迎える背後に新太郎の顔が見えた。

居間には紫檀《したん》の机が出ていて、その上に見馴《みな》れない壺《つぼ》が載っていた。

「新太郎が持って参りました。琉球《りゅうきゅう》の泡盛酒と申すとか」

お北が披露し、意次は壺を手に取った。

泡盛酒の名は知っていた。

薩摩《さつま》藩主、島津重豪《しげひで》が出府すると、土産と称して用人が届けに来る特産物の中にこれが入っている。

島津家は薩摩、大隅《おおすみ》、日向《ひゅうが》の三国の領主だが、その他に琉球国も支配下にある。

それ故、島津家から将軍家に対し、四季折々に献上される品物の中には、暑中見舞として琉球泡盛酒があり、十月には琉球海鼠《なまこ》、寒中には琉球油、また二月の帰国御礼には琉球芭蕉布《ばしょうふ》など琉球の名のつくものが多い。

大名家では通常、時献上として定められている品々は、将軍家へ献上する際、おおむね御三家や老中にも同じようなものを贈る慣例があった。

で、意次も泡盛酒を知ってはいたのだが、今まで自分で飲むことはなく、他の品々と同じく、用人に下げ、適当に家中の者共に分け与えるように指示していた。

「これは大層、強い酒だと申すが……」

新太郎に訊くと、

「はい」

と答えてから、

「ただ、何年も寝かせておきました古酒は、口当りもよく、なめらかで、琉球の王族は不老不死の薬湯のように申して居りますとか」

と、つけ加えた。

「新太郎は飲んだことがあるのか」

「このような上等のものではございませんが、長崎に居ります時、少々……」

「ほう」

意次がすっかりたくましくなった我が子を眺めて苦笑し、龍介へいった。

「では、我らも飲んでみるか」

お北に盃《さかずき》の用意を命じ、壺の蓋《ふた》を開けようとすると、新太郎がにじり寄って、

「手前が致します」

という。

意次と龍介が見ていると、小柄《こづか》を使って器用に密封してある口を開けた。

「お毒見を仕《つかまつ》ります」

お北から盃の一つを受け取って、少し酒を注ぎ、香をかいでからそっと口に運んだ。舌の間に少し貯《た》めるようにして嚥下《えんか》し、

「良い酒のように存じますが……」

にこりと笑った。

「お前は、かなり飲《い》ける口か」

新太郎に酌をさせて意次が父親の口調で訊き、新太郎は、

「魚屋の親父《おやじ》どののほどではありません」

と答え、坂倉屋龍介にも同じように酌をした。

「最初は、静かに、舌になじませるように召し上るとよいと聞いて居ります」

意次が盃を持ったまま、龍介を眺め、龍介が口を盃へ近づけた。おそるおそるといった恰好《かっこう》で味をみる。

「これは強い」

意次も一口飲んだ。強いが、新太郎がいったように舌ざわりは丸やかである。

「琉球の者は、みな、これを飲むのか」

「そのように聞いて居ります」

「これは、何で造る」

「米です」

「米か」

「はい、琉球の米だとか。ただ、酒を造る時に用いる糀《こうじ》は我が国のとは異《こと》なるそうです」

少しずつ、なめるように飲んでいた龍介がいった。

「米で造る酒にしては強いが……」

「造り方が違うようです。日本の酒は腐りますが、これは長年おいても酸《す》っぱくもならず、縄を巻いた土がめに貯えておくときいて居ります」

「琉球は暑い土地柄故《ゆえ》に、左様な酒が出来たのでしょうな」

盃一杯の酒を飲み干して龍介がいい、意次は二杯目をお北に注がせた。

「舌が馴《な》れると、これは旨《うま》いぞ」

「あまり召し上りませんように……」

お北が不安そうにいい、新太郎が微笑した。

「大丈夫です。長崎の……十兵衛親父どのの母上はもう御老齢ですが、この酒をお湯で薄めて召し上ります。寒い夜は体が温まってよく眠れるし、夏は暑気払いになるとか」

「それはよい。お北も一口飲んでみるか」

「いえ、私にはとても頂けませぬ」

「新太郎に湯で薄めてもらえばよかろう」

「いいえ、けっこうでございます」

意次とお北と新太郎のやりとりを傍で聞いていて、龍介は、まさしくこれは親子夫婦のやりとりだと思った。

側妻の立場とはいっても、お北と意次は夫婦そのものだし、新太郎はその二人を両親としてこの世に生を受けた。

だが、新太郎は決して意次を父とは呼ばない。彼が親父どのというのは魚屋十兵衛であり、そのことを意次は黙認している。

「ところで、十兵衛はどうした」

意次の声が聞えて、龍介ははっとした。自分が今、その男のことを考えていた故である。

「このたびは長崎に居りまする」

新太郎の返事はさわやかであった。

「江戸へは参らぬのか」

「薩摩様の御船が長崎を動きませぬので……」

「成程」

「あちらの殿様は金に糸目をつけず、阿蘭陀《オランダ》と名のつくものなら、なにもかもお買い上げになろうとなさいます。会所も困惑して居りますとか。商人は尚更《なおさら》、商売がやりにくうございます」

「薩州侯には、只今、御在国中だな」

泡盛酒を味わいながら、お北の用意した肴《さかな》へ箸《はし》をのばして意次が呟《つぶや》いた。

島津七十七万五百石の当主は、島津重豪《しげひで》であった。

宝暦五年（一七五五）に十一歳の若さで家督を継いで以来、英邁《えいまい》にして豪気、しかも、蘭学好きで聞えている。

「あちらは、なかなかの名君じゃ。藩士の教育に力を注がれて、多くの学塾を作り、身分にかかわりなく勉学させて居られる」

自らも唐国の言葉を学び、阿蘭陀語まで習得しようとまことに熱心らしい。

「それは結構なことなのだが、身分の高い家柄に生まれ育った御方はどうも自らが中心になりがちなのだ」

自分の考え、自分の理想、自分の実行力に酔って、他への配慮が欠けてしまうものだと意次は新太郎にいった。

「いい代えると、大河の中にいる自分を見きわめるのではなく、自ら大きな流れになって周辺を押し流してしまう。その力は偉大かも知れぬが、流された者の心情には思い至らぬ。さればこそ、仕える者が溝《みぞ》を埋める役目をして、はじめて名君は名君たり得るのではないかと思うが……」

新太郎が考え深い表情になった。

「要は上に立つ者の人となりでございましょうか」

さまざまの欠点はあっても、この人について行こうと下の者が思うのは、その人の人柄の故ではないかと遠慮がちにいった新太郎に意次が深くうなずいた。

「下の者にはその辺りがよくわかる。が、上に立つ者には案外、わかりにくい。ま、難かしいところだな」

ところで長崎の景気はどうだと意次が訊《き》き、新太郎は自信のある返事をした。

「唐船は今まで以上に俵物の出荷を望んで居ります」

これまで松前藩がイリコ、あわび、昆布などの俵物で得た収入は年間、およそ銀千五百貫とされていたが、幕府が俵物の増産を奨励し、運上金を免除したことによって取引額は鰻上《うなぎのぼ》りになっている。

「詳細につきましては、追っつけ、魚屋の親父どのより書状がお手許《てもと》に届くことと存じます」

「十兵衛は、いつ、江戸へ参る」

「秋の終りには必ずと申して居りました」

話はそれから長崎に遊学に来ている人々の数が急激に増えていることや、とりわけ、蘭方の医学を学ぶ者が医学書を求め、長崎在住の阿蘭陀の医者に教えを乞《こ》うなどしているがなかなか思うにまかせないらしいなどに移った。

「たしかに医学はむこうのほうが進んでいるそうだ」

明和八年（一七七一）に江戸の小塚原で罪人の死体の腑分《ふわ》けが行われ、それに立ち会った前野良沢、杉田玄白、中川淳庵《じゅんあん》が「ターヘル・アナトミア」という医学書に出ている人体の解剖図がこれまでの漢方の図とは異なり、はるかに正確であるのを知って、その翻訳に取りかかった。その結果、三年半の歳月をかけて完成された「解体新書」が幕府に献上された。

「あの折も幕閣のお偉方の中には、これまで阿蘭陀の文字を書物の中に入れることは御禁制ではないかなぞと申すむきもないわけではなかったが、もはや世の中は左様な石頭であってはならぬ。人の役に立つものは、阿蘭陀であれ、すみやかに取り入れ、生かして行かねばなるまいよ」

新太郎が目を輝かした。

「仰《おお》せの通りです。お上があの書をお納め下さったことで、長崎にて阿蘭陀を学ぶ者は大いに力を得、安心して学問にはげむようになったと聞いて居ります」

夜が更《ふ》けるまで父と子は熱っぽく話し合い、それをお北が嬉《うれ》しそうに見守っているのが同席している龍介は羨《うらやま》しかった。

考えてみると、自分にはあのように我が子と話し合った記憶がなかった。

無論、一つ家に住み、商売に関しても、日常茶飯事についても、必要に応じて話をしているのだが、今夜の意次と新太郎の会話に感じられるような何かがないような気がする。

といって、その何かがわからない。

無意識に龍介は泡盛酒を飲み続け、気がついた時には腰が立たないほど酔っていた。

四月、意次は十代将軍家治の日光社参に供奉《ぐぶ》した。

日光には徳川家の始祖、東照大権現《だいごんげん》、徳川家康が祭られている。それ故、代々の将軍は日光に参詣《さんけい》するのが慣例となっていた。

けれども、その回数においては三代家光を頂点として次第に思うにまかせなくなっていた。

なにしろ、将軍の御社参とあって、諸大名が家臣を従えてつき従う。人数も多く、道中の旅宿の手当だけでも準備が大変であった。費用も莫大《ばくだい》で、幕府の財政がまがり角にさしかかってからは、なかなかその拠出が困難になった。

だが、意次は将軍家治から日光社参の相談を受けた時、

「必ず、上様の御意《ぎょい》に添い奉《たてまつ》るべく……」

と即答していた。

八代吉宗の倹約令、米の増収計画などの結果もあって、幕府の備蓄は増えていた。株仲間を増やすことによって、冥加金《みょうが》という名の税収も安定して来ている。いい具合にここ数年、米は豊作に近い状態が続いてもいた。

将軍の権力を天下に示す機会としても、良い頃合だと思う。

意次の意見に、老中筆頭の松平武元が最初に賛意を示し、他の老中にも異存はなかった。

準備はその年の中に始まり、今年、漸《ようや》く実現の運びとなったものであった。

久しぶりの将軍の大行列、大行進に沿道の人々は驚嘆し、日光東照宮でも、この際、さまざまの改築や補修工事が完成して関係者は安堵《あんど》した。

壮麗な社殿は保存に金がかかる。幕府からそれなりの援助はあるが、なによりも将軍の社参の際がいい機会であった。供奉の大名からの寄進も大きい。

将軍の東照宮参詣は盛大な中に終り、家治は満足した。

翌安永六年（一七七七）、大奥の老女、高岳から意次に、将軍の側室に関する相談があったのは、初夏の頃であった。

このところ、家治の奥泊りがめっきり減っているのは意次も承知していた。

もともと色好みの将軍ではなかった。

御台所五十宮《いそのみや》倫子との夫婦仲がむつまじく、二人の姫が誕生していたものの、夭折《ようせつ》している。

その御台所が三十なかばで他界してからは、世子家基を生んだお知保の方が大奥を支配していたが、家基が西の丸入りをしたのに従って本丸大奥を退出し、残るのは御台所の江戸下向の際、付添って来た従二位藤井兼矩《かねのり》の娘、お品の方だが、この側室も貞次郎という若君を生んだものの、生後三ヶ月で早世して以来、とかく病気がちであり、すでに御褥《おしとね》御辞退の年齢をとっくに過ぎてしまった。

「私どもも折々に心がけ、若く美しい女中をそれとなくお目にかけ、御意をうかがいなど致して居りますが、もうよいと仰せになるばかりにて……」

話が話だけに高岳は薄く頬を染めながら、うつむき加減に訴えている。

家治はまだ四十を越えたばかりであった。

女色を遠ざけるには早すぎる。

決して頑健とはいえないが、病弱でもなかった。

日光社参はけっこうきびしい旅程だが、終始、疲れた様子もなく行事をやりこなしていた。

「上様にはおかくれ遊ばした御台様にとりわけ御情愛深い御様子でございましたので、松島どのが、どこやら御台様に面ざしの似た娘を探して参りましてお勧めなぞ致しましたが、一向に……」

途方に暮れている高岳をみて、意次も腕を組んだ。

たしかに、家治には女性に対していささか潔癖なところがあって、奥泊りの際、寝所に近いところに御坊主《ぼうず》やら何やら女達がひかえているのを嫌うふうがあったのは意次も直接、耳にしている。

将軍の寝所には御台所或《ある》いは側室の他に、お清《きよ》の中臈《ちゅうろう》と呼ばれる女中が房事に背をむけて一晩中、ついている。

それは、五代将軍の時、御愛妾《あいしょう》のお染の方が寝所において柳沢吉保に対し甲府百万石の御墨付を認めさせたという俗説があるように、愛妾が閨房《けいぼう》で政治に介入することを防ぐためにもうけた制度といわれている。

この御添寝の女中は翌朝、別室で御年寄役の女中に対して、昨夜、将軍家とその相手をした女との間にどのような話があったか、こと細かに報告をしなければならない。

そうしたことを知っている将軍の立場からすれば、不快でもあり、とてもくつろいだ夫婦の情をかわす気にはなれないというのも、無理とはいえなかった。

どちらかといえば神経質な家治がそうした奥泊りを避けるようになっているのは、意次にも納得出来る。

とはいえ、四十そこそこの将軍に女なしの生活というのはやはり不自然であった。

すでに世子、家基がいるので後継者の心配はないが、徳川家の血筋のためには、もう一人ぐらい若君の誕生があったほうが、何かの場合、安心でもあった。

少くとも、先年、白河藩へ養子に行った田安定信から、万一、世子に異常ある時は、などとよけいな気を廻されなくてすむ。

「高岳どのの御心配、まことにごもっとも。我らも心がけましょうが、何卒《なにとぞ》、上様の御意に召すような女子をよきようにお勧め下されたく、御苦労でもありましょうが、何事もお家のため、よきにお計い下さい」

意次の言葉に、高岳はあまり自信のなさそうな顔で三つ指を突いた。

三

秋になって、大奥の高岳から御年寄の合議により三人の女が御中臈として採用された旨《むね》の報告があった。

いずれも、それほど身分は高くないが旗本の娘で年齢は揃《そろ》って十六歳、無論、器量は悪かろう筈《はず》もないが、健康的で家族は子沢山であると書いてあるのが、意次を苦笑させた。

将軍の枕席《ちんせき》に侍らせる目的があからさま過ぎるように思えたからである。

意次の知る限り、将軍家治はそうした周囲の配慮に鈍感をよそおえる性格ではない。

果して、その日の御政事むきの御用が終って御用部屋を退出しようとしているところへ小姓が来て、

「御召しにございます」

と告げた。

家治は御休息の間で意次を待っていた。

意次が平伏するのを待って、周囲の者に、

「暫《しばら》く、遠慮せよ」

と命じ、遠ざけた。

これはいよいよ例の件に違いないと意次が内心、困惑していると、

「主殿《とのも》には子は何人居るのか」

と訊かれた。

「お答え申し上げます」

将軍の意図はおよそ推量出来たので、意次はかしこまって返事をした。

「嫡男《ちやくなん》意知以下、男子六名、女子二名に恵まれましたが、その中四名は早世致しました」

「残る四名について申せ」

「嫡男意知は先年、松平周防守《すおうのかみ》様息女と縁組整い、只今《ただいま》は嫡子龍助、次男万之助が誕生

して居ります。次男、三男は早世致し、四男、忠徳《ただのり》は水野家へ養子に参りました。娘は西尾隠岐守《おきのかみ》どのに嫁し、下の子はまだ若年にて……」

「いずれは他家に養子につかわすのであろうな」

「良縁あらばと願うて居ります」

「子は何人あろうとも、家を継ぐ者は只一人、他は養子に出すか、分家させるかじゃ。徳川家とてそれは同様であろう」

家治がふと寂しげな表情をみせた。

「其方《そのほう》も知っての通り、我が父、惇信院《とんしんいん》様には予と弟、重好の二子があった。予は将軍職を襲い、重好は清水家を興《おこ》した。それはそれでよしとしよう。だが、惇信院様には二人の弟があり、その一人は惇信院様御病弱を理由に自らが兄を押しのけて宗家を継ぐ野心を持った。それ故《ゆえ》、惇信院様がどれほど苦しまれたかは其方も知って居る筈《はず》。それ故と申すわけではないが、予は人の上に立つ家の者は、あまり兄弟の多いのは如何《いかが》かと考えて居る。予にはすでに家基という世子がある。それで充分ではないのか」

意次は頭を垂れて、将軍の声を聞いていた。

家治は将軍にあまり子が多いのは、争いの源ではないかといい、更には将軍の子をこれ以上、分家させるのは無理であるし、他家へ養子に出せば、相手に迷惑になりはしないかと案じている。

たしかに、それはその通りで、すでに御三家の他に御三卿《ごさんきよう》のある今、もはや、分家を作る必要はなく、家基の他にもし男子が出生すれば、然《しか》るべき大名家へ養子に出すことも考えられる。が、それは前例からいうとまことに厄介であった。

なんにせよ、家治は自分の後継者は家基がいる、この上、女を勧めて子造りにはげめというのは無礼ではないかと暗に意次に立腹をぶちまけているのだと、意次は理解した。

「おそれながら、上様の御不快、まことにごもっともと申し上げたき所ながら、それは誤解と申すものでございます。大奥御年寄どもが、上様に若く美しい女子をお目にかけましたのは、上様のおくつろぎの御役に立てばと考えてのこと。およそ男と申すものは、表にてはさまざまの難かしきこと、心を悩ますことばかり多く、下々にてはそれを男は外に出れば七人の敵があるなぞと例えて居りまする。天下人の御立場にては東照大権現様の仰せの如《ごと》く、重き荷を背負いて坂道を上るが如き御日常かと拝し奉ります。せめて大奥にては僅《わず》かなりともお心を慰め、御休息の時をお持ち頂きたく、それ故の配慮と愚考仕《つかまつ》ります。仮に上様の御意にかなう者があり、幸いにして御子を産み奉ることあらば、その者にとってはこの上もなき幸せ、また、御世万歳のためにも、まことに喜ばしき次第と存じまするが、それはあくまでも二の次。まずは御台様亡《な》き後、上様のよき御話相手をこそとみなが願ってのことにござりまする」

ふっと家治が表情をゆるめた。

「主殿には、左様な女子があるようだな」

絶句した意次に年下の将軍は日頃の謹厳ぶりには似合わない悪戯《いたずら》っぽい顔をみせた。

「木挽町の屋敷には才色兼備の側妻《そばめ》がいると聞いて居る」

「それは……」

「主殿にとって、その者は幼なじみの初恋の女子だとか」

「上様、左様なことをいったい誰が御耳に入れました」

「大奥ではみな承知して居る。主殿が若々しいのは、その女子の故だと申して居るぞ」

「おたわむれを……」

閉口して、意次は頭を下げた。

「それを聞いて、予は主殿が羨《うらやま》しく思った。この世に男と女は真砂《まさご》の数ほどあろうが、まことに心と心が寄り合うて一つになれる男と女は稀《まれ》な廻り合せではあるまいか。予と亡き御台がそうであった。だが、御台は予を残して早く旅立った。予にとって御台のような女は二人とは居らぬ」

思いがけない家治の述懐にあって意次は、ひっそりと耳を傾けていた。

およそ、世間の常識として将軍のような最高権力者は女色に対しても傲慢《ごうまん》と思われがちであった。

気に入った女ならば、仮にそれが人妻であろうと一時のなぐさみ者にして当然とする。

少くとも、多くの妻妾を貯《たくわ》えるのは天下人の常と豪語して憚《はばか》らないものと誰もが心得、事実、歴代の将軍の殆《ほと》んどがそのようであった。

父祖の例からしても、家治はそれらとは異っている。強いていえば、二代将軍秀忠に似ているのかも知れないが、意次はこの将軍の心情に共感するものがあった。

「上様の御気持には、主殿、深く感じ入りましてございます。男として、いや、人としてかくありたきと存じ奉ります。なれども、上様の御傍に仕える女子一人もなき有様にては、あの世にて御台様にも、さぞ、御案じなされてお出《い》でかと存じまする。また、五十路《そじ》にはまだ遠き上様が奥泊りのない日々をお過しと洩《も》れ聞き、愚かな推量を申す者がないとは申せませぬ。上に立つ御方のきびしきは、常に御心のままに過せぬことかと拝し奉ります。何卒、御賢察のほど、願い上げまする」

意次の平伏した姿を見て、家治は苦笑した。

「許せ、主殿。亡き惇信院様は御遺言にて、其方の申すことに必ず心を傾けよとお教え下さった。まさにその通りであった。以後、心致す故、もはや心痛なぞするな」

そのあと、家治が口にしたのは家基の妻帯の時期であった。

ぼつぼつ、妻を定める年齢とは意次はもとより、老中でも話が出ないわけではなかった。

だが、困ったことに、今のところ、適当な相手がみつからない。

歴代の将軍の伴侶《はんりよ》は皇家か身分の高い公卿《くぎよう》の姫というのが、これまでの前例であった。

初代家康、二代秀忠は別として三代家光の御台所は関白左大臣鷹司《たかつかさ》信房の姫であり、四代家綱は伏見宮貞清親王の姫君、五代綱吉は左大臣鷹司教平の姫、六代家宣《いえのぶ》は関白太政《だじよう》大臣近衛基熙《もとひろ》の姫、また、七代家継は幼年にして他界したので実現はしなかったが、その婚約者は霊元天皇の皇女、八十宮であった。

八代吉宗の御台所は伏見宮貞致親王の姫であり、九代家重は伏見宮邦永親王の姫を迎えて居り、十代家治は閑院宮直仁親王の姫と夫婦になった。

それらを考え合せて、幕府は京都所司代に命じて、然るべき縁組を朝廷へ具申しているのだが、年齢からいって釣り合いの取れる姫君の候補者が出て来ない。

それ故、ずるずると日が経《た》っているのだが、その一方で、肝腎《かんじん》の家基には母親のお知保の方がつきっきりで、若い女は一切、家基の傍へ寄せつけないという噂《うわさ》も聞えている。

で、この日、意次は家治に対して、尚《なお》一層、御台所候補に関して、朝廷の消息通などの尽力を求める旨を約束して退出した。

それから半月ばかりして、意次が木挽町の屋敷へ行くと、お北が早速、

「松島様よりお話がございました」

将軍家が奥泊りを仰《おお》せ出されて、三日に一度ほどの割合ながらお通いになっていることと、その折、お召しになるのはこの前、御年寄がお勧めした三人の中﨟だと報告した。

「すると、御意に召した女があったのだな」

やれやれという気分で意次が問うと、

「それが、今のところ、お三人の方を順番にお召しになる御様子とか」

お北が目許《めもと》を笑わせながら返事をした。

「三人を分けへだてなくか……」

如何《いか》にも家治将軍らしいと意次は苦笑した。

「もう一つ、殿のお話も出ましたの」

くつろいで茶を飲んでいる意次にお北が続けた。

「御年寄の高岳様からですけれど、伊達《だて》様が中将になられる前、再三、お届物があって、それが御任官の件で高岳様の御尽力を求められたそうですの。御老中様も頼まれごとが多くてさぞかし大変でしょうと」

「ああ、そんなことがあったか」

仙台侯、伊達重村は当時少将であった。それを、島津侯が中将であるのに、自分が少将とは心得難しといい出して、しきりに中将任官へむけて奔走していた。

少将といい、中将といい、それは形の上では朝廷から頂く官位であって、現実は有名無実のものであった。

強いていえば、江戸城へ登城する際、

「島津中将様、お入り」

といったふうに呼ばれるぐらいで、なんの実質上の得になるものはない。

けれども、大大名の家に生まれた者は、そうした官名にまでこだわることが案外多く、伊達重村もその一人であった。

こだわり出すとたかが官名といってはいられなくて、大奥にも折に触れてその要望が伝えられる。

大奥御年寄の高岳は御台所のお供をして京から江戸へ来た女であり、公卿の家の出なので、伊達家ではその縁に目をつけて根廻しを頼んだものであろうと意次は思った。

無論、将軍様の側近くにいた意次の神田橋の屋敷にも伊達家の重役が頼みに来ていたが、格別の進物などは意次が固辞するので、季節の産物などを手土産にとおいて行く。

伊達家からの使者に対して、日中に来られると目立つから、訪問は夜にしてくれだの、行列は目立たないようにしろなどと注文をつけている老中方がいるのを意次は知っていたが、彼自身は別に何もいわなかった。

貰《もら》って不相応なものは受け取らないし、といって、伊達侯の希望を無視するつもりもなかった。折があり、なるべく早く当人の願い通り、中将に任官出来るよう口を添えたに過ぎない。

意次にとっては、少将も中将もたいしてかわりはないいし、官名なぞどうでもよかろうというのが本音であった。

安永七年（一七七八）、江戸の人々が大川の川開きに歓声を上げている夜、坂倉屋龍介が神田橋の屋敷を訪れると、意次は珍らしく書き机を前にして分厚い書類を眺めていた。

「今年の川開きは例年になく賑《にぎ》やかでございます」

と用人にいった龍介の声が聞えたのか、書類から顔を上げ、龍介を案内して来た用人に、

「ちょうどよい、膳《ぜん》を運ばせよ」

と命じた。

「蔵前は景気がよさそうだな」

挨拶《あいさつ》をした龍介に顔をむけながら、右手で瞼《まぶた》を軽く揉《も》んでいる。

「吉原で大尽遊びをする者が居るそうだが」

「いつの世でも、我を忘れて遊びほうける者が居ります。商いの銭というものは決して一つ所に長逗留《とうりゆう》は致しませんで、必ず、水の流れのように流れ流れて、気がつくと一文なしになっているという。ただ、水が流れた故にその後に芽吹き育つさまざまのものがあり、それはそれで無駄とは申せぬようにも思いますが……」

意次のいったのは、同じ札差仲間で粋人《すいじん》と評判の大口屋などが、役者に凝ったり、変っ

た身なりをして吉原へ乗り込んだりと奇行が目立っていることだと承知して、龍介は彼らをかばう言い方をしたのだったが、意次は別にとがめる心算《つもり》はないようであった。

「龍介の申す通り、金は動いてこそ人々をうるおすものだ。御倹約は確かに大事だが、金がそのために一つ所に止まって陽の目をみなくなっては、結局、困窮するのは人ということになる。散財もまた人のためには必要なのだ」

「この節、狂歌と申すものが流行《はや》って居ります。おかしみのある和歌とでも申しましょうか。身分のへだてなく集まって楽しむ者が、今日の川開きにも顔を揃《そろ》えて居りますようで……」

御家人から商人、吉原の揚げ屋の主人など毛色の変った人々が狂歌の会などを開いているという話をしている中に、膳が運ばれ、酒が出た。

その酒で龍介が思い出した。

「魚屋どのから消息はございましたか」

七星丸は新太郎を乗せて、今年も松前へ向っている筈であった。

「秋のはじめには、新太郎と共に江戸へ来ると申して来ている」

その新太郎は未《いま》だに独りであった。

同じ年頃の意知はすでに雁之間詰《がんのまづめ》で近く奏者番に進むであろうと取《と》り沙汰《ざた》されている。妻帯もしているし、子は男女合せて三人、立派に一家の主人の体裁がととのっている。

「お北が心配しているのだが、嫁とりばかりは親の思うようには進まぬ」

「魚屋どのも心がけて居られるようですが、どうやら、新太郎様にそのお気持がないそうで……」

「それが困る。女遊びにうつつを抜かすようでも困るが、まるで女に気がないというのも厄介じゃ」

意次が、机の上の書類を開いてみせた。

「相良城の図面だが……」

中央に本丸、北西に二の丸が配置されている。周囲は萩間《はぎま》川から引かれた堀が廻らされ、二の丸の外側には家中の者の屋敷が建つようになっている。

「お寺が火事になったとか、うかがいましたが……」

「大沢寺は堀端に移したそうだ」

石垣はすでに築造を終え、湊橋《みなとばし》が堀に架り、大手冠木《かぶき》門、大手櫓《やぐら》門、三重櫓棟上げと工事は順調に進んでいると意次はいった。

「本丸が出来上るのは、来年か、その翌年か」

「いよいよでございますね」

意次の最初のお国入りの供をして行っただけに龍介には、相良城の完成が待ち遠しかった。

あの折、相良に城はなく、陣屋であった。

将軍の強い勧めで城造りをはじめながら、江戸の大火もあり、何よりも領民から税以上のものを取り立ててまで城を造りたくないという意次の意向を受けて、築城はのんびりしたものになっている。

意次が図面を指した。

そこは城の堀から大きく水路が相良湊へ向けて開かれている。

「わしは、あの城を湊とつなげ、そのまま、大海につなげたいのだ。海の彼方《かなた》からさまざまの船が入津《にゅうしん》する。海からやって来る魚達のよりどころになるような城に仕上げたい」

縁先に蛍が光った。

四

安永七年の冬は寒気がきびしかった。

雪の降るのも早くて、東北の山々は紅葉になるかならずの中に初雪に見舞われた。

たまたま、この夏も長崎と松前を船で往来していた魚屋十兵衛が冬のはじめに江戸へやって来て、蝦夷《えぞ》の長老が、この冬は長く寒冷が続き、また数年の間は不順であると予言をしたなぞという話を意次に伝えた。

たしかに江戸も霜の下りるのが例年より早かった。神田橋の屋敷の天水桶に薄氷が張りはじめ、毎朝、叩《たた》き割って取り除いているにもかかわらず、日々、その厚さを増し出した頃、意次は珍らしく風邪をひいて病臥《びょうが》した。

当人もたいしたことはないといい、診察した医師も、

「二、三日、安静になさいましたら、常の如《ごと》くになられましょう」

薬を勧めて帰ったにもかかわらず、高熱が出て咳《せき》もひどく、胸痛が激しい。

見舞に来た坂倉屋龍介が驚いて、かねて木挽町の屋敷のほうに出入りしていた蘭医の日向陶庵《ひゅうがとうあん》に知らせ、同行して神田橋の上屋敷へ行った。

陶庵は意次の胸を触診し、痰《たん》を調べ、まず胸部に湿布をし、頭は氷を砕いて独特の皮袋に入れたものを用いて、冷やさせた。

その上で丁寧に薬を処方した。

薬を飲ませるのも、湿布を取り替えるのも陶庵は自分で行い、意次の枕辺《まくらべ》を動かない。次の間にひかえていて、龍介はその様子を見、これは容易ではないぞと内心、胸を轟《とどろ》かせた。

やがて夜になる。

陶庵のために膳が運ばれたが、茶を飲んだだけで下げさせた。

寸刻も惜しむようにして意次の様子を見守り、咳込めば背をさすり、おさまるのを待っ

て薬湯を飲ませる。

その夜、意次は大汗をかき、三度も寝衣《ねまき》を取り替えた。

病人の呼吸がやや楽そうになって来たのは翌朝であった。

だが、陶庵は相変らず病間にいて、部屋を温めさせたり、病人の布団《ふとん》の中に行火《あんか》を入れさせたりと、静かな声で指示を続けている。

枕許から動いたのは、昼を廻ってからである。

二日間、白湯《さゆ》しか咽喉《のど》を通らなかった意次が、ごく薄い白粥《しらかゆ》を少々口にして、そのあと眠りについてから、龍介が気をきかせて用意した握り飯を陶庵も口にした。

「どうやら、峠を越えたようです」

龍介に低く告げる。

「このまま、よくお眠り下されば、夕方には熱も下ります」

実際、その通りであった。

夜になって意次は薬湯の他に蜜柑《みかん》をしぼった汁をゆっくり飲み、それから陶庵と龍介を眺めた。

「どうやら命を拾ったようだな」

苦笑していった声にも力が出ている。

「決して御無理はなりません。御本復まではあと三日は御養生下さいませんと……」

陶庵がいい、意次は目を閉じた。

その夜、更《ふ》けてから自宅へ帰った陶庵は翌朝早く戻って来た。

意次は目ざめていて、朝粥を布団の上にすわって食べていて、その傍には嫡子《ちゃくし》、意知がついていた。

「父上は粥を二膳、召し上られた」

嬉《うれ》しそうに意知が陶庵に告げ、陶庵は丁寧に頭を下げた。

薬籠《やくろう》から用意して来た薬包を出して、縁に火鉢を出し、その上で煎《せん》じはじめる。

そうした様子を見届けて龍介はそっと屋敷を抜け出し、木挽町へ行った。

意次が病んでからお北が毎日、朝夕二度、鉄砲洲稲荷《てっぽうずいなり》へ出かけてお百度を踏んでいるのを知っていたからである。

龍介が裏門を入って行くと、お北は井戸端で足を洗って居り、女中が手拭《てぬぐい》と下駄を持っていている。

「もう心配ないぞ。殿様はすっかりお元気になられた」

龍介がいい、お北の青ざめていた顔に血の色が戻って来た。

「お医者が、御本復なさいましたと申されましたのか」

「日向先生はもう二、三日、養生をなさるようお勧めしていたが、あの御様子だと、明日あたり御出仕なさるとおっしゃるのではないかな」

「いけませぬ。殿様も、お年なのですから」

意次は、この時代の数え方でいえば、今年が還暦であった。

「そういうお北さんも気をつけなければいけないよ。この寒空に足を冷やすのは体によいわけがない」

なんにしてもよかったと、嬉しそうにお北にいって蔵前へ帰って行った龍介だが、その夜から熱が出て、翌日はどうにも起き上れない。午《ひる》すぎに日向陶庵が来た。

「殿様が、ひょっとすると坂倉屋さんに風邪をうつしたかも知れぬと御心配になるのでお寄りしたのですが……」

早速、龍介を診察して、

「これは風邪ではありません。看病のお疲れが出たのです」

薬を調合してくれた。

「ただ、お次にひかえていただけなのに、俺も年だな」

いささか憮然《ぶぜん》として龍介がいい、

「この人は殿様のこととなると、もう滅茶苦茶でございますから……」

長年、連れ添った女房がやんわり嫌味をいった。

「殿様の御様子は……」

と龍介が訊《き》くと、

「日頃、頑健でお出でなさいますから、御回復も早く、ただし、風邪はしっかり御本復なさいませんと、人にうつしますからと申し上げておきましたから、御出仕はおひかえ下さるでしょう」

と陶庵は笑っている。

今年は寒くなるのが急だったこともあって悪い風邪がはやっているのだともいう。

「坂倉屋様がつれて行って下さってようございました。風邪はこじらせますと肺を傷《そこな》い、時には死に至ることも珍らしくはないのです」

くれぐれも用心して下さいといい、陶庵が帰ってから、龍介は改めて蘭方医というのはたいしたものだと感心した。

最初に意次を診た医者は漢方であった。

漢方が必ずしもいけないとは思わないが、知識に劣るところがあるというのは、木挽町の屋敷に出入りする蘭学者から聞かされていることでもあった。

それは、意次も同様に感じていた。

日向陶庵の処置は見事であり、その薬効が速やかであった。

最初に来た医者は、どうも風邪を軽んじていた節がある。

連日、下城するとまっすぐ父の屋敷へ見舞に来ている意知の話では、御城内でも風邪をこじらせて病臥している者が少くないという。

「上様には御異常はないか」

まず、そのことが心配であった。将軍家治は病弱というほどではないが、毎年、風邪をひきやすい。

「御壮健でいらっしゃいます。父上の病状をご心配下されて、手前に何度もお訊《たず》ねがございました」

将軍からは、見舞の御言葉と共に、蜂蜜《はちみつ》一壺が届けられていた。

「上様はお元気でいらっしゃいますが、西の丸では御部屋様がお風邪を召してお出でとか。ただ、今のところ熱もなく、医師も心配はないと申して居りますとか」

意知が御部屋様といったのは、世子家基の生母、お知保の方のことで、我が子と共に西の丸に暮している。

「それは気をつけねばなるまいぞ。風邪が万一、うつっては……」

と意次は家基のことを案じていったが、その言葉通り、家基は母親の風邪をもらって寝込み、周囲を狼狽《ろうばい》させた。

けれども、それも十二月なかばには全快し、翌年正月の大名総登城には若々しく溌剌《はつらつ》とした姿をみせて人々を安心させた。

無論、意次も父子揃《そろ》って新しい春を迎えた。

さまざまの行事が滞りなく終って、幕閣では昨年から懸案になっている家基の御簾中《ごれんじゆう》えらびに宿老達が頭を悩ませていた。

家基は今の所、西の丸にいて将軍世子の立場だから、嫁いで来る女性は御簾中と呼ばれるわけだが、やがて十一代将軍となれば、御台所となるので、この人選は難かしい。

父の家治からも、

「なるべく、家基より二、三歳年下の美しく、心ばえのよい姫を……」

と望まれているので、皇家や関白家の姫を物色しているものの、どうも適当な相手がみつからない。

それ故、御三家の姫ではとか、或《ある》いは大名の姫を鷹司家あたりの養女という体裁にしてはなどという意見も出ているが、まとまりそうもなかった。

家基が鷹狩《たかがり》に出かける話を意次が知ったのは二月なかばのことであった。

この月のはじめ、家基は再び風邪をひいて高熱を発したが、七日ばかりで平癒した。

「ちと、早くはないのか」

と意次がいったのは、春とはいえ、一向に寒気のゆるまないこの日頃ではあり、病み上りの若君が野外に出かけるのは如何《いかが》かと案じたからであったが、西の丸では老人達の危惧《きぐ》を吹きとばすほど元気な側近がすでに準備をととのえている。

家基は鷹狩が好きであった。

とりわけ、この一、二年はよく江戸近郊へ出かけている。

世子の立場ではあり、鷹狩といっても大規模なものではなく、むしろ気晴しの遠駆《とおが》けという種類の外出であった。

「西の丸では、御母君が朝から晩まで、べったりお傍にはりついて居られる。若君にしてみれば、少々、うっとうしいとお思いでもあろう」

と側近も承知していてのことでもあった。

その日は晴れていたものの、風が強かった。山に近いあたりでは、下手をすると小雪が舞うかも知れないというほど、気温が低い。

しかし、家基とその側近の若侍達は威勢よく早朝に西の丸を出かけて行った。

天気が変ったのは午近くになってからで、雲が厚く垂れこめ、風がしめり気を帯びて来たと思うと、やがて雨が降り出した。

家基が帰城したのは夕刻であった。

「寒さの故《ゆえ》か、急に御気分が悪くなられ、腹痛を訴えられました。雲伯どのが診て、冷えのためではないかと、石を焼き、腹を温めながら参りましたとか」

と本丸に知らせが入り、すぐに典薬頭が西の丸に伺候《しこう》した。

その結果、腹痛はやはり野外で冷えた故であり、少々、風邪気味ということで、将軍も老中の人々も、あまり心配はしなかった。

「やはり、この季節に鷹狩などはいかぬ。側近の者共も不心得ではないか」

と老人達は口小言をいったが、それまでであった。

「御鍛錬はよろしいが、大事なお世継ぎじゃ。無茶をおさせしてはならぬ」

病気が回復したら、それとなくおいさめ申そうというような話になって意次も同意した。

大奥では折角、若く健康な美女三人を用意して、将軍の枕席《ちんせき》に侍らせているが、まだ、誰も妊《みごも》ってはいない。

鷹狩から二日目、意次は家基の高熱が一向に下らず、胸痛がひどいと聞いて、少々不安になった。

自分が昨年、風邪をこじらせた時の症状に似ているような気がする。

あの折、自分は幸いにも蘭方医の日向陶庵が来て、治療に当ってくれたおかげで大事には至らなかったが、今のところ、家基を診ているのは、典薬頭以下、漢方の医者ばかりである。

悪性の風邪が、時には胸の奥をむしばみ、心の臓を止めることがあると日向陶庵が龍介に話したというのを、意次はお北を通じて聞いていた。

医者が何人もついていて、よもや、そのようなことにはなるまいと思いながら、どうにも嫌な感じがする。

といって、典薬頭には蘭方の医者はいなかった。

意次が将軍家治に進言して、蘭学に対する禁制はかなりゆるやかになってはいるものの、まだ、なにもかも大っぴらにというわけには行かない。

将軍の世子を蘭方医に診せるという前例もなかった。

家基が急死したと知らせが入ったのは二月二十四日の早暁《そうぎよう》であった。

「何故……」

と思わず意次は口走ったが、知らせによると、急に病があらたまって心の臓が止ったとのことであった。

慌《あわただ》しく登城すると、本丸は火が消えたようであった。

意次と同じように事態を聞いてかけつけて来た者達も話をするのさえ憚《はば》られるといった恰好《かつこう》でひっそりしている。

老中の御用部屋も同様であった。

火桶《ひおけ》に炭火が入っているが、この朝の冷え込みは冬に逆戻りしたようで、誰もが蒼白《そうはく》な顔をしている。

その中で家基の死が刻々と現実になって行った。

典医が報告に来、家基の遺骸《いがい》に対面の儀が行われ、一方では送葬の準備が始まっている。

家治の悲嘆は、意次にとって傍にいるだけでも心が痛んだ。

仏間にこもったきり、暫《しばら》くは出て来ない。

その将軍の服喪の支度も整えねばならなかった。

二日が過ぎたあたりで、奇怪な噂《うわさ》が聞えて来た。

家基の生母、お知保の方が、我が子の死は毒殺に違いないと半狂乱になっているというのであった。

「毒だと……」

再び、老中が揃って御典医を呼び、事情をただしたが、

「毒なぞとは滅相もない。西の丸様が御他界遊ばしたのは、咳気《がいき》の故でございます」

という。

古《いにしえ》から、この病で命を失った者は決して少くないと例をあげて報告する。

「御部屋様には、あまりのお悲しみの故に錯乱遊ばしたのでございます。只今《ただいま》、侍医が薬湯をお勧め致して居ります」

その日、下城してから、意次は日向陶庵を屋敷へ呼んだ。

ここだけのことにしてもらいたいと厳命して、家基の症状を知る限り話した。

日向陶庵は沈痛に面を伏せていたが、

「今更、何を申し上げても詮《せん》ないこと。まして、手前は西の丸様のお脈を拝見致したわけでもなく、無益のことは口に出せませせぬ」

と返事をした。

「無益のことではない。かかる不祥事が二度と起らぬために、其方《そのほう》の存念を訊くのだ」

勿論《もちろん》、一切、外には洩《も》らさないと意次が約束し、陶庵は重い唇を開いた。

「漢方にて咳気と申しますのは、昔より激しく胸が痛み、咳込《せきこ》み、高熱を発するなど致します病は一切、そのように称するのでございますが、病は一つではなく、当然、治療の方法なぞも蘭方にては全く異ります」

病の原因を明らかにして然《しか》るべき処置を行わないと手遅れになる。

「西の丸様には昨年より度々お風邪を召し、高い熱をお出しになった由《よし》、お体は、とりわけ心の臓はお弱りになっていたやに推量仕《つかまつ》ります」

激しい運動をし、冷たい風と雨にさらされれば、風邪が忽《たちま》ち肺を侵し、心の臓を止めるのはあり得ぬことではないといわれて、意次は暗然とした。

相良城

一

安永九年（一七八〇）、意次は将軍家治《いえはる》の許しを得て二十余年ぶりに領国相良へ国入りすることになった。

「ようよう其方《そち》の城が出来上った由《よし》、喜ばしいことじゃ。領民もさだめて主君の国入りを待ちかねて居ろう。検分旁《かたがた》、行って参るように……」

と家治がいったように、将軍のお声がかりで築城の命が下りたのが明和四年（一七六七）のことで、翌年、相良で鍬入《くわいれ》式が執行されたが、工事は早急には進まなかった。

意次が進ませなかった故《ゆえ》である。

「城作りはゆっくりでよい。必ず、急がせてはならぬ」

と総指揮に当っている家老の井上伊織に指示したのは、相良藩の財政にまだゆとりがなかったからでもあった。

築城には金がかかる。

そのために、新領主となったばかりなのに、領民に租税以外の負担をかけては気の毒というのが意次の考え方で、それは将軍家治にも言上しておいた。

「相変らず、主殿《とのも》らしいのう」

と家治は苦笑した。

当時、意次は側《そば》用人であり、老中にこそなっていないが、将軍の信頼厚く、当然、政治力も大きかった。

従って、そうした立場の者が築城を拝命したと知れば、大名達からそれなりの祝金が贈られるのが常識というものである。

意次がその金を、築城には廻さず、自分が幕府のために推し進めて行くさまざまの政策の根廻しに費消しているのが、家治の耳にも入っていたからであった。

実際、南鐐二朱判《なんりようにしゆばん》などの新鋳発行一つにしたところで、それが発案され実行に移されるまでには老中はじめ主な諸大名へ意を通じ、賛意を得ておかねばならないし、勘定方への配慮もしておく必要がある。

加えて、大名になりたての意次の立場では何かと細かな出費が多く、金はいくらあっても足りないのが実情でもあったのだ。

おまけに意次の胸中にある政策は二朱判新鋳だけではない。

そうした理由で、のんびりと進められた城作りは明和九年の江戸大火で頓挫《とんざ》し、焼失した江戸屋敷が新築されるのを待って、また、ぽつぽつと再開した。

そうした経過があっただけに、国家老以下、築城にかかわり合った人々はさぞかし、この完成を喜んでいるだろうと思うと、意次にしても、この際、相良へ行き、人々の労苦をねぎらってやりたいと思う。

最初は将軍世子であった家基の一周忌をすませて後にと心づもりをしていたのが、やはり御用繁多でずるずると遅れ、結局、意次が江戸を発ったのは四月七日のことであった。

三万七千石の大名として正式に行列をととのえての国入りは、これが最初であった。

本来、大名には参勤交代があるが、老中は在職中に限って国入りが出来ない。

万一、変事が起った際に閣僚が江戸を留守にしていたのでは対応出来ないからで、意次の場合は、最初に相良一万石の大名になった時は御側御用取次の役であって、これは常に将軍に近侍していなければならないので参勤交代からははずされていた。

その後は側用人であり、老中に列せられては、国入りの機会はなかったものだ。

四月二日、意次は将軍家治より野袴《のばかま》二領と久保山と号した名馬を拝領した。

晴れて相良入りする意次に対する将軍からの祝物であった。

更に四月六日、意次が江戸を出発するためのお暇乞《いとまご》いに伺候《しこう》すると、

「くれぐれも気をつけて参るように、道中つつがなきを祈って居《お》るぞ」

との御言葉と共に、日頃、着用の羽織を頂戴《ちょうだい》した。

その日は老中方への挨拶《あいさつ》などで暮れ、翌朝、神田橋の屋敷を行列が進発した。

人数はひかえめで、意次の身分や権勢からすれば質素なものであったが、先頭を行く槍《やり》の鞘《さや》や爪折袋傘《つまおりふくろがさ》、更には駕籠《かご》の紋印などで、老中、田沼意次の行列ということは一目でわかる。

品川宿には、坂倉屋龍介と、魚屋十兵衛、それに新太郎とお北が、他の見送人とは離れて待っていた。

坂倉屋龍介だけが旅支度であった。

無論、行列について相良へ供をして行くものである。

桜はすでに散っていたが、春光は地にあふれ、旅人の足は軽い。

意次の行列もその中を堂々と東海道を進んだ。

龍介が徒士頭《かちがしら》の大村新左衛門から呼ばれて、意次の前へ出たのは、行列が六郷川を渡り、川崎宿の本陣で休息になった時である。

「龍介、足は大丈夫か」

と意次がまず訊《たず》ねたのは、日頃、江戸暮しで草鞋《わらじ》をはくことのない友人をいたわって

の上である。

「相良までは七日の旅だ。遠慮をせず、馬なり駕籠なり乗るがよい」

幼友達には違いないが、老中という要職についている三万七千石の大名から気易《きやす》く声をかけられて、龍介は恐縮した。

神田橋の屋敷も木挽《こびき》町の屋敷も出入り自由で、二人だけで話をする時なぞは昔のままに振舞うようにと意次から強くいわれ、長年、そうして来たものの、ここは本陣でお次の間には用人の他に、家老や年寄役なぞ田沼家の重職がひかえている。

龍介の表情を眺めて、意次が笑った。

「遠慮は要らぬ。ここに居る者共は、みな、わしと龍介の仲を承知して居る。いつも通りでよいのだ」

例えば、田沼家がどれほど坂倉屋に借金があるか、これまで緊急の際、如何《いか》に坂倉屋からの援助でしのいで来たかを、この一座にいる者は残らず知っていると意次がいい、龍介は汗を拭《ふ》いた。

「滅相もない。坂倉屋の致しましたことは、殿様から受けた御恩にくらぶれば万分の一にも満たぬものでございます」

「お北や十兵衛は、何かいっていたか」

さっさと意次は話を進め、龍介も肩から力を抜いた。

「お北様は道中、どうぞお大事にと申されました。魚屋どのは新太郎様と共に、今日中にも江戸を発《た》ち、前にも殿様に申し上げましたように、七星丸で相良湊《みなと》へ向われる由にございます」

「そうか、今日、発つのか」

「品川で殿様をお見送りした後、直ちに沖の七星丸へ乗船と聞いて居ります」

上々の船出日和《びより》であった。

「おそらくは、殿様の行列より一足先に相良湊へ入津《にゆうしん》致すかと……」

「左様なこともあろうかと、井上伊織にはすでに書状をもって知らせてある」

意次が開けはなしてある本陣の庭越しに空を眺めた。

「魚屋も、新太郎も、今頃は船の上か」

表から出立の知らせが来て、龍介は御前を下った。

大名行列というものは、あらかじめ定められた行程を変えることなく進まないと何かと問題が起る。

殊《こと》にこの季節は参勤交代の時期でもあって、在府中の大名が国許《くにもと》へ帰ったり、逆に帰国中の者が出府して来たりと、東海道はけっこう賑《にぎ》やかでもあった。

各々《おのおの》の大名家では先乗りの藩士によって、途中のすれ違いや、宿場が重複しないように注意を払っているが、天候や川止めなぞの出来事によって日程が止《や》むなくずれることもある。

　先乗りの藩士はそういった事情をすみやかに知り、道中を調整しながら自分の藩主の行列が何事もなく日程をこなすよう尽力する役目がある。

　従って、藩主といえども、我儘《わがまま》勝手は許されなかった。

　意次の行列は天気に恵まれ、予定通りに保土ヶ谷泊り、小田原泊りと日を重ねて、箱根を越えた。

　芦《あし》ノ湖のほとりで休息した時、意次はお北がこのたびの国入りに際して、龍介と共について行きたいといい出したのを思い出していた。

　大名の行列に女が加わるのは難かしいが、個人の旅なら商用であれ、信心の旅であれ、通行切手があれば箱根の関所を越えるのに不都合はない。

　お北の希望を知った坂倉屋龍介が、

「それなら、わたしの道連れとして、殿様の行列とつかず離れずついて行けばよい」

　といったのだが、お北は自分からいい出したにもかかわらず、

「やはり、江戸でお留守を致します。万一、殿様の御迷惑になっては、とり返しがつきませんから」

　と、固辞してしまった。

　何故、お北が一度は相良へ行きたいといったのをあきらめたのかは、意次にはわから

ない。

万一、自分が意次について相良へ行ったことが、奥方の耳に入ってはという女らしい配慮かも知れないし、その他に理由があるとも考えられる。

だが、今、意次の脳裡《のうり》に浮んだのは、かつてこの道をお北は夫の湊屋幸二郎と共に上方へ行き、次には病の夫と、まだ少年だった新太郎を伴って江戸へ戻って来たという事実であった。

お北にとって夫は愛のない男であり、子は意次との不倫のあげく授ったものである。

しかも、その帰りの道中で、お北は最初に相良入りした意次に出会った。

あれから数えて二十年余、お北が身も心も意次のものになるには、その出会いからまた長い歳月がかかっている。

東海道はお北にとって苦しい月日の思い出なのだろうかと意次は思いやった。

品川の湊屋へ、夫の留守を承知で忍んで行った自分の若さが、今となってはなつかしい。

箱根越えの日の泊りは沼津であった。

水野出羽守忠友の城下で、意次の四男、忠徳《ただのり》が養子に入っている縁があった。

当主、忠友も、養子の忠徳も江戸在府中だが、城代家老が出迎えて手厚い接待を受けた。

そして、道中、何事もなく金谷の宿に到着したのが予定通り、江戸から六日目のことであった。

実をいうと、意次は数年前から相良から藤枝へ出る街道を開くことを考え、すでに着手していた。

相良へはこれまで金谷から入る道、掛川からの道が使われていたが、いずれも途中に山越えがあり、谷が大雨で増水すると橋も道も押し流し、しばしば通行不能になった。最初の国入りでそのことを知った意次は、地図を取り寄せ、人々の意見を聞き、藤枝から大井川の下流を通り海沿いを行く道を整備すれば、東海道からの交通が便利になり、地元の経済の役に立つと考えたものの、これまで通っている古道は各所で寸断されて居り、それを一つにつなぐのはかなりな大工事になる。その上、その道はすべてが相良藩の領内ではなく、他藩もあり、天領もある。更にいえば、大井川には昔から江戸防衛のためという理由で橋がかけられなかった。

東海道ではなく、遥《はる》か下流とはいっても、同じ大井川には違いない。

意次は根気よくすべてに根廻しをし、将軍家治の許しを得て、この新街道の建設に着手した。

その街道はすでに九分通り完成している。だが、このたびの国入りに意次はその道を通らなかった。

相良藩主の国入りの便宜に作った街道ではないという自負のためである。あくまでも、陸の孤島と化している駿河《するが》湾沿いの村々の発展に役立つとの目的で断行した交通路だと考えている。

その道を、これみよがしに行列したくないというのが意次の本心であった。

金谷には普請奉行を仰せつかった井上伊織が出迎えに来ていた。

「御無事の御道中、まずおめでとう存じまする」

と挨拶した井上伊織は少しやつれていたが、喜色に満ちていた。

「我々、家臣はもとより領民一同、殿のお国入りを心からお喜び申し上げて居ります」

築城はほぼ完成し、城下町も意次の指示通り、京の町のように碁盤の目に縦横の道が入った町造りになっているという。

「殿の仰《おお》せのように、家々の屋根は瓦葺《かわらぶ》きに致し、貧しき家には御指示の如《ごと》く、藩金をもって葺かせましてございます」

屋根を瓦葺きにというのは、江戸でも盛んにすすめられているのだが、なかなか思うにまかせなかった。なんといっても、瓦葺きは金がかかる。

しかし、一度、火災が起った時、板葺きはひとたまりもないが、瓦葺きならかなり災害をおさえられる。

相良築城中に、実は二度、火災があった。

一つは安永二年（一七七三）、心月庵《あん》より出火して湊橋小路より東までの下町が残らず焼けてしまい、次には、翌安永三年、大沢寺から火が出て百六十戸が焼失している。

そうしたこともあって、意次は城下町の家々は瓦葺きに、金のない者には藩から援助をせよと命じていた。

「明日、殿がごらんなさいます相良の城下町、御意《ぎょい》にかないますれば、有難き幸せに存じまするが……」

なかば不安をみせながらも、井上伊織は嬉《うれ》しそうであった。

意次の信頼を受け、築城のすべての責任を背にしょってひたすら完成へ進んで来た者が、漸《ようや》くその城に主君を迎える喜びをかくそうとはしていない。

万一、城が意次の意にかなわなければ、即刻、切腹してすべてを己れが罪とする覚悟の出来ている者だけが持つ晴れがましさを、意次は出迎えた井上伊織から感じ取っていた。

翌朝、意次の行列は金谷を発った。

この道中は茶畑の中を行き、やがて山道にかかる。

道幅は狭く、悪路ではあったが、そここに領民が出て、必死で土ならしをし、通行の便宜のために働いている姿があった。

その者達が行列の来たのを知って道ばたにはいつくばう。

意次は駕籠を下りた。

「農事の忙しき時期に無用の使役をさせてしもうたこと、許せ。御苦労であった」

一人一人が声をかけられて、茫然《ぼうぜん》とし、やがてひれ伏した。

自分達の前を徒歩で行く人が、自分達の領主であり、江戸では将軍様が一番、信用しているえらい殿様なのだということが暫《しばら》くは信じられないでいる。

行列よりも少々遅れて従って来た坂倉屋龍介には、そうした領民の途惑いと感動が鮮やかに見てとれた。

これが、我が友、田沼龍助のよきところであり、ひょっとすると命とりになるかも知れない性格だと不安を持っている龍介にしても、山道を行く田沼意次の姿はこの上もなく優しく、立派にみえた。

相良の城下がみえて来たのは萩間《はぎま》川沿いに出てからであった。

行列の侍達が思わず感嘆の声を上げたほど、それは美しい風景であった。

遥かに大海原が見渡せる。

その手前に輝く白い城が、整然と格子《こうし》を組んだような城下町に囲まれて春の中にたたずんでいる。

灰色の屋根瓦には陽がさして、きらめき、城内からは時刻を知らせる大太鼓の音が風に乗って聞えて来る。それに伴って寺々からいっせいに鐘の音が響き出した。

藩主の到着を知らせる合図であった。

そして、龍介は見た。相良湊に帆を下した七星丸が意次を出迎えている。

二

相良城に到着した田沼意次は極めて多忙であった。

まず新城落成の祝いがあり、続いて、在国の藩士達をねぎらう宴が開かれた。

翌日からは領国内の名主や庄屋、それに相良町の大町人などが続々と挨拶《あいさつ》につめかける。

大沢寺に滞在していた魚屋十兵衛、新太郎、坂倉屋龍介達と膝《ひざ》をまじえて話し合うことが出来たのは入国して三日目の夜であった。

魚屋の七星丸は明朝、相良湊を出港して上方へ向う予定になっていたからである。

「次に七星丸が相良湊へ入るまでには、堤を長く張り出し、波よけの岸壁なぞも工事が進んで居ろう」

と意次がいったのは、今のところ、相良湊は意次がここを領する以前の古い港に少々、手を加え、突堤や岸壁を広げ出している最中なので、相良町の廻船問屋が所有する三百石から五百石積の船ならともかく、七星丸のような千石船が入津するのは困難で、そのため七星丸は湊のやや沖に碇《いかり》を下し、艀《はしけ》を使って上陸する状態であった。

従って、悪天候になると、何かと厄介だから、あまり長逗留《とうりゅう》は出来ない。

「相良湊が、殿様のお考え通り、大船が容易に入津しやすい港になりましたなら、船乗り共はどれほど有難く思うか知れません」

昔から遠州灘《なだ》には大風が吹き、海が荒れやすいといわれている。にもかかわらず、ここにはいざという時に逃げ込める良港がなかった。

普通、良港といわれるものは、鶴《つる》が羽を丸く広げたように、両側から岬が張り出して居り、しかも、その入口附近に風よけになる小島などがいい位置に散在して、港へ入った船を大風、荒波から守ってくれることが必要であった。

けれども、遠州灘は渥美《あつみ》半島から御前崎までが浅い弓なりの地形で、全く逃げ場がない。

そのため、上方から紀伊半島を廻って江戸へ向う船は鳥羽沖を出て天候が悪くなると吹き流されて漂流や難破する危険が極めて高い。

相良湊は御前崎を廻ってすぐの場所であり、ここが人工的に風よけ波よけの突堤で囲った良港となれば、海難も少くなろうし、船の中継所としても便宜になる。

意次は最初の国入りの時、そのことに気づいて早くから港を広げる方針で工事を急がせているものの、なかなか進捗《しんちょく》しない。

「実は仙台様から城持ち大名となる祝いに何か手伝うことはないかと仰せがあって、渡りに舟ではないが、港のことを申し上げた。おかげで城から港への川筋の工事の費《かか》りが助かったのだ」

その故に、河岸一帯を仙台侯に御礼の心をもって仙台河岸と名づけようかと意次がいい、龍介はうなずいた。

「仙台様にもお喜びなされましょう」

かねてから仙台藩主は中将の官名を強く希望し、その斡旋《あっせん》を意次にも依頼していた。その願いがかなったこともあって、礼のつもりでしてくれたに違いない。

「仙台様には、かなり蝦夷《えぞ》に御関心をお持ちのようでございます」

といったのは、魚屋十兵衛で、

「やはり、この節、蝦夷から入手する俵物が長崎で清国《しんこく》の船に高値で売れていることなどお耳に入って居るものでございましょう」

蝦夷が未開の土地なら、幕府の許しを得て先陣を承り、切り取って将軍家の威光を知らしめたいなぞという口実で、北前船の者なぞから、しきりに蝦夷の情報を聞いているらしい。

「冗談ではございませぬな。戦国の世ではなし」

と龍介がいい、意次も苦笑した。

考えてみれば、未開の地なら切り取っておのれの領国にしようなぞというのは、藩祖伊達《だて》政宗《まさむね》以来の気風かも知れない。

仙台は蝦夷に近い。

藩の御用船も所有しているし、その気になれば蝦夷へ探険船を出すのは容易に違いない。

「仄聞《そくぶん》ですが、仙台藩の工藤丈庵と申す医者の悴《せがれ》が蘭方の修業に長崎へ参って居り、その者が大層、蝦夷に関心が深く、誰彼を通じて蝦夷の話を聞いて居るとか」

といったのは新太郎であった。

「手前が聞いたところによると、その者はもと紀州藩の長井大雲の子で、幼くして縁戚《えんせき》に当る仙台藩の工藤家へ養子に入ったものだそうですが……」

意次が訊《たず》ねた。

「その者の名は」

「工藤平助です」

「会うたことはあるのか」

「ございませんが、手前が長崎で昵懇《じっこん》にしている清国の者のところには、しばしば、顔を出しているようです」

「成程、今度、長崎へ参ったら、その男の消息など気をつけるように。何ぞあったら江戸へ知らせよ」

「承知致しました」

「蝦夷地は近い中に然《しか》るべき者をつかわして調査をせねばならぬと思うて居る」

無論、幕府の命による公式の調査隊で、一応、松前藩にも協力を指示し、蝦夷全土はもとより、樺太《からふと》に関しても調べさせたいと意次はいった。

「しかし、それだけ大がかりなお調べとなりますと、莫大《ばくだい》な費用がかかりましょうな」

といったのは坂倉屋龍介で、今のところ、田沼意次が抱えている印旛《いんば》沼の干拓案だけでも気の遠くなるような出費を覚悟しなければならないと承知していたからである。

「龍介らしくもないことを申す」

家臣を遠ざけ、四人だけの席であった。

新太郎に酌をさせながら、意次は少しばかり酔いの出た顔で笑った。

「蝦夷地へは船で参るのだぞ」

陸地を行くのは厄介であった。

「それは承知して居りますが……」

船の費えも馬鹿《ばか》にならないと龍介は内心で算盤《そろばん》をはじく。

「魚屋の船が蝦夷へ参るのは何のためだ」

十兵衛が笑っていて返事をしないので、龍介が答えた。

「無論、商売のためでございましょう」

「幕府の船も商売をして来るのだ」

「何とおっしゃいます」

「十兵衛に教えてもろうたが、蝦夷では米も酒も高値でよう売れるそうだ。木綿もよいとか。そうしたものを積んで行き、帰りには蝦夷の産物をごまんと積んで来る。費用の全額とまでは行かなくとも、その助けにはなるであろう」

あっけにとられている龍介の傍で十兵衛が補足した。

「殿様、彼の地にては古着も鍋釜《なべかま》の類もよう売れまするぞ」

「そうか、それはよいことを聞いた。江戸へ戻ったら、早速、申しつけよう」

絶句して、龍介は庭から遥《はる》かにのぞめる夜の海へ視線をやった。

幕府の御用船が米や酒、木綿はともかく、古着や鍋釜を積んで行く光景を誰が考えるだろうかと思う。

おまけに、その船は帰りに鮭《さけ》だの昆布だのを満載して来ようというのだ。

黙り込んでしまった龍介に、意次が穏やかに話しかけた。

「龍介、俺はこの国の役に立つことであればなんでもやってのけようと決心して居る。見栄を捨てて、実を取る。武士としてあるまじきことと申す奴《やつ》にはいわせておく。御用船が商売をしてどこがおかしい。長崎へ来る外国の船には、むこうの王や皇帝の意を受けて商売のためにやって来るのも少くないと聞く。国の利となることなら商売とて恥じるものではなかろう。堂々と交易を行い、その利によって国を潤《うるお》す。海のむこうの国々はすでにその時代を迎えて居る。にもかかわらず、我が国はいつまで国を鎖《とざ》し、国の外に目をむけぬのか。海のむこうの国々を知らずして、この小さな島国が次の世に生き残れると思うのか。わしの夢はこの相良湊から多くの日本船が海のむこうへ出かけて行くことだ。さまざまの国の船が交易の道を求めてこの相良湊へやって来ることだ。我々が相手を識《し》り、相手もこの国を識れば、争いは生じない。無論、それなりの備えは必要であろう。それよりも怖《おそろ》しいのは相手を識らぬが故《ゆえ》の行き違いが、争いの種を播《ま》くことだ。相手を識らぬために商売に損失を出すことだ。すでにその前例があるではないか」

幕府が始まって以後、百年の間にこの国は貿易に失敗して、我が国の金の四分の一、銀の四分の三を海外に流失させていると意次はいった。

「相手を知らぬから、いいなりになるから、金銀の世界の相場に無知であったから左様なことが起った。だからと申して、交易を中止すれば、失った金銀は二度と還《かえ》らぬ。俺は交易を増やし、失った金銀を二倍、三倍にして取り返すことをやっている」

龍介はそっと立って次の間をうかがった。

家臣もこの寺の僧侶《そうりょ》も遠慮して近づかない。

やれやれと龍介は庭のほうまで見廻して席へ戻った。

田沼意次の今夜の話を、もし、幕閣の者が知ったら仰天するのではないかと思う。少くとも、意次の志を知り、その意を受けて働いている者を除いては、まだまだ意次の考えは破天荒なものとしか受けとめられないに違いなかった。

明らかに、今夜の意次の発言は国禁を破ることであった。

いや、意次の側からいえば、国禁なるものを解除しようというものであって、将軍様をはじめとして、諸大名がどんな反応を示すのか、考えただけで龍介は空怖しくなる。

だが、意次は自分が大それたことをいっているとは思っていないように見えた。そして、魚屋十兵衛も新太郎も、別に驚いた顔もしていない。

自分だけが取り残されたようで、龍介は縁側から海を眺めた。

黒い波がきらきら輝くのは、月が出たせいであった。

十六夜《いざよい》の月である。

その月光の海に七星丸が浮んでいた。

「龍介、よい眺めであろう」

意次が立ち上って龍介に並んだ。それに従って魚屋十兵衛も新太郎も縁に出て来る。

「いつの日か、さまざまの魚がこの湊へ入って来るとよいな。わしはその時、この城にいて、さまざまな魚を迎え、その話に耳を傾けよう。海を越えてやって来る者にとって、この城は魚達のくつろげる場であるとよいのだがな」

意次の呟《つぶや》きが、夜気の中に吸い込まれ、龍介はすぐ隣に立っていた新太郎が目を赤くしてうなずいているのに気がついた。

そのことも気になっていた龍介は、意次が御城内へ戻った後に、魚屋十兵衛と新太郎を前にして、こう訊ねた。

「今夕の殿様のお話の中、只今《ただいま》は御禁制である異国の船が自由勝手にこの国へ交易へ参る日があってもよいとのお考えがあり、手前などは肝が冷える思いを致しましたが、魚屋どのも新太郎様も平然としてお出《い》でのようにお見受け致しました。それは何故でございますか」

十兵衛が微笑し、ゆっくり新太郎を眺め、その視線にうながされた様子で新太郎が答えた。

「それは、おそらく私共が長崎にて、多くの清人や阿蘭陀《オランダ》人の知り合いを持って居り、その者から異国の事情を絶えず耳にしているせいではないかと存じます」

その昔、鎖国をした時のこの国の事情と異国の事情、そして、只今のこの国の事情と異国の事情は、聞き知るだけでも大きくさまがわりしているように思うと新太郎はいった。

「他の国が大きく前へ進んでいる二百年近くを、我が国は足ぶみしていたのです。これではならぬと長崎にて異国の人と接している者はみな感じているようです。ただ、日本人の多くはそうした機会を持てぬままに、いつまでも眠ったような状態におかれて居るやに見えます。殿様は江戸にお出でになっても、そのあたりをよく御承知で、御心中は大いにこの国の行く末を愁《うれ》えてお出でなさるように拝察致しました」

十兵衛が、その後を続けた。

「およそ、石のように頭が固くなってしまって居るこの国の人々が、はっと目ざめるのは、おそらく、外から大きな災難がふりかかって来た時、すさまじい力がこの国を叩《たた》きこわさんばかりにゆり動かした時ではないかと存じます。けれども、それではもう遅いのでございます。今ですら、もう遅いように存じます。手遅れは一年ごとに大きく、この国の痛手となりましょう。ただ、殿様がお上を説得し、御老中の方々が殿様のお話に耳を傾け、賛意をお示しなすって、長年の国禁を解く御覚悟をして下されば、まだしも間に合うようにも思えるのでございます」

「しかし……」

龍介は、たまりかねて叫んだ。

「それは、一つ間違えば、殿様のお命がなくなる……」

十兵衛がひっそりと目を伏せた。

「存じて居ります。それ故に、私どもも口を閉じて居るのでございます」

決して、意次に対し、国禁を解いて頂きたいと進言はしていないと十兵衛は明言した。

「ただ、手前どもが何を申し上げなくとも、殿様の御心中には、やがて御命を賭《か》けても、この国の未来のためにお働きなされようとするお覚悟があるやに思われます」

龍介は十兵衛の隣にすわっている新太郎の目が再び赤くなっているのを悲痛な気持で見つめた。

子は父の心を知って、腹の中で泣いているのであった。そして、父は子を通してこの国の行くべき容《さま》を確認している。

その夜、龍介は遂《つい》に寝そびれた。

早暁《そうぎょう》、十兵衛と新太郎は大沢寺を出て湊へ向った。

その湊に、馬上の武士がいた。ついているのは家老の井上伊織、只一人である。

「これは、わざわざのお見送り、申しわけなく存じまする」

そうしたことがないように、昨夜、出立の挨拶《あいさつ》をすませていた。

だが、意次は十兵衛と新太郎に短かくいった。

「海上、つつがなきを祈るぞ」

声を低くして、冗談らしくつけ加えた。

「出来るものなら、俺も七星丸で長崎へ行ってみたいものだ」

新太郎がその父に答えた。

「いつの日か、それがかないましたなら、七星丸の船頭は手前がつとめさせて頂きます」

意次が大きく合点した。

「頼もしいぞ、新太郎」

艀《はしけ》はすでに湊の岸壁に横づけにされていた。

新太郎と十兵衛が乗り、迎えに来た水主《かこ》達が竿《さお》と櫂《かい》をあやつって沖の七星丸へ漕《こ》いで行く。

馬上の意次が眺めていると、小さな艀は鮮やかに波を切って大船へ寄せて行った。

船上からは縄梯子《なわばしご》が下され、新太郎と十兵衛が上り、やがて艀も大船へ積みこまれる。

海上に日の出が近づいた時、七星丸は碇《いかり》を上げ、朝風を帆に受けて悠々と相良沖を出て行った。

相良城での日々の大方を意次は領地の巡察に費した。

出来ることなら領民の訴えなどもじかに聞きたいと思っていたにもかかわらず、それがなかったのは、あらかじめ、名主達に触れを廻して領民が直接、藩公に願い事なぞをせぬよう命じていた故であった。

「よけいなことをする」

と意次は立腹したが、それでなくとも一日はめまぐるしく過ぎて行く。

三

相良城に滞在中、意次は相良湊の廻船問屋、福岡町の西尾太郎兵衛と市場町の小田善右衛門を城中に招いて懇談した。

相良湊には、意次が相良の領主となる以前から、およそ二十軒ばかりの廻船問屋があったが、西尾家と小田家はその中でもとび抜けての豪商であった。

相良藩の年貢米《ねんぐ》はこの両家の持ち船で江戸へ運ばれているし、近隣の諸藩、掛川藩や横須賀藩なぞの年貢米の輸送も請負っている。

積荷の殆《ほと》んどは米だが、その他に薪《まき》や茶、それに女神村帝釈《たいしやく》山の石灰があった。

採り出された石灰岩は焼いて白土にし、俵詰めされて江戸へ運ばれる。

白土は漆喰《しつくい》の原料であった。城館や城垣にも多く使われるが、町屋の耐火、耐震の家屋造りの必需品であり、土蔵にも用いられた。

石材の接合や壁の塗装にはなくてはならぬもので、とりわけ、江戸は火事や地震の災害に備えての建築を奨励していたので、白土の需要は多い。

西尾家も小田家も持ち船は五、六艘《そう》だが、どれも三百石船であった。

それ故に、先頃、沖に停泊した七星丸の千石船にはさまざまの思惑がある様子であった。

意次が両家の主人を呼んだのも、そのあたりに誤解があってはならないと考えての上だったが、早速、西尾太郎兵衛が、

「洩《も》れ承りますところでは、殿様には相良湊を広げ、沖に波よけの堤を築き、湊には船囲いなどの出来る岸壁を設けて千石船の入津《にゅうしん》も出来るような大がかりな工事をお進めなさいますとか。まことでございましょうか」

と訊《き》いた。

「もし、左様なことになりましたなら、諸国よりの大船が続々と入津致し、手前共のような廻船問屋は商売が立ち行かぬようになりましょうが……」

不安と不満をむき出しにしていうのを、意次は制した。

「相良湊を大船が入津出来るように広げる第一の理由はこの沖を通行する船が万一、荒天に遭遇した際、風をよけて逃げ込める港が遠州灘《なだ》には一つもない。その不便を多少なりとも補うためじゃ」

沖を通行するのは幕府や御三家の御用船もあれば、諸大名の船もある。

それらが時化《しけ》にあって待避する場所もなく、海の藻屑《もくず》になった例は少なくない。

「空《むな》しく人命を失い、積荷を水底に沈めるのは、この国にとって重大な損失である。よって、相良湊をその際、役立つように改善したい。第二には相良湊が良港となり大船も入

津出来るとなれば、諸国の物産も集まり、交易も盛んとなって大いに城下が繁栄する。藩にとっても領民にとっても喜ばしいことではないのか」

西尾太郎兵衛が膝《ひざ》を進めた。

「仰《おお》せにはございますが、大船が入津し、大商いを致すようになれば、手前共のような三百石船は太刀打ちが出来ません。殿様には代々、相良湊を支えて来た手前共の店は潰《つぶ》れてもよいとお考えでございますか」

「少くとも、代々の相良藩主の御用を承り、御恩に報いて来た者を、さりとは、お情ないお仕打ちではございませんか」

と小田善右衛門が呼応した。

表むきは神妙ながら、実は老獪《ろうかい》なこの手の商人の訴えに、意次はたじろがなかった。

「異なことを申すものかな。およそ、世の中のことは大には大の損得があり、小には小なりの損得のあるもの。たしかに千石船は一度に大きな荷を積める利があれど、乗り組む船頭はじめ船夫などの数も多くなろう。万一、海難に遭《お》うて船を失えば、その損失ははかり知れぬ。三百石船は積荷は少くとも、その分、船夫の数が要らぬ。その上、千石船の入津出来る湊は少いが、三百石船ならば容易に入ることの出来る津々浦々がある。要は商いの才覚次第であろう。大きく儲《もう》けて大きく失うも商いなら、小さく利を得て、失う時も亦《また》小さい。それも商いの方寸とわしは思うが、如何《いか》に……」

黙ってしまった二人を等分に眺めて続けた。

「仮にこの相良湊に千石船が続々と入津し、その商いぶりを眺めて、やはり大船ならではと思う時は、其方《そのほう》共も大船を持ってみるもよし。かつて領主に数千両の融通をして報恩するほどの有徳人《うとくじん》の家ではないか。千石船の一艘や二艘、持てぬとはいわさぬぞ」

西尾太郎兵衛と小田善右衛門がはっと顔を見合せるのを眺めて、意次は軽く煙管《きせる》の灰を煙草盆《たばこ》に叩いた。

西尾家にしろ、小田家にしろ、相良湊の富商達はこれまでしばしば藩に対して御用金の融通を行っていた。

殊《こと》に本多家が藩主であった時は五千両余の借用をして、その返却に苦しみ、一方、西尾家は本多家から取り立てた年貢米を相良湊から諸国へ廻送して莫大《ばくだい》な利を得た。

意次がやんわりと皮肉ったのは、そうした過去の事実を承知していたからであった。

同時に、西尾家も小田家も、これまでの藩主と同じく、田沼意次も自分達の援助を求める時があるとふんで、今の中に商売敵となるであろう他国の廻船問屋の船の入津を拒絶する魂胆だったのが、あっさり意次に見抜かれてしまった上に、これからは百姓が年貢を納めるのと同様に、商人からは稼ぎに応じて冥加金《みょうが》という税を徴するので左様、心得よ、これは藩の方針であり、お上の方針でもあるときめつけられて、青ざめて退出して行った。

明日は江戸へ向けて発《た》つという日に、意次は百人からの藩士を集め、改めて築城の労をねぎらい、藩政について指示を与えた。

最も言葉を尽したのは養蚕についてであった。

相良藩主となってすぐに、意次は米の不作の年に備えて領内での養蚕を奨励するように指示したものの、今度の帰国で、それほど農民の間に行き渡っていないのを発見した。

名主達に訊《たず》ねてみると、やはりこれまでやったことのない仕事に取りかかるのに抵抗があるのと、指導が行き届かず、折角の蚕が全滅してしまったなぞの打ちあけ話があった。

それ故《ゆえ》、藩士がまず率先して桑の栽培や養蚕の指導に当るよう、各々の技術者から知識を学ぶべく藩校「盈進館《えいしんかん》」の中に農学の部門を設けるよう指示した。

一日が暮れて、奥へ入った意次に井上伊織が改めて江戸への道中には、相良街道をと強く勧めた。

「殿の御尽力により藤枝より相良まで人馬の通える街道が出来上って居ります。どれほど周辺の人々の便宜になって居りますことか、何卒《なにとぞ》、御通行の上、御自らおたしかめ下さいませ」

すでに完成している道を相良藩主が通行しなかったとあっては、領民も不審に思うし、街道のためにもよろしくないと献言されて、意次は承知した。

僅《わず》か十日の滞在で、意次は出立した。

早朝、よく晴れていた筈《はず》の空が俄《にわ》かに曇って小雨が降った。

一刻ばかりで再び青空が戻って、意次の行列は予定通り、城の大手門を出た。

その雨を、或る者は領民の別れを惜しむ涙だといったが、後に誰しもが、あれは殿様がこの相良へ最後の別れを告げた涙雨だったと話し合った。

相良藩主として二十年余、新城完成を祝っての帰国が、意次にとって最後のお国入りであった。

意次は勿論《もちろん》、藩士、領民の誰一人としてそれを知らず、行列は海沿いの道を堂々と江戸へ進んで行った。

安永九年（一七八〇）四月二十三日、牧ノ原台地の茶畑からは今年最後の茶摘み歌が聞えていた。

江戸では、将軍家治が意次の帰府を待ちかねていた。

「相良は如何《いかが》であったか」

と親しく訊ねられて、意次は海をのぞむ小さな城の様子をこのように言上した。

「駿河の海のとばくちに小さな白い鳥が羽を休めているような城でございます」

海の幸、山の幸に恵まれ、人が懸命に働けば穏やかに暮せる有難い土地だといった意次に、家治はうなずいた。

「この江戸も権現様《ごんげん》が開かれた時は、海へむかった小さな土地であった。人が江戸を大きく豊かなものにした。相良もいつの日か左様になるとよい」

数日、意次は多忙であった。

旅の疲れを休める暇もない。僅か二十日余り、休んでいただけだというのに政務は思いがけないほど渋滞している。

木挽町の屋敷へ出かけたのは、五月のなかばになってからのことであった。

前触れもしなかったのに、屋敷の内外は掃き清められて敷石には打ち水がされている。

「お帰り遊ばしませ」

と三つ指をついたお北に並んで新太郎の顔があったので、意次は表情を更にゆるめた。

「来ていたのか」

相良湊から七星丸で魚屋十兵衛と共に上方へ向った筈であった。

「いつ、入津した」

「三日ほど前でございます」

「七星丸はよく働くな」

「このたびは、青龍丸で参りました」

五百石積の船だが、まだ新しいといった。

「時には小廻りのきく船も便利でございますから……」

それで意次は相良での西尾太郎兵衛達との問答を思い出した。

「そうか。五百石船にも長所はあるのだな」

「仰せの通りです。例えば、難破しかけた時、船頭は帆柱を切って船がくつがえるのを防ぎますが、千石船の帆柱は容易に切断出来ません。五百石積なら、かなり楽です」

お北が顔色を変えた。

「そのような怖《おそろ》しいことがあるのですか」

新太郎が首をすくめた。

「手前は話に聞いただけですが……」

話題を変えるように違い棚の上から風呂敷《ふろしき》包を取って来た。

「いつぞやお話申しました工藤平助の蝦夷に関する覚え書でございます。これは写《うつ》しでございますが、取りあえずお目にかけようかと存じまして……」

半紙を二つ折りにして綴じた帳面に新太郎の文字がぎっしり並んでいる。

手に取って開いた意次の目に最初にとび込んで来たのは「赤蝦夷」の三文字であった。

「新太郎、赤蝦夷とは……」

「蝦夷の奥、北東の方角にある国でございます。国の名はおろしやと申すと聞いて居ります」

「そうか、おろしやのことか」

ひきこまれたように意次が読みふけり、お北はそっと立って膳《ぜん》の用意に出て行った。

「これは、まことか」

意次が顔を上げて、新太郎に訊ねた。

「蝦夷に出入りしている商人が、おろしやと交易を行って居るというのは……」

「その噂《うわさ》は手前も蝦夷へ参りました折に何度も耳に致しました。我が国の商人が蝦夷を介しておろしやの商人と抜荷を働いて居るのは事実のようです」

抜荷は密貿易のことであった。

「容易ならぬことじゃな」

「おろしやはしばしば我が国に交易を申し込んで居るようですが、いずれも松前藩が拒絶致して居ると聞きます」

「当然のことじゃ。お上は清国と阿蘭陀国のみに限って交易を行って居る。その他は御禁制だが……」

「いつまでも、それで済むものでございましょうか。おろしやは我が国の北にあって阿蘭陀よりも近こうございます。むこうが我が国の存在を知り、近づいて来て居るのは、おそらく、冬に凍らぬ港を求めてのことではないかと申す者が居ります。一つ間違えば武力をもって我が国を窺《うかが》うこともあり得るかと……」

「松前藩にのみ、ゆだねて居るのは危いと申すか」

新太郎が父親似の容貌《ようぼう》をうつむけた。

「これは、魚屋の親父《おやじ》どのの申されたことでございますが、松前藩にては米作が出来ぬ故に家臣に対する知行の代りに蝦夷地の沿岸の土地を割りあて、そこでの交易の権利を与えて居るそうです」

つまり、松前藩では年貢米の代りに蝦夷との交易による利益が藩の収入であり、家臣も各々、定められた土地での蝦夷との交易権を松前や諸国からやって来る商人に貸すことで食扶持《くいぶち》を得て居ると新太郎は話した。

「しかも、その商人どもは蝦夷がものの相場を知らぬのをよいことに、針一本で鮭《さけ》五匹と取り替えたり、半分も水でうすめた酒二升で鮭二百匹を要求するなど、蝦夷にとってはまことに不利な交易を行って暴利を占めているようです」

「しかし、蝦夷地には松前藩の者しか入れぬきまりとなっている筈だが……」

商人や他国者が立ち入るのは禁じられている。

「そうか、松前藩の役人も金で口封じをされて居るのであろうな」

もともと、交易権を商人に売り渡すことからして違法であった。

「もう一つ、聞き捨てならぬことがございます」

蝦夷地にはまだ発掘されていない金山、銀山、銅山があるらしいと新太郎は告げた。

「もし、それらがおろしやの手に落ちましたら、我が国の損失は容易ならぬものになりましょう」

お北が運んで来た膳を囲み、父と子は夜更《よふ》けまで蝦夷地とおろしや国について話し合っていた。

おろしやの船が蝦夷地へやって来たという報告は一昨年、松前藩よりなされていたが、交易を拒否し、追い返したと聞いている。

それが現実には、我が国の北面を窺い、蝦夷地に出没するとあっては、捨ててはおけない。

同時に松前藩の不正の事実も取り調べる必要があると意次は思った。

「早急に老中方に相はかり、蝦夷へ調査の船を遣わさねばなるまい」

そのためにも、蝦夷の現状をもっと多く知らねばならなかった。

「工藤平助なる者に会うてみたいが……」

まだ長崎に居るのかと訊いた意次に新太郎は答えた。

「それにつきましては、魚屋の親父どのに早飛脚で問い合せ、御報告申し上げます」

その夜、寝所へ入ってから、漸《ようや》く意次はお北に相良の話をした。

「坂倉屋どのから、いろいろとうかがって居ります。白漆喰の美しいお城は、ほんに殿様らしいと……」

「遠慮をせずと、お北も龍介と共に参ったらよかったのだ。わしもお北にあの城を見せ

はなりますまいに……」

「殿様らしゅうもないことを仰《おお》せられます。御老中の職におありの方が、禁令を侵して

お北が苦笑した。

たかった」

「禁令だと……」

反問してみせたが、意次は気がついていた。

幕府は諸大名の奥方を生涯、江戸屋敷に留め、国許《くにもと》へ伴うことを禁じていた。

万一、その大名が幕府に敵対した際の人質のためだが、その禁令は奥方のみならず、江戸屋敷にいる側妻《そばめ》に対しても同様であった。

「殿様は私をお供には加えず、坂倉屋さんと二人連れの旅人として相良を訪ねるように仰せになりましたが、万に一つ、それがお上の耳に聞えては一大事でございます。第一、江戸でお留守を遊ばす奥方様にも申しわけが立ちません」

やはり、そう考えていたのかと意次はお北の横顔を眺めた。将軍の側用人にして老中という権力の座にあって、この程度のことなら許されるだろうと考えていた心のゆるみをお北に指摘されたような気がする。

四

意次が相良へ国入りをした翌年四月、年号は改元されて天明となった。

時をほぼ同じくして、以前から協議されていた将軍家治の後継者として一橋家より当主治済《はるさだ》の長男豊千代が正式に決定し、江戸城西の丸へ入って家斉《いえなり》と名乗った。

「やはり、一橋様に白羽の矢が立ちましたのね」

木挽町の屋敷にやって来た坂倉屋龍介に、お北がそっといい、龍介は苦笑した。

「ここだけの話だが、下々の者はなかなか穿《うが》ったことをいうものだ。一橋の殿様はかねてからこのことあるを予想されて田安様の弟君、定信様を白河藩の松平家へ御養子縁組に出されるよう御老中方に働きかけられた。田安様では御当主の治察《はるあき》様が御病弱でお子もないところから、定信様を他家へやるのは困るとお断りになったのだが、御三家までが勧められて、とうとう定信様は白河藩へ行かれた。あげく安永三年には田安治察様が御病死なさり、田安家は廃絶同様になっている。もはや、将軍様の御養子になれるのは一橋豊千代様しかないというのでね」

お北が勝気な目を龍介に向けた。

「でも、それは間違って居りましょう。定信様が白河へお入りになった頃、将軍様にはお跡継ぎの若君、家基様が御健在でしたのですから、別に御養子の必要はございませんでしたもの」

「その通りさ。家基様がお歿《なくな》り遊ばしたのは安永八年。あのようなことがなければ将軍様も口惜しい思いをなさらずに済んだものを……」

「御無念でございましょうね。我が子でもない御方に、やがては将軍職をおゆずりになるというのは……」

「将軍様は、まだ、それほど御老齢ではないのだから、その中には若君の御誕生があるかも知れないのに、今度のことは一橋様のごり押しというものだ。なにしろ、あちらは権力欲にかけては並々でない執着をお持ちだそうだから……」

「でも、もし、将軍様にお子がお出来遊ばしたら、その若君がお跡継ぎになられますのでしょう」

「それはそうさ」

「そうなるとよろしゅうございますね」

「ああ、うちの殿様も御本心ではそれを願っておいでなさるようだからね」

いつものように、お北の好物の菓子などを手土産に持って来て、ひとしきり世間話をして龍介が帰ってから、お北は考え込んだ。

今度、晴れて将軍の世子となった一橋豊千代は、田沼意次にとっても、お北や龍介にとっても幼馴染《おさななじみ》であった梅本志尾の娘、お登美が一橋治済の寵《ちょう》を受けて産んだ子であった。

お登美の親は、一応、お志尾が再婚した旗本、岩本正利となっているけれども、正しくはお北の弟、兵太郎の忘れ形見であった。

それを知っているからこそ、お登美が最初、江戸城大奥へ奉公に上る際も、その後も田沼意次は親身になって力を貸し、後楯《うしろだて》にもなってくれた。

にもかかわらず、お登美は一橋治済の寵を受けるようになってからは、母のかつての友人達に対して全くそっけなかった。

お北の許にも時候見舞の文一つ来たことがなく、それは田沼意次に対しても同様のようであった。

だが、意次はそのことについて不快めいたことは一度も口に出していない。

お登美のことがなかったにせよ、意次にとって一橋家の若君が将軍の養嗣子となって西の丸に入ったのは喜ばしいことに違いなかった。何故なら、一橋家の家老は意次の弟、田沼意誠《おきのぶ》の子意致《おきむね》で、父親の死後、なにかにつけて意次を親代りのように思い、相談をもちかけたりしているし、意次の嫡子、意知《おきとも》とも親しい。

意次にとって縁の深い一橋家の血筋の者が将軍の養子となったというのに、お北のみるところ、意次はそれを決して喜んではいないようであった。

その理由をお北は、多分、一橋治済という人の性情に、意次が好ましくないものを感じているせいではないかと思っていた。

もう一つ、田安家の定信という人が白河藩へ養子に出されたいきさつに関しては、意次がこう洩《も》らしていた。

「あれは定信どのというお方の人柄のせいだよ。もともと、上様は田安家について、あまり良いお気持を持ってお出ではない。いつもいうことだが、田安家の始祖、宗武様はかつて只今の上様の父君、惇信院《とんしんいん》様をさしおいて御自分が将軍職につくべきだと強く主張されていた。そのために、惇信院様がどれほど苦しまれたか。それはわしも惇信院様の小姓としてお傍にあった故《ゆえ》、よく存じている。幸いにして八代様、つまり有徳院様の御決断によって無事に九代の将軍職は惇信院様と決まり、二人の弟君は各々、田安、一橋両家を起すことで決着をみた。けれども、惇信院様の御胸中には最後まで田安宗武様をお許しにならない思いが残っていた。上様にはその父君のお気持が伝って居る。それ故、田安家に対しては御心をひらかれることはないのだ」

その上、田安定信に関していえば、兄の治察は何かというと病弱な自分を押しのけて、家督を継ごうとする定信を不快に思っていて、そのため、早くから兄弟仲はすこぶる悪いのだと意次はお北に教えた。

「一橋様が画策されずとも、田安治察様は弟君が白河藩へ聟入《むこい》りするのを諸手《もろて》を上げて物が我こそはという思い込みの激しい人物が御賛成というのが本当のところだったのだ」

田安家の血筋にはどうも自信過剰というか、我こそはという思い込みの激しい人物が出て来るようで、

「定信どのの左様な噂《うわさ》は上様のお耳にも入っている。上様が定信どのを快く思われる筈《はず》がないではないか」

困ったものだと慨歎《がいたん》したのを、お北は忘れていなかった。

だから、このたびの将軍継嗣として一橋豊千代が西の丸に入ったのは、一橋家ならと十代将軍家治が納得してのことに違いない。

それに、家斉と名乗ったものの、豊千代はまだ幼年であった。しかも、将軍家治は四十代のなかばで、この先、実子が誕生する可能性は充分あるのに、何故、一橋家から幼少の子供を後継者として迎えたかといえば、それは間違いなく一橋治済がかなり狡猾《こうかつ》な運動をしたからで、おそらく、我が子家基の急死に落胆している将軍の心のすきをねらって遮二無二《しゃにむに》、自分の地位と立場を利用して、ことを進めたものであろう。

そう考えた時、お北は意次が一橋治済に対して決して好感を持っていない、むしろ、幕府のためにならざる人物と意識していることに危惧《きぐ》を抱いた。

だが、天明になって、意次はこれまで入念に根廻しをし、地道な調査を続けて来た政策を次々と実施しはじめた。

その一番手は印旛《いんば》沼干拓による新田開発で、これは、すでに八代将軍吉宗の時に千葉郡平戸村の染谷源右衛門を名儀人にして開発願いが出され、幕府は六千両の助成金を出し、源右衛門にこれを請負わせた。

けれども、工事はすこぶる困難な上に天災なども重なって、およそ三十一万両を投入したところで中止になった。

この時、開かれた新田は石高にして九万七千四百石であった。

意次が早くから目をつけたのは、新田開拓よりも、むしろ、鹿島灘《かしまなだ》と江戸湾を水路でつなぐことであった。

豊かな関東平野から収穫される産物は江戸に住む人々の生活を支える大事な物資であったが、その大半は利根川を舟で下って太平洋に出て、鹿島灘から房総半島を廻って江戸湾へ入って来る。

灘という文字がついているのでも知れるように、この銚子《ちょうし》沖の海は船乗りにとって油断の出来ないところであった。万一、荒天になると、船は忽《たちま》ち海流に乗って押し流され、遠く外洋へ運ばれる最中に沈没したり、或いは四国沖、九州沖で残骸《ざんがい》となって発見される例も少くない。

第二には利根川は坂東《ばんどう》太郎の名の通り、暴れ川であった。

大雨によって増水すると忽ち周辺の田畑を水没させ、その急流は橋はもとより、人も牛馬も一瞬にして押し流す。かつて集中豪雨で増水した時なぞは牛百頭を銚子沖まで流したという、手に負えない川でもあった。

その増水の一因に、鹿島川と神崎川が流れ込む印旛沼がその大量の水を長門川を通じて利根川に流し込み、持ちこたえられなくなった利根川が逆流して附近一帯にすさまじい水害を起しているという実情があった。

古来、川はその周辺に住む人々に農作の便宜を与え、暮しを助ける恵みがあるが、いったん、荒れるとすべてを奪い去って行く怖しさを伴う。

それ故に為政者がまず心を砕くのは治水であった。

利根川流域は関東屈指の米どころであった。

意次が着目した江戸湾への水路は、この利根川の治水という点でも好都合であった。

増水した利根川の水はこの水路へ流れ込んで江戸湾へ排水される。

勘定奉行、松本秀持《ひでもち》、赤井忠晶《ただあきら》などが中心となって、この水路が印旛沼干拓という名目に従って計画された。

つまり、具体的には沼の西端、平戸と呼ばれるところから検見川《けみがわ》まで、幅三間余の運河を作るので、検見川はその川口が江戸湾であるから、これによって利根川から海へ出ないで印旛沼経由、検見川経由の水路が開かれる。

同時に印旛沼の水もこちらに流れるので、利根川の水位が急激に上ることはなくなるという一石二鳥の効果が期待された。

工事費用の見積りは六万六百六十両、これを大坂の天王寺屋藤八郎と江戸浅草の長谷川新五郎が出資し、地元の名主、平左衛門と次郎兵衛が世話人となった。

工事完成の暁にはそれによって新しく開拓された田の八割を出資者が、二割を地元民が得る約束になっている。

幕府は、水路によって水運の便が格段によくなり、そのために江戸の経済が潤うという大きな利得がある。

「殿様のお考えは実にたいしたものですね。お上は一文の出資もせず、工事は商人の請負になさった。水路は出来るし、新田の新しい持主からの年貢も取れる。どうも商人顔まけのお智恵だと蔵前の旦那《だんな》方の間でも評判になって居ります」

といったのは、坂倉屋龍介の悴《せがれ》の長太郎で、今は父に代って坂倉屋の商売をひき受けている。

「殿様のお智恵はこんなものではない。まだまだ見ているがよい。蔵前の連中が腰を抜かすようなことが続々と出て来る」

龍介は我がことのように悴に自慢したが、その内容については家族にも話さなかった。

すでに昨年、意次は御加増になって知行四万七千石になっていた。

これまでは相良を中心に榛原《はいばら》城東、三河国額田《ぬかた》宝飯《ほい》渥美《あつみ》、遠州榛原、駿州志太《すんしゅうしだ》と、いずれも相良の周辺での加増だったが、今度の一万石は和泉《いずみ》国日根郡であった。

土地も豊かであり、大坂に近い。

それほどの大名になったというのに、意次の龍介に対する態度は全く変って居らず、木挽町の屋敷は無論のこと、神田橋の上屋敷さえ通行自由で、家臣の誰もがそれを認めている。

「坂倉屋龍介あっての田沼家だ。龍介が侍なら、とっくに家老職になっているぞ」

というのが意次の口癖で、たしかに意次が大名になる以前、また大名になりたての頃は急な入用に対して、いつでも坂倉屋の蔵から金が運ばれていたのは事実だが、その大方は返却されているし、今は、もうその必要もなくなっている。

それでも意次は家族や家臣に対して、龍介を、

「わしの生涯の良き友」

といってはばからない。

龍介のほうでも、この友のためならいつでも坂倉屋を潰《つぶ》しても後悔はないと思っているし、それは、店を継いだ悴にも、はっきりいい渡してある。

なにより、龍介が嬉《うれ》しいのは、難かしい政事向きのことでさえも、意次が自分に話してくれることで、龍介自身もそれを少しでも理解出来るようにと、さまざまの勉強をして来た。おかげで蔵前の札差にしてはあるまじき大層な学問と知識を身につけたが、そ

のことを仲間内に知られるほど、龍介は馬鹿《ばか》ではなかった。

龍介の学んだことは、我が友田沼意次と話をする時に必要なばかりで、それを自分の世渡りに役立てたり、仲間にひけらかしたりしようとは毛頭、考えなかった。

印旛沼干拓工事が順調に進み出した翌天明三年、かねて新太郎を通じて話をきいていた工藤平助が完成した「赤蝦夷風説考」を意次に差し出した。

内容は、かねてから部分的に報告されていた蝦夷におけるおろしや
の動向と、蝦夷地における金山、その他の鉱山に関する情報であった。

「これは、容易ならぬことにございますな」

意次から「赤蝦夷風説考」を読むようにと命ぜられた嫡男《ちやくなん》意知が、早速、翌日、下城して来た父の前へ来ていった。

「前々より新太郎から話を聞いて居りましたが、これほどとは思って居りませんでした」

魚屋の船で江戸へ出て来るたびに、新太郎は木挽町の屋敷へ顔を出している。

意次は御用繁多で、おいそれと木挽町まで出かけられないが、意知はそれを知ると早速、むこうへ行き、よく新太郎と話をしているらしいのは、意次も承知していた。

「おろしやはもともと我が国と正式に交易をしたがっているとのこと。それを我が国が拒否しているので、止《や》むなくと申すか、とりあえずそれで充分ということか、我が国の商人どもと密《ひそ》かに商品の売り買いを致して居るので、その商人どもは正しい値段を知ら

ず、徒らに我が国の金銀を、おろしやに支払っている怖れもございます」

　かつて、金銀の外国相場を知らず、長崎貿易で不当な金銀が海外に流出した苦い経験を、おろしやに対して繰り返してはならぬ、といった意知に、意次はいった。

「さらば、如何《いかが》すればよいと、そちは思うのか」

　意知が、はっきり答えた。

「先方がそれをのぞんでいるのです。公式の交易へ道を開くのが賢明と存じます」

「しかし、我が国は三代様以来、阿蘭陀《オランダ》、清国《しんこく》の二国以外との交易は御禁制となって居るのだ」

　若い目が、父へ向って光った。

「幕府の定めたことは、幕府によって変えることも許されましょう。制度を全く変えるのが無理ならば、少々、ゆるめるのは如何かと……」

「だいそれたことを申す奴《やつ》じゃな」

　だが、口とは裏腹に意次は我が意を得たりという顔を見せた。

「新太郎が左様に申したのか」

「兄弟と申しますものは、時として同じことを考えるようでございます」

　自分の前へ返された「赤蝦夷風説考」へ、意次は視線を落した。

「まず第一に、お上の手によって蝦夷の実態を調べねばならぬ。松前藩にまかせておけることではない」

工藤平助が新太郎に語ったところによると、松前藩士の中には密貿易にかかわり合っている者が少くないとのことであり、それは、魚屋十兵衛も知っている。

「最初の調査は内々になさらねばと存じます。少くとも、松前藩には極秘とし、公《おおや》けにはなされませぬように……」

意知の提案を、意次は当然と答え、内心では満足していた。いつの間にか、後継ぎはここまで成長して来ている。

凶刃

一

　天明と年号が変ってから全国的に気候が不順であった。

　とりわけ、東日本は大雨と冷夏が続いて米が不作となっている。

　幕府はもっぱら西日本の米を買いつけ、江戸へ廻すことで米市場を安定させようとしたが、米商人は足許《あしもと》をみて売りびかえをするから、どうしても小売値が上って来る。

　そうした中で、天明三年（一七八三）七月、信州浅間山が大噴火を起した。

　流れ出した溶岩は麓《ふもと》の村を埋め尽し、二千人からの死者が出たと報告された。

　作物は壊滅状態になり、田畑が生き返るには五年、下手をすると十年以上の歳月が必要になるかも知れないと農学者が報告し、農民の中には住み馴《な》れた村を捨てて他国へ逃散《ちょうさん》する者が続々と出て来た。

幕府も地元の諸藩もいっせいに禁令を出したが、人々の動揺は全くおさまらない。その収拾と対策のために、およそ三ヶ月余、ろくに神田橋の屋敷にすら帰ることのなかった田沼意次が、久しぶりに前触れをして木挽町《こびき》の屋敷へ入ったのは十一月になってからであった。

使をもらって坂倉屋龍介が木挽町へかけつけて行くと、意次は湯上りでお北が髪を整えていた。

「蔵前はどうだ」

と、龍介の顔を見るなり早速、訊《たず》ねたのは関東一円から東北にかけての凄《すさ》まじい凶作を助けるために、西国からの米を積んだ船が続々と江戸湾に入津《にゅうしん》しているのを知っていたせいである。

すでに幕府の貯蔵米は底をつき出している。

「江戸はなんとかなりましょう。ですが、聞えて来るのは仙台、津軽、南部などの窮状でございます」

東北の冷夏は昨年に続き、今年も北日本を襲った。

「この冬は餓死者が出るのではないかと、各々《おのおの》の江戸屋敷の方々が憂《うれ》えて居られます」

なにしろ、東北から北陸、関東の諸藩では領民を守るためと称して他領へ米や麦を売ることを禁じている。それ故《ゆえ》、もっともひどい飢饉《ききん》の地は救いようがなくなっていた。

「噂《うわさ》ではございますが、白河様は北陸の某所より大量の米をひそかに買いつけて御領内に備蓄なされたとやら。御自分の領民からは一人も餓死者は出さぬと豪語なされたそうにございます」

自分の領国さえ飢えなければ、他国はどうなってもよいのかと、仙台藩士や南部藩士が蔵前で憤慨していると龍介は話した。

意次が軽く眉《まゆ》をひそめた。

「藩主たる者、領民をまず守るのが第一かも知れぬが……」

「あの御方は御三卿《ごさんきよう》の出でございます。お立場からいっても、幕府の側に立ち、この国全体のことをお考えなさるべきではありますまいか。蔵前では、あの御方の本音は領民を守ることよりも、藩主として御領内より一人の餓死者も出さなかった。名君ぞと世間から誉めそやされたいことにあるのではないかと、うがったことを申す者も居ります」

「龍介、口が過ぎるぞ」

軽く意次がたしなめ、自ら銚子《ちようし》を取って龍介の盃《さかずき》へ酌をしてやった。

「過去を見るに、天候不順も冷害も、そう長くは続かぬもののようだ。数年、各々が必死で持ちこたえれば、必ず、豊作の年がめぐって来る。それよりも恐れねばならぬのは、飢饉《ききん》のために百姓が領内を逃亡し、そのために田畑を耕す者が居なくなることだ。荒れた田に鍬《くわ》を入れ、水を引いて新しい米作りにいそしむ者がなくては、翌年もまた不作となる。これまでの飢饉の実態の大方がそれだと申す」

そのために、実際、天候がもたらす凶作の年は一年か二年なのに、延々と米の出来高が少く、その地方の飢饉に拍車をかける。

「仰《おお》せの通りでございますが、一度、逃げ出した領民が再び、国へ帰るのはなかなか難かしゅうございましょう」

一つには、逃散した百姓に対して藩が厳罰を科すからで、うっかり故郷へ帰ると不届者として処罰される。

「そのあたりが何とかならぬものでございましょうか」

百姓は帰るに帰れないのではないかといった龍介に、意次はほろ苦く笑った。

「龍介のいうのはもっともだが、為政者にもいい分があってな。本来、罰をきびしくするのは逃散を防ぐためだと考えて居る。罰せられるとわかって居れば、少々、苦しくとも国を出て行かぬであろうと……どちらも自分の側からしか、ものを考えぬ。そのあたりが人間の弱いところかのう」

廊下に取次の女中が来た。

「新太郎様、魚屋十兵衛様、お出《い》でなされました」

意次が待ちかねたように応じた。

「これへ」

お北が自分で二人の膳《ぜん》を取りに立ち、入れかわりのように新太郎と十兵衛が入って来た。

龍介が十兵衛と会うのは久しぶりのことであったが、気がついてみると髪がかなり白くなっている。もっとも、そう思った龍介自身もきれいな白髪で、ただ、同い年の田沼意次はせいぜい半白、まだ黒い髪がかなり残っていた。

「こたびは北より江戸へ入津致しましたが、津軽はもう雪が深く、この分だとかなりの餓死者が出るのではないかといった窮状でございました」

挨拶《あいさつ》をしてすぐに十兵衛がいった。

「やはり、その懸念《けねん》は多いか」

意次が暗然とし、

「これからの季節、彼の地は陸からも海からも交通がとどこおりがちとなりますれば……」

外からの救援が難かしいと十兵衛は答えた。

「事実、どちらの藩も津留《つどめ》を行って居ります」

津留とは領米を他領に出さない掟《おきて》であった。

暫《しばら》く声を失った一座の様子に、新太郎がそっと話し出した。

「長崎にて御奉行にお目にかかって参りました」

「おう、そうか」

意次が盃へ落していた視線を上げた。

「して、なんぞ……」

「かねてお話のあった洋船建造のこと、阿蘭陀商館長のイサク・チチングに申し伝えたとのことにございます」

長崎奉行、久世丹後守広民は意次と昵懇《じつこん》であった。長崎に赴任して渡航する外国船を見、阿蘭陀屋敷の人々との交流を通して、意次と同じく、目が広い世界へ向いている。

「実は、手前、機会がございまして、チチングと話を致しました。御奉行は長崎へ参る阿蘭陀船は本国、阿蘭陀より直接来るのではなく、我が国より遥《はる》か南の島、ジャワと申して、ここはかねてより阿蘭陀国が押領《おうりよう》して居りますが、そのバタビアと申す地より出航して長崎に至るのを御存じでございます。それ故、チチングに対し、バタビアによい船大工があらば長崎へ伴って参れとお命じになった由《よし》にございますが、同地には信頼出来る船大工は居らず、むしろ、腕のある長崎の船大工をチチングが帰国致す際、本国、阿蘭陀へ伴い、彼地《かのち》にて一人前の技術を仕込んではと提案して居ります」

意次が肯定した。

「それは、久世どのよりいうて来て居る」

「やはり、日本人の海外渡航はなりませぬか」

「御禁制は破るわけに行くまいが……」

「御禁制を変えるには……」

「まだ、時がかかる」

「手前が清国の者を仮親として渡航致すのは無理でございましょうか」

「なんだと……」

意次が目をむいたが、それ以上に十兵衛が慌《あわ》てた。

「それはなりませぬ。新太郎様……」

「長崎の母様《まあま》は出来ると仰せられた」

長崎の唐人屋敷に居住する十兵衛の母のことであった。

「母様《まあま》は新太郎様の仰せにはなんなりとうなずきます。第一、もはや八十、ぼけて居りますのじゃ」

「新太郎」

と意次もいった。

「さほどに思い込まずともよい。その件については、山城守もなにかと心を砕いて居る。暫く、待て。やがて、よい思案もある」

意次が山城守といったのは、嫡男意知《ちゃくなんおきとも》のことで、昨年十一月、山城守の名乗りを許されていた。

「内々ばかり故、申すのだが、山城守はこのたび、上様より若年寄を拝命致した」

蔵米五千俵を給《たま》わることになったぞと、意次が父親の声でいい、新太郎をはじめ全員が喜びと驚きをあらわにして平伏した。

「おめでとう存じまする」

新太郎が御一声をあげ、続いて龍介と十兵衛がこもごもに祝いを述べた。

「これで殿様も一段とお仕事が捗《はかど》りましょうな」

といったのは十兵衛で、若年寄といえば旗本を監理統轄《とうかつ》するものだが、およそ旗本が任命されるあらゆる役職を支配下におき、老中の手足となって幕政に参画するのを知っていたからである。

事実、若年寄の席次は老中の次で、若年寄を経て老中に昇格する例は極めて多い。

いってみれば、父子《おやこ》で幕府の政《まつりごと》の中枢《ちゅうすう》に立ったわけである。

田沼家にとって、これはかつてない栄誉でもあった。

「悴《せがれ》の出世は喜ばしいには違いないが、わしもすでに還暦を過ぎた。この頃、つくづく思うのは、思い切った政事、並びに御改革というものは、一代では出来ぬということだ。お上においても、同じお考えの天下人が代々続いて、はじめてその成果が世に出る」

ましてその下で働く者、政策の提案者は、まず献言が受け入れられてから実行に移すまでに容易ならざる歳月が必要だと意次はいい出した。

「わしは成上り者だ」

淡々と意次が続けた。

「長年、心に思い、考えて来たことをお上に申し上げられる地位に上るのに、ほぼ一生の大半が過ぎた。それから、幕閣に根廻しをし、配下に下調べを命じ、漸《ようや》く一つの仕事が公《おおや》けになり、動き出す。わしに出来るのはここまでがよいところだ」

聞いている龍介には、意次の気持がよくわかった。

印旛《いんば》沼干拓にせよ、蝦夷《えぞ》地の調査にせよ、それらは目下、緒にとりついたところであった。

それ以前の通貨を統一するための新貨幣の鋳造やさまざまの座を作って、米以外、商人からも税を納めさせる試み、長崎貿易を広げようとする未来への展望など、どの一つを取ってみても、まだ、安定してはいない。成果は確実に上っているが、幕閣のすべてが、諸大名全員が諸手《もろて》を上げて賛成というところには至っていない。

いってみれば、田沼意次の打ち出した政策は、今、まさに各々の方向へむけて動き出したばかりであった。

「山城守が若年寄を拝命して、わしはおのれの後を行く者の足音を聞くことが出来た。わしがいつ倒れても、わしの後に続く者があるというのは、なによりも心丈夫だ。この上もない幸せだと思う。どうか、この上ともに、山城守の力になってやってくれ。新太郎、頼むぞ。龍介も十兵衛も、これがわしの遺言だと思ってくれ」

しんとした中から、龍介が大声を上げた。

「田沼龍助も老いたな。そんなことをいうのは十年早い。いや、二十年早い。我が友、龍助は百歳までも生きて、我等に見果てぬ夢を見させてくれる。俺はそう信じてついて来た。これからも、俺の気持は変らぬ」

十兵衛が笑った。

「坂倉屋さんの申される通りじゃ、殿様の御運はまさに龍が天へ上る勢い。只今《ただいま》のお言葉は十年、二十年先のために取っておいて頂きましょう」

お北が新しい酒を運んで来て、男達の話はそこで終った。

意次は気持よく飲み、龍介は早く酔った。

新太郎は十兵衛と魚屋の店へ帰り、龍介はいつものように木挽町の屋敷へ泊った。

目がさめたのは夜明けで、気がつくと雨が降り出していた。

指を折るまでもなく、今年もあと一ヶ月少々しか残っていない。

来年は、六十六になるのかと、龍介は自分の年齢を思った。

つまり、同年齢の田沼意次も六十六ということである。

久しぶりに、田沼龍助と幼名を呼んでしまったことで、気持が幼時に戻ったようであった。

おたがいに、

「龍介」

「龍助」

と呼び合いながら、天神社の境内で蟬《せみ》をとったり、池の鯉《こい》をすくったことが思い出されて来る。

あれから、長い長い歳月が過ぎたと思い、龍介はまた眠りに落ちた。

佐野善左衛門と名乗る武士が神田橋の田沼家へやって来たのは、松飾りがとれて間もなくの頃、江戸の町はまだ正月気分に浮かれていた。

取次の侍は、この男がいったい、何を目的で訪ねて来たのか、最後まで理解出来なかった。

なにしろ、言語不明瞭《ふめいりよう》で何をいっているのかよくわからない。

江戸は諸国の大名が集ってくる所で、地方の藩士も殿様のお供で出府して来る。

はじめて江戸へ出府した地方の武士は大方がお国なまりがひどく、遠国になるほど聞きとりにくい。

田沼家の侍もそのあたりはよく承知しているので、気をつけて聞き返しながらなんとか相手のいうことを耳に入れようと試みたのだが、結局、名前を佐野善左衛門政言《まさこと》という、当時、謡曲などで名高い「鉢木《はちのき》」に出て来る上州佐野家の後裔《こうえい》であるという点だけがわかった。

「鉢木」という謡曲の内容は、その昔、鎌倉幕府の執権職にあった北条時頼、出家して最明寺どのと呼ばれた人が諸国巡視の旅の途中、大雪を避けて上州佐野のあたりで一夜の宿を借りた。

それが、佐野源左衛門常世の家で、不運の身の彼は寒さをしのぐために秘蔵の梅松桜の鉢の木を焚《た》いて、最明寺どのをもてなし、いざ鎌倉の時は一番に馳《は》せ参ずる心だと話した。

最明寺どのは鎌倉へ戻り、諸国の軍勢を招集すると、果して一番にかけつけて来たのは佐野源左衛門であったところから、その志を感じ、梅松桜の名にちなんだ三ヶ庄を恩賞として与えたという話で、当時、人口に膾炙《かいしや》していたから、無論、田沼家の取次も承知していた。

で、適当に相手の話を聞く態度を示し、佐野善左衛門に対したが、とうとう来訪した目的はわからないまま、むこうがぶつぶつと呟《つぶや》きながら門を出て行った。

たまたま、そこに下城して来た田沼意知が帰って行く侍の様子をみて、玄関を入ってから出迎えた家臣に今のは何者かと訊《たず》ねた。

「それが、名は申しましたものの、用むきに関しては何もいわず帰って行きましたので……」

と当惑した家臣が答え、意知は旗本の誰かが、自分に陳情したいことがあって訪ねて来たのかと思った。

この屋敷を訪問するのは、大方、大名の江戸家老か、或《あ》るいは任官の口ききをしてもらいたいという大名自身であって、いずれも父の意次に面会を求めて来る。けれども、意知が若年寄になってからは旗本の訪問も増えていた。一応、意知は家臣に後を追わせてみたが、佐野善左衛門の行方は知れなかった。

二

坂倉屋龍介がその武士を見たのは、神田橋の田沼家上屋敷の外であった。

身なりはまあまあで、浪人者とも思えないのに、どこかしまりのない着方で、そのくせ肩を怒らせている。それ以上に龍介の目を惹《ひ》いたのは、なんとも嫌な薄笑いを浮べていたのと、すれ違う時、ぶつぶつと意味のない言葉を呟いていた故《ゆえ》であった。

で、玄関を入って、まだ式台のところに居た用人に挨拶《あいさつ》してから、今、目撃した武士のことを訊《き》いてみた。

どうやら、この屋敷から出て来たように見えたからだったが、

「どうも風変りというか、変った仁と申すか」

と、日頃、温厚な用人が軽く舌打ちした。

用人との話はそれきりだったが、いつものように龍介を奥の居間に案内してくれた小姓の岡吉之助が、

「坂倉屋どのがごらんになったのは、佐野善左衛門と申す新御番役の旗本ですよ」

と教えた。

「ほう、旗本でございますか」

思わず意外なという返事をしてしまったのは、どう見ても直参には見えなかったからで、

「御用人様は、変ったお人のようにおっしゃいましたが……」

と水をむけてみた。

岡吉之助が、その武士について話したがっているように感じられた故だが、果して、

「先日来、しげしげと御当家へやって来るのですが、何をいっているのか、取次の者にもさっぱりわからなかったのです」

当人が佐野善左衛門政言と名乗ってはいたので、田沼家のほうで調べてみて旗本とわかった。

「すると、やはり、御役付になりたいなぞというお願いがあって……」

伝手《つて》を求めて頼みに来たのかと龍介は思ったのだったが、岡吉之助は苦笑した。

「おそらく本心はそうだろうとみなが申していますが、それにしては奇妙なことばかりいうのですよ」

番組頭になるには、どのくらい金がかかるかなぞと訊くので、用人が、お取り立てになるのは、当人の御奉公ぶりが認められてお上から御沙汰《さた》があるもので、金で買えるものではないとさとしたところ、次は上州の佐野の先祖の土地に佐野大明神という社があったのに、それを田沼大明神と変えてしまったと苦情をいい出したという。

流石《さすが》に、龍介も笑い出した。

「何かの間違いではありませんか」

「論外です。御用人の話を聞かれて、殿様もあっけにとられてお出ででした」

「それで、まだ、やって来るのですか」

「今日は久しぶりに来て、佐野家の系図を持って来たから、殿様にお目にかけろと……、佐野家は田沼家の主筋だと、えらくふんぞり返って帰って行きました」

やれやれと龍介が歎息《たんそく》した。

「ただでさえ御多忙の殿様へ、そんな可笑《おか》しな奴《やつ》が戯言《たわごと》をいって来るのではかないませんな」

「陽気の加減で少し頭がおかしいのかも知れませんが、殿様がどのような者が来ても、門前払いだけはするな、事情を必ず聞いておくようにとおっしゃいますので、御用人も困ってお出でです」

「成程……」

岡吉之助が下って行き、龍介は居間で待った。

今日の用事は、昨年、相良藩の領米の中、坂倉屋が扱った分の算用に関する報告で、本来なら用人に渡して行ってもさしつかえないものだが、龍介としては他にも少々、意次の耳に入れておきたいこともあり、出来ることなら僅《わず》かでもお目通りがしたいと用人に話しておいた。

意次が奥へ来たのは、それから一刻《とき》あまりも後で、今まで書院において来客の相手をしていた疲労が滲《にじ》み出ている。

それでも龍介を見た目にはくつろぎが浮び、

「久しぶりだな」

という声はいつもの意次であった。

意次が着替えている間に夕餉《ゆうげ》の膳《ぜん》が運ばれて来る。

「この正月は、山城守が客の酒の相手をひき受けてくれたので、随分と助かった」

龍介の前へすわって盃《さかずき》を取りながら早速、悴自慢が始まった。

「あいつは酒がわしよりも強い。そのくせ、自分が飲むより、人に勧めるほうが上手だ。あれは誰に似たのか」

「殿様でございますよ。殿様は御自分も召し上るが、人にお勧めになるのもお上手だ。手前なんぞ何度、もり潰《つぶ》されたかわかりませんな」

「そんなことはあるまい」

「いやいや、左様でございましたよ」

年と共に、二人とも酒量が落ちた。

「ところで、奇妙な奴が来ているのを聞いたか」

酒よりも腹ごしらえに熱心だった意次が、思い出したようにいい出した。

「吉之助の話では、龍介はそやつの顔をこの屋敷の外で見たらしいが……」

「佐野とやら申す旗本のことで……」

「今日は系図をおいて行ったそうだ」

系図といっても、最近、作らせたようないい加減な代物《しろもの》だと用人が笑って見せなかったらしい。

「たしかに、田沼家の祖先は佐野家より分れたと聞いているが、なにしろ五百五十余年も昔の話だと申す。今頃、お前の家は俺の家の家来だといわれても返事のしようがない」

「どうも、まともとはいいかねる御仁でございましたよ。左様なことをいうて参るだけでも正気の沙汰《さた》ではない」

「いずれ、なにかの頼み事であろうが、お上の諸役と申すものには制限がある。なりたい者の数ばかり多くて、役は少い。佐野何某《なにがし》を笑うことは出来ぬ。大名とて同じことよ」

老中はそもそも年寄衆といい一万石以上の譜代大名から任命されたが、後に二万五千石以上となったと意次は話し出した。

おおむね十万石前後の大名が勤めるようになっているが、九州に領地のある大名は国防上の見地から老中にも若年寄にもなれない。

その老中、若年寄は常に四名か五名が定員であった。その下の奏者番が大体、二十名前後、寺社奉行などの各奉行が三名から五名程度であった。

老中、若年寄となって幕政に参画しようと思えば、大体、こうした順を踏んで上へあがって来るので、その資格のある大名の数から見るとほんのひとつまみであった。

従って、現職の老中などに伝手を求めて猟官運動をすることになると意次はいささか憮然《ぶぜん》としていった。

「わしなどは例外だ」

三百俵の旗本の悴《せがれ》が、九代将軍の小姓となり、三十歳の時に小姓組番頭《ばんがしら》として二千石に加増された。御側《おそば》御用取次になったのは、三年後、七年後の四十歳の折、相良一万石の大名に進んだ。

十代将軍の側用人になったのが四十九歳、二年後に二万五千石の加増と共に老中格、三年を経て正式に老中となった。

遥《はる》けくも来たものよ、と意次が呟き、龍介は涙を浮べた。

「殿様の御力でございます」

「いや、将軍家の御恩だ」

「よくお仕えになりました。並みの御方では出来ることではございません」

心をこめて龍介はいった。

言語の不自由な九代、まだ若かった十代と二代の将軍に仕え、さまざまの改革を行い、その政策が実って、幕府の財政はまがりなりにも好転した。

しかも、今、意次が実行に移しつつあるさまざまの事業は、将来、この国にどれほどの富をもたらすことか。

「龍介、わしは幸せ者だとつくづく思うよ。良き主君に出会い、真心こめてお仕え申した結果、今日の我が身がある。しかし、世間には、表舞台に出たいと願っても、なかなかにその折がないで立腹している者は少くない」

早い話が、大名旗本の中でも、機運に恵まれて陽の当る世界に立った者と、そうでない者との間に大きな落差がある。

「世に出られぬ者は、世に出ている者を羨《うらや》み、憎み、時到らば相手を打ち倒して自分がその地位に躍り出たいと策謀する。商人とて同じであろうが、お上の許《もと》で働く者も同様なのだよ」

珍らしく意次の語調がしめっているのを、龍介はいぶかしく思った。

「なにかあったのですか」

幼馴染《おさななじみ》の強さで、口に出してみた。

「いつもの殿様らしくないように感じているのですが……」

「わしらしくないか」

ふっと意次が目を細くした。

「龍介、ここだけの話にせよ」

「他言は致しません」

みつめ合って、意次は龍介の盃へ酒を注いだ。

「龍介を待たせて、わしが会っていた客は、白河侯であった」

低くいわれて、龍介はそうだったのかと思い知った。

この屋敷の近くに目立たぬように待っていた乗物は立派なものであった。それにしては供の侍の数は少かった。

白河侯と意次がいったのが、奥州白河郡白河藩主、松平越中守定信だと龍介は承知している。

意外であった。

もともと田安家に生まれた定信が白河藩へ養子に入ったのは自らが希望してではな

かった。

定信という人物は幼少の頃から誇り高く、自信家であり、野心を持っていたらしいというのは、白河藩へ養子にやられる時、将軍を怨《うら》み、一橋家の策謀だと口走った話からしても知られている。

その憎悪の念が更に深くなったのは、十一代将軍になるべき家基が急死してであった。十代将軍には他に男子がなく、結局、一橋家から豊千代が入って養子となった。

もし、定信が田安家に留まって居れば、家柄の順からしても、年齢からしても将軍の後継者になるのは自分だったと確信した時、自分を白河藩へ養子に出した人々が前もって、そのことを予想していたかのように思い込み、怒りはいよいよすさまじいものに変った。

その定信が田沼意次に対しても立腹しているという噂《うわさ》は蔵前の札差の間でも有名であった。

「白河様は、田沼様の甥御《おいご》様が一橋様の御家老職をおつとめの関係で、一橋様と組んで田安家から自分を追い払ったとそれはそれはお怨みになって居られるそうな」

というような話を、龍介は苦い顔で聞いていた。

あの時の意次の本心は別のところにあったのを龍介は知っていた。だが、それは口に出せるものではない。

「白河様は、なんの御用で御当家へ……」

おそるおそる訊いた龍介に、意次は低く告げた。

「あちらは溜之間詰《たまりのまづめ》をお希《のぞ》みだ」

声が出なくなって、龍介は盃の酒を口に含んだ。

溜之間というのは、江戸城の黒書院の側にある部屋の名で、老中が将軍に謁《えつ》し、言上する際にはここに詰める。用が終ると老中は竹之間という所に戻ることになっていた。

また、老中の他に大名の中でも徳川家の支族或いは重臣の中から特にえらんで溜之間詰に補される例があって、これはいわば老中待遇であり、例えば、井伊家などは代々、特別にここに詰める習慣になっていた。

要するに、松平定信が意次に推してくれと依頼したのは、この溜之間詰にしてもらいたいということであった。

つまり、溜之間詰になっておけば、奏者番だの若年寄などを経ずして、老中に欠員が出れば横すべりに老中になれる可能性が強い。

「殿様は如何《いかが》、お考えで……」

龍介がかすれた声で問うた時、意次は、

「白河侯のお気持もわからぬではないのだがな」

といったきり、それ以上はなにも答えなかった。

それにしても、仇敵《きゅうてき》呼ばわりをしていた相手の所に辞を低くして、溜之間詰に推挙してくれと頼みに来る松平定信という殿様の気持が龍介には知れなかった。厚かましいというか、恥知らずというべきか、そうまでして立身したいのかと相手を蔑《さげす》みたくなる。

いったい、意次はどう思っているのかと不安であった。三十にもならない若さで、そうしたことが出来る白河侯という人物が龍介には並みでない奸物《かんぶつ》のように感じられるのだが、田沼意次はどう受け止めているのか心もとない気がする。

月が改まって、龍介は木挽町の田沼家下屋敷のほうへ出かけた。

魚屋十兵衛の船が入津《にゅうしん》し、下屋敷へ挨拶《あいさつ》に行きたいが、一緒に行ってもらえないかと使が来たからで、十兵衛は新太郎と一緒でない限り、一人でお北のいる下屋敷を訪問するのは遠慮する風がある。

それを知っているので、龍介は早速、魚屋の店へ出かけて行った。

佐野善左衛門らしい男をみたのは、その途中であった。

せかせかと前方を歩いている男を、どこかで見たようなと思い、さりげなく追い越してみて、漸《ようや》く気がついた。

先月、神田橋の田沼家の外で眺めた佐野善左衛門に違いない。

彼は一人であった。

いったい、どこへ行くのだろうと少々、龍介は関心を持った。

あたりは、ぼつぼつ夕暮れて来ている。

佐野善左衛門が歩いているのは西本願寺の前であった。

龍介は西本願寺の前で足を止め、寺へ向って合掌する恰好《かっこう》で佐野善左衛門をやりすごした。

そして、尾《つ》ける。

何故、そんな気になったものか。

一つには、これから訪ねて行く魚屋の店もそちらの方角でもあったのだが、どことなく佐野善左衛門の様子が奇妙だったからでもあった。

相変らず、着衣はだらしなく見え、口の中でわからぬことを呟《つぶや》いている。そのくせ、時折、思い出したように四方を見廻した。

まるで、誰かに見とがめられるのをおそれる様子であった。

西本願寺沿いの道はやがて小さな堀に架る橋を渡ることになる。そこから先は南小田原町であった。

町屋が尽きると紀州家の下屋敷になる。

本当なら、その手前を北にまがると魚屋の店への道筋になる。

龍介は足を止めた。

佐野善左衛門は紀州家の前の三ノ橋を渡った。その先は大名家の下屋敷らしいのが敷地を占めている。

ふっと、佐野善左衛門の姿が見えなくなった。龍介は決心して三ノ橋を渡った。

道の両側に三軒の大名家の下屋敷があるのだけはわかったが、持ち主は知れない。

道の突き当りは尾張家下屋敷であった。

龍介は道を戻って南小田原町まで出た。

菓子屋へ寄って、少々の菓子を手土産に買う。ついでに訊《たず》ねた。

「三ノ橋のむこうのお屋敷なら海側が松平安芸守《あきのかみ》様、手前は一橋様、そのお隣は松平越中守様ですよ」

菓子屋の返事に龍介の胸が轟《とどろ》いた。松平越中守様とは即《すなわ》ち松平定信のことである。

空に新月が出ていた。

三

佐野善左衛門政言と名乗る旗本が、松平定信の江戸下屋敷へ入って行ったのではないかという目撃を、坂倉屋龍介が告げた時、田沼意次は額に深い皺《しわ》を寄せ、暫《しばら》く一言も発しなかった。

やや経て、思いついたように机の上の鈴を鳴らす。障子ぎわにかしこまった小姓に、

「山城守をこれへ」

と命じた。

待つほどもなく廊下を闊達《かつたつ》な足取りが近づいて来て、

「お呼びでございますか」

意知が礼儀正しく敷居ぎわに手をつかえた。

武士の家では目上の者の前へ出る時は、必ず袴《はかま》を着用するのがしきたりになっているが、意知も日常着ながらきちんと袴をつけ、脇差《わきざし》を帯びている。

「入れ」

と父が声をかけ、意知は同席している坂倉屋龍介に軽く会釈《えしやく》して、向い合いの座についた。

「佐野善左衛門と申す者のこと、如何《いかが》か」

意次が訊《き》いたので、龍介は始めて意次が佐野という旗本に関して、悴に調べさせていたのかと気がついた。

「やはりたいした男ではございません」

意知が苦笑して答えた。

「先祖は、最明寺どののゆかりの佐野と称して居りますが、それも不確かなもので、善左

衛門の家は三代様の折、旗本に取りたてられた由《よし》にて……」

善左衛門の父の時、新御番組の御徒《おかち》の役についたといった。その父親が歿《なくな》って善左衛門は二十そこそこで後を継いだが、勤めぶりはごく普通で、周囲からは偏屈とみられている。

「従って、あまり親しくしている者もなく、妻子もないとのことでございました」

「変り者か」

「上役の申すには、時折、奇矯の振舞があるが、お役に差支《さしつか》えるほどのことでもないと……」

父の表情を窺《うかが》った。

「何か、お気に召さぬことでもございましたか」

「いや、そうではないが……」

龍介が見た話をすると、意知が首をかしげた。

「白河藩とは、あまりかかわりはないと存じますが……」

大名家の下屋敷は通常、留守番程度の者しかいない。

「知り合いがそちらへ奉公しているので、訪ねて参ったのでもございましょうか」

意次が苦笑した。

「そうかも知れぬ」

煙管《きせる》を取って煙草《たばこ》をつめはじめた。それを見て、意知が膝《ひざ》を進めた。

「御勘定奉行、赤井越前守どのと、例の蝦夷地調査の件につきまして談合致して参りました」

「松本十郎兵衛も同席致したであろうな」

「はい、父上のお指図のように……」

松本十郎兵衛秀持《ひでもち》も同じく勘定奉行であり、赤井越前守忠畠《ただあきら》と共に、その有能さを意次に認められ、赤井は京都町奉行から、松本は勘定吟味役から各々《おのおの》、登用されたものであった。

「これが、蝦夷地調査の伺書《うかがいしよ》の下書きにございます」

意知が懐中して来た書状を父親の前へおき、意次は手に取って眺めた。

「両名とも、調査船の派遣は迅速なるがよしと申して居ります」

「とはいえ、今年は無理であろう」

「新太郎が申しますには、蝦夷地は最南の松前ですら、江戸の桜が散って一ヶ月後に漸く山桜がほころびはじめるとか、調査の者が入るのは四月より十月まで、十月もなかばには積雪をみることが珍らしくはないとか」

「すると、来年か」

「伺書がすみやかに決裁されましたとして、準備に一年足らず、しかし、赤井どのも松本どのも何としても間に合わせねばと腹をきめて居ります」

「十郎兵衛に申せ。この伺書を早速にも仕上げ、沼津どのに内々でお見せしておくように……」

「心得ました」

意次が沼津どのといったのは勝手掛老中格の水野忠友のことで、沼津藩主であった。

意知の弟に当る意正が養子に入って忠徳《ただのり》と名乗っていることは、坂倉屋龍介も知っている。

で、意知が部屋を出て行ってから、そのことを話題にした。

意次の子供達の中、無事に成人しているのは長男の意知と水野家へ養子に入った忠徳と九鬼隆貞へ養子に行った隆祺《たかよし》、他に娘は西尾隠岐守忠移へ嫁したのと井伊直朗の室となったのが二人であった。

更にいえば、隆祺の上に雄貞という男子がいたが、土方雄年へ養子に入って天明二年に若死していた。

面白いことに、嫡男《ちゃくなん》の意知は他家へ養子に入った弟達よりも、父が他に作った新太郎と気が合うらしい。容貌もこの二人は誰がみても兄弟と気がつくくらい、よく似ている。

だが、意知が松平周防守《すおうのかみ》康福の娘を妻に迎え、すでに三人の男の子に恵まれているのに対して、新太郎のほうは未《いま》だに妻帯もしていない。

「新太郎のことは、なまじ口出しをするなと山城守にいわれて居る。自分が必ずよいようにするからまかせよと申してな。この頃は公私ともに悴《せがれ》まかせだ。山城守がなにもかも万事ようやってくれる。龍介同様、ぼつぼつ、わしも隠居かな」

隠居したら相良城へ行くと、意次は満更でもない顔でいった。

「あそこは穏やかでよい。

「そのような日がまいりますかな」

「龍介はついて来ぬか」

「無論、お供を致しますとも」

今度こそお北を相良へ連れて行きたいと龍介は口に出した。

「海からは新太郎様もお出でになりましょう。魚屋十兵衛どのも……」

「魚どもが集まって大酒盛りをするか」

「楽しみでございますな」

神田橋の田沼家を出た時、龍介は佐野善左衛門を白河藩の下屋敷のあたりで見失ったことを、それほど重大に考えなくなっていた。

旗本と大名家の家臣が親類づきあいをするというのは珍らしいことでもない。

二月の末、向島の桜が今年はいつもより早く蕾《つぼみ》がゆるみはじめているという噂を聞きながら、龍介は木挽町の田沼家下屋敷へ出かけた。たまたま入手した諸国の産物などを届けがてら、いつものようにお北の話相手をつとめるつもりだったのだが、お北のほうは龍介の訪れを待ちかねていたらしく、顔をみるなり、

「うちの殿様を、御三家やら御三卿《ごさんきょう》の方々がお憎しみになっているという噂は本当ですか」

と顔色を変えていう。

「滅多なことを仰《おお》せられますまい。いったい、どこで左様な……」

この屋敷の中では特に人の耳を気にする必要もないとは思いながら、龍介はそれでも声を低くした。

「奉公人が町での話を聞いて参りましたの。殿様が御嫡男様を若年寄に任命なさって、父子《おやこ》揃《そろ》って大事な御役を勤められることを前代未聞、身の程知らずと、上様の御親類筋が御立腹なのだとか」

「馬鹿《ばか》々々しい」

龍介は一応、笑い捨てた。

「御嫡男様が若年寄のお役につかれたのは、将軍様からそのようにせよとお指図があってと聞いて居りますよ。第一、うちの殿様は身贔屓《みびいき》で勝手なことをなさるような御方ではない。どこのどなたが何といわれたのかは知らず、妬《ねた》みでございましょう。焼餅《やきもち》に違いございません」

お北が複雑な目で龍介を眺めた。

「でも、殿方の嫉妬《しっと》は、女よりも怖《おそろ》しいと」

「まあ、そういうこともありましょうがね」

茶を飲みながら龍介は考えていた。確かにお北がいったような噂は蔵前でも聞えていた。

田沼意知が三十なかばで若年寄に抜擢《ばってき》されたのは家柄の故でもなく、父の七光りでもない。むしろ、父以上に先見の明があり、判断力に富んでいる点、また、人の意見を率直に聞き、それをまとめる能力に長《た》けていることなど、政事を行う者にふさわしい才智を持っているのが将軍家をはじめとして、幕閣の諸侯に認められていたからだと龍介は信じている。正義漢で誠実で思慮深いところは、彼の、異母弟である新太郎に対する接し方一つをみていてもよくわかる。

意次ですら、冗談に、

「鳶《とび》が鷹《たか》を生んだ」

と笑いながら龍介にいったように、父ゆずりで、父以上の剛毅な魂と融通無碍《むげ》な才能に恵まれている我が子を、意次が頼もしく力にしているのがよくわかる。

良き後継者に恵まれて、ほっとしている意次の心の中には、これで自分に何があっても将軍を守り、徳川幕府をよい方向へひっぱって行ける実力者を育て上げたという思いがあるに違いない。

しかし、御三家とか御三卿とか、生まれながらにおのれを貴種と自覚し、権力志向ばかり強くなっている人物達にとって、田沼父子は所詮《しょせん》、いつになっても成上り者に過ぎず、自分達をさしおいて、身分卑《いや》しき者が君寵《くんちょう》をかさに権力の座にあるのは片腹痛いとしか思えないのだろうと、それは長年、意次の傍にあった龍介には推量出来る。

しかも、今、どうやらその不平不満の頂点にいるのが松平定信で、何かというと御三家をたきつけて、田沼下《おろ》しに躍起になっているのだと、うがった噂も蔵前へ来る大名の用人達の口から洩《も》れていた。

「龍介どの」

お北が思い切ったようにいった。

「女の私などが申すことではございますまいが、殿様のお身の廻りの御警固には充分、お心くばりをするよう、御側近の方々におっしゃって下さいまし。私、このところ、夢見が悪くて、七面大明神へ参詣《さんけい》を続けて居りますけれど……」

お北が面やつれしていると龍介は思い、改めていった。

「あまり心配なさいますな。必ず御側まで申し上げ、殿様にも御要心遊ばすようお願い致しましょう」

実際、龍介は木挽町を出るとまっしぐらに神田橋の上屋敷へ行き、用人にその旨《むね》を伝えた。

「実は我らもその件については充分、気をつけて居る。しかし、肝腎《かんじん》の殿が笑ってお取り上げにならない。今朝も白河侯がおみえなされたというのに、御身分のある御方だからと別室にお通しになり、お二人だけで対座なさった。それにしても、あちら様もあちら様じゃ。世間の噂がこちらに聞えていないとでも思ってお出《い》でなのか」

と用人が苦々しげにいうのを聞けば、やはり松平定信が田沼下しの中心にいるというのは、ここでも知れ渡っているようであった。

「腹黒いお方じゃよ、何くわぬ顔で殿に溜之間《たまりのま》詰《づめ》に推挙せよなぞというて来るのじゃからのう」

気が知れないといった用人の言葉に龍介も思わずうなずいたものだったが……。

龍介がその事件を知ったのは三月二十四日の夜であった。

「田沼様が御城内において刃傷《にんじょう》をお受けなされた」

という知らせを悴が外出先で耳にし、一目散に店へ戻って来て、龍介は話なかばで蔵前をとび出した。

神田橋の田沼家上屋敷は騒然としていた。

「うろたえるな。騒ぐでない」

と用人達が家臣を叱咤《しった》している中で、龍介は、重傷を負ったのは、意次ではなく、嫡子、山城守意知だと知った。

「いったい、何奴《なにやつ》が……」

逆上したまま、問い返すと、

「佐野善左衛門奴《め》じゃ」

その名を口にするのもけがらわしいといった返事が戻って来た。

意知は深手だが、城内で手当を受け、すでに屋敷へ運ばれて医者がかけつけて来ているとわかって龍介は木挽町の下屋敷へ向った。

さぞお北が案じているだろうと思ったからだったが、着いてみると下屋敷では変事にまだ気づいていなかった。

上屋敷から知らせがなかったせいだが、それだけでも上屋敷の混乱ぶりがわかる。

「山城守様が……」

といったきり、お北は血の気を失った顔で膝《ひざ》からくずれるようにすわり込んだ。

それでも気丈に、下手人を問うた。

佐野、と答えながら、龍介はまざまざとその背後にいる男を意識した。

いつぞや、佐野善左衛門の姿を西本願寺の近くでみつけ、後を尾けて行って姿を見失ったあたりに、松平定信の下屋敷があった。

佐野が入って行ったのは、まぎれもなく白河侯の屋敷であり、奴をあやつっていたのは松平定信その人だと確信した。

「なんと卑怯《ひきよう》な……」

腹の中で呟《つぶや》いた時、お北がはじかれたように奥の仏間にかけ込んだ。そこには意次の両親の位牌《いはい》と共に、七面大明神の神符がある。

お北が体を投げ出すようにして、その前にひれ伏し、合掌した。

「何卒《なにとぞ》、意知様御命をお助け給《たま》え」

お北の背後にすわって、龍介もひたすら念じた。その瞼《まぶた》の中には重傷の我が子の枕辺《まくらべ》に寄り添っている意次の姿が浮んでいる。

上屋敷から知らせが来たのは、間もなくであった。

龍介はお北と共にその報告を聞いた。

田沼山城守意知は、今日、未《ひつじ》の下刻（午後三時頃）若年寄御用部屋を退出、先輩の若年寄、酒井石見守《いわみのかみ》、太田備後守《びんごのかみ》、米倉丹後守に続いて中之間から桔梗《ききよう》之間へ進んだ。

その時、すぐ下の新御番所控えの中から一人の侍が出て来て、いきなり意知に斬りつけた。初太刀は意知の肩先に長さ三寸、深さ七分ほどの深傷《ふかで》を与えた。二太刀目は柱に切りつけ、その間に意知を除く三人の若年寄は羽目之間に逃げ込み、意知もそれに続いたが、下手人は追いすがって遮二無二《しやにむに》、刀を突き出し、意知は脇差《わきざし》を鞘《さや》ごと抜いて相手の攻撃を防いだが、むこうは二尺一寸もある太刀のことで、かわし切れず両股《りようもも》に二太刀刺された。

そこへ大目付の松平対馬守《つしまのかみ》忠郷がかけつけて下手人を背後から羽交締めにし、続いて目付の柳生主膳正《しゅぜんのかみ》久通が下手人の手から太刀を叩き落すようにして取り上げ、その後、漸《ようや》く御徒目付《おかちめつけ》どもが呼ばれて佐野善左衛門を押えた。

「山城守様には、奥医師の手当を受けられ、平河口より御駕籠《かご》にて神田橋御屋敷へお戻りになりましたが、何分にも重傷、医師どもが次々とかけつけて御手当を致して居ります」

という報告を聞き、龍介は思わずいった。

「その、御一緒だった若年寄の方々は、意知様をお助けもせず、逃げたと……」

知らせに来た者は返事をしなかった。ただ、うつむいて唇を噛《か》みしめるばかりである。

「どれほど、お口惜しくございましたでしょう。殿中とて、意知様は脇差をお抜きなさることもせず……」

江戸城では刀の鯉口《こいぐち》を切っただけで切腹というきまりであった。

龍介もお北も、後で知ったことだったが、田沼意次は刃傷の翌日、登城して将軍に対し、我が子意知の若年寄辞任並びにお暇頂戴《いとまちょうだい》を申し出た。

「若年寄の重職たる身で、凶刃《きょうじん》を受け、心ならずも上様の御傍をさわがせたる段、不届至極、また武門の恥辱にございますれば、何卒、山城守に御暇たまわりますよう……」

苦悩を面に見せず言上した意次に対し、家治は即座にこう答えた。

「その斟酌《しんしやく》無用。役はそのまま、ゆるゆる養生し、元通り奉公するように……」

意次は最後まで涙をみせず、すみやかに下城した。

四

天明四年（一七八四）四月二日、事件から九日後に、田沼意知は三十六歳でその生涯を終えた。

その翌日、加害者である佐野善左衛門は乱心として切腹を命ぜられた。

田沼家の人々が啞然《あぜん》としたのは、取調べに当っての佐野善左衛門の言い分であった。

まず、刃傷に及んだ理由の第一にあげていたのは、佐野家の系図を意知に貸したところ返さなかったというものであり、第二には上州の佐野家の領地に佐野大明神という社があったのを、田沼家の家来が、勝手に田沼大明神と改め、横領した。第三は役付にしてもらいたいと、意知に六百二十両をさし出したが願いをきいてくれなかった。第四は昨年十二月の鷹狩《たかがり》の時、自分の射止めた鳥を意知は他の者が射たといい、自分の手柄を上様に言上しなかった。以上、四つの理由をもって意知を殺害したといったと聞かされて、意次は直ちに家来達を調べたが、第二、第三、第四に関しては全くの事実無根とわかった。

強いていえば、第一の理由だが、たしかに佐野がみてもらいたいといって置いて行った系図があるにはあったが、どうみても最近、作られたもので、それ自体に値打ちがあるとは思えず、田沼家にとってはそんなものを持っていても何の役にも立たない代物《しろもの》で、意次からその系図を証拠のため受け取った大目付があきれて口もきけない有様であった。

「佐野と申す奴は智恵足らずと申すか、日頃から風狂の気味があったそうな。左様な者を使って凶刃をふるわせた御方が誰か、我らにもおよそ推量は出来申す。この上とも、かまえて、御要心のほどを……」

意次の子、忠徳を養子に迎えている間柄の水野出羽守忠友がささやいたが、意次は黙って頭を下げただけであった。

水野出羽守が改めていうまでもなく、すでに、佐野善左衛門を使嗾《しそう》して田沼意知を殺害させたのは、白河藩主松平定信だと噂《うわさ》は江戸城内はもとより、下々でも根強くささやかれている。

だが、意次は更にその裏の裏を察知していた。松平定信の背後にいるのは、まぎれもなく御三家であった。

生れながらに徳川家の一族の誇りを持つ人々にとって、一介の成上り者が幕府を動かす権力の座についていることが、面白くない。

ただ、それだけの理由で田沼父子に憎悪の牙《きば》をむく。

その証拠に、田沼意次が刃傷の翌日、将軍家治にお目通りを願い、悴《せがれ》意知の御暇願いをしたことに対して、水戸家の当主、徳川治保《はるもり》が、産褥《さんじょく》でさえ七日の遠慮があるに、嫡《ちゃく》子《し》深疵《ふかきず》にて血なまぐさき身をもって登城するとは以《もっ》ての外だ、とののしったなぞというのも、意次の耳に入っている。

親ならば誰しも瀕死《ひんし》の我が子の枕辺《まくらべ》から一刻なりとも離れ難いに違いない。あえて、意次が登城したのは、けじめのためであった。

その心さえ思いやらず、悪態をつく人々は最初から、この刃傷に加担していたというべきであった。

が、如何《いか》に憤激してみても、我が子の命は還《かえ》って来ない。

「龍介、わしは、意知を殺したのはわし自身だと思っている」

意知の百ヶ日の法要が済んで間もなく、木挽町の屋敷で坂倉屋龍介を前にして、意次がしみじみといって、その場にいた龍介とお北を驚かせた。

「わしは少しあせり過ぎたのかも知れない。印旛《いんば》沼、手賀沼の干拓といい、利根川の掘割工事といい、また、蝦夷地《えぞち》調査にしたところで、わし一代では到底、やり遂げられぬ大事業だ。わしの志を意知に継がせ、完成させれば、幕府のためにまたとなき財産を後世に残すことが出来ると信じたが故《ゆえ》に、我が子が若年寄に任ぜられるのを、心から喜んだ。今となっては、それが間違いであったとよくわかる」

父が老中、子が若年寄という例はかつてなかった。羨《うらや》みの目で見る人には、父子揃《そろ》っての増上慢と映ろう、と意次はいい、龍介がそれを制した。

「なにを仰《おお》せられます。山城守様が若年寄に任じられましたのは、それだけの御器量があってのこと、父上の七光りではございませんぞ」

「わしもそう思う。親馬鹿を承知でいうなら、意知にはわしにはない先見の明があった。とりわけ、蝦夷地にはわし以上に関心が深く、よく勉強をして居った。蝦夷地のみならず樺太《からふと》、千島などの地についても、本来ならば日本固有の地にて松前藩の施政下にあったことは、元禄《げんろく》の頃、松前藩より提出された地図並びに松前島郷帳《しまのごうちょう》にても明らかであると申し、それが今日、赤蝦夷、即《すなわ》ちおろしや、の者共がしきりに南下しつつあるのは、松前藩が北鎮の使命をないがしろにしていた故だと断じて居った。一刻も早く、蝦夷の実情を調査し、場合によっては蝦夷を幕府の管理下におかねばならぬと、老中の方々にも申し上げていた。これまで幕府の重職にある者が誰一人、目を向けても居らなかった蝦夷地を、意知はわしよりも強く、ひたむきな目でみつめていたのだ」

ふっと、意次が息を呑《の》み、お北は懐紙を目にあてた。

意知が蝦夷に格別の関心を持つようになったのは、異母弟、新太郎との交流の故であった。新太郎を通して、意知は海の彼方《かなた》の国々への知識を求め、将来へ備えようとしていたのは、お北にもわかっていた。二人が会い、熱心に語り合っていたのが、この屋敷であり、お北はその二人のために酒や飯を運び、火鉢の中の火がとぼってしまったのも心づかず、地図を広げ、文書を調べている若者のために、新しい炭火を足し、鉄瓶の湯をさしかえていたものであった。

我が子、新太郎にとっても、かけがえのない兄が凶刃に倒れた。

その新太郎は兄の死を上方で聞き、新造されたばかりの新七星丸で江戸へ来た。そして、四十九日の法要の後、再び、新七星丸で蝦夷へ向っていた。

「兄上の死を無駄に致しとうございません。手前は兄上の魂を背負って、蝦夷へ参ります」

血走った目で叫んだ新太郎の悲痛な表情は、お北の瞼の中に今でも、はっきり甦《よみがえ》って来る。

龍介が、そうしたお北の姿を眺め、傷心の友へいった。

「なんとかならないものか。山城守様のお怨《うら》みを晴らす方法は……」

意次が、はじめて苦笑した。

「下手人は切腹したよ」

「しかし……」

「死人に口なし。証拠がない。噂だけでは敵呼ばわりも出来ぬ」

「それでも、俺は口惜しい」

大粒の涙をこぼし、拳《こぶし》を握りしめている龍介の肩に、意次はそっと手をおいた。

「泣くな、龍介。もう百日も過ぎているのだ」

「百日だろうと、千日だろうと、俺の口惜しさは消えはしない。百年の後も、千年の後も、この怨みだけは忘れないぞ」

「俺も同じだ。しかし、龍介、俺になにが出来る。怨みの刃《やいば》をあの腹黒の人物に突き通したとて、意知は生き返っては来ぬ。第一、そのようなことをすれば、田沼家は断絶、孫どもは路頭に迷う。今の俺に出来ることは怨みを腹の底におさめ、孫達の成長に未来を托《たく》すことだろうが、さて、それまで俺の寿命が保つかどうか」

意知には三人の男子があった。

嫡男、龍助は元服して意明を名乗ったばかり、その下に次男、万之助、三男、鎌之丞がいるが、いずれも幼年であった。

「長生きをなされませ。九十が百までも。それが殿様の、山城守様への子孝行と申すものでございます」

泣きながら龍介がいい、意次はその老いた友の涙を懐紙で拭《ふ》いてやった。

この年の夏、意次は珍らしく十日あまり病臥《びょうが》した。医者は心労の故といい、脚気《かっけ》の気味もあると注意をうながした。

新太郎が新七星丸で江戸へ入津《にゅうしん》したのは秋風と共にであった。

「まず、御報告申し上げます、松前藩にては幕府より密偵の入りましたこと、全く気づいては居りません。また、近か近《ちぢ》か、幕府より蝦夷地へ見分の者が派遣されるなどとは、夢にも考えて居らぬ様子にございます」

と新太郎がいったのは、すでにこの年の五月までに、勘定奉行松本秀持の指示で松前藩に対し、秘密裡《り》に調査が入り、それらを組頭、土山宗次郎がまとめて居り、その調査書に工藤平助の「赤蝦夷風説考」を添えて、赤蝦夷之《の》儀に付申上候《そうろう》書付として老中に内覧され、それを受けて五月二十三日、公式に幕議に提出、蝦夷見分が採決となったことである。

この調査で、松前藩は米作が出来ないために家臣に食禄《しょくろく》を与える代りに蝦夷地を各々、給地として与え、それを場所と称していたこと、また、その場所は蝦夷を使って俵物などの産物を集めて買い取り、それらを本土から来る商人に売ることで利を得ていたものが、松前藩士の大方がその場所そのものの権利を特定の商人に売り、商人は場所請負人として蝦夷から暴利を占め、更には赤蝦夷の商人と抜け荷交易をしている事実が明らかにされた。

これは、松前藩にとっては幕府に絶対、知られてはならぬ秘密であったから、もし、それが明らかにされれば、藩の存続にもかかわる大事であった。

無論、幕府にしても、この調査結果は驚天動地であり、即刻、松前藩主を召喚して糾弾すべしという意見も出たが、意次はそれをなだめ、むしろ、そ知らぬ顔で調査隊を派遣し、それには松前藩の協力を求めたほうがよかろうと提案した。

なんにしても、幕府はこれまであまりにも蝦夷地に関して松前藩まかせにしておいたこともあり、まだまだ蝦夷地について松前藩の知識を生かさねばならぬ所があると考えたからで、蝦夷地の実態をすべて把握してから松前藩の処遇を決定すればよいという意次の意見に反対する者はなかった。

意知暗殺という衝撃的な出来事はあっても、まだ、この年は意次を中心とした幕閣の体制には微塵《みじん》もゆるぎはなかったのである。

新太郎が新七星丸で蝦夷へ出むいたのは、すでに松前に商売のためと称して滞在している魚屋十兵衛と合流して松前藩の動向を探ることと、蝦夷地見分隊の派遣にどの程度の物資の輸送が必要か、また一行の行程をどのように組むか、蝦夷の各々の地域の首領、松前藩では乙名《おとな》と呼んでいる人々との交渉のやり方などについて下調べをすることであった。

「御奉行には、蝦夷派遣の人数は御普請役《ふしん》の山口鉄五郎どの、庵原《いはら》弥六どの、佐藤玄六郎どの、皆川沖右衛門どの四名の他、普請役見習として青島俊蔵どのを加えること。また、下役としては里見平蔵、引佐新兵衛、大塚小市郎、大石逸平、鈴木清七の五名をお

くうなずいた。

他に、青島俊蔵が推した人物で北夷先生と呼ばれるほど、蝦夷地に博学の本多利明という民間の学者を足軽の名目で随行させたい意向であるといった新太郎に、意次は大きくうなずいた。

「それは、松本から聞いている。そなたは十名余りの調査隊に必要な物資はとりあえず船二艘《そう》が入用と申したそうじゃな」

「その通りです。現地で調達出来るものを除き、派遣される方々の扶持《ふち》米、用心米、塩、味噌《みそ》、その他の諸荷物を積入れて、千石船、或《あるい》は八百石船が二艘と試算致しました」

その夜の新太郎の進言を中心に、松本秀持が差出した計画書は実に綿密に配慮されたものであった。

十名の調査員は二つに分れ、一班は蝦夷地を西廻りに北上し宗谷へ達し、可能とあらば樺太へ渡り、赤蝦夷との通路の有無、地理、産物の交易方法などの調査、また、往復には蝦夷地の金山銀山、並びに産物を調べる。

二班は蝦夷地東海岸を千島、クナシリ島への渡海、更にはエトロフ、ウルップ島、その他、異国に近い島々を廻り、通路、地理、並びにこれまでの産物交易法を明らかにするというもので、それらの人々のために二艘の物資運送船を雇うことになっていたが、これは適当な船がなく、金三千両で一切を苫屋《とまや》久兵衛に請負わせて新造船二艘が発注された。

そうした話を、意次から、或いはお北から聞かされながら、坂倉屋龍介はつくづく世の中は馬鹿者《ばかもの》ども揃いだと慨嘆《がいたん》していた。

ここ数年、凶作が続いて米の値段は鰻上《うなぎのぼ》りであった。それが、刃傷のあった日から、急に米価が下った。無論、仕掛人がいてのことで、龍介は蔵前の札差だから、それに動いた商人が誰で、その商人に命じたのは憎みても余りある悪の元凶とおよそわかった。

にもかかわらず、佐野を「世直し大明神」とあがめて、善左衛門を葬《ほうむ》った浅草の徳本寺に人が押しかけて参詣《さんけい》したりなぞする。

「あの連中の頭はどうかしている。忠臣蔵なら刃傷した浅野内匠頭《たくみのかみ》が善人で、吉良上野介《こうずけのすけ》が悪人かも知れないが、今度のを一緒にするな。頭の足りない大馬鹿者のせいで、この世の中でもっとも大事な人が命を失ったんだ。胸に手をあてて、よく考えてみろ」

とお北の前でののしったりしても、どうにも胸がおさまらない。

お北のほうは意次の健康が気になっていた。

以前のような元気はないし、どうとりつくろってみせても体力、気力が目に見えて落ちている。

心労も多いのだろう、食が細くなって好物を用意しても、あまり箸《はし》が進まない。

「上様の御為にも、まだ、しっかりして居らねばならぬな」

なぞと自分にいいきかせるように呟《つぶや》いている姿には、これまでになかった老いが明らかに忍び寄っているようであった。

そうした意次の様子は将軍家治にもわかるのだろう。翌天明五年正月、意次に対して河内三河で五万七千石に加増を命じた。

意次は伏して、その恩を謝したが、祝ってくれたのは、共に政事にかかわり合っている大名達で、御三家や譜代大名の視線は冷たかった。

春から夏にかけて、意次は嫌な噂《うわさ》を耳にした。

昨年来、ふっつり屋敷を訪れることがなくなっていた松平定信が、近頃、一橋家と親しい様子だという。

もともと、定信は一橋治済を怨んでいた筈《はず》であった。田安家の当主が病身で、万一のために弟、定信を他家には出したくないというところを、強引に白河藩との縁組を進め、将軍の意向ということで納得させた。

その後、田安家は当主が病死して跡継ぎがなく、取り潰《つぶ》しになるところを、未亡人の切なる願いで、とりあえず保留という形になっている。

更に、将軍の世子、家基が急死して、その結果、一橋治済の子、豊千代が養子として西の丸に入った。

血筋からいえば、定信は八代吉宗の孫に当り、豊千代は曽孫《ひまご》である。どちらが将軍の養子になるかといえば、間違いなく定信の筈であった。

だからこそ、定信は自分を白河藩へ養子にと画策した一橋治済と田沼意次を蛇蝎《だかつ》の如《ごと》く忌《い》み嫌い、将軍家治にすら怨念《おんねん》を持っている。

なのに、何故、今頃になって定信が一橋家へ近づくのか、流石《さすが》の意次も定信の腹の底が読みにくかった。

一橋家の家老をつとめている、意次にとっては甥《おい》の田沼意致《おきむね》からひそかに密書が届けられたのは冬のはじめ、その日、珍らしく松平定信が田沼家を訪問した午後のことである。

定信の来訪に、田沼家の家臣は色めき立った。だが、意次は彼らを厳しく制し、常の如くに対面し、彼の話を聞いた。その帰りしなに定信は何とも嫌な笑いを浮べて意次を見、無言で帰った。意致からの密書はその理由を明らかにしていた。

白河様は一橋家の御子を田安家の跡継ぎにと懇望なされ、我が殿はそれを承知なされたこと、お知らせ申し上げます。

意致の筆には怒りが滲《にじ》んでいた。

終章

松平定信を溜之間詰《たまりのまづめ》に任命する件について、将軍家治《いえはる》が田沼意次に相談したのは十一月の終りであった。

「御三家、並びに一橋家より強く推して参ったが、如何《いかが》したものか」

自分は気が進まぬと力なくいい切った将軍に対して、意次は、

「御三家、一橋様の御推挙にては止《や》むを得ますまい」

と答えた。

「主殿《とのも》は、それでよいのか」

家治は不安をむき出しにして意次をみつめた。松平定信が田沼意次に敵意を持ち、意知《おきとも》暗殺の黒幕だったらしいというのは、将軍の耳にも聞えている筈《はず》であった。そうした人間を溜之間詰にしたら、意次の立場が悪くなるのを憂《うれ》えている。それを承知で、意次は反対をしなかった。松平定信が一橋治済《はるさだ》と手を組んだと知った時から覚悟は出来ていた。

この時、意次がおそれたのは、将軍家治の立場であった。すみやかに我が子が将軍職につき、一橋治済はすでに我が子、豊千代を将軍の世子にしていた。いってみれば、現在の将軍は邪魔な存在であった。権力欲のかたまりのような人物と、狂騒の気味のある松平定信が結べば、自らが後見人として実権を握ることこそ望ましい。家治に対して何をしでかすかわからない。定信は家治が父、家重以来、田安家に良い感情を持っていないのを知っていた。

家治の立場を安泰にするには、松平定信の願いをきき入れて、溜之間詰にし、老中同様の権力の座につかせるのが良策と意次は判断していた。その上で、印旛沼《いんば》、手賀沼の工事と蝦夷地《えぞち》開発の二件を、我が子忠徳《ただのり》が養子に入っている勝手掛老中格の水野忠友に托《たく》して自分は隠居し、政事の表舞台から退く決心を固めていた。

十二月、松平定信は溜之間詰となった。

すでに、この年、蝦夷地見分隊は江戸を出発し、千住から宇都宮を経、白河、二本松、福島、盛岡、青森から津軽海峡を渡って松前に上陸し、輸送船の到着を待って蝦夷地へ入っていた。前後して松前へ出かけていた新七星丸の魚屋十兵衛、新太郎からは、東蝦夷地見分組が四月から七月までの中に釧路《くしろ》、厚岸《あっけし》、霧多布《きりたっぷ》、根室へ達し、更に決死の覚悟でクナシリ島の最北端まで見分した旨《むね》の報告が入っていた。

「新太郎の書状では、本多利明の代理として竿取《さおとり》役となり、蝦夷へ参った最上徳内《もがみとくない》と申す者、なかなか豪胆にして熱意のある者とのこと。来年正月には単身、再びクナシリへ渡り、更にエトロフをめざしている由《よし》、定めて大いなる収穫があろう」

と木挽町の屋敷で意次はお北や坂倉屋龍介に話したが、十二月二日、見分に出かけた御普請《ふしん》役の一人、佐藤玄六郎が御用船神通丸で、とりあえず報告のため江戸へ戻って来た。

「驚いたよ。蝦夷地は穀物が一切、穫れないとばかり聞いていたが、松前藩が蝦夷人に禁じていたのだと……」

佐藤の報告から勘定奉行松本秀持が試算したところによると、蝦夷地の約一割を新田畑に開拓し、その石高を国内の半分に見積ったとしても約六百万石の収穫が得られる。今のところ、幕府の天領からの石高は四百万石であるから、蝦夷地での収入は、幕府の財政難など一度に吹きとばしてしまうのだぞ、と意次は上機嫌であった。佐藤玄六郎は六百万石開発の壮大な計画を含めた天明六年の蝦夷地調査案を持って、翌年の春、再び蝦夷地へ戻って行った。

一方、印旛沼、手賀沼の工事は、印旛沼が全体の三分の二以上、手賀沼が九分通り完成して、今一息と関係者は勇み立っていた。

五月になって関東では長雨が続いていた。六月に入って雨の範囲はいよいよ広がり、大豪雨が利根川一帯に襲いかかった。七月、草加、越谷、粕壁《かすかべ》、栗橋《くりはし》など浸水がはじまり、家は流され、多数の死者が報告された。印旛沼、手賀沼の干拓工事はこのため、壊滅状態になってしまった。

その報告を意次は病床で聞いた。

同じ頃、将軍家治も病んでいた。全身にむくみが出て、食欲がなく、日々、衰えていると知らされて、意次は病苦をおして登城した。

侍医に訊《たず》ねても、はかばかしい返事が戻って来ない。

八月十五日の月次《つきなみ》登城では、世子、豊千代、元服して家斉《いえなり》と名乗っていたのが、諸大名の謁見《えつけん》を家治に代って勤めた。

意次が昵懇《じっこん》の医師、日向陶庵と若林敬順を急遽《きゅうきょ》、奥医師に登用し、将軍の診察にさしむけたが、二人の報告では、病気は脚気《かっけ》でそれも重症であり、身心の衰弱が激しいので、まことに不安であるとのことであった。

「主殿、予は大丈夫じゃ。其方《そのほう》こそ少し休養致せ」

不眠不休で家治の枕辺《まくらべ》にひかえていた意次に家治が命じたのは八月二十日のことで、その日、家治は珍らしく食欲が出て、声にも力が戻っていた。これは日向、若林の両名が調合した薬が効き出したと意次は、ほっとして、あとを御側《おそば》御用取次の横田筑後守準《のり》松《とし》らにまかせて下城した。

実際、神田橋の屋敷に戻るのがやっとで、倒れるように病床に横たわったきり、ひたすら眠り続けた。

家治危篤《きとく》の知らせが入ったのは二十五日、実はその死は二十日の深夜のことで、二十四日、印旛沼の工事中止の命が、溜之間詰から発令されているのを、意次は全く知らなかった。

側近に助けられ、身仕度もそこそこに足をふみしめ必死で登城した意次は、将軍の起居する中奥へ入ったところで下役の御側衆から制止を受けた。

「上様の思し召しにございまする。お目通りはかないませぬ」

口々に叫び、力ずくで意次を押し返す。

「筑後守は如何致した。稲葉越前守は、本郷大和守は……」

と意次は日頃から腹心であるところの御側御用取次の名を呼んだが、その一人の姿もない。

誰かが意次の脇《わき》を支え、老中の退出口である御納戸口《おなんど》まで連れて行き、そこに待っていた家臣が中の御門から大手門へ導いて、神田橋の屋敷へ帰ったのだったが、意次自身は殆《ほとん》ど憶《おぼ》えていない。

二十七日、意次は老中を解任され、雁之間《がんのま》詰となったが、意次自身は病床にあり登城出来る状態ではなかった。

九月八日、将軍家治の死去が正式に発表され、十月四日には上野寛永寺に埋葬されたが、意次はその葬列に加わることはなかった。

十月五日、意次は「諸事不届のあるによって」という、曖昧《あいまい》な理由で、五万七千石の中、二万石を召し上げられ、神田橋の上屋敷と大坂の蔵屋敷を没収の上、江戸城への出仕を禁じられた。

翌天明七年（一七八七）六月、松平定信は老中首座となった。十月、改めて田沼意次に対し、蟄居《ちっきょ》申付と所領二万七千石を没収、孫、意明に家督相続を許し、奥州下村一万石に移封が命ぜられた。

意次が死んだのは、その翌年の七月二十四日、七十歳であった。

相良湊《さがらみなと》は小春日和《びより》の中にあった。

岸壁に続く砂浜に、品のよい老夫婦とも見える男女が腰を下し、海原を眺めている。

男は坂倉屋龍介、女はお北であった。

「全く十年一昔とはよくいったものだな。殿様がお歿《なく》なりになって五年、殿様のお供をして俺が相良城を見物させて頂いたのが、その八年前のことだった」

大海へ向って白く輝く美しい城は、跡形もなくなっている。

「白河なんて奴《やつ》は何を考えていたんだか。御倹約を御政道の旗じるしにしたくせに、うちの殿様が気に食わない。坊主《ぼうず》憎けりゃ袈裟《けさ》までと、折角、出来たお城を叩《たた》きこわして

を聞くものはいない。

「いいたかないけど、あのお方はうちの殿様のおやりになったことは片っぱしから御破算にしちまいたい。いいものはきちんと受け継いで、後の世の役に立てたいなんて度量は芥子粒《けしつぶ》ほども持ち合わさない。そんな小人だからこそ、たった六年足らずで、ばっさり首を切られちまったんじゃありませんか」

お北がいささか溜飲《りゅういん》を下げたという顔をし、龍介も笑った。

「あれほど、なりふりかまわず権力にしがみつきたかった人にしては、お気の毒様だったなあ」

松平定信が寛政五年（一七九三）三月、外国船が房総沖に姿をみせたとの報告によって、自ら伊豆、相模《さがみ》、房総の海岸巡視に出た留守に、将軍家斉が決断して定信を老中から解任したことは、江戸中の評判になっている。

「あちらさんは自分のいうままにならないと、すぐ、老中をやめるといっては将軍様を脅していたのですってね。将軍様だっていつまでも子供じゃない。其方の日頃の願い、かなえてつかわすとおっしゃったとか。瓦版《かわらばん》に面白可笑《おか》しく書いてありましたよ」

「蔵前でも、噂《うわさ》でもちきりだったよ。三十なかばで御隠居とは……、誰よりも御当人がぞっとしただろう。まあ、一番、腹黒いのは一橋様だと、これもみんながいっている。自分の子が将軍様になって、白河と通じてうちの殿様をおとしいれたあげくに、白河の実家の田安家も自分の五男に相続させた。もともと、白河の奴は田安家相続を餌に、一橋を籠絡《ろうらく》したんだが、どっこい、むこうのほうが役者は一枚上だった。取るものは取って、要らなくなると、はい、さようならと来たわけさ。義理も恩義も知らねえ犬畜生のすることだ。うちの殿様もあの世とやらで、さぞかし眉をひそめてお出でだろう」

お北も龍介もこれまで胸につかえていたものを吐き出すように、海へ向って悪態をつき続けた。

それほど二人にとって、意次亡《な》き後の五年は怒りと口惜しさに満ちていた。

一橋治済と松平定信のやり方も汚かったが、二人が世の中とは、こんなにも醜いものかと痛感したのは、田沼意次の子供達が次々と養子先、或《あ》るいは嫁入り先から離縁になったことであった。

なかでも、沼津藩主水野忠友が一番早く、養子に迎えていた忠徳を離縁したことは、病床にあった意次に衝撃を与えたと龍介は未《いま》だに立腹がおさまらない。

「うちの殿様と縁組みをして、どなた様も出世に手を貸してもらったんじゃねえか。とりわけ、水野の奴は殿様から信用され、後事を托されたってのに、一番先に手の平を返すなんざ、人の皮着た畜生だ」

龍介の憤激に、お北は苦笑した。

「でも、殿様はおっしゃいましたよ。自分は人を見る目がなかったが、意正はそのような男を父と仰ぐ立場でなくなって、まことに良かったと……」

田沼家へ帰った忠徳は、昔の意正の名に戻って、最後まで意次の枕辺にいた。

「意正様もおっしゃったよ。父上の死水を取ることが出来たのが、なによりであったとね」

大名家へ養子に入っていれば、実父が病に倒れたからといって看病に帰るなど思いもよらない。

「その通りなんだが、俺としてはお北さんが殿様のお傍にいられなかったことだけは悔んでいるよ。殿様もお寂しかったろうと思う」

神田橋の上屋敷が取り上げられて、意次はもとより、妻も孫もみな木挽町へ移って来た。

お北は遠慮して、築地の魚屋の離れへ移っていた。

一年後、孫の意明が奥州下村に移封になって、意次の妻は孫息子について行ったし、家臣の大方も意明に従った。意次が命じたことだったが、それ以後の木挽町の屋敷はひっそりと無人であった。

お北は再び戻って来て、最後まで意次を看《みと》ったが、人生の晩年、それも一番つらい時期にお北と別れ別れに過したのは、意次のためによくなかったと龍介は考えている。

もし、お北がずっと傍にあったなら、意次はもう少し長生きが出来たのではないかと思う故《ゆえ》だが、流石《さすが》にそれは口に出せなかった。

「新太郎様はどうしてお出でかな」

沖を船が通って、龍介は呟《つぶや》いた。

意次の死後、魚屋十兵衛は直ちに長崎へ帰り、家財を始末して、老母と新太郎と腹心の水主《かこ》だけを乗せた新七星丸で船出をした。

殿様の居られぬこの国には、もはやなんの未練も御座なく、新太郎様に万一のことなきよう、我が故郷へお伴い申す所存に候、という長文の書状が来て、龍介は十兵衛の分別に頭を下げたものである。

あの当時の松平定信の田沼家への憎しみを思うと、新太郎が意次の実子と何者かが密告したら、どういう事態が起るか知れたものではなかった。幼い孫達はともかく、歿った嫡男《ちやくなん》意知に勝るとも劣らない新太郎の器量を知れば、定信が捨てておいては危険と判断する可能性が強い。実際、田沼家の家来の主だった者は新太郎の素性に気がついているし、どこから真相が洩《も》れるか知れなかった。

お北と龍介がもっとも怖《おそ》れたのは、一橋治済の愛妾《あいしよう》で、将軍家斉の実母となったのが意次の幼なじみのお志尾とお北の弟、兵太郎の忘れ形見だったことである。彼女の口から意次とお北の過去が語られ、それが新太郎に結びつかないとは限らない。

なんにせよ、新太郎は魚屋十兵衛と共に松平定信の手の届かない所へ去った。

魚屋の情報網は緊密に長崎と結ばれているらしいから、松平定信の失脚はいつの日か、十兵衛達の耳に入るかも知れないが、それで新太郎が帰国するとは限らない。

龍介は七十のなかば、お北も古稀《こき》を過ぎた。今の二人に出来ることは、海の彼方《かなた》をみつめ、そのむこうに新七星丸の船影が刻々と近づいて来る日を夢みるだけであった。

未来のことは、誰にもわからない。

龍介もお北も、三十年後、この相良に田沼家の当主となった意次の四男、意正が一万石の大名として、また若年寄にまで出世して、かつての父の地の藩主として返り咲く日が来るとは、想像も出来なかった。

「殿様が、生きていて下さったら……」

お北と並んで飽きもせず海を見渡しながら龍介が呟いた。

「二人で、この海で魚釣りをする約束だったんだ」

秋空の下、海は縹渺《ひょうびょう》として果しなかった。

そして、人の一生はあまりにも小さい。

解説

細谷正充

「白河の清きに魚もすみかねて　もとの濁りの田沼こひしき」

寛政の改革を皮肉った、詠み人知らずの狂歌

代表作のある作家は幸せである。だが、代表作があまりに強力だと、他の作品が霞んでしまうことがある。平岩弓枝は、そのような作家のひとりだ。なにしろ代表作の「御宿かわせみ」シリーズが、あまりにも有名すぎる。作者の名前を聞いて、すぐにこのシリーズを思い出す人が多数ではなかろうか。しかし作者の創作領域は、ひとつのシリーズだけでは語れない。経歴を見ながら、そのことを説明していこう。

平岩弓枝は、一九三二年、東京の代々木にある代々木八幡宮の宮司のひとり娘として生まれる。日本女子大学国文科卒。第三十二回直木賞を受賞した『高安犬物語』を始めとする動物小説で知られる戸川幸夫に師事し、その後、長谷川伸《はせがわしん》が主宰する新鷹会《しんようかい》に入会。新鷹会が発行する「大衆文芸」に幾つかの作品を発表し、一九五九年に『鏨師《たがねし》』で第四十一回直木賞を受賞した。選考を見ると、かなり揉めたようである。また受賞決定

後に女性作家と知って、驚く選考委員が多かった。高評価を付けた選考委員の川口松太郎は、

「他の委員は話の内容の嘘をあげたが、大衆小説の本道からいっても、面白く読ませる技倆《ぎりよう》が大切であり、平岩君は話術の巧みな作家だと思える。まだ年も若いのだし、充分自重して、よい作品を書いてくれるように大期待をかける」

と、称揚していた。その大期待に応えるように、現代小説・青春小説・ミステリー・時代小説・歴史小説など、幅広いジャンルの作品を発表。作家としての地歩を固めていった。一方で、テレビドラマの脚本も多数執筆。日本女子大学附属高等学校に通っていたとき、友人たちと演劇部を作り脚本を執筆していたというから、これも作者のやりたかったことなのだろう。

そんな作者が、さらに飛躍することになった作品が、「御宿かわせみ」シリーズだ。一九七三年から「小説サンデー毎日」で連載を開始し、八二年から「オール讀物」へ移行。以後、長期にわたり連載を続け、絶大な人気を獲得したのである。後に「小説現代」で始まった「はやぶさ新八御用帳」及び「はやぶさ新八御用旅」シリーズも好評を博した。その傍ら、旺盛な筆力で多彩な作品を順調に刊行。歴史小説も定期的に発表してい

る。「週刊新潮」二〇〇一年一月四・十一日号から十二月二十七日号にかけて連載され、二〇〇二年三月に単行本が刊行された『魚の棲む城』も、その一冊なのである。

本書の主人公は、かつて賄賂政治の代名詞になり、悪徳政治家と思われていた田沼意次である。〝かつて〟と書いたのは、現在、意次の政策が見直され、先見の明のある有能な政治家だということが明らかになっているからだ。作者の目的は、こうした意次の実像を物語の形で広く世に知らしめることだと思われる。

これに関して、注目したい作品がある。一九九九年の『妖怪』だ。南町奉行として天保の改革に辣腕をふるい、江戸の庶民から〝妖怪〟と恐れ憎まれた鳥居甲斐守《かいのかみ》忠耀《ただてる》が主人公。極めて評判の悪い人物であり、歴史時代小説に登場すると、ほとんどの作品で悪役にされてきた。そんな忠耀の人生を作者は能吏の悲劇として捉え、新たな人間像を打ち立てたのである。『妖怪』と本書は、どちらも長年にわたって悪人扱いされてきた実在人物を、物語の形で再評価しているのだ。

とはいえ意次を再評価した小説は、平岩作品が初めてではない。山本周五郎の『栄花物語』や村上元三の『田沼意次』で、有能な政治家であることが書かれている。しかし、一度貼られたレッテルを剝がすのは、なかなか大変なことだ。今年（二〇二四）、村木嵐が上梓した『またうど』の主人公が意次であり、やはり有能な政治家として描かれていた。意次の再評価の流れは、現代まで続いている。山本・村上・平岩・村木という作品の流れは、このことが逆に、確定した人物像を覆すことの難しさを実感させてくれるのである。

いささか前置きが長くなってしまった。本書の内容を見ていこう。まず感心するのが、物語を読ませる力である。そもそも歴史小説は史実や実在人物を題材とするため、ある程度、それに関する知識があった方が楽しめる。だから、知識がないため近寄りがたいと思ってしまい、歴史小説を敬遠する人も少なくないのだ。ところが本書は歴史小説でありながら、非常に時代小説寄りの書き方をしている。これを象徴するのが主人公だ。意次の他に、作者の創造した人物がふたりいるのだ。

生家の速水家が二百石の旗本の龍介は、蔵前の札差「坂倉屋」の養子になり、今は坂倉屋龍介と名乗っている。素直な気性だが、一本筋の通った好漢だ。やはり生家の斉藤家が二百石の旗本のお北は、家のために菱垣廻船問屋「湊屋」の当主・幸二郎の妻になった。しかし幸二郎は仕事を番頭に任せっぱなし。夫婦の仲も隙間風が吹いている。そんなふたりの幼馴染が、紀州藩士から旗本になった父親を持つ田沼龍助だ。今では徳川九代将軍家重の小姓頭取となり、田沼主殿頭《とのものかみ》意次と名乗っている。なお、龍介と龍助という名前の共通性が意図的なものであることは、いうまでもない。

意次とお北は若い頃から、互いを恋しく思っていたが、別々の道を歩んでいる。龍介も密かにお北に恋心を抱いていたが、ライバルが意次だと思うと、不思議と嫉妬や憎しみを覚えることがない。恋情と友情で繫がった三人が、ストーリーの中心になっているのだ。しかも冒頭からミステリー・テイストが濃厚で、読者の興味をぐっと惹きつける。三人の幼馴染で、田沼家に通い奉公をしていた梅本志尾が、本所の旗本家の後妻になるが、しばらくして離縁された。すでに身ごもっていたからである。そして相手は意次ではないかという噂が流れた。

一方で、連続辻斬り事件が発生。龍介も目撃者となる。このふたつの件が結びつき、意外な真相が明らかになる。いち早く真相を察知した意次は、まるで名探偵のよう。ミステリーも得意とする作者らしい、エンターテインメント性に満ちた導入部なのだ。ついでにいうと志尾の産んだ子供は、後に、作中の史実に絡んでくる。大ベテランにこの言葉は今更だが、とにかく物語の組み立てが巧みなのだ。

冒頭のミステリーに続く大きなエピソードは、意次とお北が結ばれたこと。とはいえお北は、まだ幸二郎と夫婦である。このことを知った龍介は、泣きながら意次を諫める。いざとなれば「坂倉屋」を潰してでも意次に協力しようという龍介の言葉は、意次のみならず、読者の胸にも強く響くのだ。

ここまでくると、もう意次・龍介・お北の三人に対する、感情移入が止まらない。人間臭いドラマに魅了されてしまう。その間に、幕府の経済状況が悪化していることや、意次を巡る政治状況など、史実が挿入されていく。感情移入した人物がかかわっていることだからこそ、史実に抵抗を感じることなく、ストレートに受け入れることができるのである。

さて、側用人時代に新貨幣の鋳造を実行した意次は、明和六年(一七六九)に老中格になると、幕政の表舞台に立つ。世にいう〝田沼時代〟の始まりだ。重商主義の政策や、印旛《いんば》沼の干拓、蝦夷《えぞ》地の開発など、幕府を立て直す方策を次々打ち出す。しかし天明になってから全国的に気温が不順となり、特に東日本は大雨と冷夏が続いて米が不作となった。しかも天明三年(一七八三)七月に信州の浅間山が噴火。これが引き金となり、天明の大飢饉が起こる。天災なので意次に責任はないが、出世を嫉《ねた》まれていたこともあり、大きな批難を浴びるようになった。さらに意次の息子で若年寄の意知《おきとも》が、江戸城内で旗本の佐野善左衛門に斬られて死亡するという悲劇にも見舞われる。この件に関して作者は、あることで意次を憎む、白河藩主の松平定信の陰謀があったのではないかと匂わせている。本書は幾つかの史実にも作者の創意が込められており、読みどころになっているのだ。

おっと、創意といえば、意次とお北の間に生まれた新太郎のことを忘れちゃいけない。大坂で中風になった幸二郎は、樽廻船の船主・魚屋《うおや》十兵衛の、魚崎にある別宅で世話になる。ここでお北と幸二郎の愛憎のドラマがあるのだが、それは読んでのお楽しみ。お北との縁から、意次と龍介と知り合った十兵衛は、やがて成長した新太郎を船に乗せる。

幾つかの描写から分かるが、船を愛し、海の向こうの世界に憧れる新太郎は、意次の叶えられなかった夢の続きを歩く人になるのだ。意次の人生に寄り添い続けた龍介とお北の描き方も素晴らしい。作者は、彼らとのかかわりを通じて、史実とフィクションを融合させ、田沼意次の新たな人間像を、鮮やかに立ち上げたのだ。

ところで二〇二五年のＮＨＫ大河ドラマ『べらぼう〜蔦重栄華乃夢噺〜』の主人公・蔦屋重三郎は、田沼時代に大きく飛躍した江戸の地本問屋である。当時の江戸の文化について本書では、龍介が「この節、狂歌と申すものが流行って居ります」というぐらいだが、この狂歌の人気にも重三郎が関係していたりする。重三郎が版元としてさまざまな本や絵を出せたのは、庶民の文化を締めつけない、田沼時代の空気があってこそだろう。実際、意次が失脚し、新たな老中となった松平定信による寛政の改革が始まると、庶民文化が抑えつけられるようになる。本書を副読本にしてドラマを見れば、より深く楽しめるのではないか。そんなことも思っているのである。

（ほそや　まさみつ／文芸評論家）

本書中には、今日では不適切と考えられる表現がありますが、
作品の時代背景、文学性を考慮して、そのままとしました。

魚《うお》の棲《す》む城《しろ》
田沼意次《たぬまおきつぐ》の大《おお》いなる夢《ゆめ》

朝日文庫

2025年1月30日　第1刷発行

著　　者　平《ひら》岩《いわ》弓《ゆみ》枝《え》

発 行 者　宇都宮健太朗
発 行 所　朝日新聞出版
〒104-8011　東京都中央区築地5-3-2
電話　03-5541-8832(編集)
03-5540-7793(販売)
印刷製本　大日本印刷株式会社

Published in Japan by Asahi Shimbun Publications Inc.
定価はカバーに表示してあります

ISBN978-4-02-265181-5

朝日文庫

伊東 潤
江戸を造った男

海運航路整備、治水、灌漑、鉱山採掘……江戸の都市計画・日本大改造の総指揮者、河村瑞賢の波瀾万丈の生涯を描く長編時代小説。《解説・飯田泰之》

杉本 苑子
滝沢馬琴 上

うるさい妻、虚弱な息子を抱えて苦闘する馬琴。視力が衰えるなか『八犬伝』は完成させられるのか。江戸随一の戯作者の晩年とその周辺を描く。

杉本 苑子
滝沢馬琴 下

息子を病で亡くし、やがて馬琴は完全に失明する。失意の馬琴に『八犬伝』の代書を申し出たのは、息子の嫁・お路だった。《解説・細谷正充》

山本 一力
五二屋《ぐにや》傳蔵《でんぞう》

幕末の江戸。鋭い眼力と深い情で客を迎える質屋「伊勢屋」の主・傳蔵と盗賊頭の龍冴、男たちの知略と矜持がぶつかり合う。《解説・西上心太》

五十嵐 佳子
むすび橋
結実の産婆みならい帖

産婆を志す結実が、それぞれ事情を抱えながらも命がけで子を産む女たちとともに喜び、葛藤しながら成長していく。感動の書き下ろし時代小説。

五十嵐 佳子
星巡る
結実の産婆みならい帖

幕末の八丁堀。産婆の結実は仕事に手応えを感じる一方、幼馴染の医師・源太郎との恋に悩んでいた。そこへ薬種問屋の一人娘・紗江が現れ……。

宇江佐　真理
深尾くれない
深尾角馬は姦通した新妻、後妻をも斬り捨てる。やがて一人娘の不始末を知り……。孤高の剣客の壮絶な生涯を描いた長編小説。《解説・清原康正》

宇江佐　真理
富子すきすき
武家の妻、辰巳芸者、盗人の娘、花魁――。懸命に前を向いて生きる江戸の女たちの矜持を描いた傑作短編集。《解説・梶よう子、細谷正充》

宇江佐　真理
恋いちもんめ
水茶屋の娘・お初に、青物屋の跡取り息子・栄蔵との縁談が舞い込む。運命に翻弄される若い男女を描いた江戸の純愛物語。《解説・菊池　仁》

宇江佐　真理
お柳《りゅう》、一途《いちず》
アラミスと呼ばれた女

長崎出島で通訳として働く父から英語や仏語を習うお柳は、後の榎本武揚と出会う。男装の女性通詞の生涯を描いた感動長編。《解説・高橋敏夫》

宇江佐　真理
おはぐろとんぼ
江戸人情堀物語

別れた女房への未練、養い親への恩義、きょうだいの愛憎。江戸下町の堀を舞台に、家族愛を鮮やかに描いた短編集。《解説・遠藤展子、大矢博子》

宇江佐　真理／菊池　仁・編
酔いどれ鳶
江戸人情短編傑作選

夫婦の情愛、医師の矜持、幼い姉弟の絆……。江戸時代に生きた人々を、優しい視線で描いた珠玉の六編。初の短編ベストセレクション。

元も子もなくしちまった。どれほどの無駄か。とっておけば後から入って来るお大名の役にも立とうに、ものを粗末にするにも程があるよ」

龍介がふりむいたあたりには、何もなかった。かつて、小さいながらも優雅なたたずまいをみせていた相良城は消えて、ただ荒涼とした風景が広がっている。

「いい気味だと思いますよ。もし、お城が残っていたら、今、ここは一橋様の御領地になったんでしょう。あのいけ好かない欲ばり男の家来になんぞ、殿様のお城に乗り込んでもらいたくありませんもの」

お北が勝気そうな眉《まゆ》を寄せていう。

「それもそうだが、あのお城は殿様の夢がつまっていたからねえ。海のむこうから、さまざまの人がやって来て、思ったことをいい、話し合って、仲よく豊かに暮して行く。魚達の集まり場所になるといいと、殿様はでっかい夢をみてお出《い》でなすった」

場合によっては鎖国を解くことを考えていた田沼意次に代って天下に号令した松平定信は鎖国の鎧《よろい》をいよいよきびしく着込み、外国船の来訪を拒否した。

「折角、進んだ蝦夷地開発だって打ち切りになっちまって……、御倹約だと体をちぢこめるより、北の天地に六百万石叩き出そうって男らしさをなんで選ばねえのか。この分じゃ、徳川様の世も長くはねえ気がするよ」

龍介の大声をお北は気にしてあたりを見廻したが、寄せては返す波の他に、二人の話